Mardi 8 octobre

Maggie voulut ouvrir les yeux, mais l'effort était trop grand. Elle avait tellement mal à la tête. Où se trouvait-elle ? Qu'était-il arrivé ? Elle leva la main, sentit un obstacle à quelques centimètres au-dessus d'elle.

Instinctivement, elle tenta de le repousser. Rien ne bougea. Qu'est-ce que c'était ? C'était doux, comme du satin, et froid.

Elle glissa les doigts sur le côté, abaissa lentement la main. La surface changea. On aurait dit une étoffe froncée ou surpiquée. Une courtepointe ? Était-elle allongée dans une sorte de lit ?

Elle tâta autour d'elle avec l'autre main et eut un geste de répulsion en sentant les mêmes froncis sous sa paume. Ils tapissaient entièrement son étroite prison.

Quelque chose tirait sur sa bague lorsqu'elle bougeait la main gauche. Quoi ? Passant lentement son pouce le long de son annulaire, elle sentit autour de son doigt la présence d'un fil ou d'une ficelle. Mais pourquoi ?

Et tout d'un coup elle se souvint.

Ses yeux s'ouvrirent et fixèrent avec terreur l'obscurité profonde autour d'elle.

Fébrilement, elle chercha à reconstituer mentalement les événements. Elle l'avait entendu arriver et s'apprêtait à faire demi-tour au moment où un objet s'était abattu sur sa tête.

Elle le revoyait penché sur elle, chuchotant : « Maggie, vous rappelez-vous tous ces malheureux qui tiraient sur leurs clochettes ? » Ses souvenirs s'arrêtaient là.

Désorientée, affolée, elle s'efforça désespérément de comprendre. Puis l'histoire des clochettes lui revint en mémoire. Les clochettes ! À l'époque victorienne, les gens redoutaient tant d'être enterrés vivants qu'il était devenu habituel d'attacher un fil à leur doigt avant la mise en terre. Un fil passé par un trou percé dans le cercueil et remontant jusqu'à l'extérieur de la tombe. Un fil auquel était attachée une clochette.

Pendant sept jours un gardien faisait la ronde autour de la sépulture, à l'écoute du moindre tintement indiquant que la personne inhumée n'était pas morte…

Mais Maggie savait qu'il n'y avait aucun gardien pour l'entendre. Elle était seule, absolument seule. Elle essaya de crier, aucun son ne sortit de sa bouche. Elle se mit à tirer frénétiquement sur le fil, le secoua, tendant l'oreille, cherchant à percevoir un faible tintement. Rien, hormis le silence. Le noir et le silence.

Garder son calme. Se concentrer. Comment était-elle arrivée là ? Elle ne devait pas se laisser submerger par la panique. Mais comment ?…. Comment ?

Et brusquement elle revit toute la scène. Le musée funéraire. Elle y était retournée seule. Elle avait entrepris ses recherches, les recherches commencées par Nuala. Il était arrivé, et…

Oh, mon Dieu ! Elle était enterrée vivante ! *Elle tapa des poings contre le couvercle du cercueil, mais même à l'intérieur l'épaisseur du satin étouffait le bruit. Elle se mit à hurler. Elle hurla jusqu'à s'enrouer, jusqu'à ne plus pouvoir proférer un son. Mais elle était seule.*

La clochette. Elle tira sur le fil... tira... tira encore. On l'entendait sûrement tinter à l'extérieur. Aucun son ne parvenait à l'intérieur du cercueil, pourtant quelqu'un l'entendait sûrement dehors. Il le fallait !

À la surface, un monticule de terre fraîchement remuée brillait doucement à la lumière de la pleine lune. Rien ne bougeait dans le cimetière, sauf une petite cloche de bronze attachée à un tube qui sortait de terre. Elle s'agitait par saccades, comme prise d'une frénésie macabre. Alentour, le silence régnait. Le battant avait été ôté.

Vendredi 20 septembre

1

J'ai décidément horreur des cocktails, se dit Maggie avec un sourire forcé. Pourquoi avait-elle l'impression d'être une extraterrestre au milieu de tous ces gens ? Je suis injuste. La vérité est que je déteste ces réceptions où le seul visage qui ne me soit pas inconnu est celui de mon soi-disant chevalier servant, qui m'abandonne dès la porte franchie.

Elle parcourut du regard la vaste salle et soupira. Lorsque Liam Moore Payne l'avait conviée à cette réunion du clan des Moore, elle aurait dû se douter qu'il s'intéresserait surtout à sa multitude de cousins et négligerait de s'occuper d'elle. Liam, qui se montrait normalement attentionné lorsqu'il venait la voir à New York, affichait ce soir une confiance inébranlable dans ses capacités à se débrouiller seule. Bon, il y avait beaucoup de monde, elle trouverait sûrement quelqu'un à qui parler.

C'étaient les histoires que racontait Liam au sujet des Moore qui l'avaient décidée à l'accompagner à cette fête, se rappela-t-elle, tout en buvant un verre de vin blanc, se frayant un passage à travers la foule qui se pressait au bar du *Four*

Seasons, dans la 52e Rue Est. Le père fondateur de la dynastie — ou plutôt l'artisan de la fortune familiale — était le regretté Squire Desmond Moore, jadis membre influent de la haute société de Newport. La réunion de ce soir était donnée en l'honneur du cent quinzième anniversaire de la naissance du grand homme. Pour des raisons pratiques, elle avait lieu à New York plutôt qu'à Newport.

Agrémentant ses explications de détails pittoresques sur les membres du clan, Liam lui avait dit que plus d'une centaine de descendants, en ligne directe ou collatérale, ainsi que quelques pièces rapportées bien vues de la famille, seraient présents à cette soirée. Il l'avait abreuvée d'anecdotes sur le jeune immigré de Dingle, qui à l'âge de quinze ans avait décidé d'appartenir non pas à cette masse de malheureux aspirant à la liberté, mais à une communauté de pauvres prêts à tout pour s'enrichir. La légende racontait qu'au moment où son bateau passait devant la statue de la Liberté Squire avait annoncé à ses compagnons de voyage de troisième classe : « En moins de deux, j'aurai assez d'argent pour acheter la vieille dame — si le gouvernement décide de la vendre, naturellement. » Liam répétait les propos de son aïeul avec un délicieux accent irlandais.

Maggie parcourut l'assistance du regard. Les Moore offraient un spectacle très divers. Elle observa deux octogénaires en grande discussion et plissa instinctivement les yeux, les cadrant machinalement à travers le viseur de l'appareil qu'elle regrettait de ne pas avoir emporté avec elle. La chevelure de neige de l'homme, le sourire charmeur de la femme, le plaisir qu'ils prenaient visiblement à se retrouver — ils auraient fait une merveilleuse photo.

« Le *Four Seasons* ne sera jamais plus le même lorsque les Moore l'auront déserté, dit Liam en surgissant soudainement à ses côtés. J'espère que tu t'amuses bien », fit-il, et sans attendre de réponse il la présenta à l'un de ses innombrables cousins, Earl Bateman, qui l'examina de la tête aux pieds avec un intérêt manifeste.

Comme Liam, il frisait la quarantaine ; il avait une demi-tête de moins que lui, c'est-à-dire un peu moins d'un mètre quatre-vingts. Maggie lui trouva un air d'intellectuel, avec son visage étroit et son expression pensive, malgré le strabisme déconcertant de ses yeux bleu clair.

Elle attendit un long moment qu'il eût terminé son inspection pour demander, haussant un sourcil : « Suis-je reçue à l'examen ? »

Il parut embarrassé. « Excusez-moi. J'ai une mauvaise mémoire des noms et j'essayais de vous situer. Vous faites partie du clan, n'est-ce pas ?

— Non. Mes racines irlandaises remontent à trois ou quatre générations, mais je ne suis pas apparentée à ce clan, malheureusement. De toute façon, j'ai l'impression que vous avez suffisamment de cousins comme ça.

— C'est le moins qu'on puisse dire. Dommage, cependant, car la plupart d'entre eux sont loin d'avoir votre charme. Avec vos yeux bleus, votre teint clair et vos attaches fines, vous appartenez indubitablement à la race celte. Votre chevelure presque noire vous place dans la catégorie "Black Irish" de la famille, dont les membres doivent une partie de leurs caractéristiques génétiques au bref mais décisif passage des survivants de la défaite de l'Invincible Armada.

— *Liam ! Earl !* Sacredieu, je suis bigrement content d'être venu, en fin de compte ! »

Oubliant Maggie, les deux cousins se retournèrent vivement vers l'homme au visage rubicond qui venait vers eux.

Maggie haussa les épaules. Tant pis, se dit-elle, résignée à rester dans son coin. Puis elle se souvint d'avoir lu un article conseillant à ceux qui se sentaient perdus dans une réunion mondaine de repérer un individu encore plus isolé et d'engager la conversation avec lui.

Avec un petit rire intérieur, elle décida d'essayer cette tactique et, en cas d'échec, de filer à l'anglaise et de rentrer chez elle. La perspective de retrouver son agréable appartement de la 56e Rue surplombant l'East River était loin de lui déplaire. De toute façon, elle aurait mieux fait de rester chez elle ce soir. Elle était rentrée depuis peu d'un reportage photo à Milan et n'avait qu'une envie : finir la soirée en se prélassant sur son canapé.

Elle regarda autour d'elle. On eût dit que chaque descendant direct ou indirect de Squire Moore mettait toute son énergie à parler plus fort que son voisin.

Je compte jusqu'à dix et je m'en vais, décida-t-elle. Elle entendit alors une voix près d'elle — une voix mélodieuse, familière, qui réveilla soudain dans son subconscient des souvenirs heureux. Elle pivota sur elle-même. La voix appartenait à une femme en train de monter les quelques marches menant au restaurant de la mezzanine, et qui s'était arrêtée pour appeler quelqu'un en contrebas. Maggie leva les yeux et retint un cri. Avait-elle des visions ? Se pouvait-il que ce fût Nuala ? Des années s'étaient écoulées, pourtant cette voix était celle de l'ex-femme de son père, de cette femme qui avait été sa belle-mère entre sa cinquième et sa dixième année. Après leur divorce, son père avait interdit à Maggie de prononcer le nom de Nuala.

Maggie aperçut Liam, qui s'apprêtait à héler un autre de ses parents, et lui saisit le bras : « Liam, cette femme, là-bas, qui monte l'escalier. La connais-tu ? »

Il plissa les yeux. « Bien sûr, c'est Nuala. Elle a été mariée avec mon oncle. Je devrais la considérer comme ma tante, mais elle était sa deuxième femme et je ne pense jamais à elle sous cet angle. C'est un sacré numéro, elle est très amusante. Pourquoi ? »

Sans se donner la peine de répondre, Maggie commença à se faufiler entre les Moore agglutinés sur son passage. Quand elle atteignit le bas de l'escalier, elle aperçut Nuala Moore en train de bavarder avec quelques invités sur la mezzanine. Maggie monta à sa rencontre, mais s'arrêta avant d'arriver en haut pour l'observer.

Après le départ soudain de Nuala, Maggie avait ardemment espéré qu'elle lui écrirait. Pourtant aucune lettre ne lui était jamais parvenue et ce silence lui avait paru terriblement cruel. Nuala lui était devenue si proche durant ces cinq années. Sa propre mère était morte dans un accident de voiture peu après sa naissance. Après la mort de son père, elle s'était rendu compte qu'il avait brûlé toutes les lettres que Nuala lui avait écrites, réexpédié tous les présents qu'elle lui avait envoyés.

Aujourd'hui, Maggie retrouvait la frêle silhouette, les yeux bleus pétillants, les cheveux soyeux aux reflets couleur de miel. Elle distinguait les fines rides qui ne gâtaient en rien son teint ravissant. Et tandis qu'elle était perdue dans sa contemplation, les souvenirs envahirent son cœur. Des souvenirs d'enfance, peut-être les plus heureux.

Nuala, qui intervenait toujours dans les disputes, protestant auprès de son père : « Owen, pour l'amour du ciel, ce n'est qu'une enfant. Cesse de la reprendre à chaque instant… » Nuala, qui prenait toujours sa défense : « Owen, tous les enfants de son âge portent des T-shirts et des jeans… Owen, qu'importe si elle a utilisé trois rouleaux de pellicule ! Elle adore prendre des photos, et elle est douée… Owen, elle ne passe pas son temps dans la boue. Tu ne vois donc pas qu'elle cherche à pétrir de la glaise, à modeler quelque chose ? Je t'en prie, reconnais au moins la créativité de ta fille, même si tu n'aimes pas ma peinture. »

Nuala — si belle, si drôle, répondant si patiemment aux questions de Maggie. C'était Nuala qui lui avait communiqué son amour du beau et son sens artistique.

Ce soir, elle portait un ensemble de soie bleu pâle et des escarpins assortis. Elle n'avait pas changé. Maggie l'avait toujours connue vêtue de teintes pastel.

Elle n'avait pas cinquante ans lorsqu'elle avait épousé son père, se rappela Maggie, cherchant à déterminer son âge actuel. Elle avait vécu cinq ans avec lui et l'avait quitté vingt-deux ans auparavant.

Ce qui lui faisait aujourd'hui environ soixante-quinze ans, calcula Maggie avec stupéfaction. Elle ne les paraissait certes pas.

Leurs regards se croisèrent. Nuala fronça les sourcils, l'air soudain perplexe.

Nuala lui avait dit que son véritable nom était Finnuala, d'après le Celte légendaire, Finn MacCool, qui avait terrassé un géant. Maggie se souvint du plaisir avec lequel elle s'efforçait d'articuler correctement le mot Finn-u-ala quand elle était petite.

« Finn-u-ala ? » fit-elle alors, d'un ton interrogateur.

La stupéfaction apparut sur le visage de l'autre femme. Puis elle laissa échapper un cri de joie qui interrompit brusquement le brouhaha des conversations autour d'elles, et Maggie se retrouva enveloppée par deux bras affectueux. Nuala portait ce délicat parfum qui tout au long des années avait flotté dans les souvenirs de Maggie. À l'âge de dix-huit ans, elle avait découvert qu'il s'agissait de Joy. Un nom qui convient bien à cette soirée, pensa-t-elle.

« Laisse-moi te regarder », dit Nuala, desserrant son étreinte et reculant d'un pas, sans toutefois lâcher les mains de Maggie, comme si elle craignait de la voir disparaître.

Ses yeux la dévisagèrent. « Je n'aurais jamais espéré te revoir ! Oh, Maggie ! Comment va ton père, ton redoutable père ?

— Il est mort il y a trois ans.

— Oh, chérie, je suis navrée. Mais je suis sûre qu'il s'est montré difficile jusqu'au dernier jour, n'est-ce pas ?

— Pas très facile, je dois l'avouer.

— Chérie, j'ai été *mariée* avec lui. Ne l'oublie pas ! Ce n'est pas la peine de me faire un dessin. Moralisateur, austère, irritable ; bref, difficile. Bon, n'en parlons plus. Le pauvre homme est mort, paix à son âme. Il était tellement vieux jeu, un véritable glaçon, il aurait fait un modèle idéal pour un personnage de vitrail médiéval… »

Consciente que tout le monde autour d'elle l'écoutait, Nuala passa son bras autour de la taille de Maggie et annonça à la cantonade : « Je vous présente ma fille ! Je ne l'ai pas mise au monde, naturellement, mais c'est un détail sans importance. »

Maggie s'aperçut alors que Nuala refoulait elle aussi ses larmes.

Désireuses l'une comme l'autre de parler et d'échapper à la bousculade, elles filèrent à l'anglaise. Maggie n'avait pu trouver Liam pour lui dire au revoir, mais peu importait, elle était certaine qu'il remarquerait à peine son absence.

Bras dessus bras dessous, Maggie et Nuala remontèrent Park Avenue dans les derniers rayons du crépuscule de septembre, tournèrent en direction de l'ouest et entrèrent chez *Il Tinello*. Tout en dégustant un verre de chianti et des beignets de courgettes, elles se racontèrent leur vie.

Pour Maggie, c'était simple : « La pension ; papa m'y a envoyée après ton départ. Ensuite, Carnegie-Mellon, et pour finir un diplôme d'arts graphiques à l'université de New York. Aujourd'hui, je gagne très confortablement ma vie comme photographe.

— Formidable ! J'ai toujours pensé que ce serait ça ou la sculpture. »

Maggie sourit. « Tu as une bonne mémoire. J'adore la sculpture, encore que je ne sois qu'un amateur. La photographie a des avantages pratiques, et, honnêtement, je crois avoir un certain talent. J'ai quelques très bons clients. Maintenant, à toi de raconter ce que tu es devenue, Nuala.

— Non. Finissons avec toi, l'interrompit son interlocutrice. Tu vis à New York. Tu as un métier qui te plaît. Tu t'es appliquée à développer un don naturel. Tu es aussi jolie que je m'y attendais. Tu as eu trente-deux ans à ton dernier anniversaire. Qu'en est-il de ta vie amoureuse, y a-t-il un homme qui compte dans ton existence, ou je ne sais comment vous appelez cela de nos jours ? »

Maggie sentit l'habituel serrement de cœur en répondant sans détour : « J'ai été mariée pendant trois ans. Il s'appelait Paul, il était aviateur, diplômé de l'Air Force Academy. Il venait d'être sélectionné par la NASA lorsqu'il a été tué au cours d'un vol d'entraînement. C'était il y a cinq ans. J'ai éprouvé un choc que je ne surmonterai sans doute jamais. Il m'est toujours difficile de parler de lui.

— Oh, Maggie. »

Il y avait une immense compassion dans la voix de Nuala. Maggie se souvint qu'elle-même était veuve lorsqu'elle avait épousé son père.

Secouant la tête, Nuala murmura : « Pourquoi ces choses-là doivent-elles arriver ? » Puis son ton changea : « Si nous commandions ? »

Durant le dîner, elles comblèrent vingt-deux années de retard. Après avoir divorcé du père de Maggie, Nuala s'était installée à New York ; au cours d'un séjour à Newport, elle avait retrouvé

Timothy Moore — un garçon avec lequel elle était sortie à l'âge de dix-huit ans — et l'avait épousé. « Mon troisième et dernier mari. Un être merveilleux. Tim est mort l'an dernier et il me manque terriblement ! Il ne faisait pas partie de la branche fortunée des Moore, mais j'ai une jolie maison dans un agréable quartier de Newport, et des revenus corrects, et bien sûr je m'amuse toujours à peindre. Donc, tout va bien. »

Pourtant Maggie vit une lueur d'incertitude obscurcir son visage et s'aperçut que, dès le moment où la désertait son expression vive et enjouée, Nuala paraissait presque son âge.

« Vraiment bien, Nuala ? interrogea-t-elle doucement. Tu as l'air... préoccupé.

— Oui, oui, je vais bien. Seulement... vois-tu, j'ai eu soixante-quinze ans le mois dernier. Il y a longtemps, quelqu'un m'a dit que dès la soixantaine on commence à dire adieu à ses amis, ou bien ce sont eux qui vous disent adieu, et qu'à partir de soixante-dix ans ces adieux se multiplient. Crois-moi, c'est la vérité. J'ai perdu récemment plusieurs excellents amis, et chaque disparition me peine un peu plus que la précédente. Depuis quelque temps, je me sens un peu seule à Newport, mais il y a là-bas une merveilleuse résidence — j'ai horreur de l'expression "maison de retraite" — et je songe à m'y installer prochainement. Un appartement vient de s'y libérer, et c'est exactement ce que je recherche. »

Puis, tandis que le garçon servait le café, elle dit d'un ton pressant : « Maggie, viens me voir à Newport, s'il te plaît. Ce n'est qu'à quarante-cinq minutes de New York en voiture.

— Je viendrai volontiers, répondit Maggie.

— Tu parles sérieusement ?

— Très sérieusement. Maintenant que je t'ai retrouvée, je n'ai plus l'intention de te perdre. En outre, j'ai toujours eu envie d'aller à Newport. Il paraît que c'est un paradis pour les photographes. D'ailleurs… »

Elle s'apprêtait à confier à Nuala qu'elle avait annulé tous ses rendez-vous de la semaine suivante dans l'intention de prendre quelques jours de vacances bien mérités lorsqu'elle entendit une voix s'exclamer : « J'étais sûr de vous trouver ici ! »

Stupéfaite, Maggie leva les yeux. Debout devant leur table se tenaient Liam et son cousin, Earl Bateman. « Tu m'as faussé compagnie », dit Liam sur un ton de reproche.

Earl se pencha pour embrasser Nuala. « Liam va vous en vouloir de lui avoir enlevé sa petite copine. Comment se fait-il que vous vous connaissiez, toutes les deux ?

— C'est une longue histoire, répondit Nuala en souriant. Earl habite aussi Newport, expliqua-t-elle à Maggie. Il enseigne l'anthropologie à Providence, au Hutchinson College. »

J'avais vu juste en lui trouvant l'allure d'un intellectuel, pensa Maggie.

Liam prit une chaise à une table voisine et s'assit. « Tu ne peux pas nous refuser un dernier verre en votre compagnie. » Il eut un sourire à l'adresse de Earl. « Et ne t'inquiète pas. Earl a l'air bizarre mais il est inoffensif. Il appartient à une branche de la famille qui s'occupe de pompes funèbres depuis plus d'un siècle. *Eux* enterrent les gens. *Lui* les déterre ! C'est un vampire. Il arrive même à gagner de l'argent en parlant de ce genre de trucs. »

Maggie écarquilla les yeux tandis que les autres autour d'elle s'esclaffaient.

« Je donne des conférences sur les rites funéraires à travers les âges, expliqua Earl Bateman avec un sourire timide. Certains trouvent le sujet macabre, mais moi il me passionne. »

Vendredi 27 septembre

2

Il marchait d'un pas vif le long de Cliff Walk, les cheveux ébouriffés par la brise de mer qui s'était levée en fin de journée. Il avait fait délicieusement chaud au soleil en début d'après-midi, mais les rayons rasants n'étaient plus assez forts à présent pour lutter contre l'âpreté du vent. Il lui sembla que le changement intervenu dans l'air accompagnait sa soudaine morosité.

Jusqu'à présent, son plan d'action lui avait paru sans faille, cependant il ne restait que deux heures avant le dîner auquel Nuala les avait conviés, et il se sentait envahi d'une prémonition. Nuala manifestait depuis peu une certaine méfiance et elle risquait de se confier à sa belle-fille. Tout pouvait capoter.

Les touristes n'avaient pas encore quitté Newport. À vrai dire, ils étaient encore nombreux, visiteurs venus en excursion, amateurs de l'arrière-saison, avides d'admirer les demeures gérées par la Preservation Society, de s'extasier sur ces vestiges d'une époque disparue avant qu'ils ne soient fermés au public jusqu'au printemps suivant.

Plongé dans ses pensées, il s'arrêta devant The Breakers, ce stupéfiant témoignage d'une architecture ostentatoire, palais à l'américaine, symbole de ce que l'argent, l'imagination et l'ambition pouvaient édifier. Construit au début des années 1890 pour Cornelius Vanderbilt II et son épouse Alice, il avait été occupé peu de temps par son propriétaire. Paralysé par une attaque en 1895, Vanderbilt était mort en 1899.

S'attardant quelques instants devant The Breakers, il sourit. C'était l'histoire des Vanderbilt qui lui avait inspiré son idée.

Maintenant, il lui fallait agir vite. Reprenant sa marche, il passa devant la Salve Regina University, connue autrefois sous le nom d'Ochre Court, une folie de cent pièces qui se dressait dans toute sa splendeur sur l'horizon, avec ses murs en pierres de taille et ses mansardes parfaitement préservées. Cinq minutes plus tard, il arrivait à la hauteur de Latham Manor, digne concurrent, en moins ostentatoire, du célèbre Breakers. Jadis fierté de l'excentrique famille Latham, le manoir avait été laissé à l'abandon par le dernier héritier. Aujourd'hui restauré, ayant retrouvé toute sa grandeur passée, il servait de résidence à de riches retraités, qui y coulaient dans le luxe et l'opulence leurs dernières années.

Il s'arrêta, savourant la vue de la majestueuse façade de marbre blanc. Il plongea la main dans la poche de son blouson et en sortit un téléphone portable. Il composa rapidement un numéro et sourit légèrement au son de la voix qu'il avait espéré entendre. C'était au moins une chose d'assurée pour plus tard.

Il prononça trois mots : « Pas ce soir.

— Quand, alors ? demanda la voix calme et réservée après un bref silence.

— Je ne sais pas encore exactement. J'ai autre chose à régler. » Il parlait d'un ton sec. Il ne souffrait pas que l'on mette en question ses décisions.

« Bien sûr. Pardon. »

Il coupa la communication sans plus de commentaire, fit demi-tour et s'éloigna rapidement.

Il était temps de se préparer pour le dîner de Nuala.

3

Nuala Moore fredonnait en découpant des tomates en rondelles sur le comptoir de sa cuisine au désordre chaleureux. Les derniers rayons du soleil allaient disparaître dans le jour finissant, et un petit vent frais secouait la fenêtre au-dessus de l'évier. Elle sentit le froid qui s'infiltrait déjà à travers le mur mal isolé à l'arrière de la pièce.

Malgré tout, sa cuisine était chaude et accueillante avec son papier mural de style colonial rouge et blanc, son linoléum usagé rouge brique, ses étagères et ses placards en pin. Elle en termina avec les tomates et s'empara des oignons. Les tomates et oignons marinés dans l'huile et le vinaigre, puis généreusement saupoudrés d'origan, seraient un accompagnement parfait pour le gigot d'agneau. Elle espérait que Maggie aimait toujours l'agneau. Enfant, c'était l'un de ses plats de prédilection. Nuala aurait peut-être dû lui poser la question, mais elle voulait lui faire une surprise. Du moins était-elle sûre que Maggie n'était pas végétarienne — elle avait commandé du veau, le soir où elles avaient dîné ensemble, à Manhattan.

Les pommes de terre bouillaient dans la casserole. Elle les écraserait au dernier moment. Un moule à gâteau attendait sur le comptoir, prêt à être enfourné. Les haricots verts et les carottes, préparés à l'avance, demanderaient à peine quelques minutes de cuisson avant que les invités ne passent à table.

Nuala inspecta une dernière fois la salle à manger. Le couvert était mis. Elle s'en était occupée en premier dès le matin. Maggie serait assise en face d'elle, à l'autre bout de la table. Un symbole, elle ne l'ignorait pas. Comme si la mère et la fille recevaient ensemble.

Elle s'appuya contre l'encadrement de la porte pendant un instant, absorbée dans ses réflexions. Quel soulagement d'avoir quelqu'un avec qui partager enfin cette terrible inquiétude ! Elle attendrait un jour ou deux avant de s'épancher : « Maggie, dirait-elle, il faut que je te parle. Tu as raison, je me sens inquiète. Peut-être suis-je folle, ou seulement une vieille bonne femme stupide et méfiante, mais… »

Confier ses soupçons à Maggie lui ferait du bien. Même toute petite, elle montrait déjà un esprit clair et analytique. « Fin-nu-ala », disait-elle quand elle voulait lui faire une confidence ; c'était sa manière de lui faire comprendre que le sujet était important.

J'aurais dû attendre demain soir pour donner ce dîner. J'aurais dû laisser à Maggie le temps de reprendre ses esprits. Oh, c'est typique de ma part — j'agis d'abord et je réfléchis ensuite !

Mais elle avait hâte de présenter Maggie à ses amis, après leur avoir tellement parlé d'elle. Et par ailleurs, lorsqu'elle avait lancé ses invitations, elle croyait que Maggie arriverait un jour plus tôt.

La jeune femme avait téléphoné la veille pour la prévenir qu'elle avait un empêchement, que son reportage prendrait un jour de plus que prévu. « Le directeur artistique est une vraie pile et il s'angoisse pour chaque prise de vue, avait-elle expliqué. Je ne prendrai pas la route avant demain midi. J'arriverai sans doute entre quatre heures et quatre heures et demie. »

À quatre heures, elle avait téléphoné. « Nuala, j'ai essayé de t'appeler à deux reprises, mais la ligne était occupée. Je viens à peine de terminer, je saute dans ma voiture.

— Peu importe, du moment que tu viens.

— J'espère seulement être là avant tes invités et avoir le temps de me changer.

— Ne t'inquiète pas, c'est sans importance. Sois prudente, je remplirai leurs verres jusqu'à ton arrivée.

— Entendu. Je pars. »

Nuala sourit en songeant à cette conversation. Heureusement que Maggie n'a pas été retardée un jour de plus. Elle doit être aux environs de Bridgeport, en ce moment. Probablement coincée dans les habituels embouteillages de fin de journée, mais au moins est-elle sur la route. Dieu soit béni, Maggie sera bientôt là.

Ne trouvant plus rien à faire pour le moment, Nuala décida d'aller tranquillement regarder le journal télévisé dans le salon. Il lui resterait ensuite suffisamment de temps pour prendre un bain chaud et se détendre avant l'arrivée des invités.

Elle s'apprêtait à quitter la cuisine quand un coup fut frappé à la porte de derrière. Avant même qu'elle tourne la tête, la poignée de la porte s'abaissa. Son bref sursaut de surprise se transforma en sourire à la vue du visiteur qui franchissait le seuil de la cuisine.

« Bonsoir, toi, dit-elle. Je suis ravie de te voir, mais je ne t'attendais pas avant deux heures, j'espère que tu ne comptes pas rester.

— Je n'en ai pas l'intention », répondit doucement son visiteur.

4

Une fois sa mère partie en Floride, après avoir vendu la maison offerte par le vieux Squire en cadeau de mariage à sa propre mère, Liam Moore Payne avait acheté un appartement dans Willow Street. Il l'occupait régulièrement en été, et même lorsque son voilier était tiré au sec en fin de saison, il lui arrivait d'y venir de Boston pour les week-ends afin d'échapper au monde frénétique de la finance internationale.

L'appartement, un quatre-pièces spacieux avec de hauts plafonds et une terrasse surplombant Narragansett Bay, était meublé avec quelques-uns des plus beaux meubles et objets provenant de la maison familiale. Au moment de son départ, sa mère lui avait dit : « Ces choses n'ont pas leur place en Floride et de toute manière je ne les ai jamais beaucoup appréciées. Prends-les. Tu es comme ton père. Tu adores ces vieux machins tarabiscotés. »

Liam sortit de sa douche et s'enveloppa dans un drap de bain, songeant à son père. Lui ressemblait-il vraiment à ce point ? En rentrant à la maison après une journée consacrée à intervenir sur des marchés financiers toujours fluctuants, son père avait pour habitude de se diriger droit vers le bar de son bureau et de se servir un martini très sec, bien glacé. Il le dégustait lentement, puis, détendu, il montait prendre un bain, et ensuite seulement il s'habillait pour la soirée.

S'essuyant vigoureusement, Liam eut un petit sourire satisfait à la pensée que son père et lui étaient si semblables, encore qu'ils fussent différents sur certains détails. Les ablutions rituelles de son père l'eussent rendu fou, il préférait une douche revigorante. Et il prenait toujours son martini-vodka après la douche, non avant.

Dix minutes plus tard, il était devant le bar de son bureau et versait avec précaution de la vodka Finlandia dans un gobelet d'argent rempli de glaçons. Secouant le tout, il transféra la préparation dans un délicat verre à pied, y ajouta une ou deux gouttes de jus d'olive, fit une pause, puis, avec un soupir de contentement, avala une première gorgée. « Amen », dit-il à voix haute.

Il était huit heures moins dix. Il était attendu chez Nuala dans dix minutes, mais bien que le trajet en voiture en prenne au moins neuf, il ne se sentait pas obligé d'arriver à l'heure précise. Tous ceux qui connaissaient Nuala savaient que l'apéritif chez elle avait tendance à s'éterniser au moins jusqu'à neuf heures, et parfois plus tard.

Liam décida de s'accorder une petite marge. Il s'enfonça dans un magnifique canapé recouvert de cuir brun foncé et posa soigneusement ses pieds sur une table basse ancienne.

Il ferma les yeux. La semaine avait été longue et épuisante, mais le week-end promettait d'être intéressant.

Le visage de Maggie flotta dans son esprit. C'était une coïncidence extraordinaire qu'elle ait un rapport avec Newport, un lien très fort, semblait-il. Il était resté stupéfait en apprenant sa parenté avec Nuala.

Il se souvint de l'inquiétude qui l'avait envahi lorsqu'il s'était aperçu que Maggie avait quitté sans l'avertir la réception du *Four Seasons*. S'en voulant de l'avoir si totalement négligée, il la recherchait pour mettre les choses au point. Apprenant qu'elle était partie avec Nuala avant le dîner, il avait supposé qu'elles s'étaient rendues chez *Il Tinello*. Pour une jeune femme moderne, Maggie était particulièrement attachée à ses habitudes.

Maggie. Il la revoyait, avec son beau visage rayonnant d'intelligence et d'énergie.

Liam savoura la dernière goutte de son cocktail et, avec un soupir, quitta son siège confortable. Il était temps de partir. Il vérifia sa mise dans la glace de l'entrée, s'assura que la cravate Hermès rouge et bleu que sa mère lui avait envoyée pour son anniversaire s'harmonisait à son blazer bleu marine, encore qu'une rayure traditionnelle eût peut-être mieux convenu. Peu importait ; il n'avait plus le temps de s'attarder.

Il ramassa son trousseau de clés et, refermant la porte derrière lui, il se mit en route.

5

Earl Bateman était allongé sur le divan, un verre de vin à la main, le livre qu'il venait de terminer posé sur la table à côté de lui. Il savait qu'il était temps de s'habiller pour aller chez Nuala, mais il prolongeait ce moment de répit, en profitant pour réfléchir aux événements de la semaine écoulée.

Avant de quitter Providence, il avait fini de noter les copies des élèves de son cours d'anthropologie, constatant avec satisfaction que la plupart de ses étudiants étaient d'un niveau excellent. Le semestre s'annonçait intéressant — et peut-être éprouvant — avec eux.

Et à partir de maintenant, ses week-ends à Newport ne seraient plus gâchés par la cohue dans les restaurants et les embarras de voitures de la saison d'été.

Earl habitait l'annexe de la propriété familiale, Squire Hall, la maison que Squire Moore avait fait construire pour sa fille cadette à l'occasion de son mariage avec Gordon Bateman, le « vampire », comme l'appelait Squire, parce que les Bateman étaient entrepreneurs de pompes funèbres depuis quatre générations.

De toutes les résidences qu'il avait offertes à ses sept enfants, c'était de loin la plus petite, sans doute pour signifier son opposition au mariage. Rien de personnel, mais la pensée de mourir lui avait toujours fait horreur, et il avait même interdit que le mot « mort » fût prononcé en sa présence. Accueillir au sein de la famille l'homme qui vraisemblablement serait chargé d'organiser ses propres funérailles était un rappel continuel et insupportable du mot honni.

En réponse, Gordon Bateman avait convaincu son épouse de baptiser leur maison « Squire Hall », hommage moqueur à son beau-père et façon de souligner subtilement qu'aucun de ses autres enfants n'avait songé à l'honorer ainsi.

Earl pensait que son propre prénom, synonyme de « comte », était une autre flèche décochée à Squire, car le patriarche avait toujours fait croire que son nom rappelait le titre honorifique de « seigneur » accordé à des générations de Moore dans le comté de Dingle. Mais un *squire* portait toujours la main à son front en présence d'un *earl*.

Une fois qu'Earl eut enfin convaincu son père qu'il n'avait pas l'intention de devenir le prochain directeur de l'entreprise de pompes funèbres Bateman, ses parents la vendirent à une société qui conserva le nom et engagea un nouveau manager.

Ses parents passaient à présent neuf mois de l'année en Caroline du Sud, près de ses sœurs mariées, et ils avaient poussé Earl à occuper l'ensemble de la maison pendant cette période, une offre qu'il avait déclinée. L'annexe était installée selon son goût, ses livres et ses objets d'art enfermés dans des vitrines, à l'abri d'époussetages inconsidérés. Il jouissait aussi d'une vue panoramique sur l'océan ; Earl trouvait dans la contemplation de la mer un infini apaisement.

La paix. C'était peut-être le mot auquel il attachait le plus grand prix.

À cette bruyante réunion des descendants de Squire Moore à New York, il s'était tenu le plus possible à l'écart, les observant tous à tour de rôle. Il s'efforçait de ne pas les critiquer outre mesure, mais préférait ne pas se mêler à leurs « mon vieux, j'ai fait l'affaire du siècle ». Ses cousins avaient pour habitude de vanter leur réussite et, comme Liam, ils adoraient évoquer ensemble les histoires invraisemblables de leur excentrique — et quelquefois impitoyable — aïeul.

Earl savait aussi avec quelle satisfaction certains d'entre eux se gaussaient du passé de son père, entrepreneur de pompes funèbres. Durant la réception, il en avait entendu deux se moquer de lui et faire des allusions déplaisantes.

Que le diable les emporte ! pensa-t-il brusquement en se redressant. Il était huit heures moins dix, l'heure de se remuer. La perspective de dîner chez Nuala ne l'enchantait guère, mais d'un autre côté il y retrouverait Maggie Holloway. Elle était extrêmement séduisante…

Oui, grâce à sa présence, la soirée ne serait pas dépourvue d'intérêt.

6

Le Dr William Lane, directeur de la résidence de Latham Manor, consulta sa montre pour la troisième fois en cinq minutes. Sa femme et lui étaient attendus chez Nuala à huit heures ; il était huit heures moins dix. La cinquantaine corpulente, le cheveu rare, le Dr Lane savait toujours se montrer apaisant auprès de ses malades — une attitude qu'il ne manifestait pas à l'égard de sa jeune femme.

« Odile, appela-t-il, pour l'amour du ciel, dépêche-toi un peu !

— J'arrive. » La voix, voilée et mélodieuse, résonna dans l'escalier de leur maison, une ancienne bâtisse qui avait été jadis la remise de Latham Manor. Un instant plus tard, elle entra précipitamment dans le salon, encore occupée à attacher une boucle d'oreille.

« Je faisais la lecture à Mme Patterson, dit-elle. Tu la connais, William. Elle n'est pas encore habituée à vivre ici et elle n'admet pas que son fils ait vendu sa maison sans lui demander son avis.

— Elle s'habituera, dit Lane d'un ton sec. Tous les autres ont fini par se trouver très heureux à la résidence.

— Je sais, mais parfois il leur faut un peu de temps. Je dis toujours qu'un nouveau résident a besoin d'affection pendant la période d'adaptation. » Odile alla jusqu'au miroir qui dominait la cheminée de marbre sculpté. « De quoi ai-je l'air ? » Elle sourit au reflet de son visage encadré de cheveux blonds et qu'éclairaient deux grands yeux clairs.

« Tu es parfaite. Comme d'habitude, fit Lane. Que sais-tu de cette soi-disant belle-fille de Nuala ?

— Nuala m'a tout raconté sur elle lorsque nous sommes allées rendre visite à Greta Shipley, lundi dernier. Elle s'appelle Maggie, et Nuala a été mariée avec son père, il y a des années. Elle va rester deux semaines chez Nuala, pour le plus grand bonheur de notre amie. Tu ne trouves pas merveilleux qu'elles se soient retrouvées ? »

Sans se donner la peine de répondre, le Dr Lane ouvrit la porte d'entrée et s'effaça pour la laisser passer. Quelle charmante humeur ! songea Odile en descendant les marches du porche pour gagner la voiture. Elle s'arrêta et se retourna, jetant un regard vers la superbe demeure dont la façade de marbre étincelait sous le clair de lune.

D'une voix hésitante, elle suggéra : « Je voulais te dire que je suis passée voir Mme Hammond ; je l'ai trouvée un peu essoufflée et plus pâle qu'à l'habitude. Je me demande si tu ne devrais pas t'assurer de son état avant que nous ne partions.

— Nous sommes déjà suffisamment en retard comme ça, répondit impatiemment son mari en ouvrant la portière. Si on a besoin de moi, je peux être de retour en dix minutes, mais je t'assure que Mme Hammond n'aura aucun problème cette nuit. »

7

Malcolm Norton n'avait pas une envie démesurée de se rendre à cette soirée. Avec sa couronne de cheveux gris et son allure martiale, il en imposait à son entourage. Pourtant, ce n'était qu'une apparence qui cachait un état d'esprit tourmenté.

L'appel téléphonique de Nuala, trois jours plus tôt, l'invitant à dîner ce soir et à faire la connaissance de sa belle-fille l'avait bouleversé — non pas l'invitation en soi, mais la nouvelle imprévue que Nuala avait une belle-fille.

Conseiller juridique indépendant, Norton avait vu sa clientèle s'amenuiser considérablement au cours des dernières années, une diminution qui s'expliquait en partie par des causes naturelles — il en était venu peu à peu à s'occuper presque exclusivement de successions — mais aussi, il en était convaincu, par l'installation dans la région de plusieurs juristes jeunes et dynamiques.

Nuala Moore était l'une de ses dernières clientes, et il était au courant de ses affaires dans le moindre détail. Pourtant, jamais elle n'avait mentionné l'existence de sa belle-fille.

Depuis quelque temps, Malcolm Norton poussait discrètement Nuala à vendre sa maison et à s'installer à Latham Manor. Récemment, elle avait laissé entendre que ce n'était pas une mauvaise idée. Depuis la mort de Tim, elle se sentait seule dans ces pièces désertes, et les frais de réparation étaient de plus en plus lourds. « Je sais qu'elle a besoin d'une toiture neuve, que le chauffage central est antédiluvien, et qu'il faudrait y installer l'air conditionné, avait-elle dit. Croyez-vous que je puisse en tirer deux cent mille dollars ? »

Il avait réagi prudemment. « Nuala, le marché immobilier dans la région décline dès les premiers jours de l'automne. L'été prochain, vous pourriez peut-être obtenir ce prix. Mais j'aimerais vous voir installée avant. Si vous êtes prête à aller à Latham dès maintenant, je peux vous débarrasser de la maison pour cette somme et y faire les quelques améliorations nécessaires. Je récupérerai mon investissement plus tard, et vous n'aurez plus de dépenses à supporter. Avec l'assurance-vie de Tim et la vente de la maison, vous pourriez avoir ce qu'il y a de mieux à Latham, peut-être même transformer une pièce en atelier pour votre usage personnel.

— C'est tentant. Je vais faire une demande », lui avait dit Nuala. Puis elle l'avait embrassé sur la joue. « Vous avez été un véritable ami pour moi, Malcolm.

— Je m'occuperai des formalités. Croyez-moi, vous prenez une sage décision. »

Ce que Malcolm avait tu à Nuala était une information qu'il tenait d'un de ses amis à Washington. Un amendement allait être voté concernant la réglementation de la protection de l'environnement, avec pour conséquence la disparition des restrictions en matière de construction qui frappaient certaines propriétés de bord de mer actuellement soumises à la loi sur la protection du littoral. Toute la partie droite du terrain de Nuala bénéficierait de ce changement. Il suffirait de combler l'étang et d'abattre quelques arbres pour avoir une vue spectaculaire sur l'océan. Beaucoup étaient prêts à payer une fortune pour jouir de cette vue. Ils achèteraient la propriété au prix fort, démoliraient probablement l'ancienne maison et en construiraient une autre, trois fois plus grande. Selon les estimations de Malcolm, la valeur de la propriété pourrait atteindre un million de dollars. Si tout se passait comme prévu, il encaisserait une plus-value de huit cent mille dollars en l'espace d'un ou deux ans.

Il pourrait alors mener l'existence qu'il désirait. Grâce au bénéfice de la vente, il aurait suffisamment d'argent pour régler la situation avec sa femme, Janice, prendre sa retraite, et s'installer en Floride avec Barbara.

Comme sa vie avait changé depuis que Barbara était devenue sa secrétaire ! De sept ans plus jeune que lui, c'était une jolie veuve de cinquante-six ans. Ses enfants étaient adultes et éparpillés aux quatre coins du pays, et elle avait accepté ce poste auprès de lui pour avoir une occupation. Il ne leur avait pas fallu longtemps, toutefois, pour ressentir une attirance réciproque. Elle possédait toute la chaleur dont Janice était dépourvue.

Mais elle n'était pas le genre de femme à se contenter d'une liaison avec son patron — elle le lui avait clairement fait entendre. S'il la voulait, il devrait se libérer. Et ce qu'il lui fallait pour ça, c'était de l'argent. Alors...

« Eh bien, es-tu prêt ? »

Malcolm leva les yeux. Sa femme, la femme qu'il avait épousée voilà trente-cinq ans, se tenait devant lui, les bras croisés.

« Je t'attends », dit-il d'un ton courtois.

Il était rentré tard et s'était rendu directement dans sa chambre. Il n'avait pas encore vu Janice depuis ce matin. « Comment s'est passée ta journée ? demanda-t-il poliment.

— Comment crois-tu que se passent mes journées ? » Sa voix était pleine d'amertume. « Ma vie consiste à tenir la comptabilité dans une maison de vieux. Mais au moins l'un de nous deux rapporte-t-il un salaire régulier à la maison. »

8

À huit heures moins dix, Neil Stephens, le directeur général de Carson and Parker Investment Corporation, se leva de sa chaise et s'étira. Il ne restait personne d'autre que lui dans le bureau du World Trade Center 2, à l'exception de l'équipe chargée de l'entretien qui passait l'aspirateur dans le couloir.

Étant donné ses fonctions, il disposait d'un vaste bureau d'angle, d'où il jouissait d'une vue panoramique sur Manhattan, un privilège dont malheureusement il n'avait guère le temps de profiter. Particulièrement aujourd'hui.

Les marchés avaient été extrêmement fluctuants ces derniers jours, et certaines des actions de la liste « hautement recommandée » de Carson and Parker avaient été cotées à la baisse. Il s'agissait de titres extrêmement sûrs, et un fléchissement des cours n'était pas véritablement préoccupant. Ce qui l'était, en revanche, c'était l'attitude des petits porteurs qui désiraient vendre et qu'il fallait convaincre de patienter.

Suffit pour aujourd'hui, décida-t-il. Il est temps de quitter les lieux. Il chercha des yeux sa veste et la vit posée sur l'un des fauteuils du « coin conversation », un espace confortablement meublé qui créait dans la pièce une « atmosphère de convivialité », selon les termes du décorateur.

Constatant avec dépit que sa veste était complètement chiffonnée, il la secoua et commença à l'enfiler. S'obligeant à un programme strict d'exercice physique, y compris deux soirées par semaine consacrées au squash, Neil s'efforçait à trente-sept ans de garder un corps musclé sans une once de graisse superflue. Et les résultats d'une telle discipline étaient visibles : Neil était un homme extrêmement séduisant, avec un regard brun pénétrant, exprimant l'intelligence, et un sourire franc qui inspirait la confiance. Et, à dire vrai, cette confiance était bien placée car, comme le savaient ses associés et ses amis, Neil Stephens vous faisait rarement défaut.

Il lissa les manches de sa veste, se rappelant que son assistante, Trish, l'avait soigneusement suspendue le matin, puis s'en était ouvertement désintéressée quand il l'avait à nouveau jetée n'importe où après le déjeuner.

« Les autres me reprochent d'être aux petits soins pour vous, lui avait-elle dit. En outre, je passe mon temps à ramasser les affaires de mon mari à la maison. Il y a des limites à la patience d'une femme. »

À ce souvenir Neil eut un bref sourire, qui s'évanouit lorsqu'il se rendit compte qu'il avait oublié d'appeler Maggie pour lui demander son numéro de téléphone à Newport. Ce matin même, il avait décidé de se rendre à Portsmouth le week-end prochain pour l'anniversaire de sa mère ; il serait à quelques minutes seulement de Newport. Maggie lui avait dit qu'elle comptait y séjourner pendant une quinzaine de jours, chez sa belle-mère. Peut-être pourrait-il l'y rejoindre ?

Maggie et lui se voyaient de temps en temps depuis le début du printemps, depuis le jour où ils s'étaient rencontrés dans un café de la Deuxième Avenue, à mi-chemin de leurs immeubles respectifs, situés 56e Rue Est. Ils avaient commencé par bavarder quelques minutes chaque fois qu'ils s'y croisaient ; puis ils s'étaient retrouvés un soir par hasard au cinéma. Ils avaient assisté ensemble à la séance et étaient allés ensuite prendre un verre au *Neary's Pub*.

Au début, Neil avait apprécié le naturel de Maggie dans leurs relations. Rien dans son attitude n'indiquait que Neil fût autre chose pour elle qu'un ami partageant sa passion pour le cinéma. Elle semblait aussi absorbée que lui par son travail ; ils étaient parfaitement assortis.

Néanmoins, après six mois de ces rencontres occasionnelles, le fait que la jeune femme continuât à le considérer comme un agréable compagnon pour une soirée, sans plus, commençait à agacer Neil. Sans s'en rendre compte, il était devenu de plus en plus désireux de la voir, de mieux la connaître. Il savait qu'elle avait perdu son mari cinq ans auparavant ; un veuvage qu'elle mentionnait simplement, d'un ton impliquant qu'elle avait surmonté son deuil. Mais aujourd'hui, avait-elle quelqu'un dans sa vie ? C'était une question qui le tourmentait.

Après quelques instants d'hésitation, Neil décida de vérifier si Maggie avait laissé son numéro à Newport sur son répondeur. Regagnant son bureau, il écouta le message enregistré : « Allô, vous êtes bien chez Maggie Holloway. Merci de votre appel. Je serai absente jusqu'au 13 octobre. » Un déclic. Visiblement, elle souhaitait avoir la paix.

Très bien, soupira-t-il d'un air sombre en reposant le récepteur. Il se dirigea vers la fenêtre. Manhattan se déployait devant lui, étincelant de lumières. Il porta son regard vers les ponts de l'East River et se remémora le jour où il avait dit à Maggie que son bureau était situé au quarante-deuxième étage du World Trade Center. Elle lui avait raconté son émerveillement la première fois qu'elle était montée prendre un verre au *Windows on the World*, au sommet du Trade Center. « Le crépuscule tombait. Les lumières des ponts se sont allumées, et peu à peu les rues et les buildings se sont illuminés. On aurait dit une grande dame en train de se parer de bijoux — colliers, bracelets, bagues, et même un diadème. »

Cette image colorée était restée gravée dans l'esprit de Neil.

Il avait aussi un autre souvenir de Maggie, plus troublant celui-ci. Un samedi, trois semaines auparavant, il était allé voir au cinéma *Un homme et une femme*. Il y avait peu de monde dans la salle, et à la moitié du film il avait aperçu Maggie assise seule dans la rangée devant lui. Il avait failli la rejoindre, quand il s'était rendu compte qu'elle pleurait. Des larmes silencieuses roulaient le long de ses joues, et elle pressait sa main sur sa bouche pour étouffer ses sanglots tout en regardant se dérouler l'histoire de cette jeune veuve incapable d'accepter la mort de son mari.

Il s'était hâté de sortir pendant le générique de fin, conscient qu'elle serait peut-être gênée d'avoir été surprise dans un pareil état d'émotion.

Plus tard le même soir, il dînait au *Neary's Pub* avec des amis lorsqu'elle était entrée. Elle s'était arrêtée près de sa table pour lui dire bonsoir avant de rejoindre un groupe à une grande table d'angle. Rien sur son visage ni dans son comportement n'indiquait que durant la projection du film elle s'était identifiée à la jeune veuve au cœur brisé.

Et voilà ! pensa Neil, dépité, elle est partie pour deux semaines au moins, et je ne sais comment la joindre. Je n'ai même pas la moindre idée du nom de sa belle-mère.

9

Réflexion faite, hormis l'humeur ombrageuse du directeur artistique, la semaine s'était bien passée, songea Maggie en empruntant la route 138 en direction de Newport. Les deux séances de prises de vue s'étaient déroulées sans problème, et elle était particulièrement satisfaite des photos qu'elle avait faites pour *Vogue*.

Après l'attention méticuleuse qu'il avait fallu porter au rendu fidèle de chaque pli des robes somptueuses qu'elle photographiait, elle avait éprouvé une joie sans mélange à enfiler un jean et une chemise à carreaux. En réalité, à part un chemisier de soie imprimée bleue et une jupe longue assortie qu'elle mettrait ce soir au dîner de Nuala, elle avait emporté uniquement des vêtements de sport pour ces vacances.

Nous allons passer deux semaines formidables, se promit-elle en souriant. Quinze jours pour nous retrouver et rattraper le temps perdu !

Elle s'était étonnée que Liam ait également l'intention d'assister à la réception, sachant pourtant qu'il séjournait souvent à Newport. « La route est facile depuis Boston, lui avait-il dit au téléphone. Je passe régulièrement mes week-ends là-bas, surtout hors saison.

— Je l'ignorais.

— Il y a bien des choses que tu ignores sur moi, Maggie. Si tu n'étais pas constamment par monts et par vaux...

— Et si tu ne vivais pas à Boston, si tu n'utilisais pas ton appartement de New York aussi rarement... »

Un sourire éclaira à nouveau le visage de Maggie. Liam était charmant ; son seul défaut était de se prendre trop au sérieux. S'arrêtant à un feu rouge, elle regarda autour d'elle pour s'orienter. Nuala habitait Garrison Avenue, un peu à l'écart du célèbre Ocean Drive. « J'ai même une vue superbe sur la mer depuis le deuxième étage, lui avait-elle expliqué. Tu verras, et tu pourras aussi admirer mon atelier. »

Nuala avait téléphoné à trois reprises durant la semaine, s'assurant qu'il n'y avait pas de changement. « Tu viens vraiment, n'est-ce pas, Maggie ? Tu ne vas pas me faire faux bond ? »

Elle l'avait rassurée : « Bien sûr que non. » Pourtant, Maggie était restée perplexe après avoir raccroché. Était-ce un effet de son imagination ou y avait-il une hésitation dans la voix de Nuala, une inquiétude qu'elle avait déjà perçue sur son visage le soir où elles avaient dîné ensemble à Manhattan ? Elle s'était alors raisonnée : Nuala avait perdu son mari à peine un an auparavant et elle voyait peu à peu disparaître ses amis, ce qui est une source de chagrin lorsque vous avancez dans la vie. Naturellement, la mort vous semble plus proche à chaque fois, s'était-elle dit.

Elle avait remarqué la même expression sur les visages des pensionnaires d'une maison de retraite qu'elle avait photographiés pour *Life* l'année précédente. Une femme lui avait dit d'un air songeur : « J'ai parfois le cœur lourd à la pensée que personne ne se souvient de moi lorsque j'étais jeune. »

Maggie frissonna. Il faisait plus froid, soudain, dans la voiture. Arrêtant la climatisation, elle baissa la fenêtre de quelques centimètres et huma les effluves piquants de l'air marin. Quand vous avez été élevée dans le Midwest, vous ne vous lassez jamais de la mer.

Elle consulta sa montre. Huit heures moins dix. Elle aurait à peine le temps de se rafraîchir et de se changer avant l'arrivée des autres invités. Au moins avait-elle téléphoné à Nuala pour l'avertir de son retard. Elle lui avait annoncé qu'elle arriverait vers cette heure-ci.

Elle s'engagea dans Garrison Avenue et découvrit l'océan qui s'étendait devant elle. Elle ralentit, puis arrêta la voiture devant une charmante maison à clin au toit recouvert de bardeaux et entourée d'une véranda. Sans doute la maison de Nuala. Mais elle semblait si sombre. Aucune lumière ne brillait à l'extérieur, et on distinguait à peine une vague lueur derrière les fenêtres de la façade.

Maggie se gara dans l'allée et, sans s'occuper de prendre sa valise dans le coffre, elle gravit rapidement les marches. Impatiente, elle sonna à la porte. Un carillon tinta faiblement à l'intérieur.

Pendant qu'elle attendait, elle respira l'air autour d'elle. Les fenêtres qui donnaient sur la rue étaient ouvertes, et il lui sembla sentir une âcre odeur de brûlé provenant de l'intérieur. Elle pressa à nouveau le bouton de la sonnette, et à nouveau le carillon résonna à travers la maison.

Aucune réponse ni aucun bruit de pas ne lui parvint. Il se passait quelque chose d'anormal. Où était Nuala ? Maggie se dirigea vers la fenêtre la plus proche et se baissa, tentant de voir à travers la frange des stores baissés l'intérieur de la pièce plongée dans l'obscurité.

Soudain, la peur lui dessécha la bouche. Le peu qu'elle apercevait dans la pénombre trahissait un désordre effrayant. Un tiroir avait été vidé de son contenu sur le tapis et reposait en équilibre instable contre la chaise longue. La cheminée face aux fenêtres était flanquée de vitrines. Les deux meubles étaient ouverts.

La faible lumière qui éclairait la pièce provenait d'une paire d'appliques au-dessus du manteau de la cheminée. Ses yeux s'adaptant peu à peu à la semi-obscurité, Maggie distingua un escarpin, posé de travers devant le foyer.

Qu'est-ce que cela signifiait ? Elle plissa les yeux, colla son nez à la fenêtre et crut voir un petit pied chaussé d'un bas, qui pointait derrière une causeuse près de laquelle la chaussure était tombée. Elle revint précipitamment vers la porte, tourna la poignée. En vain ; la porte était fermée à clé.

Affolée, elle se précipita vers sa voiture, saisit le téléphone et composa fébrilement le 911, le numéro de la police. Puis elle s'interrompit, se rappelant que son téléphone était relié au réseau de New York. Elle se trouvait dans l'État de Rhode Island ; l'indicatif de la zone était le 401. Les doigts tremblants, elle fit le 401-911.

Dès qu'elle entendit la voix de l'opérateur, elle balbutia : « 15 Garrison Avenue, à Newport. Je n'arrive pas à entrer. Quelqu'un est étendu par terre. Je crois que c'est Nuala. »

Je bredouille, se dit-elle. Il faut que je me reprenne. Mais tandis que l'opérateur l'interrogeait lentement, calmement, trois mots martelaient l'esprit de Maggie : *Nuala est morte*.

10

Le commissaire Chet Brower, chef de la police de Newport, resta à l'écart pendant que le photographe de la brigade criminelle mitraillait les lieux du crime. Outre le fait accablant que quelqu'un de sa circonscription avait été sauvagement assassiné — Nuala Moore avait été frappée de nombreux coups à la tête —, il y avait quelque chose dans toute cette affaire qui le tracassait.

Aucun cambriolage n'avait été signalé dans ce district depuis plusieurs mois. Ce genre d'effraction se produisait en hiver, lorsque les maisons fermées devenaient la cible de prédilection de petits malfrats en quête de postes de télévision, magnétoscopes, etc. Brower s'étonnait toujours du nombre de gens ne possédant pas de système d'alarme. Sans compter ceux qui ne se souciaient guère de verrouiller leur porte.

Il s'était trouvé dans la première voiture qui avait répondu à l'appel du 911. Lorsqu'ils avaient atteint la maison, et que la jeune femme — la belle-fille de Mme Moore — leur avait désigné d'un geste la fenêtre de façade, il avait regardé à l'intérieur et vu de ses yeux la scène même qu'elle avait décrite. Avant de forcer la porte d'entrée, il avait préféré contourner la maison, accompagné de l'inspecteur Jim Haggerty. Tournant avec précaution le bouton de la porte qui donnait directement dans la cuisine, évitant de brouiller d'éventuelles empreintes, ils avaient constaté qu'elle n'était pas fermée à clé et ils étaient entrés.

La flamme du gaz dansait encore sous une casserole noircie. L'âcre odeur de pommes de terre brûlées couvrait un autre fumet, plus agréable. De l'agneau rôti, avait-il noté malgré lui. Machinalement, il avait éteint les brûleurs de la cuisinière, puis traversé la salle à manger pour déboucher dans le salon.

Ils ne s'étaient pas aperçus que la belle-fille les avait suivis avant d'arriver près du corps et de l'entendre pousser un cri. « Oh, Nuala, Finn-uala ! », s'était-elle écriée en tombant à genoux. Elle avait tendu la main vers le corps, mais il avait arrêté son geste.

« Ne la touchez pas ! »

Le carillon de la porte d'entrée avait sonné, et il se rappelait avoir remarqué que la table était dressée dans la salle à manger. Le son rapproché des sirènes annonçait le renfort de plusieurs voitures de police, et en quelques minutes les agents étaient parvenus à rassembler la belle-fille et les autres invités dans une maison voisine. Personne ne devait quitter les lieux avant d'avoir été interrogé par le commissaire.

« Chef. »

Brower leva les yeux. Eddie Sousa, un jeune policier, se tenait à ses côtés.

« Il y en a qui commencent à s'impatienter. »

Des rides profondes creusèrent le front de Brower, signe chez lui de réflexion ou d'irritation. « Dites-leur que j'arrive dans dix minutes », fit-il d'un ton agacé.

Avant de partir, il parcourut la maison une dernière fois. Un vrai champ de bataille. Même l'atelier du deuxième étage avait été saccagé. Fournitures et matériel de peinture étaient éparpillés sur le sol, comme si on les avait examinés à la hâte puis jetés ; les tiroirs et les placards avaient été vidés. Rares étaient les cambrioleurs qui, une fois leur meurtre accompli, auraient pris le temps de procéder à une fouille aussi systématique. Par ailleurs, l'aspect général de la maison trahissait le peu de frais consacrés à son entretien. Qu'y avait-il donc à voler ?

Les trois chambres du deuxième étage avaient été soumises au même traitement. Dans l'une d'elles, le lit était fait, les draps venaient d'être changés. Sans doute la chambre préparée pour la belle-fille.

Tout ce que renfermait la chambre principale était éparpillé aux quatre coins de la pièce. Un écrin à bijoux de cuir rose, du même style que celui qu'il avait autrefois offert à sa femme pour Noël, était ouvert. Son contenu, visiblement des bijoux fantaisie, était étalé sur le dessus d'une petite commode basse. Brower nota mentalement de demander aux amis de Nuala Moore si elle possédait des bijoux de valeur.

Il passa un long moment à inspecter la chambre à coucher de la défunte et le chantier qui y régnait. L'auteur de ce chambardement n'était pas une brute classique ni un toxicomane. Il était venu *chercher* quelque chose. Ou *elle* était venue chercher quelque chose. Nuala Moore s'était visiblement rendu compte que sa vie était en danger. Selon toutes les apparences, il était clair qu'elle cherchait à s'échapper au moment où elle avait été frappée par-derrière. N'importe qui pouvait avoir porté le coup — homme ou femme. Il n'était pas nécessaire d'être très fort.

Et Brower avait remarqué aussi autre chose. Nuala Moore était manifestement en train de préparer le dîner, ce qui signifiait qu'elle se trouvait dans la cuisine lorsque l'intrus était arrivé. Elle avait tenté de fuir en passant par la salle à manger, preuve que son agresseur avait bloqué la porte de la cuisine. Il ou elle s'était probablement introduit par là, car l'absence de marque d'effraction signifiait que la porte n'était pas fermée à clé. À moins, naturellement, que Mme Moore ne l'ait elle-même ouverte pour introduire l'inconnu en question. Brower nota également de vérifier par la suite si la serrure était un modèle qui restait ouvert une fois débloqué.

À présent, il était prêt à aller s'entretenir avec les invités de ce dîner. Il laissa l'inspecteur Haggerty accueillir le médecin légiste.

11

« Non, merci », dit Maggie en pressant ses doigts contre ses tempes. Elle n'avait rien mangé depuis midi, dix heures plus tôt, mais la seule pensée d'avaler quelque chose lui répugnait.

« Pas même une tasse de thé, Maggie ? »

Elle leva les yeux. Le visage aimable et inquiet d'Irma Woods, la voisine de Nuala, était penché sur elle. Il était plus simple de hocher la tête affirmativement que de continuer à refuser. Et à sa grande surprise, la tasse réchauffa ses doigts glacés et le thé presque brûlant lui fit du bien.

Ils se trouvaient tous dans le salon de la propriété des Woods, une maison beaucoup plus grande que celle de Nuala. Des photos de famille étaient disposées sur les tables et sur la cheminée — les enfants et petits-enfants, sans doute. Les Woods étaient probablement de la même génération que Nuala. En dépit de la tension et de la confusion ambiantes, Maggie put mettre un nom sur les visages des personnes présentes, des gens qui auraient dû être les convives de Nuala ce soir. Il y avait le Dr William Lane, le directeur de Latham Manor, une maison de retraite, d'après ce qu'elle savait. De haute stature, le cheveu rare, sans doute âgé d'une cinquantaine d'années ou plus, il lui avait paru dégager une impression de réconfort lorsqu'il lui avait présenté ses condoléances. Il avait voulu lui administrer un léger calmant, mais s'était heurté à son refus. Maggie prétendait que le moindre sédatif la faisait dormir pendant des jours entiers.

Maggie observa que l'épouse du Dr Lane, Odile, ne pouvait s'empêcher de gesticuler en parlant. « Nuala venait presque tous les jours à la résidence rendre visite à son amie Greta », expliquait-elle en agitant la main. Puis elle secoua la tête et joignit les doigts en prière. « Greta va en avoir le cœur brisé. *Brisé* », répéta-t-elle d'un ton définitif.

Odile avait déjà fait exactement la même remarque à plusieurs reprises, et Maggie espéra que ce serait la dernière fois. Mais la jeune femme ajouta alors : « Et tout le monde regrettera énormément ses cours de dessin. Les résidents qui y assistaient les appréciaient tellement. Oh, mon Dieu, je n'y avais pas pensé jusqu'à cet instant. »

C'était bien de Nuala, pensa Maggie, de faire profiter autrui de son talent. Le souvenir précis de sa belle-mère lui faisant cadeau de sa propre palette pour l'anniversaire de ses six ans envahit son esprit. « Et je vais t'apprendre à peindre de jolies images », lui avait-elle dit. Mais le résultat n'avait pas été convaincant, parce que je n'étais pas douée, se rappela Maggie. Ce n'est que le jour où elle m'a mis de la terre glaise dans les mains que l'art a pris une signification pour moi.

Malcolm Norton, qui s'était présenté à Maggie en précisant qu'il était le conseiller juridique de Nuala, se tenait debout près de la cheminée. Bel homme, mais du genre affecté. Il y avait quelque chose de superficiel — presque d'artificiel — dans son attitude, pensa Maggie. Sa physionomie affligée, sa déclaration : « J'étais son ami et son confident autant que son avocat » sous-entendaient que c'était *lui* qui était à plaindre.

D'ailleurs, pourquoi est-ce à moi de recevoir les condoléances ? se demanda-t-elle. Tout le monde sait que je venais à peine de retrouver Nuala, après vingt ans d'éloignement.

La femme de Norton, Janice, s'entretenait surtout avec le docteur. D'allure athlétique, elle n'aurait pas manqué de séduction sans les deux rides qui encadraient sa bouche et lui donnaient une physionomie dure et amère.

Au beau milieu de ses réflexions, Maggie s'étonna de la façon dont son esprit réagissait à la mort de Nuala. D'un côté, elle éprouvait un immense chagrin ; de l'autre, elle regardait ces gens comme à travers le viseur d'un appareil photo.

Liam et son cousin Earl étaient assis côte à côte dans une paire de fauteuils identiques près de la cheminée. En entrant, Liam l'avait entourée de son bras. « Maggie, ce doit être affreux pour toi », avait-il dit. Puis il s'était rendu compte qu'elle avait besoin d'une certaine distance physique et mentale pour absorber le choc, et il n'était pas venu s'asseoir près d'elle sur la causeuse.

La causeuse... C'était derrière elle qu'on avait découvert le corps de Nuala.

Earl Bateman était penché en avant, les mains jointes devant lui, plongé dans ses pensées. Maggie ne l'avait rencontré qu'une seule fois, au grand rassemblement de la famille Moore, pourtant, elle n'avait pas oublié qu'il était anthropologue et donnait des conférences sur les rites funéraires.

Nuala avait-elle fait part à quelqu'un de ses désirs concernant son enterrement ? Malcolm Norton, le conseiller juridique, le saurait peut-être.

La sonnette d'entrée fit sursauter toute l'assistance. Le chef de la police que Maggie avait accompagné dans la maison de Nuala pénétra dans la pièce. « Je suis désolé de vous avoir fait attendre, dit-il. Mes adjoints vont enregistrer vos déclarations, de manière à vous libérer le plus rapidement possible. Cependant, j'aimerais d'abord vous poser certaines questions qui vous concernent tous. Monsieur et madame Woods, je voudrais que vous restiez également. »

Les questions du commissaire étaient d'ordre général. Par exemple : « Mme Moore avait-elle l'habitude de ne pas fermer à clé la porte de la cuisine ? »

Les Woods lui confirmèrent qu'elle ne la fermait jamais. Elle disait en riant qu'elle passait son temps à égarer la clé de la porte d'entrée ; ainsi était-elle au moins certaine de pouvoir passer par l'arrière de la maison.

Il demanda si elle avait paru préoccupée récemment. Ils répondirent unanimement qu'elle leur avait semblé heureuse et pleine d'entrain, et qu'elle attendait la visite de Maggie avec impatience.

Maggie sentit les larmes lui piquer les yeux. Elle se souvint alors que, contrairement à ce qu'ils disaient tous, Nuala lui avait paru soucieuse.

Le commissaire Brower continua : « À présent, si vous voulez bien nous accorder encore un peu de temps pour que mes hommes posent à chacun d'entre vous quelques questions, je vous promets que vous serez bientôt de retour chez vous. » Ce fut alors qu'Irma Woods l'interrompit timidement :

« Il y a une chose que vous devez savoir. Hier, Nuala est venue nous rendre visite. Elle avait rédigé un nouveau testament et désirait que nous servions de témoins. Elle nous a également priés de faire venir un notaire, Me Martin, afin qu'il authentifie le document. Elle paraissait ennuyée, disant que M. Norton serait sans doute déçu qu'elle ait renoncé à lui vendre sa maison. »

Irma Woods se tourna vers Maggie : « Dans son testament Nuala vous demande de rendre visite ou de téléphoner à son amie Greta Shipley, à Latham Manor, aussi souvent que possible. À l'exception de quelques dons à des œuvres de charité, elle vous lègue sa maison et tout ce qu'elle possédait. »

Lundi 30 septembre

12

Il était clair que Maggie Holloway n'était pas convaincue par l'hypothèse d'un meurtre perpétré par un rôdeur. Il s'en était rendu compte en la regardant attentivement dans le funérarium. Et maintenant, à la messe de requiem, il la voyait secouer la tête d'un air incrédule, tandis que le prêtre parlait de la violence aveugle qui de nos jours faisait tant de victimes innocentes.

Maggie était beaucoup trop fine, trop observatrice. Elle pourrait facilement devenir une menace.

Mais comme ils sortaient tous de l'église St. Mary, il se rasséréna à la pensée qu'elle allait probablement retourner bientôt à New York et mettre en vente la maison de Nuala. Et devinez qui lui ferait une proposition avant même qu'elle ne quitte la région ?

Il nota avec satisfaction que Greta Shipley était arrivée à l'église accompagnée d'une infirmière et qu'elle avait dû s'en aller presque aussitôt. Maggie lui ferait sans doute une visite de courtoisie à la résidence avant de s'en aller.

Il s'agita impatiemment sur son siège. Dieu soit loué, la messe tirait à sa fin. « Accueillez mon âme, Seigneur », chantait le soliste. Le cercueil roula lentement le long de l'allée.

Il n'avait pas envie de se rendre maintenant au cimetière, sachant cependant qu'il ne pourrait y échapper. Plus tard. Il irait plus tard... et seul. Comme il l'avait fait pour les autres, il lui offrirait un souvenir commémoratif très personnel.

Il sortit de l'église avec la trentaine de personnes qui accompagnaient Nuala jusqu'à sa dernière demeure. C'était le cimetière où reposaient les défunts des familles les plus huppées de la communauté catholique de Newport. Nuala serait enterrée auprès de son dernier mari. L'inscription sur la dalle de marbre serait bientôt complétée. Elle avait déjà son nom et sa date de naissance inscrits à côté de ceux de Timothy James Moore. Dans quelques jours y apparaîtrait la date de ce vendredi. On y lisait déjà : « Qu'elle repose en paix. »

Il se força à prendre un air grave pendant qu'étaient prononcées les dernières prières... un peu trop vite, peut-être, jugea-t-il. Mais les nuages noirs qui planaient au-dessus d'eux allaient d'une minute à l'autre déverser des torrents de pluie.

Le service terminé, Irma Woods invita toute l'assistance à prendre une collation chez elle.

Un refus de sa part paraîtrait étrange, et par ailleurs c'était l'occasion ou jamais de savoir exactement quand Maggie Holloway avait l'intention de rentrer à New York. Allez-vous-en, Maggie, pensa-t-il. Vous n'aurez que des ennuis ici.

Une heure plus tard, tandis que les invités se mêlaient les uns aux autres en bavardant, il entendit avec stupéfaction Irma Woods annoncer à Maggie que le service de nettoyage avait fini de remettre la maison en état. Ils avaient aussi nettoyé les traces laissées par la police quand elle était venue relever les empreintes digitales.

« La maison vous attend, Maggie, disait Irma. Mais êtes-vous certaine de vous y sentir en sécurité ? Vous savez que vous êtes la bienvenue chez nous. »

Mine de rien, il s'était approché d'elles, tendant l'oreille. Il leur tournait le dos lorsque Maggie avait répondu : « Je me sentirai très bien dans la maison de Nuala. J'avais prévu d'y séjourner deux semaines, c'est ce que je compte faire. J'utiliserai ce temps à trier ses affaires et, bien sûr, à rendre visite à Greta Shipley, ainsi que Nuala en a exprimé le désir. »

Il se raidit en l'entendant ajouter : « Madame Woods, vous vous êtes montrée si bonne. Je ne saurais assez vous remercier. Pourtant une chose m'intrigue. Lorsque Nuala est venue vous voir avec ce testament, ne lui avez-vous posé aucune question ? Je veux dire, n'avez-vous pas été surprise de la voir si impatiente de le faire authentifier devant témoins par un notaire, si désireuse de le faire immédiatement ? »

Il lui sembla qu'une éternité s'écoulait avant que Mme Woods ne répondît, d'un ton mesuré : « En vérité, si, je me suis étonnée. J'ai d'abord cru à un coup de tête. Nuala était très seule depuis la mort de Tim et elle était folle de joie de vous avoir retrouvée. Mais depuis qu'elle est morte, je me demande s'il n'y avait pas autre chose derrière cette décision. Comme si Nuala savait qu'un malheur allait lui arriver. »

Il se déplaça insensiblement vers la cheminée et se joignit à un groupe qui se trouvait là. Il prit part à la conversation, mais son esprit était en ébullition. Maggie allait rendre visite à Greta Shipley. Que savait Greta exactement ? Avait-elle des soupçons ? Il fallait agir. Il ne pouvait courir ce risque.

Greta. Apparemment, elle était fatiguée. Tout le monde l'avait vue sortir de l'église avec l'aide d'une infirmière. Tout le monde penserait que le choc causé par la mort de son amie avait provoqué une crise cardiaque fatale. Inattendue, bien sûr, mais pas véritablement surprenante.

Navré, Greta.

13

À l'époque où elle était encore relativement jeune, à soixante-huit ans, Greta Shipley avait été invitée à une réception donnée à Latham House, entièrement restaurée et rebaptisée résidence de Latham Manor. La nouvelle maison de retraite venait d'ouvrir et acceptait les inscriptions.

Greta avait apprécié tout ce qui s'était offert à son regard. Le magnifique rez-de-chaussée comprenait le grand salon et la salle à manger de cristal et de marbre où l'imposante table de banquet qu'elle avait admirée dans sa jeunesse avait fait place à des tables de dimensions plus commodes. L'élégante bibliothèque, avec ses profonds fauteuils de cuir et sa belle cheminée, était attrayante, et le petit salon, qui servirait de salle de télévision, promettait des soirées en agréable compagnie.

Greta appréciait aussi le règlement : l'apéritif serait servi dans le grand salon à partir de cinq heures, suivi par le dîner à six heures. Elle aimait qu'il soit exigé de s'habiller le soir. Greta avait été élevée par une grand-mère sévère, capable de pétrifier d'un regard le malheureux qui n'était pas vêtu correctement. Les résidents ne désirant pas s'habiller seraient servis dans leurs appartements.

Il existait également une section médicalisée réservée aux soins de longue durée, s'ils s'avéraient nécessaires.

Le droit d'entrée était élevé, naturellement. De deux cent mille dollars pour une grande chambre individuelle avec salle de bains, jusqu'à cinq cent mille pour une suite avec deux chambres à coucher (la résidence en comportait seulement quatre de ce type). Et si chaque pensionnaire bénéficiait de la jouissance totale et exclusive de son appartement durant son existence, la propriété en revenait dès son décès à l'établissement qui le mettait à la disposition du prochain inscrit. Il y avait également des charges s'élevant à deux mille dollars par mois, en partie couvertes par la Sécurité sociale.

Les meubles personnels étaient autorisés, mais leur choix dépendait de l'accord de l'administration. Sinon, les studios et appartements modèles étaient des plus confortables et meublés avec goût.

Veuve depuis peu de temps et anxieuse à la pensée de finir ses jours seule, Greta avait vendu sans regret sa maison d'Ochre Point et s'était installée à Latham Manor, sûre de prendre la bonne décision. Étant donné son ancienneté dans la maison, elle occupait l'un des studios les plus agréables. Vaste, avec un coin-séjour, il contenait ses meubles et objets les plus chers. Mieux encore, lorsqu'elle refermait sa porte, c'était avec l'impression réconfortante de ne pas être isolée la nuit. Il y avait toujours quelqu'un de garde dans les parages, une infirmière de service, et une sonnette pour l'appeler en cas de besoin.

Greta appréciait la compagnie de la plupart des autres pensionnaires, et évitait sans peine ceux qui lui tapaient sur les nerfs. Elle était aussi restée très liée avec sa vieille amie Nuala Moore ; elles allaient souvent déjeuner ensemble et, à la demande de Greta, Nuala avait accepté de donner deux fois par semaine des cours de dessin à la résidence.

Après la mort de Timothy Moore, Greta avait voulu persuader Nuala de venir habiter à Latham Manor. Lorsque Nuala avait objecté qu'elle se sentait parfaitement capable de vivre seule, et que par ailleurs elle ne pourrait pas se passer de son atelier, Greta lui avait vivement conseillé de s'inscrire sur la liste d'attente, au cas où elle changerait d'avis. Nuala avait fini par accepter, admettant que son avocat l'encourageait à agir dans ce sens.

Mais c'était inutile maintenant, pensa tristement Greta, assise dans son fauteuil capitonné, son dîner pratiquement intact devant elle.

Elle s'inquiétait encore de cette défaillance qui s'était emparée d'elle à l'enterrement de Nuala. Elle s'était sentie en bonne forme jusqu'à ce matin. Rien de cela ne serait sans doute arrivé si elle avait pris le temps d'avaler un véritable petit déjeuner.

Elle ne pouvait pas se permettre de tomber malade maintenant. Elle voulait rester active, particulièrement en ce moment. L'activité était le seul moyen de venir à bout du chagrin ; c'était un enseignement de la vie. Elle n'ignorait certes pas que ce serait difficile, car la présence joyeuse de Nuala allait lui manquer horriblement.

Elle éprouvait du réconfort à la pensée que la belle-fille de Nuala viendrait régulièrement lui rendre visite. La veille, au funérarium, Maggie s'était présentée à elle : « Madame Shipley, j'espère que vous me permettrez de venir vous voir de temps en temps. Je sais que vous étiez très proche de Nuala ; j'aimerais beaucoup que nous devenions amies. »

On frappa un coup à la porte.

À moins d'une urgence, le personnel avait pour instructions de n'entrer dans les chambres qu'après y avoir été invité. La nouvelle infirmière, Mlle Markey, ne semblait pas l'avoir compris : ce n'était pas parce que la porte n'était pas fermée à clé qu'elle pouvait faire irruption quand ça lui chantait. Certains n'y voyaient aucun inconvénient. Pas Greta.

Comme elle s'y attendait, avant même qu'elle ait pu répondre, l'infirmière entra en coup de vent, un sourire professionnel éclairant ses traits vigoureux. « Eh bien, comment allons-nous ce soir, madame Shipley ? demanda-t-elle d'une voix forte en se perchant sur le repose-pied, approchant désagréablement son visage de celui de Greta.

— Je vais très bien, merci, mademoiselle Markey. Vous aussi, j'espère. »

Ce « nous » plein de sollicitude irritait à chaque fois Greta. Elle l'avait signalé à plusieurs reprises, mais la jeune femme, à l'évidence, n'avait pas l'intention de changer de comportement, aussi, à quoi bon insister ? Brusquement, elle sentit son cœur cogner plus vite.

« On m'a dit que nous avions eu une petite faiblesse à l'église… »

Greta porta la main à sa poitrine, comme si ce geste pouvait calmer les battements désordonnés qui l'ébranlaient.

« Madame Shipley, qu'avez-vous ? Vous ne vous sentez pas bien ? »

Une main saisit son poignet.

Aussi brusquement qu'ils étaient survenus, les battements ralentirent. « Laissez-moi une minute, dit-elle enfin. Ce n'est rien. Je me sens un peu essoufflée, c'est tout.

— Allongez-vous et fermez les yeux. Je vais appeler le Dr Lane. » Le visage de l'infirmière était à quelques centimètres du sien. Instinctivement, Greta se détourna.

Dix minutes plus tard, calée contre ses oreillers, Greta tenta de persuader le médecin que sa petite crise était complètement passée. Mais un peu plus tard, alors qu'elle s'assoupissait lentement avec l'aide d'un léger somnifère, un souvenir lui glaça le cœur, celui de Constance Rhinelander qui avait succombé si subitement à une crise cardiaque, peu après son arrivée à la résidence.

D'abord Constance, puis Nuala. La gouvernante de sa grand-mère disait que les morts survenaient toujours par séries de trois. Faites que je ne sois pas la troisième, pria-t-elle en sombrant dans le sommeil.

14

Non, ce n'était pas un cauchemar ; c'était vraiment arrivé. La réalité des récents événements s'imposait inéluctablement à Maggie, maintenant qu'elle se tenait dans la cuisine de Nuala, dans cette maison qui aujourd'hui lui appartenait, si incroyable que cela pût paraître.

À trois heures, Liam l'avait aidée à porter ses bagages depuis la maison des Woods jusqu'ici. Il les avait laissés en haut de l'escalier. « Dans quelle chambre comptes-tu t'installer ? avait-il demandé.

— Je ne sais pas encore.

— Maggie, tu as l'air exténué. Es-tu certaine de vouloir habiter ici ? Je ne suis pas sûr que ce soit une bonne idée.

— Si, si, avait-elle répondu après un moment de réflexion. Je tiens à rester ici. »

Elle brancha la bouilloire, pleine de gratitude envers Liam. L'une de ses grandes qualités était qu'il n'insistait jamais. Plutôt que de prolonger la discussion, il s'était contenté de dire : « Dans ces conditions, je te laisse tranquille. Mais j'espère que tu vas prendre un peu de repos. Ne te mets pas à défaire tes valises ou à trier les affaires de Nuala.

— Pas ce soir en tout cas.

— Je te téléphonerai demain. »

À la porte, il l'avait prise dans ses bras et embrassée amicalement. Puis il avait disparu.

En proie à une soudaine lassitude, à peine capable de mettre un pied devant l'autre, Maggie avait verrouillé les deux portes de la maison, celle de l'entrée et celle de l'arrière, avant de monter au premier étage. Dès le premier coup d'œil, elle s'était aperçue que Nuala avait prévu de la loger dans la plus grande des deux chambres d'amis, moins vaste cependant que celle qu'elle occupait elle-même. Elle était meublée simplement — un lit double en érable, une coiffeuse ornée d'un miroir, une table de nuit et un fauteuil à bascule — et ne contenait aucun effet personnel. Sur le dessus de la coiffeuse était disposé un nécessaire de toilette ancien en émail : peigne, brosse, miroir à main, tire-bouton et lime à ongles.

Maggie avait péniblement traîné ses valises dans la pièce, ôté à la hâte son tailleur et ses collants, enfilé sa robe de chambre préférée, puis elle s'était glissée sous les couvertures.

Maintenant, réconfortée par trois heures de sommeil et une tasse de thé, elle commençait enfin à se sentir les idées plus claires. Il lui semblait même qu'elle avait surmonté le choc de la mort de Nuala.

La tristesse, c'était une autre histoire. Elle resterait toujours présente.

Pour la première fois depuis quatre jours, elle éprouva une sensation de faim. Elle ouvrit le réfrigérateur ; il était bien garni : des œufs, du lait, des jus de fruits, un petit poulet rôti, du pain, et un bocal de bouillon de poulet fait maison. Visiblement, Mme Woods avait pensé à tout.

Elle décida de se préparer un sandwich au poulet avec un soupçon de mayonnaise.

Elle venait de s'installer confortablement devant la table lorsqu'un coup frappé à la porte de la cuisine la fit sursauter. Elle se retourna brusquement et se leva d'un bond, les muscles tendus, prête à réagir, quand la poignée tourna.

Un soupir de soulagement lui échappa à la vue du visage d'Earl Bateman s'encadrant dans la vitre ovale qui occupait la partie supérieure de la porte.

Selon le commissaire Brower, Nuala avait probablement été surprise par un intrus dans sa cuisine, un intrus qui était entré par cette même porte. Cette pensée et la vision qu'elle suscitait dans son esprit l'envahirent pendant qu'elle traversait rapidement la pièce.

Ouvrir la porte était-il réellement la chose à faire ? se demanda-t-elle, hésitant sur la conduite à tenir. Cependant, plus irritée qu'inquiète pour sa sécurité, elle ôta le verrou et fit entrer Earl.

L'image de professeur distrait qu'évoquait Earl Bateman était encore plus frappante en cet instant qu'au cours de ces trois derniers jours.

« Maggie, pardonnez-moi, fit-il. Je repars pour Boston jusqu'à vendredi, et au moment de monter en voiture j'ai pensé que vous aviez peut-être oublié de fermer cette porte. Je sais que Nuala ne tirait jamais le verrou. J'en ai parlé à Liam et il m'a dit vous avoir déposée ici un peu plus tôt, supposant que vous alliez vous coucher. Je ne voulais pas vous déranger, je voulais seulement faire un saut ici en partant pour vérifier si la porte était bien verrouillée. Je suis désolé, mais de l'extérieur de la maison rien ne signalait que vous étiez encore debout.

— Vous auriez pu téléphoner.

— Je fais partie de ces derniers réfractaires qui n'ont pas de téléphone dans leur voiture. Désolé. Je n'ai jamais été très doué pour jouer les boy-scouts. Et j'ai interrompu votre dîner.

— C'est sans importance. Je mangeais seulement un sandwich. Voulez-vous quelque chose ?

— Non, merci. Je dois m'en aller. Maggie, sachant les sentiments que Nuala vous portait, j'imagine sans mal que vous éprouviez pour elle un attachement particulier.

— Oui, très rare.

— Si je puis vous donner un conseil, c'est de garder en tête les mots du grand sociologue Durkheim à propos de la mort. Il a écrit : "Le chagrin, comme la joie, s'exalte et s'amplifie en bondissant d'un esprit à l'autre."

— Qu'essayez-vous de me dire ? demanda calmement Maggie.

— Je vous fais de la peine et c'est la dernière de mes intentions. Mais je soupçonne que vous avez l'habitude de garder vos chagrins pour vous. Se confier en de tels moments facilite parfois les choses. Ce que j'ai voulu dire, c'est que j'aimerais être votre ami. »

Il ouvrit la porte. « Je serai de retour vendredi après-midi. Fermez à double tour, je vous en prie. »

Il était parti. Maggie repoussa le verrou d'un geste sec et se laissa tomber sur une chaise. La cuisine lui parut soudain d'un calme menaçant et elle s'aperçut qu'elle tremblait. Comment Earl Bateman avait-il pu penser qu'elle lui serait reconnaissante d'être venu en douce vérifier sa porte ?

Elle se leva et rapidement, d'un pas silencieux, traversa la salle à manger et gagna la pièce de devant où elle s'agenouilla à la fenêtre pour regarder dehors à travers la frange du store.

Elle vit Bateman parcourir l'allée qui débouchait dans la rue.

Arrivé à sa voiture, il ouvrit la portière, puis se retourna et pendant un long moment resta immobile, contemplant la maison. Bien que parfaitement dissimulée dans l'obscurité, Maggie eut la sensation qu'Earl Bateman savait, ou du moins sentait, qu'elle était en train de l'observer.

Le lampadaire au bout de l'allée projetait un cercle lumineux et, à l'instant où il le franchit, elle le vit faire un large geste de la main, un signe d'adieu qui lui était clairement destiné. Il ne peut pas me voir, pensa-t-elle, mais il sait que je suis là.

Mardi 1er octobre

15

À huit heures le téléphone sonna. Robert Stephens tendit la main gauche pour décrocher, tandis que la droite maintenait fermement sa tasse de café.

Son bonjour fut bref, nota son épouse avec amusement. Dolores Stephens savait que son mari n'appréciait pas les coups de téléphone matinaux. « Tout ce qui peut être dit à huit heures peut attendre neuf heures. »

Habituellement ces appels provenaient d'un de ses clients du troisième âge qu'il conseillait en matière fiscale. Dolores et lui étaient arrivés à Portsmouth voilà trois ans, avec l'intention de prendre leur retraite, mais Robert avait décidé de garder un fer au feu, comme il disait, et de s'occuper de quelques clients choisis. Au bout de six mois, il en avait plus qu'il ne pouvait en traiter.

Le ton d'irritation disparut rapidement de sa voix. « Neil, comment vas-tu ?

— Neil ! s'exclama Dolores, immédiatement inquiète. Oh, j'espère qu'il ne va pas annuler son week-end à la maison avec nous », murmura-t-elle.

Son mari lui fit signe de se taire. « Le temps ? Superbe. On ne peut rêver mieux. Je n'ai pas encore rentré le bateau. Tu comptes venir jeudi ? Formidable. Ta mère sera ravie. La voilà qui s'empare de l'appareil. Tu sais à quel point elle est impatiente. Bon. Je vais téléphoner au club pour réserver un départ à deux heures. »

Dolores prit la communication et entendit la voix amusée de son fils unique. « Il paraît que tu es particulièrement impatiente, ce matin ?

— Oui. C'est parce que je suis tellement heureuse que tu puisses venir. Et tu resteras jusqu'à dimanche, n'est-ce pas, Neil ?

— Certainement. Et il me tarde de vous voir, moi aussi. Bon, il faut que je te quitte. Dis à papa que son bonjour ressemblait plutôt à un “va au diable”. Il en est encore à sa première tasse de café, hein ?

— Tu as deviné. Au revoir, chéri. »

Les parents de Neil se regardèrent. Dolores soupira. « Une seule chose me fait regretter New York, c'est que Neil ne puisse plus passer à la maison à l'improviste. »

Son mari se leva, alla jusqu'à la cuisinière et remplit sa tasse à nouveau. « Neil n'a-t-il pas dit que j'avais un ton ronchon en décrochant le téléphone ?

— Quelque chose de ce genre. »

Robert Stephens eut un sourire forcé. « D'accord, je sais que je ne suis pas d'une humeur de rêve le matin, mais je craignais que l'appel ne provienne de Laura Arlington. Elle se fait un sang d'encre. Elle ne cesse de m'appeler. »

Dolores attendit.

« Elle a fait quelques gros investissements qui ont mal tourné, et elle croit maintenant qu'on la mène en bateau.

— Est-ce le cas ?

— C'est possible. Il s'agissait d'un de ces tuyaux supposés increvables. L'agent de change l'a persuadée d'investir dans une petite affaire de haute technologie qui devait être reprise par Johnson and Johnson. Elle a acheté cent mille actions à cinq dollars, convaincue qu'elle allait réaliser un gros bénéfice.

— Cinq cent mille dollars ! Et qu'est-ce qu'elles valent aujourd'hui ?

— La cotation a été suspendue. Hier, à condition de trouver un acquéreur, on pouvait obtenir quatre-vingts cents par action. Laura ne peut pas se permettre de perdre des sommes pareilles. J'aurais préféré qu'elle m'en parle avant de se lancer dans cette aventure.

— N'a-t-elle pas l'intention d'aller vivre à Latham Manor ?

— Si, justement, et elle devait payer son appartement avec cet argent. C'était pratiquement toute sa fortune. Ses enfants désiraient la voir se retirer dans cette maison, mais ce foutu agent de change l'a convaincue que ce placement lui permettrait non seulement de s'installer à Latham, mais aussi de léguer de l'argent à ses enfants.

— A-t-il agi de façon illégale ?

— Malheureusement non, je ne crois pas. Malhonnête peut-être, mais pas illégale. Quoi qu'il en soit, j'en discuterai avec Neil. C'est une raison de plus pour laquelle je me réjouis de sa venue. »

Robert Stephens alla jusqu'à la grande fenêtre qui donnait sur Narragansett Bay. Comme son fils, c'était un homme de stature athlétique. À soixante-huit ans, ses cheveux autrefois blonds étaient blancs comme la neige.

L'eau de la baie était calme, aussi lisse que celle d'un lac. La pelouse qui descendait en pente douce derrière la maison jusqu'à la mer perdait peu à peu son vert velouté. Les érables se teintaient déjà par endroits d'orange, de cuivre et de rouge.

« Tout est si beau, si paisible, dit-il en secouant la tête. Comment imaginer qu'à dix kilomètres d'ici une femme a été assassinée dans sa propre maison ? »

Il se retourna et regarda sa femme, si naturellement jolie avec ses cheveux argentés noués sur le dessus de la tête, ses traits délicats. « Dolores, dit-il en s'assombrissant soudain, en mon absence, je veux que tu laisses l'alarme branchée en permanence.

— Entendu », fit-elle avec empressement. À la vérité, elle n'avait pas voulu montrer à son mari que le meurtre de Mme Moore l'avait profondément affectée, et elle ne lui avait pas dit non plus qu'après avoir vu le reportage illustré dans le journal local, elle était allée vérifier les portes de la maison et s'était rendu compte qu'aucun verrou n'était mis.

16

C'était à contrecœur que le Dr William Lane avait consenti à recevoir Maggie Holloway. Déjà suffisamment irrité par le flot d'inepties débité par sa femme durant le déjeuner et croulant sous la paperasserie dont il était responsable en tant que directeur de Latham Manor, il était exaspéré à la pensée de devoir perdre une demi-heure supplémentaire. Il regrettait maintenant d'avoir accepté ce rendez-vous. De quoi avait-elle donc besoin de lui parler ?

D'autant plus que Nuala Moore n'avait jamais signé les papiers définitifs l'engageant à venir habiter la résidence. Elle avait rempli tous les imprimés d'admission, passé l'examen médical et, la voyant hésiter, il avait demandé que soient débarrassés les meubles et la moquette de la deuxième chambre pour lui prouver qu'elle n'aurait aucun mal à y installer ses chevalets, son matériel de peinture et ses meubles de rangement. Pour finir, elle lui avait annoncé tout simplement au téléphone qu'elle préférait rester chez elle.

Quelle mouche l'avait piquée pour lui faire changer d'avis aussi soudainement ? Elle lui avait paru être la candidate parfaite. Elle ne s'était tout de même pas mis en tête que sa belle-fille allait venir vivre avec elle ?

« Ridicule ! » dit-il à mi-voix. Comment imaginer qu'une séduisante jeune femme à la carrière prometteuse puisse se précipiter à Newport pour jouer à la dînette avec une femme qu'elle avait perdue de vue depuis des années ? Maintenant qu'elle avait hérité de la maison, Maggie Holloway se ferait vite une idée précise de toutes les réparations indispensables et déciderait de vendre. En attendant, elle allait venir ici et lui faire perdre son temps, un temps d'autant plus précieux qu'il lui fallait rapidement remettre cette suite en état afin de pouvoir la faire visiter. La direction de Prestige Residence Corporation avait clairement indiqué qu'elle ne tolérerait pas de voir des appartements inoccupés.

Cependant, une pensée ne cessait de le tourmenter. *Une autre raison aurait-elle pu pousser Nuala à renoncer à ses projets ?* Et si oui, l'avait-elle confiée à sa belle-fille ? Et quelle était cette raison ? Après tout, peut-être était-ce une bonne chose que Maggie Holloway vienne le voir.

Il leva les yeux de sa table en entendant s'ouvrir la porte du bureau. Odile entra tranquillement, et comme toujours sans attendre d'y avoir été invitée, une habitude qui le mettait hors de lui. Et qu'elle partageait malheureusement avec la nouvelle infirmière, Zelda Markey. D'ailleurs, il lui faudrait prendre des mesures. Mme Shipley s'était plainte des irruptions de Zelda dans sa chambre.

Comme prévu, Odile se mit à parler en ignorant le regard irrité qu'il lui lançait. « William, je crois que Mme Shipley ne va pas bien. Tu l'as remarqué toi-même, il y a eu ce petit incident hier après la messe et elle a été prise de vertiges dans l'après-midi. Je me demande si elle ne devrait pas passer quelques jours en observation dans le service médical.

— J'ai l'intention de m'en occuper personnellement, répondit sèchement le Dr Lane. N'oublie pas, ma chère, que dans la famille c'est moi qui suis médecin. Tu n'as jamais été fichue de finir l'école d'infirmières. »

Il savait que c'était stupide de sa part de parler ainsi et il s'en repentit immédiatement, devinant ce qui allait suivre.

« Oh, William, tu es injuste ! s'écria-t-elle. Soigner est une vocation, et je me suis rendu compte que je n'étais pas faite pour ça. Peut-être aurait-il mieux valu pour toi — et pour d'autres — que tu prennes la même décision. » Sa lèvre se mit à trembler. « Et tu devrais te rappeler que c'est uniquement grâce à moi que Prestige Residence t'a choisi pour ce poste. »

Ils se regardèrent en chiens de faïence pendant quelques instants ; puis, comme toujours, Odile regretta ses paroles : « Pardon, William, je suis méchante. Je sais combien tu es dévoué à tous nos hôtes. Je voudrais seulement t'aider, et j'ai peur qu'un autre incident ne te cause un tort irréparable. »

Elle s'approcha du bureau et se pencha vers lui. Elle lui prit la main et la porta à son visage d'un geste caressant.

William Lane soupira. Elle manquait de jugement, une « sosotte », comme aurait dit avec mépris sa grand-mère, mais elle était si jolie. Il s'était senti le plus heureux des hommes le jour où il avait su convaincre une femme aussi séduisante — et jeune — de l'épouser. Dix-huit ans s'étaient écoulés depuis. Malgré tout, elle lui était attachée, et il savait que la plupart des résidents appréciaient ses visites pleines d'attention. Elle se montrait trop envahissante parfois, mais elle était sincère, et cela comptait beaucoup. Certaines personnes, comme Greta Shipley, la trouvaient futile et irritante, ce qui prouvait l'intelligence de la vieille dame, pourtant il était indiscutable qu'à Latham Manor Odile était un atout pour lui.

Le Dr Lane savait ce qu'on attendait de lui. Dissimulant tant bien que mal sa lassitude, il se leva, prit sa femme dans ses bras et murmura : « Que deviendrais-je sans toi ? »

La voix de sa secrétaire à l'interphone fut la bienvenue. « Mme Holloway est arrivée, annonça-t-elle.

— Tu ferais mieux de nous laisser, Odile », murmura Lane, devançant son inévitable proposition de rester et d'assister à la réunion.

Pour une fois, elle ne discuta pas et s'éclipsa par la porte privée qui donnait sur le couloir principal.

17

La veille à minuit, incriminant ses trois heures de sieste, Maggie n'était toujours pas parvenue à s'endormir. Abandonnant l'espoir de voir le sommeil venir, elle était redescendue au rez-de-chaussée et avait trouvé dans le petit bureau des ouvrages sur les cottages de Newport, dont plusieurs étaient illustrés.

Les emportant dans son lit, elle avait lu pendant presque deux heures. Si bien qu'en pénétrant dans Latham Manor, où une jeune fille en uniforme l'accueillit aimablement avant d'informer le Dr Lane de son arrivée, elle put apprécier le décor qui l'entourait avec une certaine compétence.

La résidence avait été construite par Ernest Latham en 1900, dans un style délibérément opposé à l'ostentation de la propriété des Vanderbilt, The Breakers. La disposition des deux maisons était à peu de chose près identique, mais Latham House possédait des proportions plus humaines. Si le hall de l'entrée restait d'une ampleur écrasante, ses dimensions n'étaient en réalité que le tiers de celles du « grand hall » de The Breakers. Les murs lambrissés de bois de citronnier et l'escalier d'acajou, tendu d'un tapis rouge cardinal, étaient dans une certaine mesure plus modestes que les murs de pierre de taille et l'escalier de marbre dont s'enorgueillissait sa rivale.

Les portes sur la gauche étaient fermées, mais Maggie savait qu'elles donnaient sur la salle à manger.

Sur la droite, l'ancien salon de musique offrait aujourd'hui un aspect attrayant, avec ses fauteuils confortables et ses poufs recouverts de tissu vert mousse à motifs fleuris. La superbe cheminée Louis XV était encore plus impressionnante dans la réalité que sur les photos. Un trumeau richement sculpté s'élevait jusqu'au plafond, entièrement orné d'angelots, d'ananas et de raisins, à l'exception du centre, occupé par un tableau de l'école de Rembrandt.

C'est vraiment magnifique, pensa-t-elle, faisant mentalement la comparaison avec l'état de délabrement sordide d'une maison de retraite qu'elle avait photographiée à la sauvette pour le magazine *Newsmaker*.

Brusquement, elle se rendit compte que la jeune fille s'adressait à elle. « Oh, excusez-moi, dit-elle. J'étais complètement absorbée par ce qui m'entoure. »

Son interlocutrice était une jolie brune aux yeux noirs. « C'est ravissant, n'est-ce pas ? dit-elle. Même travailler ici est un plaisir. À présent, je vais vous conduire auprès du Dr Lane. »

Le docteur occupait le plus spacieux des bureaux situés à l'arrière du bâtiment. Une porte d'acajou séparait la partie administrative du reste du rez-de-chaussée. Tout en suivant la jeune femme le long du couloir moquetté, Maggie jeta un coup d'œil par une porte ouverte et aperçut derrière un bureau un visage familier — celui de Janice Norton, l'épouse de l'avocat de Nuala.

J'ignorais qu'elle travaillait ici, songea Maggie. Mais il est vrai que je ne sais pas grand-chose de tous ces gens.

Leurs regards se croisèrent, et Maggie se sentit malgré elle envahie d'une impression de malaise. Elle n'avait pas manqué de remarquer l'expression d'amère déception de Malcolm Norton lorsqu'il avait entendu Mme Woods annoncer que Nuala avait renoncé à vendre sa maison. Mais il s'était montré cordial et chaleureux à la veillée mortuaire et à l'enterrement, lui proposant de la rencontrer plus tard à propos de la maison.

Elle s'arrêta une seconde pour saluer Mme Norton, puis poursuivit sa marche jusqu'au bureau à l'angle du couloir.

La jeune fille frappa, attendit qu'on lui dise d'entrer puis ouvrit la porte en s'effaçant devant Maggie.

Le Dr Lane se leva et contourna son bureau pour l'accueillir. Son sourire était aimable, pourtant, Maggie eut l'impression qu'il la scrutait avec un regard de praticien. Ses propos confirmèrent cette impression.

« Madame Holloway, ou Maggie, si vous me permettez, je constate avec plaisir que vous avez meilleure mine. La journée d'hier a été très pénible pour vous, j'imagine.

— Elle l'a été pour tous ceux qui aimaient Nuala, répondit doucement Maggie. Mais je m'inquiète surtout au sujet de Mme Shipley. Comment va-t-elle ?

— Elle a eu un nouvel accès de faiblesse dans la soirée, toutefois je suis allé l'examiner il y a un moment et elle semble remise. Elle attend votre visite avec impatience.

— Lorsque je lui ai parlé ce matin, elle m'a demandé avec insistance de bien vouloir l'emmener au cimetière en voiture. Pensez-vous que ce soit indiqué ? »

Lane lui désigna d'un geste le fauteuil de cuir devant son bureau : « Asseyez-vous, je vous en prie. » Il regagna sa place. « Je préférerais pour ma part qu'elle attende quelques jours, mais quand Mme Shipley a décidé de faire quelque chose… disons que rien ne peut la faire changer d'avis. Je n'en suis pas moins convaincu que ses deux petites faiblesses d'hier ont eu pour cause l'émotion qu'elle a éprouvée à la mort de Nuala. Toutes deux étaient très liées. Nuala avait pris l'habitude de monter chez elle une fois ses cours terminés, pour bavarder en buvant un verre de vin. Je leur disais qu'elles avaient l'air de deux écolières. Sincèrement, je crois que ces petites récréations leur faisaient le plus grand bien, et je sais que Mme Shipley va les regretter. »

Un souvenir subit éclaira son visage. « Un jour, Nuala m'a dit que si quelqu'un lui tapait sur la tête et lui demandait son âge au moment où elle reprenait ses esprits, elle répondrait sincèrement : vingt-deux ans. Au fond d'elle-même, disait-elle, elle avait réellement vingt-deux ans. »

Prenant conscience de ce qu'il venait de dire, il parut interloqué. « Pardonnez-moi. Ce n'est pas très délicat de ma part. »

Taper sur la tête, songea Maggie. Mais elle eut pitié de l'embarras de son interlocuteur. « Ne vous excusez pas, vous avez raison. En esprit, Nuala n'a jamais eu plus de vingt-deux ans. » Elle s'interrompit, puis surmonta son hésitation : « Docteur, il y a une chose que je dois vous demander. Nuala ne vous a-t-elle jamais confié qu'elle était inquiète ? Je veux dire, avait-elle un problème de santé dont elle vous aurait parlé ? »

Il secoua la tête. « Non, aucun problème de santé. Je présume qu'il lui était difficile de renoncer à ce qu'elle appelait son indépendance. Si elle avait vécu, je crois qu'elle se serait finalement décidée à venir s'installer chez nous. Elle se montrait très soucieuse du prix relativement élevé d'un grand appartement avec une chambre supplémentaire, mais elle disait avoir besoin d'un atelier où travailler dont elle pourrait fermer la porte une fois sa journée terminée. » Il se tut un instant. « Nuala reconnaissait qu'elle était d'un naturel plutôt désordonné, et que son atelier en particulier ressemblait toujours à un véritable champ de bataille.

— Vous pensez donc que l'annulation de son projet de vendre sa maison et le testament rédigé à la hâte n'étaient que le résultat d'un accès de panique de dernière minute ?

— Oui, c'est mon opinion. » Il se leva. « Je vais demander à Angela de vous conduire chez Mme Shipley. Et si vous vous rendez au cimetière, observez-la attentivement, je vous prie. Si vous la voyez tant soit peu émue, revenez tout de suite. Après tout, les familles de nos hôtes nous confient la vie de leurs proches, et nous prenons cette responsabilité très au sérieux. »

18

Dans son bureau de Thames Street, Malcolm Norton consulta son emploi du temps pour le reste de la journée. Il n'avait aucun rendez-vous, après l'annulation de celui de deux heures. Une affaire sans grande importance, une jeune femme mordue par le chien de son voisin, mais une autre plainte avait été précédemment formulée contre ce même chien — quelqu'un avait repoussé ses attaques à coups de balai — et il était vraisemblable que la compagnie d'assurances chercherait à transiger, sachant que la grille était restée ouverte par inadvertance, et que le chien avait pu s'échapper.

L'ennui était qu'il s'agissait d'une affaire *trop* facile. Sa cliente lui avait annoncé que la proposition de la compagnie d'assurances la satisfaisait. Résultat, j'ai perdu trois ou quatre mille dollars, pensa Malcolm amèrement.

Il ne parvenait pas à surmonter l'angoisse qu'il avait ressentie en apprenant que, moins de vingt-quatre heures avant sa mort, Nuala Moore avait à son insu décidé de ne plus lui vendre sa maison. Il se retrouvait maintenant avec les deux cent mille dollars d'emprunt sur l'hypothèque de sa propre maison.

Il avait cru qu'il n'arriverait jamais à convaincre Janice de cosigner l'emprunt. Il avait dû la mettre au courant des changements prochains de la réglementation concernant les zones marécageuses, et des profits qu'il espérait réaliser en revendant la propriété de Nuala Moore.

« Écoute, s'était-il efforcé de la raisonner, tu es fatiguée de travailler à la résidence. Dieu sait si tu ne manques pas de t'en plaindre quotidiennement. Il s'agit d'une vente on ne peut plus régulière. La maison a besoin d'être complètement remise en état. Le scénario le plus défavorable serait que la nouvelle loi ne soit pas votée, ce qui n'arrivera pas. Au pire, nous pourrons toujours contracter un emprunt spécial pour la réfection de la maison de Nuala, la rénover et la vendre trois cent cinquante mille dollars.

— Un deuxième emprunt, avait-elle ricané. Mon Dieu, quel brasseur d'affaires tu fais ! Donc, je quitte mon travail. Et quel usage feras-tu de ta nouvelle fortune, lorsque cette loi concernant les terrains marécageux sera votée ? »

C'était, naturellement, une question à laquelle il n'était pas préparé à répondre. Pas jusqu'à la conclusion de la vente. Et de toute façon, il n'en était plus question maintenant. À moins que les choses ne changent. Il entendait encore les mots rageurs de Janice lorsqu'ils étaient rentrés chez eux le vendredi : « Et à présent nous avons sur les bras un emprunt de deux cent mille dollars plus les frais engagés pour l'obtenir. Il ne te reste plus qu'à aller directement à la banque et tout rembourser. Je n'ai pas l'intention de perdre ma maison.

— Tu ne la perdras pas, lui avait-il assuré, cherchant à gagner du temps. J'ai déjà dit à Maggie Holloway que je voulais la voir. Elle sait que c'est au sujet de la maison. Crois-tu qu'elle va vouloir rester dans un endroit où sa belle-mère a été assassinée ? Crois-moi, elle va quitter Newport aussi vite que possible, et je ne manquerai pas de souligner que pendant de nombreuses années j'ai rendu de grands services à Nuala et à Tim Moore sans leur demander mes honoraires habituels. Dès la semaine prochaine, elle aura accepté de vendre la maison. »

Il *fallait* qu'elle lui donne son accord. C'était son seul moyen de se sortir de ce guêpier.

L'interphone sonna. « Oui, Barbara », répondit-il d'un ton froid. Il prenait soin de ne jamais laisser filtrer le moindre accent d'intimité dans leurs échanges lorsqu'elle était à son bureau. Il ne savait jamais si elle s'y trouvait seule.

D'après l'intonation de sa voix aujourd'hui, il était clair qu'il n'y avait personne auprès d'elle. « Malcolm, puis-je te parler quelques minutes ? » dit-elle simplement, mais il eut immédiatement un mauvais pressentiment.

Un instant plus tard, elle était assise en face de lui, les mains posées sur ses genoux, ses yeux noisette évitant les siens. « Malcolm, je ne sais pas comment m'exprimer, je préfère te parler carrément. Je ne peux plus rester ici. Je me sens complètement déprimée depuis quelque temps. » Elle hésita avant d'ajouter : « Même si je t'aime toujours autant, je ne peux oublier que tu es marié à une autre.

— Tu m'as vu avec Janice. Tu connais le genre de rapports qui sont les nôtres.

— Mais elle est toujours ta femme. C'est mieux ainsi, crois-moi. Je vais aller passer deux mois chez ma fille, à Vail. Et à mon retour, je chercherai un autre emploi.

— Barbara, tu ne peux pas t'en aller comme ça », implora-t-il, soudain pris de panique.

Elle sourit tristement. « Pas tout de suite. Je ne ferais pas ça. Je te préviens une semaine à l'avance.

— Dans une semaine, je serai séparé de Janice, je te le promets. Je t'en prie, reste ! Je ne supporterais pas de te voir partir. »

Pas après tout ce que j'ai fait pour te garder ! pensa-t-il avec désespoir.

19

Maggie emmena Greta Shipley en voiture et elles s'arrêtèrent d'abord chez le fleuriste. Sur la route du cimetière, Greta raconta à Maggie comment était née son amitié avec Nuala.

« Nous avions seize ans, ses parents louaient une maison dans les environs. Elle était si jolie, et si drôle. Nous étions inséparables, à cette époque, et elle avait de nombreux admirateurs. Tim Moore s'intéressait déjà à elle. Puis son père fut muté à Londres et elle alla y poursuivre ses études. Plus tard, j'appris qu'elle s'était mariée. Nous nous sommes alors perdues de vue, ce que j'ai toujours regretté. »

Maggie emprunta les rues calmes qui menaient au cimetière St. Mary de Newport. « Comment vous êtes-vous retrouvées ? demanda-t-elle.

— Il y a exactement vingt et un ans, un jour mon téléphone a sonné. Quelqu'un demandait à parler à l'ex-Greta Carlyle. La voix m'était familière, mais je ne la reconnus pas sur le moment. Je répondis que j'étais Greta Carlyle Shipley, et Nuala poussa un cri de joie : "Formidable, Gret. Tu as mis la main sur Carter Shipley !" »

Maggie avait l'impression d'entendre la voix de Nuala chaque fois qu'on parlait d'elle. Elle l'entendait quand Mme Woods mentionnait le testament, quand le Dr Lane rappelait sa jeunesse d'esprit, et maintenant encore en écoutant le récit de ces retrouvailles qui ressemblaient à celles qu'elle-même avait connues moins de deux semaines auparavant.

Malgré la chaleur qui régnait dans la voiture, Maggie frissonna. Penser à Nuala réveillait toujours la même question : la porte de derrière était-elle restée ouverte, permettant à un intrus de pénétrer dans la cuisine, ou Nuala l'avait-elle ouverte elle-même à quelqu'un qu'elle connaissait, quelqu'un dont elle ne se méfiait pas ?

Son sanctuaire, songea Maggie. Nos maisons devraient nous offrir la protection d'un sanctuaire. Nuala avait-elle imploré pour avoir la vie sauve ? Combien de temps avait-elle senti les coups qui s'abattaient sur sa tête ? Si l'on en croyait le commissaire Brower, l'individu qui avait tué Nuala était à la recherche de quelque chose de particulier, et qu'il n'avait pas trouvé semblait-il.

« ... Et nous reprîmes le fil là où nous l'avions laissé, et redevînmes immédiatement les meilleures amies du monde, continuait Greta. Nuala m'a raconté qu'elle avait perdu son premier mari très jeune et s'était remariée, et que ce second mariage s'était révélé une erreur, vous exceptée. L'enfer gèlerait avant qu'elle ne fasse une nouvelle tentative, disait-elle avec amertume. C'est à ce moment-là que Tim est devenu veuf à son tour et qu'ils ont commencé à sortir ensemble. Elle m'a téléphoné un matin : "Gret, veux-tu venir patiner ? L'enfer vient juste de geler." Tim et elle étaient fiancés. Je ne crois pas l'avoir jamais vue aussi heureuse. »

Elles arrivaient à la grille du cimetière. Un ange gravé dans la pierre les accueillit, les bras tendus.

« La tombe se trouve sur la gauche en haut de l'allée, dit Mme Shipley, mais vous le savez, naturellement. Vous étiez là hier. »

Hier, pensa Maggie. Était-ce seulement hier ?

Elle gara la voiture en haut de la côte et, tenant fermement Greta Shipley par le bras, elle l'aida à parcourir l'allée qui menait à la tombe de Nuala. La terre avait déjà été tassée et replantée de gazon. L'épais tapis vert créait une atmosphère de calme éternité. On entendait seulement le bruissement du vent dans le feuillage roux d'un érable voisin.

Avec un sourire tremblant, Greta Shipley se pencha pour disposer les fleurs sur la tombe. « Nuala aimait beaucoup ce gros arbre. Elle disait que, lorsque viendrait son tour, elle désirait reposer à l'ombre afin que le soleil n'abîme pas son teint. »

Elles rirent doucement et se détournèrent de la tombe, s'apprêtant à partir. Puis Greta hésita. « Serait-ce trop vous demander que de vous arrêter un instant devant les tombes de quelques-unes de mes autres amies ? J'ai gardé des fleurs à leur intention. Deux d'entre elles sont enterrées ici, à St. Mary. Les autres sont à Trinity. Cette route y conduit directement. Les deux cimetières sont contigus, et la porte, au nord, qui les sépare reste toujours ouverte durant la journée. »

Les cinq haltes ne leur prirent pas longtemps. La dernière stèle portait l'inscription : « Constance Van Sickle Rhinelander ». Maggie remarqua que le décès remontait à peine à deux semaines.

« Était-elle une amie proche ? demanda Maggie.

— Pas aussi proche que Nuala, mais elle résidait à Latham Manor, et nous avions fini par nous lier. » Elle se tut et resta silencieuse un moment. « C'est tellement soudain ; tout ça est tellement soudain. » Elle se tourna vers Maggie et sourit. « Il vaut mieux que je rentre. Je crains d'être un peu lasse. C'est si cruel de perdre des êtres qui vous sont chers.

— Je sais. » Maggie passa son bras autour des épaules de la vieille dame et s'aperçut alors qu'elle était extrêmement frêle.

Pendant les vingt minutes du trajet de retour, Greta Shipley somnola. En arrivant à Latham Manor, elle ouvrit les yeux, l'air penaud. « J'avais tant d'énergie autrefois. Comme toute ma famille. À quatre-vingt-dix ans, ma grand-mère débordait de vitalité. Je commence à penser que l'on s'occupe trop de moi. »

Comme Maggie l'accompagnait à l'intérieur, Greta dit d'une voix hésitante : « Maggie, j'espère que vous viendrez me voir avant votre départ. Quand rentrez-vous à New York ? »

Surprise, Maggie s'entendit répondre fermement : « J'avais l'intention de rester deux semaines et c'est exactement ce que je vais faire. Je vous ferai signe avant le week-end et nous fixerons un rendez-vous. »

Ce fut seulement lorsqu'elle pénétra dans la maison de Nuala et mit la bouilloire en marche qu'elle se rendit compte que quelque chose la tracassait. Elle avait ressenti chez Greta Shipley une sorte d'inquiétude, une appréhension, durant leur visite au cimetière. Quelque chose n'était pas normal. Mais *quoi* ?

20

Le bureau de Liam Moore Gavin donnait sur Boston Common. Depuis qu'il avait quitté son ancienne société de courtage et ouvert sa propre agence de gestion de patrimoine, il croulait sous le travail. Les clients prestigieux qu'il avait emmenés avec lui exigeaient et recevaient de sa part une attention de tous les instants, et ils lui témoignaient une entière confiance.

Il n'avait pas voulu appeler Maggie trop tôt dans la matinée, mais lorsqu'il téléphona finalement, à onze heures, il fut déçu de ne pas obtenir de réponse. Il demanda à sa secrétaire de rappeler toutes les heures, et il était presque quatre heures quand on lui annonça enfin que Mme Holloway était en ligne.

« Maggie, commença-t-il, puis il s'arrêta. N'est-ce pas une bouilloire qui siffle ?

— Si, une minute, Liam. J'étais en train de préparer du thé. »

Il attendit qu'elle revînt en ligne. « J'ai eu peur que tu n'aies décidé de rentrer chez toi. Quoique je ne te blâmerais pas de te sentir nerveuse dans cette maison.

— Je fais attention de tout fermer... Liam, je suis contente que tu m'appelles. Je voudrais te demander une chose. Hier, après m'avoir apporté mes bagages, as-tu eu une discussion avec Earl à mon sujet ? »

Les sourcils de Liam se soulevèrent. « Non, je ne lui ai pas parlé. Pourquoi poses-tu cette question ? »

Elle lui raconta l'apparition soudaine d'Earl à la porte de la cuisine.

« Tu veux dire qu'il se préparait à vérifier ta porte sans même t'avoir prévenue ? Tu plaisantes.

— Pas du tout. Et je t'avoue qu'il m'a fichu une peur bleue. J'étais déjà suffisamment bouleversée de me trouver seule ici, et le voir surgir ainsi… Qui plus est, il a dit quelque chose à propos du chagrin qui, comme la joie, s'exalte en bondissant d'un esprit à l'autre. C'était très étrange.

— C'est une de ses sentences favorites. Je ne crois pas l'avoir jamais entendu donner une conférence sans s'arranger pour la citer à un moment ou à un autre. J'en ai à chaque fois la chair de poule, moi aussi. » Liam poussa un soupir. « Maggie, Earl est mon cousin, et je l'aime beaucoup, mais il est un peu bizarre, et il ne fait aucun doute qu'il est obsédé par la mort. Veux-tu que je lui dise un mot au sujet de cette petite visite ?

— Non, c'est inutile. Mais je vais faire poser des verrous de sûreté aux portes.

— Je suis suffisamment égoïste pour espérer que tu resteras quelque temps à Newport.

— Au moins deux semaines, comme j'en avais l'intention.

— Je serai là vendredi. Veux-tu dîner avec moi ?

— Volontiers.

— Maggie, fais venir le serrurier aujourd'hui, s'il te plaît.

— Demain matin à la première heure.

— Très bien. Je rappellerai demain. »

Liam raccrocha lentement. Aurait-il dû lui en dire davantage sur Earl ? Il ne voulait pas l'effrayer, pourtant…

C'était une question à laquelle il lui fallait réfléchir.

21

À cinq heures moins le quart, Janice Norton ferma à clé les tiroirs de son bureau. Par habitude, elle tira sur les poignées de chacun d'eux pour s'assurer de leur fermeture, une mesure de sécurité que William Lane eût été bien inspiré d'adopter, se dit-elle avec une grimace sarcastique.

Eileen Burns, la secrétaire du Dr Lane, finissait sa journée à deux heures ; Janice venait ensuite la remplacer, remplissant à la fois les fonctions de comptable et d'assistante. Elle sourit en son for intérieur : l'accès au bureau de William Lane s'était avéré fort profitable au cours des années. Aujourd'hui pourtant, en copiant dans deux autres dossiers les informations qu'elle recherchait, elle avait eu l'impression qu'elle devrait s'arrêter. Appelez ça une prémonition ou ce que vous voulez.

Elle haussa les épaules. N'en parlons plus, c'était fait, les photocopies se trouvaient dans son sac et les originaux là où ils devaient être, dans le bureau du docteur. C'était ridicule d'être aussi nerveuse.

Elle ferma à demi les yeux, revoyant avec une satisfaction secrète le visage bouleversé de son mari au moment où Irma Woods leur avait dévoilé l'existence inattendue du testament de Nuala Moore. Avec quel plaisir ensuite elle l'avait harcelé à propos du remboursement du prêt hypothécaire de leur maison !

Elle savait, naturellement, qu'il n'en ferait rien. Malcolm était condamné à errer toute sa vie à travers un champ de rêves brisés. Elle avait mis trop longtemps à s'en rendre compte, mais travailler à Latham lui avait ouvert les yeux. Certains des résidents n'étaient peut-être pas connus du grand monde, mais ils étaient nés avec la proverbiale cuiller d'argent dans la bouche ; pas un seul jour ils ne s'étaient inquiétés de questions d'argent. D'autres, comme Malcolm, étaient des aristocrates dont le nom remontait bien au-delà des descendants du *Mayflower*, jusqu'aux têtes couronnées d'Europe, et qui s'enorgueillissaient d'être les arrière-arrière-petits-neveux, au neuvième degré, du prince régent de quelque stupide duché.

Mais un point important distinguait ces hôtes de Latham de Malcolm. Ils ne s'étaient pas bornés à contempler leur arbre généalogique. Ils s'étaient lancés dans le monde et avaient édifié leur propre fortune. Ou l'avaient épousée.

Pas Malcolm. Oh non, pas Malcolm, raffiné, courtois, si bien élevé. À son mariage, elle avait fait l'envie de toutes ses amies — à l'exception d'Anne Everett. Ce jour-là, dans les vestiaires du yacht-club, elle avait entendu Anne dire d'un ton méprisant que Malcolm était un vrai Ken, la version masculine de la poupée Barbie.

La remarque s'était gravée dans son esprit, car dès cet instant, en ce jour qui aurait dû être le plus beau de sa vie, dans sa robe de princesse, enveloppée de flots de satin, elle avait su qu'Anne disait vrai. En d'autres termes, elle avait épousé la grenouille de la fable. Et ensuite elle avait passé plus de trente ans à essayer de se cacher la vérité. Quel gâchis !

Des années passées à recevoir chez elle clients et prospects pour les voir en fin de compte choisir des avocats concurrents, ne laissant à Malcolm que des os à ronger. Aujourd'hui, même ces maigres gains avaient disparu.

Et pour finir, l'affront ultime. En dépit du soutien qu'elle lui avait prodigué tout au long de ces années, sachant qu'elle aurait mieux fait de tenter sa chance de son côté, cramponnée au peu de dignité qui lui restait, elle s'était aperçue qu'il soupirait pour sa secrétaire et s'apprêtait à se débarrasser d'*elle*, sa femme !

Si seulement il avait été l'homme que je croyais avoir épousé, rumina-t-elle, repoussant sa chaise et étirant les muscles raidis de ses épaules. Mieux encore, s'il avait été l'homme qu'il croyait être ! Alors, j'aurais réellement épousé un prince !

Elle lissa sa jupe, éprouvant un reste de fierté au contact de sa taille étroite et de ses hanches minces. Au début, Malcolm aimait la comparer à un pur-sang, avec sa silhouette élancée, son long cou, ses jambes élégantes et ses chevilles fines. « Un magnifique pur-sang », ajoutait-il.

Elle avait été une ravissante jeune femme. Pour ce que ça m'a rapporté ! pensa-t-elle amèrement.

Du moins était-elle restée en excellente forme physique. Non pas grâce à des séances de rajeunissement dans des établissements spécialisés ou à des journées de golf avec quelques amies fortunées. Non, elle avait passé sa vie à travailler, et à travailler dur — d'abord comme agent immobilier et, depuis cinq ans, à Latham Manor comme comptable.

Elle se rappelait l'époque de ses débuts à l'agence, où elle bavait d'envie devant des propriétés qui partaient pour une bouchée de pain parce que les gens avaient besoin d'argent. Combien de fois n'avait-elle pas pensé : Si seulement j'avais de l'argent…

Eh bien, elle en avait désormais. C'était elle qui menait sa barque. Et Malcolm ne s'en doutait même pas.

Elle n'aurait plus besoin de remettre les pieds ici. Qu'ils gardent leurs tapis et leurs rideaux de brocart, même dans les bureaux. L'endroit était peut-être agréable à l'œil, mais il n'en restait pas moins une maison de retraite — la salle d'attente de Dieu — et, à cinquante-quatre ans, elle avançait rapidement vers l'âge où elle serait elle-même candidate à l'admission. Bah, elle aurait quitté les lieux bien avant.

Le téléphone sonna. Avant de soulever l'appareil, Janice jeta un regard circulaire dans la pièce, au cas où quelqu'un serait arrivé subrepticement derrière son dos.

« Janice Gordon », dit-elle d'un ton froid, tenant le récepteur le plus près possible de sa bouche.

C'était l'appel qu'elle attendait. Son interlocuteur ne s'embarrassa pas de préliminaires : « Pour une fois, ce cher Malcolm ne s'est pas trompé, dit-il. L'amendement de la réglementation concernant les zones marécageuses va passer sans faire un pli. Cette propriété vaudra une fortune. »

Elle rit. « Dans ce cas n'est-ce pas le moment de faire une contre-offre à Maggie Holloway ? »

22

Après l'appel téléphonique de Liam, Maggie resta assise à la table de la cuisine, savourant lentement sa tasse de café et grignotant quelques biscuits secs qu'elle avait trouvés dans le buffet.

La boîte était presque pleine, elle semblait avoir été ouverte récemment. Nuala s'était peut-être assise à la même place peu de jours auparavant, buvant son thé comme elle, mangeant des biscuits, décidant du menu de sa réception. Elle avait trouvé une liste près du téléphone : gigot d'agneau, petits pois, carottes, pommes, raisin, pommes de terre nouvelles, pâte à tarte. Avec une note griffonnée de sa main, typique de Nuala : « J'oublie quelque chose. Voir dans le magasin. »

C'est curieux, se dit Maggie, mais bizarrement et contre toute attente, être dans la maison de Nuala me donne l'impression de la retrouver. Il me semble avoir vécu avec elle ici pendant toutes ces années.

Un peu plus tôt dans la journée, elle avait feuilleté un album de photos dans le salon. Les premières photos sur lesquelles Nuala posait en compagnie de Timothy Moore dataient de l'année qui avait suivi son divorce d'avec le père de Maggie.

Elle trouva également un album plus petit contenant des photos d'elle prises pendant les cinq années où Nuala avait fait partie de sa vie. À l'intérieur de la couverture étaient collées toutes les lettres qu'elle avait écrites à sa belle-mère.

Une photo volante à la dernière page représentait Nuala, son père et elle-même le jour du mariage. Elle semblait rayonnante à la pensée d'avoir une nouvelle maman. Le visage de Nuala reflétait le même bonheur. Le sourire sur les lèvres de son père, toutefois, était réservé, dubitatif, à son image.

Il refusait de lui ouvrir son cœur, se souvint Maggie. On lui avait toujours dit qu'il avait adoré sa mère, mais elle était morte, et Nuala, la merveilleuse Nuala, était entrée dans sa vie. C'était lui qui avait été le grand perdant le jour où elle avait fini par le quitter, lasse de ses mesquineries.

Et moi aussi j'ai beaucoup perdu, réfléchit-elle en disposant la tasse et la soucoupe dans le lave-vaisselle. Ce simple geste éveilla un autre souvenir, celui de la voix irritée de son père : « Nuala, est-il vraiment impossible de mettre directement la vaisselle dans le lave-vaisselle sans l'empiler d'abord dans l'évier ? »

Au début, Nuala avait reconnu en riant qu'elle manquait un peu d'ordre, mais elle avait fini par se rebiffer : « Écoute, Owen, c'est la première fois que cela m'arrive en trois jours. »

Et parfois, elle éclatait en sanglots et je courais derrière elle et passais mes bras autour de son cou.

Il était quatre heures et demie. La fenêtre audessus de l'évier encadrait le magnifique chêne qui se dressait à l'angle de la maison. Il a besoin d'être élagué, pensa Maggie. Par une forte tempête, les branches mortes risqueraient de tomber sur le toit. Elle s'essuya les mains et détourna les yeux. Pourquoi s'en préoccuper ? Elle ne comptait pas vivre ici. Elle allait trier ce que contenait la maison et mettre de côté les vêtements en bon état et les meubles destinés aux organismes de charité. En commençant dès maintenant, elle aurait terminé à la date prévue pour son départ. Bien sûr, elle garderait pour elle quelques souvenirs, mais elle se débarrasserait de presque tout. Une fois le testament homologué, elle vendrait la maison « en l'état » ; cependant, elle préférait qu'elle soit aussi vide que possible ; elle ne voulait pas que des étrangers puissent visiter les pièces où avait vécu Nuala et faire peut-être des commentaires moqueurs.

Elle commença par l'atelier.

Trois heures plus tard, grise de poussière après avoir débarrassé les placards et les comptoirs encombrés de pinceaux raidis par la peinture, de pots d'huile séchée, de chiffons et de palettes, Maggie se retrouva avec un nombre impressionnant de sacs-poubelle étiquetés et alignés dans un coin.

Et, bien qu'elle n'en fût qu'au début, ce premier déblayage donna un tout autre aspect à la pièce. Elle se souvint que, d'après le commissaire, l'atelier avait été mis à sac. Il était clair que le service de nettoyage s'était seulement soucié de fourrer le maximum d'affaires dans les meubles de rangement, laissant en évidence tout ce qui n'y rentrait pas. Le résultat était une impression de chaos qui avait dérouté Maggie.

Mais l'endroit en soi était magnifique. La haute verrière, apparemment la seule modification importante apportée à la maison, laissait pénétrer une belle lumière du nord. Lorsque Nuala l'avait incitée à apporter son matériel de sculpture, elle lui avait assuré que la longue table de réfectoire lui fournirait un plan de travail idéal. Pour faire plaisir à Nuala, tout en sachant qu'elle ne les utiliserait pas, Maggie avait apporté dans ses bagages vingt-cinq kilos de terre glaise, plusieurs armatures, les formes sur lesquelles les sculptures seraient modelées et ses outils.

Maggie s'arrêta un instant, hésitante. Sur cette table elle pourrait réaliser un buste de Nuala. Il y avait dans la maison quantité de photos récentes qui lui serviraient de modèles. Au cas où j'en aurais besoin, pensa Maggie. Il lui semblait que le visage de Nuala serait à jamais gravé dans sa mémoire. À part ses visites à Greta et le rangement de la maison, elle n'avait pas de projet précis. Puisque je compte rester jusqu'à dimanche en huit, se dit-elle, autant avoir un objectif, et quel meilleur sujet que Nuala ?

Sa visite à Latham Manor et le moment passé avec Greta Shipley l'avaient convaincue que Nuala était simplement angoissée à l'idée de devoir changer de vie, vendre sa maison et s'installer à la résidence. Elle ne semblait pas avoir d'autre sujet d'inquiétude, pensa-t-elle. Du moins, pas que je sache.

Elle poussa un soupir. Je n'ai aucun moyen d'en être sûre. Mais s'il s'agissait d'un cambriolage commis au hasard, n'était-il pas terriblement risqué de tuer Nuala, puis de prendre le temps de fouiller la maison ? L'individu qui s'était introduit dans la cuisine avait probablement remarqué les préparatifs du repas, vu la table dressée pour des invités. Il aurait dû être terrifié à l'idée de voir quelqu'un survenir pendant son exploration. À moins d'avoir su que le dîner était prévu à huit heures, et que moi-même je n'arriverais pas longtemps avant.

Une véritable opportunité. Oui, c'était l'occasion ou jamais pour quelqu'un connaissant les projets de Nuala ce soir-là — ou qui faisait peut-être partie des invités.

« Nuala n'a pas été tuée par un rôdeur », dit Maggie à voix haute d'un ton catégorique. Elle passa mentalement en revue les invités de Nuala.

Que savait-elle de chacun d'eux ? Rien, en réalité.

Sauf en ce qui concernait Liam, le seul qu'elle connût réellement. C'était grâce à lui qu'elle avait retrouvé Nuala, et elle lui en serait éternellement reconnaissante. Je suis contente qu'il ait la même impression que moi concernant son cousin Earl, pensa-t-elle. Son apparition m'a réellement fichu une peur bleue.

Lorsqu'ils se reverraient, elle lui demanderait des précisions sur Malcolm et Janice Norton. Un bref instant ce matin, en saluant Janice à Latham Manor, elle avait cru remarquer quelque chose de bizarre dans l'expression de cette femme. Presque de la colère. À cause de l'annulation de la vente ? Mais il y avait certainement beaucoup d'autres maisons semblables disponibles à Newport.

Maggie se dirigea vers la table à tréteaux et s'assit. Elle baissa les yeux sur ses mains croisées et les sentit impatientes de pétrir la terre glaise. Chaque fois qu'elle cherchait à résoudre un problème, elle avait découvert que travailler la glaise, la modeler, l'aidait à trouver la réponse, ou en tout cas à parvenir à une sorte de conclusion.

Quelque chose l'avait tracassée aujourd'hui, quelque chose que son subconscient avait remarqué. Elle l'avait enregistré mentalement, mais sans en être affectée sur le moment. De quoi s'agissait-il ? Heure par heure, elle se remémora sa journée, depuis le moment où elle s'était levée jusqu'à son arrivée dans le hall de Latham Manor, son entretien avec le Dr Lane et sa visite au cimetière avec Greta Shipley.

Le cimetière ! Maggie se redressa sur son siège. C'est ça ! Sur la dernière tombe, celle de cette

Mme Rhinelander, qui est morte il y a deux semaines, un détail m'a frappée.

Mais quoi ? Elle avait beau réfléchir, elle ne voyait pas ce qui avait pu la troubler.

Demain matin, je retournerai au cimetière et j'inspecterai les alentours, décida-t-elle. J'emporterai mon appareil, et si je ne vois pas exactement de quoi il s'agit, je prendrai des photos. La chose qui me tracasse se révélera peut-être au développement.

La journée avait été longue. Elle décida de prendre un bain, de se préparer des œufs brouillés, et de se mettre au lit avec de la lecture. Elle voulait en apprendre davantage sur Newport.

S'apprêtant à descendre, elle entendit sonner le téléphone dans la chambre de Nuala. Elle se hâta d'aller décrocher, mais n'obtint qu'un déclic définitif à l'autre bout de la ligne en réponse à son « Allô ».

La personne qui appelait ne m'a probablement pas entendue, se dit-elle. Tant pis. Elle n'avait envie de parler à personne en ce moment.

La porte de la penderie dans la chambre était ouverte et la lumière du couloir éclairait l'ensemble de soie bleue que Nuala portait à la réception donnée au *Four Seasons*. Il était pendu négligemment sur un cintre, comme si on l'avait rangé en hâte.

C'était une tenue de prix. Craignant qu'elle ne s'abîme, Maggie se dirigea vers la penderie pour la suspendre correctement.

Alors qu'elle remettait le vêtement d'aplomb, elle crut entendre un bruit sourd, comme si un objet était tombé sur le sol. Elle baissa les yeux mais ne distingua rien, au milieu du monceau de chaussures et de bottes dans le bas de la penderie. Si quelque chose était tombé, tant pis, ça attendrait plus tard.

Elle referma la porte, quitta la pièce et se dirigea vers la salle de bains. La solitude qu'elle appréciait tant, le soir, dans son appartement new-yorkais avait moins de charme dans cette maison, avec ses serrures branlantes et ses recoins sombres… dans cette maison où un meurtre avait été commis — peut-être par quelqu'un que Nuala avait compté parmi ses amis.

23

Earl Bateman n'avait pas eu l'intention de se rendre à Newport ce mardi soir. Ce fut en préparant sa conférence du vendredi suivant qu'il lui parut nécessaire, pour illustrer son propos, de disposer des diapositives habituellement conservées au musée attenant au funérarium. La propriété de son arrière-arrière-grand-père, la petite maison victorienne et l'arpent de terrain qui l'entourait avaient été séparés du domaine principal dix ans auparavant.

Officiellement, le musée était privé et fermé au public. On ne pouvait le visiter que sur demande écrite, et c'était Earl en personne qui accompagnait les rares visiteurs. Aux moqueries dont l'accablaient ses cousins chaque fois qu'ils discutaient de la « Vallée de la Mort » — nom dont ils avaient gratifié son petit musée —, il rétorquait, froidement et sans aucune trace d'humour, que traditionnellement les gens de toutes cultures et origines attachaient une grande importance aux rituels accompagnant le décès.

Au cours des années, il avait accumulé une impressionnante collection de matériaux se rapportant à la mort : diapositives, films, enregistrements de chants funèbres, poèmes épiques grecs, peintures et gravures, tel le tableau de l'apothéose de Lincoln accueilli au ciel ; des maquettes du Tadj Mahall et des Pyramides ; des mausolées indigènes de bois exotique rehaussés de bronze ; des bûchers funéraires égyptiens ; des cercueils contemporains ; des copies de chapiteaux ; quantité de conques, ombrelles et épées ; des statues de chevaux sans cavalier, aux étriers inversés ; et des vêtements de deuil en usage à différentes époques.

« Les vêtements de deuil » — tel était le sujet de la conférence qu'il s'apprêtait à donner dans un club de lecture dont les membres étudiaient une série d'ouvrages sur les coutumes funéraires. À cette occasion, il désirait leur projeter des photos de costumes appartenant à la collection du musée.

Les supports visuels ajoutent toujours de la vie au moindre discours, se persuada-t-il, au volant de sa voiture, tandis qu'il empruntait la route 138 avant de franchir le pont de Newport. Jusqu'à l'année précédente, la diapositive finale illustrant ses conférences sur les tenues de deuil était empruntée au *Manuel de l'étiquette* d'Amy Vanderbilt, publié en 1952, dans lequel elle donnait pour règle de ne jamais porter de chaussures vernies à un enterrement. En accompagnement du texte, Earl avait projeté des images de chaussures vernies, depuis les chaussures à brides pour enfants jusqu'aux escarpins de dames et pantoufles du soir à boucles pour hommes, le tout créant à son avis un effet des plus étranges.

Mais depuis peu il avait songé à une autre conclusion : « Je me demande ce que les générations futures diront de nous lorsqu'elles verront des images de veuves en minijupe rouge et de familles éplorées en jean et blouson de cuir. Verront-elles le reflet de règles sociales et culturelles d'une profonde portée dans le port de ces vêtements, comme nous en cherchons nous-mêmes dans les coutumes vestimentaires du passé ? Et si c'est le cas, aimeriez-vous prêter une oreille indiscrète à leurs commentaires ? »

C'était une bonne conclusion. Elle atténuerait le malaise qu'il suscitait régulièrement en évoquant les traditions de la communauté beerawan qui habillait de haillons le veuf ou la veuve, croyant que l'âme des morts commençait son errance dès le dernier soupir rendu, et qu'elle pouvait se montrer hostile envers les vivants, même envers ceux qu'elle avait aimés. Les haillons étaient probablement la marque du chagrin et du deuil.

Cette pensée ne cessa de le harceler pendant qu'il rassemblait ses diapositives. Il devinait une tension entre la morte Nuala et la vivante Maggie. Une hostilité dirigée contre Maggie. Il devait la prévenir.

Il connaissait par cœur le numéro de téléphone de Nuala, et il le composa, dans la lumière incertaine qui éclairait le musée. Il était sur le point de raccrocher quand la voix essoufflée de Maggie lui répondit. Il raccrocha quand même.

Mardi 1er octobre

Elle risquait de trouver bizarre son avertissement, et il ne voulait pas qu'elle le croie fou.

« Je ne suis pas fou », dit-il à voix haute. Il éclata de rire. « Je ne suis même pas bizarre. »

Mercredi 2 octobre

24

En règle générale, Neil Stephens était capable de consacrer toute son attention aux fluctuations de la Bourse. Ses clients, entreprises ou particuliers, s'extasiaient tous sur la justesse de ses prévisions et son remarquable instinct. Mais depuis cinq jours, depuis qu'il ne parvenait pas à joindre Maggie, il se montrait distrait et, par voie de conséquence, inutilement agressif à l'égard de son assistante, Trish.

Laissant percer son irritation, Trish finit par le remettre à sa place : « Il n'y a qu'une seule raison pour qu'un type comme vous se montre aussi grincheux. Vous vous intéressez enfin à quelqu'un qui n'en a rien à faire. Bon, je suppose que je devrais vous dire : "Bienvenue dans le monde des réalités", mais je suis sincèrement désolée que les choses se passent ainsi et je m'efforcerai d'accepter patiemment vos remarques inutilement acerbes. »

Avec un « Qui commande dans cette boîte ? » resté sans réponse, il battit en retraite dans son bureau et se creusa la cervelle pour retrouver le nom de la belle-mère de Maggie.

Agacé par un obscur pressentiment, il se montra anormalement impatient avec deux de ses fidèles clients, Lawrence et Frances Van Hilleary, venus le consulter ce matin-là.

Vêtue d'un tailleur Chanel que Neil lui avait souvent vu porter, Frances se tenait élégamment assise sur le bord d'un fauteuil club du « coin-conversation » et lui parlait d'une valeur pétrolière dont ils avaient récemment entendu parler au cours d'un dîner. Ses yeux brillaient d'excitation.

« La société est basée au Texas, lui expliquait-elle avec animation, mais depuis que la Chine a commencé à s'ouvrir à l'Occident, ils ont envoyé là-bas leurs meilleurs ingénieurs. »

La Chine ! pensa Neil, consterné, se renfonçant dans son siège pour donner l'illusion qu'il écoutait attentivement Lawrence et Frances parler de la future stabilité politique de la Chine, des problèmes de pollution du pays, des puits de pétrole intarissables que l'on pourrait y forer et, naturellement, des fortunes à y faire.

Chiffrant rapidement leurs projets, Neil se rendit compte avec inquiétude qu'ils songeaient à investir les trois quarts de leur capital disponible.

« Voici le prospectus », conclut Lawrence Hilleary.

Neil s'empara de la brochure sur papier glacé. Elle contenait exactement ce à quoi il s'attendait. Au bas de la page, en caractères quasiment illisibles, quelques lignes stipulaient que seules les personnes disposant d'au moins un demi-million de dollars en capital, à l'exclusion de leurs résidences, pourraient participer à l'investissement.

Il s'éclaircit la voix. « Très bien, mes amis, vous me payez pour vous conseiller. Vous faites partie des êtres les plus généreux que je connaisse. Vous avez déjà fait don de sommes considérables à vos enfants et petits-enfants et à de nombreuses associations caritatives. Je crois sincèrement que le reste de vos avoirs ne devrait pas filer dans ce genre d'investissement farfelu. C'est beaucoup trop risqué, et j'irais jusqu'à dire qu'il tombe plus de pétrole de votre voiture dans son garage qu'il n'en jaillira jamais de l'un de ces soi-disant puits intarissables. En conscience, je me sens incapable d'effectuer une transaction de ce genre, et je vous conjure de ne pas gaspiller ainsi votre argent. »

Il y eut un silence, rompu seulement par Frances qui se tourna vers son mari : « Chéri, rappelle-moi de faire réviser la voiture. »

Lawrence Van Hilleary secoua la tête, puis poussa un soupir de résignation : « Merci, Neil. Il n'y a pas pire imbécile qu'un vieil imbécile, hein ? »

On frappa un petit coup à la porte et Trish entra avec un plateau et du café. « Est-ce qu'il essaie de vous vendre quelques titres bidon, monsieur Van Hilleary ?

— Non, il m'a coupé l'herbe sous le pied au moment où j'allais en acheter. Trish, ce café sent rudement bon. »

Après quelques mises au point concernant leurs placements, la conversation se porta sur une décision que les Van Hilleary hésitaient à prendre.

« Nous avons tous les deux soixante-dix-huit ans, dit Lawrence en regardant sa femme avec tendresse. Je sais que nous avons l'air en forme, mais ne nous cachons pas la vérité, nous ne pouvons plus faire ce que nous faisions il y a seulement quelques années… Aucun de nos enfants ne vit dans la région. Notre maison de Greenwich entraîne des frais considérables, et, pour tout arranger, notre vieux gardien vient de nous quitter. Nous songeons sérieusement à nous installer dans une maison de retraite, quelque part en Nouvelle-Angleterre. Nous continuerons bien sûr à passer l'hiver en Floride, mais débarrassés des charges et responsabilités qu'entraîne la propriété d'une maison.

— Où, en Nouvelle-Angleterre ?

— Peut-être à Cape Cod. Ou à Newport. Nous aimerions un endroit au bord de la mer.

— Dans ce cas, je pourrais prospecter un peu pour vous durant le week-end. » En quelques mots il leur raconta que plusieurs des clientes de son père s'étaient installées à la résidence de Latham Manor à Newport, et s'y trouvaient très heureuses.

Avant de s'en aller, Frances Van Hilleary embrassa Neil. « Pas de pétrole chinois, c'est promis. Et donnez-nous vite des informations sur cet endroit à Newport.

— Entendu. » Demain, pensa Neil, demain je serai à Newport et je rencontrerai peut-être Maggie par hasard dans la rue.

Compte là-dessus ! ricana une petite voix intérieure.

Et soudain, un souvenir lui revint. Le soir où ils avaient dîné au *Neary's Pub*, Maggie avait raconté à Jimmy Neary qu'elle comptait rendre visite à sa belle-mère à Newport. Elle avait mentionné son nom, et Jimmy avait dit que c'était un vieux nom celtique célèbre. Il s'en souviendrait, sans aucun doute.

Soulagé, Neil entreprit de liquider le travail de la journée. Ce soir, il irait dîner au *Neary's Pub*, puis il rentrerait chez lui faire sa valise. Demain, il prendrait la route en direction du nord.

À huit heures le même soir, tandis que Neil terminait avec un sourire de contentement ses coquilles Saint-Jacques accompagnées d'une purée de pommes de terre, Jimmy Neary vint le rejoindre. Croisant les doigts, Neil lui demanda s'il se souvenait du nom de la belle-mère de Maggie.

« Heu..., fit Jimmy. Laissez-moi réfléchir. C'est un prénom fameux. Voyons... » Son visage poupin se plissa, sous l'effet de la concentration. « Nieve... Siobhan... Maeve... Cloissa... Non, aucun de ceux-là. C'est... c'est... Ça y est, j'ai trouvé ! Finnuala ! "La blonde", en gaélique. Et Maggie disait qu'on l'appelait couramment "Nuala".

— C'est un début. Jimmy, je vous embrasserais presque. »

Une ombre d'inquiétude voila le visage de Jimmy. « N'essayez pas ! »

25

Maggie ne s'attendait pas à dormir aussi profondément mais, blottie sous l'édredon, la tête enfouie dans un oreiller de plumes, elle ne se réveilla pas avant d'entendre le téléphone sonner, à neuf heures et demie.

Fraîche et dispose, l'esprit clair pour la première fois depuis plusieurs jours, elle saisit l'appareil, remarquant au passage les rayons de soleil qui se répandaient dans la pièce, filtrant de part et d'autre des stores vénitiens.

C'était Greta Shipley qui l'appelait, s'excusant presque : « Maggie, je voulais vous remercier pour hier. C'était tellement important pour moi. Et je vous en prie, n'acceptez ma proposition que si elle vous plaît, mais vous sembliez avoir envie de reprendre le matériel de dessin que Nuala a laissé ici et... Eh bien, voyez-vous, nous pouvons, chacun à notre tour, inviter quelqu'un à dîner. J'ai pensé que si vous n'aviez pas d'autre projet, vous pourriez partager ma table ce soir.

— Je n'ai aucun projet, et j'en serais ravie », dit Maggie avec sincérité. Puis une pensée lui traversa brusquement l'esprit, une image. Le cimetière, la tombe de Mme Rhinelander. Son attention avait été attirée par quelque chose la veille. Mais quoi ? Il fallait qu'elle y retourne. Elle croyait qu'il s'agissait de la tombe de Mme Rhinelander, mais peut-être se trompait-elle... elle devait absolument revoir les autres tombes qu'elles avaient visitées.

« Madame Shipley, dit-elle, pendant mon séjour ici, j'aimerais faire des prises de vue de Newport pour un travail en cours. L'idée peut sembler quelque peu macabre, mais St. Mary et Trinity possèdent une atmosphère si calme, ce sont des endroits tellement surannés et pittoresques, qu'ils me paraissent idéals. Je sais que certaines des tombes que nous avons fleuries hier ont une vue magnifique sur la mer à l'arrière-plan. J'aimerais y retourner. Pourriez-vous m'indiquer celles devant lesquelles nous nous sommes arrêtées ? »

Elle espérait que cette raison improvisée paraîtrait vraisemblable. Mais je ne mens pas, j'ai vraiment un projet, se rassura-t-elle.

La demande de Maggie ne sembla pas étonner Greta Shipley outre mesure. « Oh, c'est un endroit ravissant, n'est-ce pas ? Bien sûr, je peux vous dire où nous sommes allées. Avez-vous de quoi écrire sous la main ?

— J'ai ce qu'il faut. » Nuala, en parfaite hôtesse, avait laissé un petit bloc-notes et un crayon près du téléphone.

Trois minutes plus tard, Maggie avait inscrit à la va-vite non seulement les noms et les emplacements des tombes, mais également les indications précises pour y parvenir. Elle savait qu'elle les retrouverait facilement ; si seulement elle pouvait savoir ce qu'elle espérait y découvrir...

Après avoir raccroché, Maggie sauta hors de son lit, s'étira, et alla rapidement prendre une douche pour achever de se réveiller. Un bain chaud pour s'endormir le soir, une douche fraîche pour se réveiller. Dieu soit loué, je ne suis pas née il y a quatre siècles. Elle se remémora une phrase qu'elle avait lue dans un ouvrage sur la reine Élisabeth Ire : « La reine prend un bain une fois par mois, que ce soit nécessaire ou non. »

La douche, visiblement rajoutée à la superbe baignoire ancienne à pattes de lion, avait un jet agréablement piquant. Drapée dans un peignoir de bain en éponge, ses cheveux encore humides enturbannés d'une serviette, Maggie descendit à la cuisine et se prépara un petit déjeuner léger qu'elle porta jusqu'à sa chambre pour le savourer pendant qu'elle s'habillerait.

Dépitée, elle constata que les vêtements de sport qu'elle avait emportés en vue de ses vacances avec Nuala ne suffiraient pas pour son séjour de deux semaines. Cet après-midi il lui faudrait trouver une boutique où s'acheter une ou deux jupes et deux chemisiers ou sweaters. Elle savait que la coutume à Latham Manor était de s'habiller le soir ; par ailleurs, elle avait accepté de dîner avec Liam vendredi soir, et pourrait difficilement s'y rendre en jean. Chaque fois qu'il l'avait invitée à New York, il avait invariablement choisi des restaurants chics.

Relevant le store, elle ouvrit la fenêtre de façade et sentit la caresse de la brise annonçant qu'à l'humidité glacée de la veille allait succéder une exquise journée d'automne. Pas besoin d'une veste chaude, aujourd'hui. Un T-shirt blanc, un jean, un pull bleu et des tennis, telle serait sa tenue.

Une fois habillée, Maggie s'attarda devant la glace accrochée au-dessus de la commode. Ses yeux ne contenaient plus aucune trace des larmes qu'elle avait versées pour Nuala. Ils étaient redevenus limpides et clairs. Bleus. D'un bleu saphir. C'était le terme employé par Paul le soir de leur première rencontre. Une éternité semblait s'être écoulée depuis. Maggie était alors l'une des demoiselles d'honneur au mariage de Kay Koehler ; et lui, garçon d'honneur.

La soirée de répétition s'était déroulée au country club de Chevy Chase, dans le Maryland, près de Washington. Paul était assis à côté d'elle. Nous avons parlé pendant toute la soirée, se souvint Maggie. Et après la cérémonie du mariage, nous n'avons pas raté une danse. Lorsqu'il m'a prise dans ses bras, j'ai su que j'avais trouvé le bonheur.

Ils avaient tous les deux vingt-trois ans à cette époque. Il était à l'Air Force Academy, elle finissait un mastère à l'université de New York.

Tout le monde admirait le couple que nous formions. Le jour et la nuit. Paul, si beau, avec ses cheveux blonds coupés en brosse et ses yeux bleu clair, le type scandinave hérité de sa grand-mère finnoise. Moi, la Celte aux boucles brunes.

Pendant cinq ans après sa mort, elle avait continué à porter les cheveux longs, comme les aimait Paul. Finalement, l'an dernier, elle en avait coupé dix centimètres ; aujourd'hui, ils effleuraient à peine ses épaules, mais cette coiffure plus courte mettait en valeur leur ondulation naturelle. Et elle réclamait moins d'attention de sa part, ce qui était un avantage essentiel.

Paul préférait aussi qu'elle se farde très légèrement, un peu de mascara et un rouge à lèvres presque naturel. Maintenant, dans les grandes occasions, elle employait un maquillage plus sophistiqué.

Pourquoi penser à tout ça aujourd'hui ? se demanda Maggie en se préparant à partir. Elle avait l'impression de se confier à Nuala. Il s'agissait de choses qu'elle avait vécues pendant les années où elles s'étaient perdues de vue, de choses dont elle avait eu envie de lui parler. Nuala était jeune lorsque son premier mari était mort. Elle aurait compris.

À présent, priant Nuala d'user de son influence auprès de ses saints pour l'aider à comprendre ce qui la poussait à se rendre au cimetière, Maggie ramassa le plateau du petit déjeuner et alla le porter à la cuisine.

Trois minutes plus tard, ayant vérifié le contenu de son sac, refermé la porte à double tour, et sorti son Nikon et ses accessoires du coffre de sa voiture, elle prit la route du cimetière.

26

Mme Eleanor Robinson Chandler arriva à la résidence de Latham Manor à dix heures trente exactement, l'heure prévue de son rendez-vous avec le Dr William Lane.

Le docteur reçut sa noble visiteuse avec le charme et la courtoisie qui en faisaient le parfait directeur et médecin de la résidence. Il connaissait l'histoire de Mme Chandler par cœur. Le nom de sa famille était célèbre dans tout l'État de Rhode Island. Sa grand-mère avait été l'une des personnalités les plus en vue de la bonne société de Newport à l'époque où la ville était à son apogée, dans les années 1890. Sa présence à la résidence serait un « plus » indéniable, et elle leur attirerait très probablement de nouveaux pensionnaires parmi ses amis.

Ses possibilités financières, encore qu'impressionnantes, étaient un peu décevantes. Il était clair qu'elle avait déjà pris des dispositions et distribué une grande partie de sa fortune à sa nombreuse famille. À soixante-seize ans, elle avait largement contribué à repeupler la terre : quatre enfants, quatorze petits-enfants, sept arrière-petits-enfants, et ce n'était certainement pas fini.

Cependant, étant donné son nom et ses antécédents, elle voudrait sans doute louer l'appartement de l'étage supérieur qui avait été réservé pour Nuala Moore. Il était manifeste qu'elle était habituée au luxe.

Mme Chandler était vêtue d'un tailleur de jersey beige et chaussée d'escarpins à petits talons. Un seul rang de perles de même grosseur, de discrètes boucles d'oreilles ornées de perles et une montre à l'étroit bracelet d'or étaient les seuls bijoux qui la paraient, mais chaque pièce était superbe. Ses traits réguliers, encadrés d'une chevelure de neige, arboraient une expression plaisante et réservée. Lane ne mit pas longtemps à comprendre que c'était *lui* qui serait interviewé.

« Vous comprendrez qu'il ne s'agit que d'un entretien préliminaire, disait Mme Chandler. Je ne suis pas certaine d'être prête à vivre dans une résidence, si agréable soit-elle. D'après ce que j'ai pu voir jusqu'ici, je dois cependant dire que la restauration de cet endroit est d'un goût parfait. »

L'approbation de Sa Majesté est un honneur, pensa ironiquement Lane. Il eut malgré tout un sourire satisfait. « Je vous remercie, dit-il. Si Odile avait été présente, elle aurait répondu que, venant de Mme Chandler, un tel compliment en vaut cent. » Etc.

« Ma fille aînée vit à Santa Fe et souhaiterait que je m'installe près d'elle », continua-t-elle.

Mais vous ne le désirez pas, n'est-ce pas ? pensa William Lane, et soudain il sentit son moral remonter. « Naturellement, après avoir vécu si longtemps dans cette région, il doit être difficile d'envisager un changement aussi radical, je présume, dit-il, compréhensif. C'est pourquoi beaucoup de nos pensionnaires rendent visite à leur famille pendant une semaine ou deux, puis retrouvent avec plaisir le calme et le confort de Latham Manor.

— Oh, je n'en doute pas. » Le ton de Mme Chandler restait neutre. « Je crois savoir que vous avez plusieurs appartements disponibles ?

— À dire vrai, l'un de nos appartements les plus agréables vient d'être libéré.

— Qui l'occupait dernièrement ?

— Mme Constance Van Sickle Rhinelander.

— Bien sûr. Connie était très malade, si je me souviens bien.

— C'est exact. » Lane ne mentionna pas le nom de Nuala Moore. Pour justifier la pièce vide destinée à servir d'atelier, il expliquerait que l'appartement était en cours de rénovation.

Ils prirent l'ascenseur jusqu'au deuxième étage. Mme Chandler s'attarda longuement sur la terrasse qui dominait la mer. « C'est magnifique, concéda-t-elle. Mais j'ai cru comprendre que cet appartement valait cinq cent mille dollars, n'est-ce pas ?

— En effet.

— Je n'ai pas l'intention de dépenser autant. Maintenant que j'ai vu celui-ci, pourrais-je visiter les autres dont vous disposez ? »

Certain qu'elle discuterait de toute façon les prix, le Dr Lane résista à l'envie de lui dire qu'un tel stratagème était inutile. La règle fondamentale de Prestige Residence était de ne consentir aucun rabais. Sinon, c'était la porte ouverte à tous les ennuis, car le bruit d'arrangements particuliers serait parvenu aux oreilles de ceux qui n'en bénéficiaient pas.

Mme Chandler refusa d'emblée le petit studio, celui qui était de dimension moyenne ainsi que le plus grand. « Aucun d'eux ne me convient. Je crains que nous ne perdions notre temps. »

Ils se trouvaient au premier étage. Le Dr Lane se retourna et aperçut Odile se dirigeant vers eux avec à son bras Mme Pritchard, qui se remettait d'une intervention chirurgicale au pied. Elle leur adressa un sourire mais, Dieu soit loué, ne s'arrêta pas. Même Odile, parfois, savait ne pas s'imposer.

Mlle Markey, l'infirmière, était assise dans le bureau du premier étage. Elle leva les yeux vers eux avec un sourire avenant et professionnel. Lane avait hâte de lui dire son fait. Le matin même, Mme Shipley l'avait prévenu qu'elle avait l'intention de faire poser un verrou intérieur à sa porte afin de préserver son intimité. « Cette femme considère une porte fermée comme un défi », avait-elle dit, furieuse.

Ils passèrent devant le studio de Mme Shipley. Une femme de chambre en sortait et la porte était grande ouverte. Mme Chandler y jeta un coup d'œil et s'arrêta. « Oh, cette pièce est ravissante ! s'exclama-t-elle, contemplant la vaste alcôve meublée de sièges confortables et la cheminée Renaissance.

— Entrez, la pria le Dr Lane. Je suis certain que Mme Shipley n'y verrait aucun inconvénient. Elle est chez le coiffeur.

— Je n'irai pas plus loin. Je me sens indiscrète. » Mme Chandler embrassa du regard la partie chambre à coucher et la vue admirable sur la mer dont on jouissait sur trois côtés. « Ce studio me paraît bien mieux que ceux que nous avons visités. Quel en est le prix ?

— Trois cent cinquante mille dollars.

— C'est exactement ce que je suis prête à payer. En avez-vous un similaire qui soit disponible ? Pour le même prix, bien sûr.

— Pas pour le moment. » Il hésita un instant. « Mais vous pourriez peut-être formuler une demande. Nous serions très honorés de vous avoir un jour parmi nous. »

27

Douglas Hansen adressa un sourire aimable à Cora Gebhart, la sémillante septuagénaire qui, en face de lui, dégustait avec une mine gourmande les filets de sole accompagnés d'endives braisées qu'elle avait commandés pour déjeuner.

Elle avait la parole facile, contrairement à certaines autres qu'il fallait entourer d'attentions avant de pouvoir en tirer trois mots d'information. Mme Gebhart s'ouvrait à lui comme un tournesol au soleil, et il savait que, lorsque viendrait le moment du café, il aurait gagné sa confiance.

« Le neveu favori de ces dames », l'avait surnommé l'une d'entre elles, et c'était exactement ainsi qu'il voulait être perçu : l'affectueux et attentionné célibataire de trente ans qui leur prodiguait les petits égards dont elles avaient été privées depuis des années.

Et ceci lors de déjeuners intimes, propices aux bavardages, dans des restaurants gastronomiques comme *Bouchard*, ou le *Chart House*, où l'on mangeait un excellent homard en profitant d'un panorama superbe. Ces déjeuners étaient assortis d'une boîte de bonbons pour celles qui aimaient les sucreries, de fleurs pour les romantiques qui lui confiaient leurs souvenirs de lointaines idylles, et même d'une promenade bras dessus bras dessous le long d'Ocean Drive pour une veuve récente qui lui avait raconté qu'elle et son mari s'y promenaient tous les jours. Il savait exactement comment s'y prendre.

Toutes ces femmes étaient intelligentes, et certaines même particulièrement avisées. C'était une chose qu'il savait apprécier. Les valeurs qu'il leur proposait auraient intéressé l'investisseur le plus expérimenté. D'ailleurs, l'une d'elles avait empoché une plus-value considérable, ce qui d'une certaine manière avait failli être un désastre pour lui, mais s'était au bout du compte avéré avantageux. Car maintenant, pour achever de la convaincre, il suggérait à sa future cliente de téléphoner à Mme Alberta Downing, à Providence, qui pourrait confirmer la compétence d'Hansen.

« Mme Downing a investi cent mille dollars et triplé sa mise en une semaine », pouvait-il dire à ses clientes potentielles. Il ne mentait pas. Le fait que le cours des actions ait été artificiellement gonflé à la dernière minute et que Mme Downing lui ait donné l'ordre de vendre, contrairement à son avis, avait été catastrophique pour lui à l'époque. Il lui avait fallu emprunter pour payer le gain réalisé par sa cliente, mais en fin de compte cette histoire lui servait de référence.

Cora Gebhart termina son assiette avec un sourire satisfait. « Excellent », déclara-t-elle en savourant une gorgée de chardonnay. Douglas avait voulu commander une bouteille, mais elle lui avait déclaré qu'elle ne buvait jamais plus d'un verre de vin à déjeuner.

Il reposa soigneusement son couteau et sa fourchette dans son assiette.

Cora Gebhart soupira. « C'est toujours ainsi que mon mari disposait ses couverts lorsqu'il avait fini son repas. Avez-vous été élevé en Europe, vous aussi ?

— J'ai été étudiant à la Sorbonne, répondit Douglas d'un air volontairement détaché.

— C'est merveilleux ! » s'exclama Mme Gebhart, qui immédiatement poursuivit la conversation dans un français impeccable que Douglas s'efforça désespérément de comprendre.

Au bout d'un moment, il leva la main en souriant : « Je parlais couramment le français, mais mon séjour là-bas remonte à onze ans, et je suis un peu rouillé. *En anglais, s'il vous plaît*[1]. »

Ils partirent d'un même rire, mais Hansen se tint sur ses gardes. L'avait-elle mis à l'épreuve ? Elle l'avait complimenté sur sa veste de tweed bien coupée et son élégance, ajoutant que c'était inhabituel, à une époque où tant de jeunes gens, son petit-fils y compris, avaient toujours l'air de revenir d'une expédition de camping. Lui signifiait-elle, subtilement, qu'elle voyait clair dans son jeu ? Qu'elle savait bien qu'il n'était pas plus diplômé de la Business School de Wharton que d'autre chose ?

Il savait que sa mince silhouette aristocratique, sa blondeur distinguée faisaient impression. Elles lui avaient permis de débuter chez Merrill Lynch et Paine Weber, même s'il n'y était pas resté plus de six mois.

Les mots que prononça ensuite Mme Gebhart le rassurèrent : « Je crois que je me suis montrée

1. En français dans le texte. *(N.d.T.)*

trop conservatrice jusqu'à aujourd'hui, dit-elle. J'ai immobilisé trop d'argent en fonds de placement pour mes petits-enfants qui s'en servent uniquement pour s'acheter des jeans. Résultat, il ne me reste plus grand-chose pour moi. J'ai songé à m'installer dans une de ces résidences de retraite — j'ai même visité récemment Latham Manor —, mais je devrais me contenter d'un appartement exigu, et j'ai l'habitude de plus d'espace. » Elle s'interrompit, puis regarda Hansen bien en face : « Je pense investir trois cent mille dollars dans les valeurs que vous m'avez recommandées. »

Il s'efforça de ne pas laisser son émotion transparaître sur son visage. Le montant qu'elle indiquait dépassait largement ses espérances.

« Mon comptable y est tout à fait opposé, naturellement, mais je finis par croire que c'est une vieille baderne. Vous le connaissez peut-être. Il s'appelle Robert Stephens. De Portsmouth. »

Hansen avait déjà entendu ce nom. Robert Stephens était le conseiller fiscal de Mme Arlington, et elle avait perdu un paquet d'argent en investissant dans une société de haute technologie que Douglas lui avait recommandée.

« Mais je le paie pour s'occuper de mes impôts, pas pour me dicter ma conduite dans l'existence, continua Cora Gebhart. Sans lui en parler, je vais donc réaliser mon portefeuille d'obligations et vous laisser faire un gros coup pour moi. Maintenant que j'ai pris la décision, je boirais bien un second verre de vin. »

Dans le soleil qui inondait le restaurant d'une chaleur dorée, ils levèrent leur verre à leur futur succès.

28

Maggie passa presque deux heures dans les cimetières de St. Mary et de Trinity. On procédait à des enterrements dans certains des endroits qu'elle avait l'intention de photographier, et elle dut attendre que les cortèges funèbres se fussent dispersés pour sortir son appareil.

La beauté de cette journée ensoleillée n'était pas en accord avec sa quête, mais elle persévéra, s'arrêtant longuement devant chacune des tombes qu'elle avait visitées avec Greta Shipley, prenant des photos sous tous les angles.

Il lui semblait avoir remarqué quelque chose d'anormal sur la tombe de Mme Rhinelander, celle qu'elles avaient visitée en dernier. Guidée par cette impression, elle fit le chemin inverse de celui qu'elles avaient suivi la veille, commençant par la tombe de Mme Rhinelander et finissant par celle de Nuala.

Ce fut alors qu'une petite fille de huit ou neuf ans apparut près d'elle et resta immobile, l'observant intensément.

Maggie termina son rouleau de pellicule et se tourna vers la fillette : « Salut, je m'appelle Maggie. Et toi ?

— Marianne. Pourquoi prenez-vous des photos dans cet endroit ?

— Je suis photographe, je dois faire un reportage, c'est pourquoi je travaille ici aujourd'hui.

— Vous voulez prendre une photo de la tombe de mon grand-père ? Elle est juste à côté. » L'enfant tendit le doigt vers sa gauche. Plusieurs femmes étaient réunies autour d'une haute stèle.

« Non, je ne crois pas. J'ai fini pour la journée. Mais merci. Et je suis très triste pour ton grand-père.

— C'est le troisième anniversaire de sa mort, aujourd'hui. Il s'était remarié à l'âge de quatre-vingt-deux ans. Maman dit que sa femme l'a achevé. »

Maggie réprima un sourire. « Ça arrive parfois.

— Mon père dit qu'après cinquante ans avec grand-mère, il a au moins pris du bon temps pendant deux ans. La dame avec laquelle il s'était marié a un autre petit ami maintenant. Papa dit qu'il ne durera pas plus de deux ans lui non plus. »

Maggie ne put retenir un éclat de rire. « Ton père a le sens de l'humour.

— Il est drôle, c'est vrai. Bon, il faut que je parte. Maman me fait signe. À un de ces jours. »

C'était le genre de conversation que Nuala aurait adoré, se dit Maggie. Que suis-je en train de chercher ? se demanda-t-elle en contemplant la tombe. Les fleurs qu'avait apportées Greta Shipley commençaient à se faner, sinon l'endroit ressemblait aux autres. Malgré tout, elle prit une bobine supplémentaire, par sécurité.

L'après-midi passa rapidement. Consultant la carte dépliée sur le siège du passager, Maggie gagna le centre de Newport. Dans son métier, elle préférait se charger elle-même des développements, et ce fut à contrecœur qu'elle déposa ses films dans un drugstore. Mais il n'y avait pas d'autre moyen. Elle n'avait pas emporté son matériel de développement avec elle, c'eût été trop compliqué pour un si court voyage. S'étant assurée que ses photos seraient prêtes le lendemain, elle alla prendre un hamburger et un Coca au *Brick Alley Pub*, puis dénicha une boutique dans Thames Street où elle s'acheta deux pulls habillés — un blanc et un noir —, deux jupes longues et un tailleur-pantalon beige à veste cintrée. Combinées avec ce qu'elle avait emporté dans ses bagages, ces tenues lui permettraient de faire face à toutes les situations au cours des dix jours à venir.

Newport ne ressemble à rien d'autre, pensa-t-elle tout en roulant le long d'Ocean Drive pour rejoindre la maison de Nuala.

Ma maison, corrigea-t-elle. Malcolm Norton avait conclu un accord avec Nuala pour acheter la maison, Maggie ne l'ignorait pas. Il a demandé à me parler. Probablement à propos de la maison. Est-ce que je veux la vendre ? La veille, elle aurait dit : probablement. Mais aujourd'hui, en ce moment précis, devant la beauté de l'océan et le charme de cette ville si pittoresque sur son île, elle n'en était plus aussi certaine.

Non. Si je devais me décider en cet instant même, je ne la vendrais pas.

29

À quatre heures trente, l'infirmière Zelda Markey fut appelée dans le bureau du Dr Lane. Elle savait ce qui l'attendait : elle allait se faire passer un savon, et elle en connaissait la raison : Greta Shipley s'était plainte à son sujet. Très bien, elle était prête !

Regardez-le, pensa-t-elle avec mépris, tandis qu'il lui lançait un regard noir de l'autre côté du bureau. Je parie qu'il n'est même pas capable de faire la différence entre la rougeole et la varicelle. Ou entre des palpitations et une insuffisance cardiaque.

Il fronçait les sourcils, mais les gouttes de sueur qui apparaissaient sur son front indiquèrent à Zelda Markey combien cet entretien le mettait mal à l'aise. Elle décida de lui faciliter la tâche, sachant que la meilleure défense est toujours l'attaque.

« Docteur, commença-t-elle, je sais exactement ce que vous allez me dire : Mme Shipley me reproche d'entrer chez elle sans frapper. La vérité est que Mme Shipley s'assoupit souvent ces derniers temps, bien plus fréquemment que les semaines précédentes, et je me suis un peu inquiétée. C'est sans doute de sa part une réaction émotionnelle au décès de plusieurs de ses amies, mais je puis vous assurer que je n'ouvre cette porte qu'après avoir frappé plusieurs fois en vain. »

Une lueur d'incertitude traversa le regard de William Lane. « Je vous suggère dans ce cas, mademoiselle Markey, si Mme Shipley ne répond pas après un délai raisonnable, d'entrouvrir la porte et de l'appeler. Il est vrai que cette affaire semble sérieusement la perturber, et je veux y mettre fin avant qu'elle ne se transforme en réel problème.

— Mais, docteur, si je n'étais pas entrée dans sa chambre il y a deux nuits, lorsqu'elle a eu cette crise, un malheur aurait pu arriver.

— La crise a été passagère et sans conséquence. J'apprécie votre diligence, toutefois, je ne peux tolérer ces réclamations. Nous nous comprenons bien, n'est-ce pas, mademoiselle Markey ?

— Parfaitement, docteur.

— Mme Shipley assistera-t-elle au dîner ce soir ?

— Oh, certainement ; non seulement elle y assistera, mais elle a une invitée, Mme Holloway. La belle-fille de Mme Moore, cette pauvre femme qui a été assassinée. Mme Lane a été prévenue. Il paraît que Mme Holloway profitera de sa venue ici pour emporter le matériel de dessin de Mme Moore.

— Je vois. Merci, mademoiselle Markey. »

Dès qu'elle eut quitté la pièce, William Lane prit le téléphone et appela sa femme chez eux. « Pourquoi ne m'as-tu pas dit que Maggie Holloway dînait ici ce soir ? dit-il sèchement dès qu'elle décrocha.

— En quoi est-ce tellement important ?

— L'important, c'est... » Lane serra les lèvres et respira profondément. Mieux valait taire certaines choses. « Je veux savoir quels sont les invités qui viennent dîner, dit-il. Pour la simple raison que je veux être présent pour les accueillir.

— Figure-toi que je le sais, mon cher. Et que j'ai pris des dispositions afin que nous dînions à la résidence ce soir. Mme Shipley a refusé avec une certaine mauvaise grâce de venir avec son invitée à notre table. Mais au moins pourras-tu bavarder avec Maggie Holloway avant le dîner.

— Bien. » Il resta un moment silencieux, comme s'il voulait ajouter autre chose sans pouvoir s'y décider. « Je serai à la maison dans dix minutes.

— Ce serait utile si tu veux te changer. » Le rire perlé d'Odile l'agaça.

« Après tout, chéri, si le règlement stipule que nos hôtes doivent s'habiller pour le dîner, il me semble que le directeur et son épouse sont tenus de donner l'exemple, tu ne crois pas ? »

30

Earl Bateman avait un modeste appartement sur le campus de Hutchinson. Cette petite université, située dans un paisible quartier de Providence, lui semblait l'endroit idéal pour préparer ses conférences. Éclipsée par les autres établissements plus prestigieux de la région, Hutchinson dispensait néanmoins un enseignement d'excellente qualité, et le cours d'anthropologie d'Earl y était considéré comme une attraction majeure.

« Anthropologie : science qui a trait aux origines, au développement physique et culturel, aux caractéristiques raciales et aux coutumes et croyances de l'humanité. » Earl commençait chaque trimestre son premier cours par ces mots qu'il demandait à ses étudiants de retenir par cœur. Comme il aimait à le répéter, à la différence de la plupart de ses collègues il était profondément convaincu que la véritable connaissance d'un peuple ou d'une culture commençait par l'étude de ses rites funéraires.

C'était un sujet qui ne cessait de le fasciner. Et qui fascinait ses auditeurs, comme le démontrait le nombre croissant de conférences qu'il était appelé à donner. Plusieurs associations qui organisaient des conférences à l'échelon national lui avaient offert des honoraires substantiels pour prendre la parole à des déjeuners ou à des dîners, programmés parfois un an et demi à l'avance.

Leurs commentaires étaient flatteurs. « D'après ce que nous savons, professeur, vous parvenez même à rendre distrayant le thème de la mort », lui écrivait-on. Et l'intérêt que tous ces gens lui marquaient avait également un aspect rémunérateur : ses honoraires pour ses interventions étaient désormais de trois mille dollars, plus les frais, et il recevait plus de demandes qu'il ne pouvait en accepter.

Le mercredi, Earl donnait son dernier cours à deux heures de l'après-midi, ce qui aujourd'hui lui laissait le temps de peaufiner la conférence qu'il s'apprêtait à tenir dans un club féminin, et de répondre à son courrier. Une lettre récente l'intriguait au point qu'il ne pouvait la chasser de son esprit.

Une chaîne de télévision lui demandait s'il possédait assez de matériaux pour réaliser une série d'émissions d'une demi-heure consacrées aux aspects culturels de la mort. La rémunération ne serait sans doute pas élevée, mais ils faisaient remarquer que la notoriété ainsi acquise s'était révélée extrêmement bénéfique à plusieurs de leurs intervenants.

Assez de matériaux ? Les pieds posés sur la table basse, Earl eut un rire silencieux. Bien sûr qu'il avait tout ce qu'il fallait. Des masques mortuaires, par exemple. Il n'avait jamais fait d'exposé sur ce sujet. Les Égyptiens et les Romains en utilisaient couramment. Les Florentins commencèrent à en confectionner à la fin du XIVe siècle. Peu de gens savent qu'il existe un masque mortuaire de George Washington, que son noble et calme visage restera plongé dans le repos éternel sans trace de sa mauvaise denture qui dans la réalité enlaidissait ses traits.

La meilleure méthode était d'introduire à chaque fois un élément d'intérêt humain, afin que les personnages ne soient pas macabres, mais fassent figure de sympathiques individus comme vous et moi.

La conférence de ce soir avait amené Earl à envisager nombre d'autres thèmes possibles. Ce soir, naturellement, il parlerait du costume funéraire à travers les âges. Ses recherches l'avaient convaincu que les manuels de savoir-vivre étaient une vraie mine d'informations.

Dans l'ouvrage d'Amy Vanderbilt, il avait lu une recommandation qu'il citait volontiers, à savoir qu'il fallait entourer d'un linge le battant de la cloche de l'entrée afin de respecter la famille du disparu, et éviter les mots tels que : « mort », « mourut » ou « tué » dans les lettres de condoléances.

Le battant ! À l'époque victorienne, les gens redoutaient par-dessus tout d'être enterrés vivants, et exigeaient qu'une clochette soit accrochée au-dessus de la tombe, reliée à l'intérieur du cercueil par un fil de fer ou une cordelette passant à travers un conduit de ventilation. Si elle n'était pas véritablement morte, la personne enterrée avait ainsi la possibilité de sonner.

Earl savait qu'il avait ou pouvait trouver de quoi alimenter un grand nombre d'émissions. Il se surprit à rêver. Il était sur le point de devenir célèbre. Lui, Earl, la risée de la famille, il allait leur apprendre, à ces cousins vautrés dans leurs fauteuils, à ces descendants bâtards d'un bandit mégalomane et avare qui avait fait fortune par la ruse et la malhonnêteté.

Son cœur se mit à battre. Ne pense pas à eux. Concentre-toi sur ta conférence et sur la préparation de ces émissions. Il avait réfléchi à un autre sujet, qui serait certainement très bien accueilli...

Mais d'abord, il allait prendre un verre... un seul, se promit-il, en préparant un martini très sec dans son coin-cuisine. Portant le verre à ses lèvres, il médita sur le fait que, souvent avant la mort, un proche du futur défunt était frappé par une prémonition, une sorte de malaise ou d'avertissement.

Il se rassit, ôta ses lunettes, se frotta les yeux et s'enfonça dans le canapé qui lui servait également de lit.

Un proche... « Comme moi, dit-il à voix haute. Je ne suis pas à ce point proche de Maggie Holloway, mais je sens qu'elle n'est proche de *personne*. Peut-être est-ce pour cette raison que j'éprouve cette prémonition à son sujet. Je sais que Maggie va mourir très bientôt, tout comme j'étais sûr la semaine dernière que Nuala n'avait plus que quelques heures à vivre. »

Trois heures plus tard, sous les applaudissements enthousiastes de l'assistance, il commença son exposé avec un sourire chaleureux et un peu incongru. « Nous n'aimons pas en parler, mais nous sommes tous destinés à mourir. Il arrive que la date soit différée. Nous avons tous entendu parler de personnes cliniquement mortes qui sont revenues à la vie. Mais il arrive aussi que les dieux parlent et que soit réalisée la prophétie biblique :

“Tu es poussière et tu retourneras à la poussière.” »

Il se tut un instant, sentant l'assistance suspendue à ses lèvres. Le visage de Maggie emplissait son esprit — ce nuage de cheveux sombres entourant ses traits exquis dominés par deux magnifiques yeux bleus emplis de mélancolie...

Bientôt, se consola-t-il, elle n'éprouverait plus cette tristesse.

31

Angela, l'aimable femme de chambre qui l'avait annoncée la veille au Dr Lane, indiqua à Maggie l'armoire où était conservé le matériel de Nuala. Comme à son habitude, Nuala l'avait posé en vrac sur les rayons, mais avec l'aide d'Angela il ne fallut pas longtemps pour le ranger dans des cartons, qu'un aide-cuisinier transporta avec elles jusqu'à la voiture.

« Mme Shipley vous attend dans son appartement, lui dit Angela. Je vais vous y conduire.

— Merci. »

La jeune femme hésita un instant, inspectant la vaste salle commune. « Lorsque Mme Moore donnait ses cours ici, tout le monde était ravi d'y participer. Même si certains étaient incapables de tirer un trait droit. Il y a deux semaines, elle avait demandé à chacun de se souvenir d'un slogan de la Seconde Guerre mondiale, du style de ceux que l'on voyait partout sur les affiches. Même Mme Shipley s'était mise à chercher, malgré son chagrin.

— Pourquoi avait-elle du chagrin ?

— Mme Rhinelander était décédée le lundi précédent. Elles étaient très liées. Bref, j'ai distribué les fournitures et les slogans ont commencé à fuser. "Donnez-leur des ailes", par exemple, que Mme Moore a illustré — un drapeau volant derrière un avion — et qu'ils ont tous copié. Puis quelqu'un a suggéré : "Ne parle pas, mâche du chewing-gum."

— C'était un slogan ?

— Oui. Il a suscité un éclat de rire général, mais, comme Mme Moore nous l'a ensuite expliqué, c'était un conseil extrêmement sérieux destiné aux gens qui travaillaient dans les usines d'armement, les avertissant de ne rien dire qu'un espion pût entendre. Ce fut une séance très animée. » Angela sourit à ce souvenir. « Le dernier cours que devait donner Mme Moore. Nous la regrettons tous. Bon, je ferais mieux de vous conduire chez Mme Shipley à présent. »

Le sourire chaleureux de Greta Shipley à la vue de Maggie ne dissimulait pas la pâleur grise qui cernait ses yeux et ses lèvres. Maggie constata également qu'en se levant la vieille dame avait besoin de s'appuyer au bras de son fauteuil. Elle semblait lasse, et plus affaiblie que deux jours auparavant.

« Maggie, vous êtes ravissante. Et c'est si gentil de répondre à une invitation de dernière minute. Nous avons un groupe très agréable à notre table, je pense qu'il vous plaira. Mais auparavant, j'ai pensé que nous pourrions prendre l'apéritif ici avant de le rejoindre.

— Très volontiers, dit Maggie.

— J'espère que vous aimez le xérès, je n'ai rien d'autre à vous offrir.

— Ce sera parfait. »

Angela se dirigea d'elle-même vers le petit buffet, versa le liquide ambré d'un carafon dans deux verres anciens en cristal et servit les deux femmes. Puis elle quitta silencieusement la pièce.

« Cette fille est un amour, dit Mme Shipley. Elle a toujours des petites attentions qui ne viendraient même pas à l'idée des autres. Non qu'elles soient incompétentes, ajouta-t-elle vivement. Ce n'est pas ça, mais Angela est différente. Avez-vous rassemblé les affaires de Nuala ?

— Oui. C'est Angela, justement, qui m'a aidée, et en même temps elle m'a raconté l'un des cours de Nuala auquel elle avait assisté, celui où vous avez dessiné des affiches. »

Mme Shipley sourit. « Nuala était d'humeur espiègle ! Lorsque nous sommes remontées dans ma chambre après son cours, elle s'est emparée de mon dessin — qui, naturellement, était très mauvais — et y a ajouté quelques touches de sa main. Il faut que vous le voyiez. Il est rangé dans le deuxième tiroir », dit-elle en indiquant le meuble près du canapé.

Maggie ouvrit le tiroir et en sortit une feuille de papier Canson. À sa vue, un frisson lui glaça le sang. Le croquis de Greta montrait plus ou moins distinctement une ouvrière d'une usine d'armement coiffée d'un casque, parlant à une collègue dans un train ou un bus. Derrière elles, un personnage au visage allongé, vêtu d'une cape et d'une coiffe noires, épiait visiblement leur conversation.

Nuala avait donné ses traits et ceux de Greta Shipley aux deux ouvriers. L'image d'une infirmière flottait au-dessus de l'espion, avec deux fentes à la place des yeux, l'oreille démesurément agrandie.

« Cette silhouette représente-t-elle quelqu'un ? » demanda Maggie.

Greta Shipley se mit à rire. « Oh, oui ! Cette horrible fouine de Mlle Markey, l'infirmière. Ce jour-là, j'ai cru qu'il s'agissait d'une plaisanterie, cette façon de la dessiner en train de fourrer son nez partout. Mais aujourd'hui je n'en suis pas aussi certaine.

— Pourquoi ?

— Je ne sais pas. Il est possible que je laisse trop galoper mon imagination. C'est une chose qui arrive parfois aux vieilles dames, vous savez. Je crois que nous devrions descendre à présent. »

Le grand salon impressionna Maggie, tant par son architecture que par son ameublement. L'air bruissait d'un brouhaha de voix provenant de plusieurs personnes âgées disséminées dans la pièce. À première vue, selon Maggie, tous ces gens avaient entre soixante-cinq et quatre-vingt-cinq ans, bien que Greta lui eût chuchoté à l'oreille que cette belle femme en tailleur de velours noir qui se tenait droite comme un *i* venait d'avoir quatre-vingt-quatorze ans.

« C'est Letitia Bainbridge, lui souffla-t-elle. Tout le monde a pensé qu'elle était folle de dépenser une telle fortune pour venir s'installer ici, il y a six ans, mais elle a répondu qu'étant donné les gènes de sa famille, c'était de l'argent bien placé. Et l'avenir a prouvé qu'elle avait raison. Elle dînera à notre table, je suis certaine que vous l'apprécierez.

« Vous remarquerez que le personnel sert les consommations sans demander à chacun son choix, continua Greta. La plupart des personnes présentes sont autorisées par leur docteur à boire un cocktail ou un verre de vin. Les autres ont droit à un Perrier ou à un soda. »

Une organisation très sophistiquée régit cet endroit, songea Maggie. Je comprends pourquoi Nuala avait sérieusement envisagé de s'installer ici. Le Dr Lane était convaincu que Nuala aurait renouvelé sa demande d'inscription si elle avait vécu.

Regardant autour d'elle, Maggie vit le Dr Lane et sa femme faire leur entrée. Odile Lane portait un chemisier de soie couleur aigue-marine et une jupe longue assortie, un ensemble que Maggie avait admiré dans la boutique où elle-même avait fait ses achats. Dans les autres circonstances où elle avait rencontré Mme Lane — le soir de la mort de Nuala et à l'enterrement —, Maggie ne s'était pas particulièrement intéressée à elle. Elle constatait ce soir qu'Odile était une très jolie femme.

Il lui fallait également admettre qu'en dépit d'un début d'embonpoint et de calvitie le Dr Lane était lui aussi très séduisant. Il avait une attitude à la fois affable et raffinée. S'approchant de Maggie, il lui prit la main et l'effleura légèrement de ses lèvres.

« C'est un plaisir de vous recevoir ici, dit-il avec sincérité. Et je me permettrai d'ajouter qu'après une seule journée de répit vous semblez déjà reposée. Vous avez visiblement une robuste constitution.

— Oh, chéri, faut-il que tu sois toujours aussi professionnel ? l'interrompit sa femme. Maggie, nous sommes ravis de vous avoir parmi nous.

Que pensez-vous de tout ceci ? » D'un geste de la main, elle embrassa l'élégant décor qui les entourait.

« Comparé à certaines maisons de retraite que j'ai photographiées, c'est le paradis.

— Pourquoi aviez-vous choisi de les photographier ? demanda le Dr Lane.

— Une commande d'un magazine.

— Si jamais vous aviez envie de faire un reportage dans cette maison, je suis certain que cela ne poserait aucun problème, proposa-t-il.

— Je m'en souviendrai, répondit Maggie.

— En apprenant votre venue ce soir, nous avons proposé de vous recevoir à notre table, dit Odile Lane avec un soupir, mais cette chère Mme Shipley n'a rien voulu entendre. Elle voulait que vous dîniez avec *ses* amies, à *sa* table habituelle. » Elle agita un doigt en direction de Greta Shipley. « Ce n'est vraiment pas gentil du tout », roucoula-t-elle.

Maggie vit les lèvres de Greta Shipley se crisper. « Maggie, dit-elle sèchement, je voudrais vous présenter quelques amis. »

Quelques minutes plus tard un carillon mélodieux annonça que le dîner était servi.

Saisissant le bras de son invitée, Greta Shipley l'entraîna le long du couloir qui menait à la salle à manger, et Maggie ne put s'empêcher de remarquer qu'elle était agitée de tremblements en marchant.

« Madame Shipley, êtes-vous sûre de vous sentir bien ?

— Tout à fait. C'est un tel plaisir de vous avoir ici. Je comprends pourquoi Nuala était si heureuse le jour où vous êtes réapparue dans sa vie. »

Huit tables étaient dressées dans la salle à manger, chacune avec dix couverts. « Tiens, ils ont sorti la porcelaine de Limoges et le linge de table blanc », fit remarquer Greta.

Maggie jeta un regard admiratif autour d'elle. Cette pièce était aussi somptueuse que les autres. D'après ce qu'elle avait lu concernant les origines de Latham Manor, la table de banquet pouvait jadis recevoir soixante personnes.

« La maison a été entièrement restaurée et redécorée, y compris les rideaux, qui ont été copiés sur ceux de la salle à manger d'apparat de la Maison-Blanche, indiqua Greta tandis qu'elles se dirigeaient vers leur table. À présent, Maggie, je vais faire les présentations. »

Elle installa la jeune femme à sa droite. À côté d'elle se trouvait Letitia Bainbridge, qui ouvrit la conversation : « Vous êtes particulièrement jolie. Greta m'a dit que vous n'étiez pas mariée. Y a-t-il quelqu'un dans votre vie ?

— Non, répondit Maggie avec un sourire, sentant le serrement familier lui oppresser la poitrine.

— Excellent, décréta Mme Bainbridge avec détermination. J'ai un petit-fils que j'aimerais vous faire rencontrer. Lorsqu'il était adolescent, je le trouvais un peu fadasse. Cheveux longs, guitare, tout ça. Dieu du ciel ! Heureusement, à trente-cinq ans, il est devenu l'homme rêvé. Président de sa propre société, quelque chose d'important dans l'informatique.

— Letitia, marieuse acharnée, dit quelqu'un en riant.

— J'ai rencontré le petit-fils en question. N'y pensez pas, lui murmura Greta Shipley à l'oreille avant de la présenter aux autres convives — trois femmes et deux hommes. Je suis parvenue à attirer les Buckley et les Crenshaw à notre table, dit-elle. Le problème de ces maisons est leur tendance à devenir des ghettos féminins ; y trouver des interlocuteurs masculins demande beaucoup d'efforts. »

Le groupe qui composait leur table était animé, intéressant, et Maggie se demanda à nouveau pourquoi Nuala avait renoncé si brusquement à venir s'installer ici. Certainement pas à cause de moi, pour me laisser un toit. Elle savait que papa m'avait laissé un peu d'argent, et que je gagnais correctement ma vie. Mais alors pourquoi ?

Letitia Bainbridge était particulièrement amusante lorsqu'elle évoquait le Newport de sa jeunesse. « Il y régnait alors une véritable anglomanie, soupira-t-elle. Toutes les mères mouraient d'envie de marier leurs filles à un noble anglais. Cette pauvre Consuelo Vanderbilt — sa mère avait menacé de se suicider si elle n'épousait pas le duc de Marlborough ! Elle lui obéit, tint le coup pendant vingt ans, divorça et se remaria avec un intellectuel français, Jacques Balsan, avec lequel elle finit par trouver le bonheur.

« Et il y avait l'affreux Squire Moore. Personne n'ignorait qu'il sortait de rien, pourtant, à l'entendre, il descendait directement de Brian Boru. Néanmoins, il n'était pas sans charme, et son soi-disant titre lui avait permis de faire un beau mariage. Je suppose qu'il n'y a pas grande différence entre un noble sans le sou qui épouse une héritière américaine et une descendante sans le sou des pèlerins du *Mayflower* qui épouse un self-made-man millionnaire. Sinon que le dieu de Squire était l'argent et qu'il aurait été capable de n'importe quoi pour en amasser. Malheureusement, ce trait a persisté chez beaucoup de ses descendants. »

Ce fut au moment du dessert qu'Anna Pritchard, qui se remettait d'une opération du pied, dit en plaisantant : « Greta, pendant que je faisais quelques pas avec Mme Lane, ce matin, devinez qui j'ai vu ? Eleanor Chandler. Elle était avec le Dr Lane. Bien sûr, je sais qu'elle ne m'a pas reconnue, et je ne lui ai pas adressé la parole. Mais elle admirait votre appartement. La femme de chambre venait d'y faire le ménage et la porte était ouverte.

— Eleanor Chandler, fit pensivement Letitia Bainbridge. Elle était en classe avec ma fille autrefois. Un caractère énergique, si je ne me trompe. Songerait-elle à s'installer ici ?

— Je n'en sais rien, dit Mme Pritchard, mais je ne vois rien d'autre qui explique sa visite. Greta, vous devriez changer votre serrure. Si Eleanor veut votre appartement, elle le prendra sans vous demander votre avis. »

Greta Shipley rit de bon cœur. « Qu'elle essaie ! »

Lorsque Maggie prit congé, Greta tint à la raccompagner à la porte.

« Ce n'est pas la peine, insista Maggie. Je sais que vous êtes fatiguée.

— Ne vous inquiétez pas. Je passerai la journée de demain à traînasser dans ma chambre.

— J'espère bien. Je téléphonerai pour m'en assurer. »

Maggie embrassa la joue douce, presque translucide de sa vieille amie. « À demain », dit-elle.

Jeudi 3 octobre

32

Six jours s'étaient écoulés depuis que Nuala Moore avait été retrouvée assassinée dans sa maison et l'intuition première du commissaire Chet Brower était devenue certitude. Le crime n'était pas l'œuvre d'un maraudeur, de cela il était maintenant convaincu. Il ne pouvait avoir été commis que par une personne connaissant Mme Moore, probablement quelqu'un en qui elle avait confiance. Mais qui ? Et pour quel motif ?

Brower avait l'habitude de débattre de ce genre de questions avec son adjoint, l'inspecteur Jim Haggerty. Le jeudi matin, il convoqua Haggerty dans son bureau pour faire le point.

« Mme Moore a peut-être laissé sa porte ouverte, et dans ce cas n'importe qui a pu s'introduire chez elle. D'autre part, elle peut aussi bien l'avoir ouverte à un familier. Une chose est sûre : il n'y a aucune trace d'effraction. »

Jim Haggerty travaillait avec Brower depuis une quinzaine d'années. Il n'ignorait pas que son chef aimait tester sur lui la logique de ses déductions et, bien qu'il eût ses idées sur la question, il préférait attendre pour les exposer. Il n'avait jamais oublié la remarque d'un voisin à son propos :

« Jim ressemble peut-être plus à un épicier qu'à un flic, mais il pense comme un flic. »

Il savait que la remarque était en quelque sorte un compliment. Il savait également qu'elle était en partie justifiée — son air doux, ses lunettes ne correspondaient pas exactement à l'image qu'on se faisait d'un superflic à Hollywood. Mais ce décalage tournait parfois à son avantage. Son apparence affable mettait en confiance ceux qui l'approchaient, les amenant à parler plus librement.

« Partons de l'hypothèse qu'il s'agissait d'une personne qu'elle connaissait, continua Brower, le front plissé sous l'effet de la concentration. Ça revient à inclure dans la liste des suspects pratiquement tout Newport. Mme Moore était très estimée et active dans la communauté. L'une de ses dernières initiatives a été de donner des cours de dessin à Latham Manor. »

Haggerty savait que son patron appréciait peu les établissements du style de Latham Manor. Il s'offusquait de voir des personnes âgées investir de telles sommes non remboursables en faisant le pari de vivre assez longtemps pour rendre ce placement rentable. À son avis, Brower, ayant sa belle-mère sur les bras depuis près de vingt ans, enviait tout simplement les bienheureux dont les parents avaient les moyens de passer la fin de leur existence dans une résidence de luxe plutôt que d'occuper la chambre d'enfants de la maison.

« Toutefois, nous pouvons dès le début éliminer la plus grande partie des habitants de Newport, car le type qui a tué Nuala Moore avant de mettre à sac sa maison pouvait difficilement ignorer qu'elle préparait un dîner.

— La table était mise… » Haggerty se mordit les lèvres. Il avait interrompu son chef.

Le front de Chet Brower se creusa davantage. « J'allais y venir. Cela signifie que l'intrus ne craignait pas de voir quelqu'un arriver à l'improviste. Il y a donc de fortes chances pour que l'assassin soit l'un des invités à ce dîner, l'une des personnes que nous avons interrogées chez les voisins vendredi dernier. Ou, ce qui est moins probable, quelqu'un qui connaissait l'heure à laquelle étaient attendus les hôtes de Mme Moore. »

Il resta silencieux un moment. « Il est temps d'enquêter sérieusement sur chacun d'eux. Oublions tout ce que nous savons à leur sujet. Repartons de zéro. » Il se renversa dans son fauteuil. « Qu'en pensez-vous, Jim ? »

Haggerty préféra s'exprimer avec prudence : « Chef, j'avais l'intuition que vous arriveriez à cette conclusion, et vous savez que j'aime bien bavarder avec les uns ou les autres, aussi ai-je déjà un peu cherché dans cette direction. Bref, je crois avoir découvert quelques détails susceptibles de vous intéresser. »

Brower lui jeta un regard interrogateur. « Accouchez, mon vieux.

— Bon, vous avez certainement remarqué l'expression de ce moulin à paroles, ce poseur de Malcolm Norton, lorsque Mme Woods a annoncé que le testament avait été modifié et la vente de la maison annulée.

— J'ai vu ça. Choc et consternation, largement mêlés de fureur.

— D'après la rumeur publique, Norton en est réduit à s'occuper de morsures de chiens et d'affaires de divorce où l'on se dispute le partage d'une camionnette ou d'une voiture d'occasion. J'étais donc curieux de savoir d'où il tirait l'argent nécessaire pour financer l'achat de la maison de Mme Moore. J'ai, par la même occasion, déterré une petite histoire concernant ses relations avec sa secrétaire, une certaine Barbara Hoffman.

— Intéressant. Et d'où a-t-il *tiré* l'argent ?

— En hypothéquant sa propre maison, qui représente probablement l'essentiel de son capital. Voire son seul capital. Il est même parvenu à convaincre sa femme de cosigner l'acte.

— Sait-elle qu'il a une petite amie ?

— Il semblerait que rien n'échappe à cette femme.

— Alors, pour quelle raison aurait-elle mis en danger leur seul capital commun ?

— Voilà ce que j'aimerais savoir. J'ai parlé à quelqu'un de l'agence immobilière Hopkins — et obtenu leur avis sur la transaction. Ils se sont sincèrement étonnés de voir Norton prêt à payer deux cent mille dollars pour cette maison. D'après eux, elle a besoin de réparations considérables.

— L'amie de Norton a-t-elle de l'argent ?

— Non. Tout indique que Barbara Hoffman est quelqu'un de bien, une veuve qui a élevé seule ses fils et possède un modeste compte en banque. » Haggerty devança la question suivante : « Le cousin de ma femme est guichetier à la banque. Deux fois par mois, Barbara Hoffman dépose cinquante dollars sur son compte-épargne.

— La question est de savoir pourquoi Norton veut acheter cette maison. Y a-t-il du pétrole sur la propriété ?

— Si c'est le cas, il ne peut pas y toucher. La parcelle de terrain qui borde la mer est classée zone marécageuse. Le terrain est en grande partie non constructible, ce qui interdit même l'agrandissement de la maison, et à moins d'être à l'étage supérieur il n'y a aucune vue.

— Je devrais sans doute avoir un entretien avec Norton, décida Brower.

— Je suggère que vous rencontriez également sa femme, chef. Tout indique qu'elle est trop maligne pour s'être laissé convaincre de prendre une hypothèque sur la maison sans y trouver son compte.

— OK, c'est un point de départ qui en vaut un autre. » Brower se leva. « À propos, je ne sais pas si vous avez pris connaissance des éléments que nous avons rassemblés sur Maggie Holloway. Apparemment, tout est parfaitement clair de son côté. Son père lui a laissé un peu d'argent, et elle semble pas mal réussir dans la carrière de photographe, qui rapporte assez gros ; je ne vois donc chez elle aucun mobile financier. Et elle a bien quitté New York à l'heure qu'elle a indiquée. Le portier de son immeuble l'a confirmé.

— J'aimerais quand même parler un peu avec elle, dit Haggerty. Le relevé de téléphone de Nuala Moore indique qu'elle a appelé Maggie Holloway une demi-douzaine de fois au cours des deux semaines qui ont précédé le meurtre. Mme Moore lui a peut-être dit quelque chose d'intéressant à propos de ses invités, quelque chose qui pourrait nous mettre sur une piste. »

Il réfléchit un instant avant d'ajouter : « Mais, chef, une chose me rend dingue, c'est de ne pas avoir la moindre idée de ce que l'assassin cherchait quand il ou elle a mis la maison sens dessus dessous. Je suis prêt à parier mon dernier dollar que là réside la clef de l'affaire. »

33

Maggie se réveilla de bonne heure mais attendit onze heures avant d'appeler Greta Shipley. Elle s'était inquiétée de la voir si lasse la veille au soir et espérait qu'elle avait passé une bonne nuit. Elle n'obtint pas de réponse dans sa chambre. Peut-être Greta, se sentant mieux, avait-elle décidé d'aller faire quelques pas dehors. Un quart d'heure plus tard, le téléphone sonna. C'était le Dr Lane. « Maggie, j'ai une bien triste nouvelle à vous annoncer, dit-il. Mme Shipley avait demandé qu'on ne la dérange pas ce matin, mais il y a une heure l'infirmière Zelda Markey a tout de même voulu s'assurer qu'elle allait bien. Elle est morte paisiblement dans son sommeil pendant la nuit. »

Lorsqu'elle eut raccroché, Maggie resta longtemps sans bouger, paralysée par la tristesse, s'en voulant affreusement de ne pas avoir incité davantage Greta Shipley à consulter un médecin — un médecin *extérieur* — pour connaître les causes de ses malaises. Selon le Dr Lane, tout indiquait qu'elle avait succombé à une crise cardiaque. Elle s'était montrée fatiguée pendant toute la soirée.

D'abord Nuala, maintenant Greta Shipley. Deux femmes, deux amies proches, toutes les deux mortes à quelques jours d'intervalle. Maggie avait été si heureuse à l'idée de retrouver Nuala. Et aujourd'hui à nouveau…

Elle se remémora l'époque où Nuala lui avait offert sa première terre glaise. Elle n'avait que six ans alors, et Nuala avait dû reconnaître que si Maggie possédait un talent artistique quelconque, ce n'était pas pour la peinture. « Bon, tu n'es pas Rembrandt, avait-elle dit en riant, pourtant, quand je te vois jouer avec cette stupide pâte à modeler, j'ai une intuition... »

Elle avait placé devant Maggie une photo de son caniche, Porgie. « Essaie de le reproduire. » C'est ainsi que tout avait commencé. Depuis lors, Maggie avait vécu une véritable histoire d'amour avec la sculpture. Très vite, cependant, elle avait compris qu'en dépit des satisfactions qu'elle en retirait sur le plan artistique cet art ne serait jamais qu'un passe-temps. Heureusement, elle s'intéressait aussi à la photographie — pour laquelle elle possédait un véritable don — et elle en avait fait son métier. Mais sa passion pour la sculpture ne l'avait jamais quittée.

Aujourd'hui encore je me souviens du bonheur avec lequel je mettais les mains dans la glaise, songea Maggie en montant au deuxième étage, les yeux secs. J'étais malhabile, certes, mais je sentais qu'il se passait quelque chose, qu'à travers l'argile un rapport s'établissait entre mon cerveau et mes doigts.

Et maintenant, après la nouvelle de la mort de Greta Shipley, une nouvelle dont elle ne saisissait pas encore tout à fait la réalité, Maggie avait envie de pétrir de la glaise. Une sorte de thérapie qui lui permettrait par la même occasion de réfléchir, de décider ce qu'elle ferait ensuite.

Elle s'attaqua au buste de Nuala, et s'aperçut rapidement que c'était le visage de Greta Shipley qui emplissait son esprit.

Elle lui avait paru si pâle durant le dîner de la veille. Elle s'est appuyée d'une main à son fauteuil pour se lever et m'a pris le bras pour marcher du grand salon à la salle à manger : j'ai senti qu'elle tenait à peine debout. Aujourd'hui, elle avait l'intention de garder le lit. Elle ne voulait pas l'admettre, mais elle était patraque. Et le jour où nous sommes allées au cimetière, elle s'est plainte qu'on s'occupait trop d'elle, comme si elle était une vieille dame sans force.

Comme papa, se souvint Maggie. Ses amis lui avaient raconté que, prétextant une fatigue soudaine, il avait annulé un dîner prévu avec eux et s'était couché tôt. Il ne s'était jamais réveillé. Arrêt cardiaque. Exactement ce qui était arrivé à Greta, si l'on en croyait le Dr Lane.

Vide. Elle se sentait tellement vide. Il était inutile d'essayer de travailler. Elle n'avait aucune inspiration. Même la glaise ne lui était d'aucun secours.

Dieu tout-puissant, pensa-t-elle, encore un enterrement ! Greta Shipley n'avait pas d'enfants ; il y aurait surtout des amis dans l'assistance.

Un *enterrement*. Le mot réveilla un souvenir. Elle se rappela les photos qu'elle avait prises au cimetière. Elles étaient certainement développées. Elle devait aller les récupérer et les étudier. Mais dans quel but ? Elle secoua la tête. Elle ne connaissait pas encore la réponse, mais elle était sûre qu'il en existait une.

Elle avait donné les films à développer dans un drugstore de Thames Street. En garant la voiture, elle se revit la veille en train d'acheter un ensemble habillé pour dîner le même soir avec Greta. Moins d'une semaine auparavant, elle avait pris sa voiture pour venir à Newport, tout excitée à l'idée de rendre visite à Nuala. Aujourd'hui, les deux femmes étaient mortes. Y avait-il un lien ?

Un gros paquet d'épreuves l'attendait au rayon photo, à l'arrière du drugstore.

À la vue du montant de la facture, l'employé haussa les sourcils. « Vous aviez bien demandé qu'elles soient toutes agrandies, madame Holloway ?

— Oui, c'est exact. »

Elle résista à l'envie d'ouvrir la pochette sur-le-champ. De retour à la maison, elle monterait dans l'atelier les examiner soigneusement l'une après l'autre.

Lorsqu'elle arriva, cependant, elle vit une BMW dernier modèle qui sortait en marche arrière de l'allée. Le conducteur, un homme d'une trentaine d'années, se rangea rapidement sur le côté pour lui laisser la voie libre. Il s'arrêta ensuite dans la rue et sortit de sa voiture. Il remontait déjà l'allée quand Maggie ouvrit la portière et posa le pied par terre.

Que pouvait-il vouloir ? Il était bien habillé, beau garçon et plutôt distingué, aussi n'éprouva-t-elle aucune crainte. Pourtant, sa présence l'irrita.

« Madame Holloway, dit-il, j'espère que je ne vous ai pas fait peur. Mon nom est Douglas Hansen. Je voulais vous prévenir de ma visite, mais votre numéro de téléphone n'est pas dans l'annuaire. Aussi ai-je profité d'un rendez-vous à Newport aujourd'hui pour faire un saut jusque chez vous. Je vous ai laissé un mot sur la porte. »

Il fouilla dans sa poche et lui tendit une carte : *Douglas Hansen, conseil en investissements*. L'adresse était à Providence.

« Un de mes clients m'a annoncé le décès de Mme Moore. Je ne la connaissais pas intimement, mais je l'avais rencontrée à plusieurs occasions. Je voulais vous présenter mes condoléances et en même temps vous demander si vous aviez l'intention de vendre cette maison.

— Je vous remercie, monsieur Hansen, mais je n'ai pris aucune décision, répondit simplement Maggie.

— Si j'ai tenu à vous contacter en personne avant que vous ne mettiez la propriété en vente dans une agence, au cas où vous decideriez de vous en séparer, c'est parce qu'un de mes clients serait prêt à l'acquérir par mon intermédiaire. Sa fille veut divorcer, et elle aimerait avoir un endroit où s'installer quand elle annoncera la nouvelle à son mari. Je sais que la maison a besoin de beaucoup de travaux, mais la mère de la jeune femme a les moyens. Son nom ne vous est certainement pas inconnu.

— J'en doute. Je ne connais pas grand monde à Newport.

— Disons alors que c'est une femme très en vue. C'est pour cette raison qu'elle m'a engagé comme intermédiaire. La discrétion est primordiale dans cette affaire.

— Comment savez-vous que je suis propriétaire de cette maison et que je serais susceptible de la vendre ? »

Hansen sourit. « Madame Holloway, Newport est une petite ville. Mme Moore avait beaucoup d'amis. Certains sont mes clients. »

Il s'attend que je le prie d'entrer pour discuter de cette affaire, pensa Maggie, mais je n'en ai nullement l'intention. Elle prit un ton évasif. « Je vous le répète, je n'ai encore arrêté aucune décision. Mais merci de m'avoir fait part de votre intérêt. Je garde votre carte. » Elle fit demi-tour et se dirigea vers la maison.

« Laissez-moi préciser que ma cliente est disposée à payer deux cent cinquante mille dollars. C'est, je pense, une offre substantiellement plus élevée que celle que Mme Moore s'apprêtait à accepter.

— Vous semblez être au courant de beaucoup de choses, monsieur Hansen, dit Maggie. Newport est effectivement une *très* petite ville. Merci encore. Je vous préviendrai si je décide de vendre. » Elle se tourna à nouveau vers la maison.

« Autre chose, madame Holloway. Pourrais-je vous demander de ne mentionner cette offre à personne ? Trop de gens identifieraient ma cliente, ce qui pourrait nuire sérieusement à sa fille.

— Inutile de vous inquiéter ; je n'ai pas pour habitude de parler de mes affaires personnelles avec le premier venu. Au revoir, monsieur Hansen. » Visiblement, il avait l'intention de la retenir. « Vous avez là un gros paquet de photographies, dit-il en désignant l'enveloppe qu'elle tenait sous le bras. On m'a dit que vous étiez photographe. Je suppose que cette région est un vrai paradis pour vous. »

Cette fois, Maggie ne répondit pas. Avec un signe de tête hautain, elle franchit la véranda et gagna la porte d'entrée.

Le billet de Hansen était coincé dans le chambranle à hauteur de la poignée. Maggie le prit sans le lire et introduisit la clé dans la serrure. Lorsqu'elle s'approcha de la fenêtre de la salle de séjour, elle vit la voiture de Douglas Hansen s'éloigner. Tout à coup, elle se sentit stupide.

Vais-je me mettre à avoir peur de mon ombre ? Ce type m'a sûrement prise pour une demeurée, en me voyant me précipiter à l'intérieur de la maison. Et je ne peux pas ignorer sa proposition. Si je décide *réellement* de vendre, c'est cinquante mille dollars de plus que l'offre faite à Nuala par Malcolm Norton. Ça ne m'étonne pas qu'il ait eu l'air déconfit en entendant Mme Woods parler du testament — il s'attendait à faire une bonne affaire.

Maggie monta sans attendre jusqu'au petit bureau du premier étage et sortit les photos de l'enveloppe. La première du paquet était celle de la tombe de Nuala, avec les fleurs déjà fanées qu'y avait déposées Greta Shipley.

34

En s'engageant dans l'allée qui menait à la maison de ses parents, Neil Stephens embrassa du regard les arbres de la propriété qui flamboyaient de tous les ors, ambres, rouges et pourpres de l'automne. Il s'arrêta, admirant les jeunes plantations autour de la maison. Le jardinage était devenu la nouvelle passion de son père, et à chaque saison il regarnissait les bordures de fleurs.

Avant même qu'il n'ait eu le temps de sortir de sa voiture, sa mère avait ouvert la porte latérale et s'était précipitée dehors. Elle le serra contre elle, levant la main pour lui caresser les cheveux, un geste familier qui lui rappelait son enfance.

« Oh, Neil, quelle joie de te voir ! » s'exclama-t-elle.

Son père apparut derrière elle, avec un sourire prouvant son plaisir de revoir son fils, bien que son accueil fût moins démonstratif. « Tu es en retard, mon garçon. J'ai réservé un départ au golf dans une demi-heure. Ta mère nous a préparé un sandwich.

— J'ai oublié mes clubs, dit Neil, qui se reprit immédiatement en voyant l'expression horrifiée de son père. Pardon, papa, c'était une blague.

— Pas franchement drôle. J'ai dû implorer Harry Scott à genoux pour qu'il échange son heure avec la nôtre. Si nous voulons faire les dix-huit trous, il faut être sur place à deux heures. Nous dînerons au club. » Il pressa l'épaule de Neil. « Content que tu sois là, fiston. »

Son père attendit qu'ils aient parcouru les huit premiers trous pour aborder le sujet dont il lui avait dit deux mots au téléphone. « Une de mes vieilles clientes est au bord de la dépression nerveuse, lui raconta-t-il. Figure-toi qu'un type de Providence l'a persuadée de placer une somme considérable dans des valeurs bidon, et qu'elle y a perdu tout l'argent censé lui assurer une vieillesse confortable. Elle avait fait le projet de s'installer dans cette résidence de luxe dont je t'ai parlé. »

Neil évalua son coup à l'avance et prit un club dans le sac que tenait son caddy. Il adressa la balle avec soin, la frappa d'un plein swing, et eut un geste de satisfaction en la voyant s'élever, franchir la mare et atterrir sur le green.

« Tu as fait des progrès, le complimenta son père, mais tu constateras que j'ai été plus loin sur le green en utilisant un fer. »

Ils parlèrent tout en s'avançant vers le trou suivant. « Papa, ce que tu me racontes à propos de cette malheureuse est le genre d'histoire que j'entends constamment, dit Neil. L'autre jour, un couple dont je gère les affaires depuis dix ans a déboulé tout excité dans mon bureau, prêt à investir la plus grande partie de son capital dans une des affaires les plus farfelues qu'on m'ait jamais mentionnées. Heureusement, j'ai pu les en dissuader. Apparemment, ta cliente ne s'était pas renseignée, n'est-ce pas ?

— Certainement pas auprès de moi.

— Et les valeurs étaient-elles cotées, ou sur le marché hors-cote ?

— Cotées.

— Le cours est monté brutalement avant de retomber comme une pierre, et aujourd'hui elles ne valent même pas le prix du papier sur lesquelles elles sont imprimées, c'est ça ?

— À peu de chose près.

— Tu connais l'expression : les poires se cueillent tous les jours. C'est deux fois pire à la Bourse ; des gens par ailleurs intelligents perdent tout bon sens dès que le premier venu leur refile un tuyau soi-disant increvable.

— Dans le cas de cette femme, je pense que la pression a été particulièrement forte. Je voudrais que tu la conseilles. Elle s'appelle Laura Arlington. Tu pourrais étudier avec elle le reste de son portefeuille et voir s'il est possible d'améliorer ses revenus. Je lui ai parlé de toi et elle aimerait te rencontrer.

— Volontiers. J'espère seulement qu'il n'est pas trop tard. »

À six heures trente, habillés pour le dîner, confortablement installés à l'arrière de la véranda, ils sirotaient leurs cocktails tout en contemplant Narragansett Bay.

« Tu as l'air en grande forme, maman, dit Neil affectueusement.

— Ta mère a toujours été une très jolie femme, et toutes les tendres attentions qu'elle a reçues de ma part durant quarante-trois ans n'ont fait qu'accroître sa beauté », dit son père. Voyant leur expression amusée, il ajouta : « Qu'est-ce qui vous fait sourire tous les deux ?

— Tu sais parfaitement que je t'ai servi comme une esclave, mon cher, répliqua Dolores Stephens.

— Neil, sors-tu encore avec cette jeune personne que tu avais amenée à la maison en août ? demanda son père.

— De qui s'agissait-il déjà ? » Neil fit mine de chercher. « Oh, Gina ? Non, je ne l'ai plus revue. » Le moment lui parut opportun pour introduire le nom de Maggie. « J'ai rencontré une jeune femme qui séjourne chez sa belle-mère à Newport pour une quinzaine de jours. Elle se nomme Maggie Holloway ; malheureusement, elle a quitté New York sans me communiquer son numéro de téléphone ici.

— Comment s'appelle sa belle-mère ? demanda Dolores.

— Je ne connais pas son nom de famille, mais elle porte un prénom inhabituel. Finnuala. Un nom celte, je crois.

— Ça me rappelle quelque chose, dit lentement sa mère, fouillant dans sa mémoire. Ce nom ne te dit rien, Robert ?

— Je ne crois pas. Non, c'est la première fois que je l'entends.

— C'est curieux. Je l'ai vu ou lu quelque part... N'en parlons plus. Cela me reviendra peut-être plus tard. »

Le téléphone sonna. Dolores alla répondre.

« Ne raconte pas ta vie, dit Robert Stephens à sa femme. Nous devons partir dans dix minutes. »

Mais l'appel était pour lui. « C'est Laura Arlington, fit Dolores en lui tendant le téléphone portable. Elle a l'air dans tous ses états. »

Robert Stephens écouta quelques minutes avant de parler, s'efforçant visiblement de réconforter son interlocutrice. « Laura, ne vous rendez pas malade pour cette histoire. Mon fils Neil est ici. Je lui ai parlé de votre affaire, et dès demain matin il étudiera la question avec vous. Pour le moment, promettez-moi de vous calmer. »

35

Le dernier cours d'Earl Bateman avant le weekend avait eu lieu à une heure de l'après-midi. Earl avait ensuite regagné son appartement dans le campus et corrigé des copies pendant plusieurs heures. Alors qu'il s'apprêtait à partir pour Newport, le téléphone sonna.

C'était son cousin Liam qui l'appelait de Boston. Il s'étonna de l'entendre. Ils se voyaient rarement. Que diable lui voulait-il ?

Il répondit par monosyllabes aux efforts manifestes de Liam pour engager une conversation d'ordre général. Il faillit lui parler de son projet d'émissions télévisées mais se tut, craignant de susciter de nouvelles plaisanteries dans la famille. Peut-être devrait-il inviter Liam à prendre un verre et laisser traîner en évidence le dernier chèque de trois mille dollars que venait de lui adresser l'association des conférenciers ? Bonne idée.

Une colère sourde monta peu à peu en lui, cependant, à mesure que Liam en venait à la véritable raison de son appel : expliquer à Earl qu'au cas où il se rendrait à Newport pour le week-end, il était préférable qu'il ne s'arrête pas chez Maggie Holloway, sans s'annoncer. Sa précédente visite l'avait perturbée.

« Pourquoi ? se récria Earl, au comble de l'irritation.

— Écoute, Earl, tu te crois fin psychologue. Je connais Maggie depuis un an. C'est une fille formidable — d'ailleurs, j'espère lui montrer un jour combien elle compte pour moi. Je t'assure qu'elle n'est pas du genre à pleurnicher sur l'épaule de quelqu'un. Elle ne manque pas de sang-froid. Ce n'est pas non plus une de tes demeurées préhistoriques qui se mutilent pour manifester leur douleur.

— Je donne des cours sur les coutumes tribales, pas sur les demeurés préhistoriques, répliqua Earl d'un ton sec. Et si je suis passé chez elle à l'improviste, c'est uniquement parce que je craignais que, comme Nuala, elle n'ait oublié de verrouiller sa porte. »

La voix de Liam se fit apaisante : « Earl, j'ai mal exprimé ma pensée. J'essaie simplement de te faire comprendre que Maggie a les deux pieds sur terre, contrairement à cette pauvre Nuala. Il est inutile de la mettre en garde, surtout avec des airs menaçants. Si nous prenions un verre ensemble pendant le week-end ? Je t'expliquerai.

— D'accord. » Il mettrait le chèque sous le nez de Liam. « Viens chez moi demain soir vers six heures.

— Impossible. Je dîne avec Maggie. Et samedi ?

— Entendu. À samedi. »

Ainsi, il s'intéresse à Maggie Holloway, malgré les apparences, conclut Earl en raccrochant. On ne l'aurait pas cru, à la façon dont il l'avait laissée choir à la réception du *Four Seasons*. Mais c'était typique de Liam et de son côté papillonnant. Une chose était sûre, cependant : si c'était lui, Earl, qui était sorti avec Maggie depuis un an, il se serait montré plus attentionné.

Une fois de plus, un étrange sentiment l'envahit, le pressentiment que Maggie courait un danger. Il avait eu la même impression la semaine précédente au sujet de Nuala.

Il avait à peine seize ans la première fois qu'une telle prémonition s'était emparée de lui : il se trouvait à l'hôpital, à la suite d'une appendicite. Son meilleur ami, Ted, était venu le voir avant d'aller faire une balade en mer.

Mû par son instinct, il avait failli demander à Ted de ne pas sortir en bateau, mais il avait craint de paraître stupide. Il se souvenait d'avoir passé l'après-midi avec la sensation qu'une hache allait s'abattre sur lui.

On avait découvert le petit voilier de Ted deux jours plus tard, en train de dériver. Plusieurs hypothèses avaient été avancées, mais aucune véritable explication du drame.

Earl, bien sûr, n'avait jamais parlé de cette histoire, ni de son incapacité à avertir son ami. Et aujourd'hui, il voulait oublier les autres occasions où il avait eu de pareils pressentiments.

Cinq minutes plus tard, il prit la route pour Newport, à cinquante kilomètres de là. À quatre heures et demie il s'arrêta dans une petite épicerie en ville et y apprit la mort de Greta Shipley.

« Avant d'aller s'installer à Latham Manor, elle venait souvent faire ses courses ici, lui dit le propriétaire du magasin. C'était une vieille dame adorable.

— Mes parents la connaissaient bien, dit Earl. Était-elle malade ?

— D'après ce qu'on m'a dit, elle n'allait pas fort depuis une quinzaine de jours. Deux de ses proches amies étaient décédées récemment ; l'une à Latham Manor, et Mme Moore, qu'on a retrouvée assassinée chez elle. C'est sans doute ce qui l'a achevée. Ça arrive, vous savez. Un drôle de souvenir me revient : il y a des années, Mme Shipley m'avait cité un dicton : "La mort survient toujours par séries de trois." Elle avait probablement raison. C'est un truc qui fiche la chair de poule, quand on y pense. »

Earl prit ses paquets. Il tenait là un autre sujet de conférence. Est-il possible que ce proverbe contienne une explication psychologique, comme c'est fréquemment le cas ? Ses amies proches avaient disparu. Le subconscient de Greta Shipley leur a-t-il crié : « Attendez ! J'arrive ! »

Il avait à présent deux nouveaux sujets pour ses conférences. Peu avant, il était tombé sur un article de journal concernant l'ouverture en Angleterre d'un supermarché où les familles des disparus avaient la possibilité d'acheter tous les accessoires nécessaires pour un enterrement — cercueil, linge, vêtements pour le défunt, fleurs, livres de chants funèbres, même la concession, si nécessaire — et éliminer ainsi l'intermédiaire : l'entreprise de pompes funèbres.

La famille s'est retirée à temps de l'affaire, songea Earl. Cependant, les nouveaux propriétaires de Bateman Funeral Home avaient été chargés des funérailles de Mme Rhinelander, de celles de Nuala, et se verraient sans doute confier l'enterrement de Greta Shipley — rien de plus normal, puisque c'était le père d'Earl qui s'était occupé des obsèques du mari de Greta. L'entreprise est malgré tout en plein boom, ne put-il s'empêcher de constater avec une certaine amertume.

36

Marchant à la suite de John, le maître d'hôtel, dans la salle à manger du yacht-club, Robert Stephens se retourna vers sa femme. « Regarde, Dolores, Cora Gebhart est ici. Allons la saluer à sa table. À notre dernière entrevue, je crains de n'avoir été un peu brusque avec elle. Elle se préparait à vendre des obligations pour investir dans un de ces projets sans queue ni tête, et ça m'a tellement énervé que je ne lui ai même pas demandé de quoi il s'agissait, je lui ai seulement conseillé d'y renoncer, un point c'est tout. »

Toujours aussi diplomate, pensa Neil, en suivant docilement ses parents à travers la salle à manger, non sans remarquer que son père n'avait pas signalé leur détour au maître d'hôtel, qui continuait imperturbablement son chemin vers une table près de la fenêtre sans s'apercevoir qu'il avait perdu la famille Stephens.

« Cora, je vous dois des excuses, commença vivement Robert Stephens. Mais, en premier lieu, je voudrais vous présenter mon fils, Neil, je ne crois pas que vous le connaissiez.

— Bonsoir, Robert. Dolores, comment allez-vous ? » Cora Gebhart leva vers Neil des yeux pétillants à l'expression chaleureuse et curieuse. « Votre père ne cesse de faire votre éloge. Vous dirigez le bureau de New York de Carson and Parker, je crois. Je suis ravie de vous rencontrer.

— Je suis très heureux moi aussi de faire votre connaissance. Et enchanté d'apprendre que mon père chante mes louanges. Il a mis un certain temps à me comprendre.

— Cela ne m'étonne pas. Il me comprend toujours après coup moi aussi. Mais, Robert, vous ne me devez aucune excuse. Je vous ai demandé votre avis, et vous me l'avez donné.

— Eh bien, tout est parfait. Je serais navré d'apprendre qu'une autre de mes clientes a perdu sa chemise en se lançant dans une opération à risques.

— Ne vous en faites pas pour moi, répondit Cora Gebhart.

— Robert, ce pauvre John attend patiemment à notre table », le pressa la mère de Neil.

Se frayant un passage à travers la salle, Neil se demanda si son père avait noté le ton avec lequel Mme Gebhart lui avait dit de ne pas s'inquiéter pour elle. Il pouvait lui dire ce qu'il voulait, elle s'en fichait comme d'une guigne.

Ils avaient fini leur repas et s'attardaient autour d'un café lorsque les Scott s'approchèrent d'eux.

« Neil, tu peux remercier Harry, dit Robert Stephens en guise de présentations. Il a échangé son heure de départ contre la nôtre aujourd'hui.

— C'est sans importance, répondit Harry Scott. Lynn était à Boston pour la journée, et nous avions prévu de dîner tard de toute façon. »

Sa femme, une petite dame trapue au visage souriant, demanda : « Dolores, vous souvenez-vous d'avoir rencontré Greta Shipley à un déjeuner donné ici même en l'honneur de la Preservation Society ? C'était il y a trois ou quatre ans, je crois. Elle était assise à notre table.

— Oui, je l'ai trouvée charmante. Pourquoi ?

— Elle est morte la nuit dernière, dans son sommeil paraît-il.

— Oh, c'est vraiment triste.

— Une chose me chagrine, poursuivit Lynn Scott d'un ton peiné. Elle avait récemment perdu deux amies qu'elle aimait beaucoup et j'avais l'intention de lui téléphoner. L'une d'entre elles était cette pauvre femme qui a été assassinée dans sa maison vendredi dernier. Vous l'avez certainement lu dans la presse. Son corps a été découvert par sa belle-fille qui arrivait de New York.

— Sa belle-fille de New York ! » s'exclama Neil.

Sa mère l'interrompit vivement : « C'est *là* que j'ai vu ce nom. Dans le journal. *Finnuala*, Neil, c'est la femme qui a été assassinée ! »

De retour chez eux, Robert Stephens montra à Neil la pile de journaux ficelés qui attendaient dans son garage d'être emportés et recyclés. « C'était dans le journal de samedi 28. Je suis sûr qu'il se trouve dans ce paquet.

— Le nom ne m'est pas venu immédiatement à l'esprit parce que dans l'article ils l'appelaient Nuala Moore, dit sa mère. C'est seulement dans les dernières lignes qu'ils ont mentionné son prénom complet. »

Deux minutes plus tard, le cœur serré, Neil lisait le récit de la mort de Nuala Moore. Il revoyait la lueur de bonheur qui brillait dans les yeux de Maggie le jour où elle lui avait raconté ses retrouvailles avec sa belle-mère et son projet d'aller lui rendre visite.

« Elle m'a donné les cinq années les plus heureuses de mon enfance », avait-elle dit. *Maggie, Maggie*, pensa Neil. Où se trouvait-elle maintenant ? Était-elle retournée à New York ? Il composa hâtivement le numéro de son appartement et entendit une fois encore le même message sur son répondeur — elle serait absente jusqu'au 13.

L'adresse de la maison de Nuala était indiquée dans l'article du journal, mais les Renseignements lui répondirent que la ligne était sur liste rouge.

« Qu'ils aillent au diable ! s'exclama-t-il en raccrochant brutalement.

— Neil, dit sa mère doucement, il est onze heures moins le quart. Si cette jeune femme est toujours à Newport, qu'elle habite cette maison ou non, il est trop tard pour essayer de la joindre. Va là-bas en voiture demain matin, et si tu ne l'y trouves pas, renseigne-toi auprès de la police. Il y a une enquête en cours ; et puisque c'est elle qui a découvert le corps, ils savent certainement où la contacter.

— Écoute ta mère, mon garçon, renchérit son père. La journée a été longue. Le mieux que tu aies à faire est d'aller te coucher.

— C'est la voix de la raison. Merci, tous les deux. » Neil embrassa sa mère, effleura le bras de son père, et prit tristement la direction de sa chambre.

Dolores Stephens attendit que son fils fût hors de portée de voix pour se tourner vers son mari : « Cette fois, je crois que Neil a fini par trouver la jeune femme de ses rêves. »

37

Un examen minutieux de chacun des agrandissements ne révéla à Maggie rien qui fût susceptible de troubler si profondément son subconscient.

Les photos, plus ou moins semblables, représentaient toutes la même chose : des pierres tombales diversement fleuries ; l'herbe était encore d'un vert uniformément velouté en ce début d'automne, excepté autour de la tombe de Nuala, où quelques plaques de gazon avaient été remplacées.

Le gazon. Pour une raison qu'elle ignorait, ce mot provoqua un déclic dans son esprit. Il était probable que le gazon avait été également replanté depuis peu autour de la tombe de Mme Rhinelander. Elle était morte deux semaines plus tôt.

Une fois encore, Maggie étudia les différentes photos de la tombe de Mme Rhinelander, scrutant chaque détail à la loupe. Le seul élément qui attira son attention était un petit trou visible dans le massif bordant la pierre tombale. On eût dit qu'une pierre ou autre chose avait été retiré de cet endroit. La personne qui l'avait ôté ne s'était pas souciée de le remettre en place.

Elle regarda à nouveau les meilleurs gros plans de la tombe de Nuala. Le gazon était plat jusqu'à la lisière du massif de fleurs, pourtant elle crut déceler une protubérance sur l'une des photos, juste derrière les fleurs que Greta Shipley avait déposées la veille. S'agissait-il d'une motte de terre ou d'une pierre restée là par inadvertance après l'inhumation, ou d'une sorte de borne propre au cimetière ? Il y avait ce reflet bizarre…

Elle compara les photos des quatre autres tombes, sans rien y découvrir de spécial.

Finalement, elle posa les épreuves sur un coin de la table de réfectoire et prit le pot de terre glaise.

S'inspirant des récentes photos de Nuala qu'elle avait trouvées dans la maison, Maggie se mit à sculpter. Pendant plusieurs heures, ses doigts ne faisant plus qu'un avec l'argile et le couteau, elle modela l'étroit et ravissant visage de Nuala, esquissant ses grands yeux bordés de longs cils. Elle suggéra les marques de l'âge dans les rides qui cernaient les yeux, la bouche et le cou, dans le léger creusement des épaules.

Elle sut qu'une fois son œuvre terminée elle serait parvenue à saisir ce qu'elle aimait tant chez Nuala — ce caractère joyeux et indomptable habitant un visage qui sans cela aurait pu paraître simplement joli.

Comme celui d'Odile Lane. Maggie se crispa en se rappelant la façon dont, à peine vingt-quatre heures auparavant, l'épouse du docteur avait gourmandé Greta en agitant son doigt vers elle. « Ce n'est vraiment pas gentil », avait-elle dit.

Pendant qu'elle mettait de l'ordre, elle revit en esprit les personnes avec lesquelles elle avait dîné la veille. Elles devaient être bouleversées. Il était clair que tout le monde appréciait la présence de Greta. Et aujourd'hui elle avait disparu. Si soudainement.

Maggie consulta sa montre en descendant l'escalier. Neuf heures : pas trop tard pour téléphoner à Mme Bainbridge, décida-t-elle.

Letitia Bainbridge répondit à la première sonnerie. « Oh, Maggie, nous sommes tous si tristes. Greta ne se sentait pas en forme depuis quelques semaines, mais elle allait bien jusque-là. Je savais qu'elle prenait des médicaments pour la tension et le cœur, mais elle se soignait ainsi depuis des années et n'avait jamais eu de problème.

— Je m'étais beaucoup attachée à elle en si peu de temps, dit Maggie avec sincérité. J'imagine très bien ce que vous ressentez. Savez-vous quelles dispositions ont été prises ?

— Oui. L'entreprise de pompes funèbres Bateman se charge de tout. Je suppose que nous finirons tous entre leurs mains. La messe de requiem sera célébrée samedi matin à onze heures à l'église épiscopale de Trinity, et l'enterrement aura lieu au cimetière de Trinity. Greta avait laissé des instructions pour que la veillée ait lieu au funérarium entre neuf heures et dix heures trente.

— J'y serai, promit Maggie. Avait-elle de la famille ?

— Des cousins. Je suppose qu'ils seront présents. Je sais qu'elle leur a légué ses titres et le contenu de son appartement, aussi se sentiront-ils sans doute tenus de lui témoigner cette marque de respect. » Letitia Bainbridge s'interrompit avant d'ajouter : « Maggie, savez-vous ce qui m'obsède ? Hier soir, j'ai fait remarquer à Greta qu'on avait vu Eleanor Chandler inspecter sa chambre et qu'elle serait bien avisée de faire changer sa serrure. Ce sont pratiquement les derniers mots que je lui ai dits.

— Votre remarque l'a amusée, protesta Maggie. Je vous en prie, ne vous tourmentez pas à cause d'une réflexion de ce genre.

— Oh, ce n'est pas cela qui me tourmente. C'est la certitude que, même si d'autres personnes sont déjà inscrites sur la liste, Eleanor Chandler va s'installer dans cet appartement. »

Je suis une spécialiste des dîners tardifs, pensa Maggie tandis qu'elle branchait la bouilloire, préparait des œufs brouillés et introduisait le pain dans le toaster — et ils n'ont rien de particulièrement excitant, ajouta-t-elle. Au moins demain puis-je compter sur Liam pour m'emmener dans un bon restaurant.

Le revoir lui faisait plaisir. Il l'amusait avec ses manières un peu désinvoltes. Elle se demanda s'il avait parlé à Earl Bateman de sa visite inopinée de lundi soir. Elle espérait que oui.

Décidée à ne pas s'attarder dans la cuisine, elle prépara un plateau et le porta dans le salon. Bien que Nuala eût trouvé la mort ici même moins d'une semaine auparavant, Maggie devinait que sa belle-mère s'était sentie heureuse dans cette pièce gaie et chaleureuse.

Le foyer de la cheminée était noirci par la suie. Le soufflet et les pinces portaient des traces d'utilisation. Maggie imaginait un feu crépitant dans la cheminée par une froide soirée d'hiver.

Les rayonnages de la bibliothèque débordaient de livres dont beaucoup lui étaient familiers, et d'autres certainement intéressants à découvrir. Elle avait déjà feuilleté les albums de photos — des douzaines d'instantanés de Nuala et de Tim Moore, deux êtres qui semblaient nager dans le bonheur.

Des portraits encadrés de Tim et de Nuala — en bateau avec des amis, au cours de pique-niques, de réceptions, en vacances — étaient accrochés au hasard sur les murs.

Le vieux et profond fauteuil club avec son repose-pied avait probablement appartenu à Tim, se dit Maggie. Nuala, qu'elle fût plongée dans un livre, en train de bavarder ou de regarder la télévision, avait toujours aimé se pelotonner comme un chat dans le canapé, calée dans l'angle que formaient le dossier et l'accoudoir.

Pas étonnant que la perspective d'aller vivre à Latham Manor ne l'ait guère enchantée, pensa Maggie. Quitter cette maison où elle avait été heureuse pendant de si longues années aurait été un véritable déchirement.

Pourtant, elle avait manifestement envisagé de s'y installer. Le soir où elles avaient dîné ensemble après la réception donnée par les Moore, Nuala avait mentionné que le genre d'appartement qu'elle souhaitait occuper venait justement de se libérer.

De quel appartement s'agissait-il ? Elles n'en avaient jamais discuté.

Maggie s'aperçut soudain que ses mains tremblaient. Elle reposa lentement sa tasse sur la soucoupe. *Se pourrait-il que l'appartement mis à la disposition de Nuala fût celui qui avait appartenu à l'amie de Greta Shipley, Constance Rhinelander ?*

38

Il ne souhaitait qu'un peu de calme, mais William Lane savait que son vœu ne serait pas exaucé. Odile était excitée comme une puce. Il était allongé sur son lit, les yeux fermés, espérant qu'elle allait éteindre cette satanée lumière. Mais non. Assise devant sa coiffeuse, elle se brossait les cheveux tandis qu'un flot de paroles s'échappait de ses lèvres.

« Ces journées sont vraiment épuisantes, tu ne trouves pas ? Tout le monde adorait Greta Shipley, et elle était un de nos membres fondateurs. Tu sais, ce sont deux de nos plus adorables vieilles dames qui partent à une semaine d'intervalle. Bien sûr, Mme Rhinelander avait quatre-vingt-trois ans, mais elle se portait si bien — et tout d'un coup, on l'a vue flancher. C'est souvent comme ça à un certain âge, n'est-ce pas ? Terminé. Le corps refuse de continuer sa route. »

Odile ne sembla pas remarquer l'absence de réaction de son mari. C'était sans importance. Elle poursuivit : « Bien sûr, Zelda Markey s'était inquiétée des vertiges dont avait souffert Mme Shipley l'autre nuit. Ce matin, elle m'a dit qu'elle t'en avait reparlé hier.

— J'ai examiné Mme Shipley tout de suite après cette crise, dit le Dr Lane avec lassitude. Il n'y avait aucune raison de s'alarmer. Zelda Markey a mentionné cette histoire uniquement pour se justifier d'être entrée sans frapper dans la chambre de Greta Shipley.

— Bon, après tout, c'est toi le médecin, mon cher. »

Les yeux du Dr Lane s'agrandirent comme s'il enregistrait subitement ce qu'elle venait de dire. « Odile, il est hors de question que tu discutes de l'état de santé de mes patients avec Zelda Markey. »

Ignorant le ton de sa voix, Odile continua : « Ce nouveau médecin légiste est une femme très jeune, n'est-ce pas ? Comment s'appelle-t-elle déjà, Lara Horgan ? J'ignorais que le Dr Johnson avait pris sa retraite.

— Il est parti le 1er. Mardi dernier.

— Je me demande comment on peut choisir de devenir médecin légiste, spécialement une jeune femme aussi séduisante. Mais elle semble connaître son affaire.

— On ne l'aurait sans doute pas nommée si elle n'avait pas été compétente, répondit sèchement son mari. Elle est venue avec la police uniquement parce qu'elle se trouvait dans les parages et désirait voir nos installations. Elle a posé des questions très pertinentes concernant le passé médical de Mme Shipley. Maintenant, Odile, si tu n'y vois pas d'inconvénient, j'ai vraiment besoin de dormir.

— Oh, mon chéri, je suis désolée. Je sais bien que tu es fatigué, et que cette journée a été horriblement pénible pour toi. » Odile posa sa brosse et ôta son peignoir.

Jeudi 3 octobre

Toujours aussi séductrice, pensa William Lane en la regardant se préparer pour la nuit. En dix-huit ans de mariage, il ne l'avait jamais vue porter autre chose que des chemises de nuit affriolantes. Il était une époque où elle le charmait. Plus maintenant — plus depuis des années.

Elle se coucha et enfin la lumière s'éteignit. Mais William Lane n'avait plus sommeil. Comme à l'accoutumée, Odile s'était débrouillée pour dire quelque chose qui allait le tourmenter.

Ce jeune médecin légiste ne ressemblait pas au bon vieux Dr Johnson. Ce dernier avait toujours contresigné les certificats de décès d'un trait de plume désinvolte. *Attention*, se dit-il. À l'avenir, il faudra être plus prudent.

Vendredi 4 octobre

39

En ouvrant l'œil le vendredi matin, Maggie jeta un regard ensommeillé vers son réveil et constata qu'il n'était que six heures. Elle referma les yeux, rechignant à sortir de son lit, bien qu'elle eût suffisamment dormi. Une demi-heure plus tard, elle glissa malgré elle dans un sommeil troublé, peuplé de rêves confus et inquiétants qui se dissipèrent dès qu'elle se réveilla pour de bon à sept heures et demie.

Elle se leva avec les jambes en coton et le crâne douloureux, et décida qu'une bonne marche matinale le long d'Ocean Drive lui remettrait les idées en place. J'en ai besoin, se dit-elle, surtout si je dois retourner examiner ces tombes dans la matinée.

Et demain, tu te retrouveras à Trinity pour l'enterrement de Greta Shipley, lui souffla une voix intérieure. Effectivement, Mme Bainbridge lui avait dit que Greta Shipley y serait inhumée. Non que cela fît la moindre différence. De toute façon, elle avait prévu de se rendre aujourd'hui dans les deux cimetières. Après avoir passé tant de temps à examiner ces photos la veille au soir, elle avait hâte de voir ce qui provoquait ce reflet bizarre sur la tombe de Nuala.

Elle prit une douche, enfila un jean et un sweater, et avala rapidement un jus d'orange et un café avant de sortir marcher. Immédiatement, elle se félicita de son initiative. C'était une belle journée de début d'automne. Malgré le soleil radieux qui montait dans le ciel, elle se réjouit d'avoir pris une veste pour se protéger de la brise de mer. Le grondement majestueux des vagues emplissait l'air, et elle respira à pleins poumons l'odeur iodée.

Je sens que je vais devenir amoureuse de cet endroit... C'était au milieu de ce paysage que Nuala avait passé ses vacances dans sa jeunesse. Elle l'avait certainement regretté, le jour où elle avait dû le quitter.

Maggie marcha d'un pas ferme pendant deux kilomètres avant de rebrousser chemin. Levant les yeux, elle se rendit compte qu'on distinguait à peine le deuxième étage de la maison de Nuala — *sa* maison — depuis la route. Il y a trop d'arbres alentour, se dit-elle. Il faudrait les abattre ou en tout cas les élaguer. Et je me demande pourquoi l'extrémité de la propriété d'où l'on pourrait jouir d'une vue merveilleuse sur la mer n'a jamais été construite. La construction dans le coin serait-elle soumise à des servitudes ?

Cette question la tracassa pendant le reste de sa promenade. Je devrais m'en assurer, pensa-t-elle. D'après ce que Nuala m'a dit, Tim Moore était propriétaire de cette maison depuis plus de cinquante ans. Y a-t-il eu des changements dans le plan d'occupation des sols depuis ?

De retour chez elle, elle eut à peine le temps de prendre un café avant de partir à neuf heures. Elle voulait en avoir terminé au plus vite avec ses visites de cimetières.

40

À neuf heures un quart, Neil Stephens se gara devant la boîte aux lettres qui portait le nom de Moore. Il descendit de voiture, longea l'allée jusqu'à la véranda et sonna à la porte. En vain. Avec le sentiment de se comporter en voyeur, il s'approcha d'une fenêtre. Le store n'était qu'à demi baissé et il vit distinctement l'intérieur de ce qui semblait être le salon.

Ignorant ce qu'il cherchait, sinon un signe tangible de la présence de Maggie Holloway, il se dirigea vers l'arrière de la maison et jeta un coup d'œil à travers la porte vitrée de la cuisine. Il y avait une cafetière sur la cuisinière, et à côté de l'évier une soucoupe, une tasse et un verre retournés, sans doute rincés et mis à sécher. Mais étaient-ils là depuis plusieurs jours ou quelques minutes ?

Finalement, jugeant qu'il n'avait rien à y perdre, il décida d'aller sonner aux portes voisines et de demander si personne n'avait vu Maggie. Ses deux premières tentatives furent sans résultat. À la troisième maison, un couple d'une soixantaine d'années vint lui ouvrir, l'air aimable. Il leur expliqua rapidement la raison de sa présence, mais comprit vite que la chance n'était décidément pas avec lui.

Le couple, Irma et Douglas Woods, l'entretint de la mort et des funérailles de Nuala Moore et de la présence de Maggie dans la maison. « Nous avions prévu d'aller rendre visite à notre fille samedi dernier, mais nous n'avons pu partir qu'après l'enterrement, expliqua Mme Woods. Nous sommes rentrés tard dans la soirée d'hier. Je sais que Maggie est encore là. Je ne lui ai pas parlé depuis notre retour, mais je l'ai vue ce matin quitter la maison en tenue de marche.

— Et je l'ai vue partir en voiture il y a à peine un quart d'heure », ajouta son mari.

Ils l'invitèrent à entrer prendre un café et lui racontèrent la nuit du meurtre.

« Maggie est absolument charmante, soupira Irma Woods. J'ai bien vu que la perte de Nuala lui brisait le cœur, mais ce n'est pas le genre de femme à s'épancher. Le chagrin se lisait dans ses yeux. »

Maggie, songea Neil. J'aurais voulu être là pour la réconforter.

Les Woods ne savaient ni où elle était partie ce matin, ni pour combien de temps.

Neil se résigna. Je vais lui laisser un mot lui demandant de m'appeler. C'est tout ce que je peux faire. À peine venait-il de prendre cette décision qu'une inspiration lui traversa l'esprit. Lorsqu'il regagna sa voiture cinq minutes plus tard, il avait laissé un billet à la porte de Maggie, et il avait aussi son numéro de téléphone soigneusement enfoui dans sa poche.

41

Se rappelant la curiosité de la fillette qui voulait savoir pourquoi elle prenait des photos de la tombe de Nuala, Maggie s'arrêta chez un fleuriste et acheta un assortiment de fleurs d'automne dans l'intention de les déposer sur les tombes qu'elle s'apprêtait à inspecter.

Comme lors de ses premières visites, une fois franchie l'entrée du cimetière St. Mary, la statue bienveillante de l'ange et les carrés méticuleusement entretenus autour de chaque tombe l'emplirent d'une sensation de paix et d'éternité. Tournant vers la gauche, elle engagea sa voiture dans la montée sinueuse qui menait à la tombe de Nuala.

Au moment où elle posait le pied par terre, elle sentit sur elle le regard insistant d'un jardinier qui désherbait l'allée de gravier. Elle avait entendu parler d'agressions dans les cimetières, mais cette pensée se dissipa aussitôt. Il y avait d'autres ouvriers dans les parages.

La présence de cet homme lui confirma qu'elle avait eu raison d'apporter des fleurs ; elle préférait ne pas donner l'impression d'examiner la tombe. S'accroupissant, elle choisit une demi-douzaine de fleurs et les disposa l'une après l'autre au pied de la stèle.

Celles déposées par Greta Shipley le mardi précédent avaient été ôtées, et Maggie consulta rapidement la photo qu'elle tenait à la main, cherchant à repérer l'endroit exact où elle avait cru détecter un reflet métallique.

Heureusement qu'elle avait songé à emporter cette photo, car l'objet qu'elle cherchait s'était enfoncé plus profondément dans la terre meuble, presque caché à la vue. Mais il était là.

Elle jeta un rapide coup d'œil sur le côté et constata que le jardinier n'avait cessé de la regarder. À genoux, penchée en avant, elle inclina la tête et se signa, puis abaissa ses mains jointes jusqu'au ras du sol. Toujours en position de prière, mais les doigts pointés vers le bas, elle se mit à creuser la terre autour de l'objet qu'elle dégagea.

Elle attendit un moment. Quand elle regarda à nouveau autour d'elle, l'homme lui tournait le dos. D'un geste prompt, elle retira l'objet du sol et le dissimula rapidement entre ses mains jointes. Un tintement étouffé se fit entendre.

Une clochette ! Pour quelle raison quelqu'un aurait-il enterré une clochette près de la tombe de Nuala ? Certaine que l'ouvrier avait perçu le même bruit qu'elle, elle se releva et regagna sa voiture d'un pas pressé.

Elle posa la clochette sur le reste des fleurs et, préférant ne pas rester une minute de plus sous ce regard scrutateur, elle démarra lentement en direction de la deuxième tombe qu'elle voulait visiter. Elle s'arrêta dans une allée, regarda autour d'elle. Il n'y avait personne dans les parages.

Ouvrant la fenêtre de la voiture, elle prit délicatement la clochette entre ses doigts et la tint à l'extérieur pour la débarrasser de la terre qui adhérait au métal. Elle la fit tourner, l'examina sur toutes les faces, maintenant le battant immobile.

La clochette mesurait environ huit centimètres de haut, et elle était étonnamment lourde, rappelant peu ou prou une vieille cloche d'école si l'on exceptait la guirlande de fleurs qui ornait sa base. Le battant était très lourd lui aussi, remarqua-t-elle. Suspendue en l'air, elle devait résonner avec force.

Maggie remonta la vitre, approcha la clochette du plancher de la voiture et l'agita. Un son mélancolique et clair emplit l'espace clos du véhicule.

A Stone for Danny Fisher. Une pierre pour Danny Fisher, c'était le titre d'un livre de la bibliothèque de son père. Enfant, elle lui en avait demandé la signification, et il lui avait expliqué qu'il était traditionnel dans la religion juive de déposer une pierre auprès de la tombe d'un ami ou d'un parent afin d'indiquer votre passage.

Cette clochette avait-elle une signification similaire ? Avec la vague impression d'avoir mal agi en s'en emparant, Maggie la glissa sous le siège à l'abri des regards. Puis elle choisit une autre demi-douzaine de fleurs et, munie de la photo appropriée, se rendit sur la tombe d'une amie de Greta Shipley.

Son dernier arrêt fut pour la tombe de Mme Rhinelander ; c'était la photo de cette tombe qui montrait le plus clairement un trou dans le gazon à la base de la stèle. Tout en arrangeant les dernières fleurs, Maggie tâtonna l'herbe humide et trouva la partie découpée.

Maggie avait besoin de réfléchir. Elle n'avait pas envie de retourner chez elle, où elle risquait d'être dérangée ; elle préféra se rendre en ville et s'installer dans un salon de thé où elle commanda un muffin aux myrtilles et un café.

J'avais faim, reconnut-elle. Le muffin croustillant et le café dissipaient lentement le sentiment de malaise qui l'avait assaillie au cimetière.

Un autre souvenir de Nuala lui revint brusquement en mémoire. Elle avait dix ans et Porgie, son caniche nain, d'humeur toujours espiègle, avait sauté sur Nuala pendant qu'elle somnolait sur le divan. Nuala avait poussé un hurlement et, voyant Maggie se précipiter vers elle, s'était mise à rire : « Pardonne-moi, ma chérie. J'ignore pourquoi je suis si nerveuse. Quelqu'un est peut-être en train de fouler ma tombe. »

Et comme Maggie était à l'âge où l'on veut tout comprendre, Nuala avait dû expliquer qu'il s'agissait d'un vieil adage irlandais signifiant que quelqu'un était en train de marcher à l'endroit où vous seriez enterré un jour.

Il *devait* exister une explication simple à la découverte qu'elle avait faite aujourd'hui. Des six emplacements qu'elle avait visités, quatre, y compris celui de Nuala, possédaient une clochette identique placée à la base de la stèle. Il apparaissait aussi que l'une d'elles avait été retirée du sol près de la tombe de Mme Rhinelander. En conclusion, une seule parmi les amies de Greta Shipley n'avait pas reçu cet étrange tribut — s'il était vraiment question de tribut.

Alors qu'elle avalait les dernières gouttes de son café, et refusait d'un signe de tête l'offre de la serveuse qui se préparait à lui servir une autre tasse, un nom traversa brusquement son esprit : Mme Bainbridge !

Comme Greta Shipley, elle résidait à Latham Manor depuis le jour de l'ouverture. Elle aussi avait sûrement connu toutes ces femmes.

De retour dans sa voiture, Maggie appela Letitia Bainbridge. Elle était dans son appartement.

« Pourquoi ne viendriez-vous pas tout de suite ? dit-elle à Maggie. Je serais très heureuse de vous voir. Je me suis sentie un peu cafardeuse ce matin.

— J'arrive », répondit Maggie.

Elle raccrocha le téléphone, chercha sous le siège la clochette qu'elle avait prise sur la tombe de Nuala et la fourra promptement dans son sac.

Elle eut un frisson en s'engageant sur la chaussée. Le métal lui avait paru glacé et humide sous la main.

Vendredi 4 octobre

42

La semaine avait été l'une des plus longues de son existence. Le choc éprouvé en apprenant que Nuala annulait la vente de sa maison, suivi de la décision de Barbara d'aller séjourner chez sa fille à Vail pour une longue période, avait laissé Malcolm complètement atterré.

Il *fallait* qu'il ait cette maison ! Il avait eu tort de révéler à Janice ce changement imminent dans la législation des terrains marécageux. Il aurait dû prendre le risque d'imiter sa signature sur les documents de l'emprunt hypothécaire. Il était aux abois.

Voilà pourquoi une sueur d'effroi l'envahit lorsque Barbara lui passa au téléphone le commissaire de police Brower, dans la matinée du vendredi. Il mit un moment à se ressaisir suffisamment pour donner à sa voix une intonation enjouée.

« Bonjour, commissaire, comment allez-vous ? » fit-il, s'efforçant de paraître d'excellente humeur.

Apparemment, Brower n'était pas disposé à se lancer dans une conversation mondaine. « Très bien. J'aimerais m'entretenir avec vous quelques minutes. »

À quel sujet ? se demanda Norton. Pris de panique sur le moment, il parvint malgré tout à répondre avec désinvolture : « Avec plaisir, mais je vous préviens, j'ai déjà acheté des billets pour le bal de la police. » Même à ses propres oreilles, cette piètre tentative de plaisanterie tomba à plat.

« Quand pouvez-vous me recevoir ? » demanda sèchement Brower.

Norton n'avait pas l'intention de montrer à Chet Brower qu'il était peu occupé. « J'avais une signature à onze heures qui a été reportée à treize heures, ce serait possible à cette heure-là.

— Je vous verrai donc à onze heures. »

Longtemps après avoir entendu le déclic qui mettait fin à la communication, Malcolm resta à contempler avec inquiétude le récepteur qu'il tenait à la main. Il finit par le reposer.

On frappait doucement à la porte. Barbara passa la tête dans le bureau. « Malcolm, tu as des ennuis ?

— Quels ennuis ? Il désire seulement me parler. Sans doute à propos des événements de vendredi dernier. Je ne vois pas d'autre raison.

— Ah oui, bien sûr. Le meurtre. La police interroge généralement les proches de la victime au cas où ils se souviendraient d'un détail important qui a pu leur échapper sur le moment. Et, évidemment, Janice et toi, vous faisiez partie des invités. »

Janice et toi. Malcolm se rembrunit. Cette remarque était-elle destinée à lui rappeler qu'il n'avait encore pris aucune disposition pour se séparer de Janice ? Non ; contrairement à sa femme, Barbara ne jouait pas au jeu des allusions et des sous-entendus. Son gendre était l'un des substituts du procureur de New York ; elle l'avait probablement entendu parler des affaires qu'il traitait. Et, qui plus est, les méthodes de la police étaient décrites en détail dans les films qui passaient régulièrement à la télévision ou au cinéma.

Elle s'apprêtait à refermer la porte. « Barbara, la rappela-t-il d'un ton implorant, donne-moi un peu plus de temps. Ne me quitte pas maintenant. »

Sa seule réponse fut de refermer la porte avec un déclic définitif.

Brower arriva à onze heures pile. Il s'assit, raide comme un piquet, dans le fauteuil qui faisait face au bureau de Norton et en vint directement au fait :

« Monsieur Norton, vous et votre femme étiez attendus chez Nuala Moore à huit heures, le soir du crime ?

— C'est exact, nous sommes arrivés à huit heures dix environ. D'après ce que j'ai compris, vous-même veniez d'arriver sur les lieux. Comme vous le savez, on nous a demandé d'attendre chez les voisins de Nuala, les Woods.

— À quelle heure avez-vous quitté votre bureau ce soir-là ? » demanda Brower.

Norton haussa les sourcils. Il réfléchit un moment. « À l'heure habituelle... non, un peu plus tard en vérité. À environ six heures moins le quart. Je m'étais rendu à un rendez-vous à l'extérieur et j'ai rapporté le dossier ici et vérifié si j'avais des messages.

— Êtes-vous rentré directement chez vous ?

— Pas tout à fait. Barbara... Mme Hoffman, ma secrétaire, avait été retenue chez elle par un début de grippe. La veille, elle avait emporté un dossier que je devais étudier durant le week-end, aussi me suis-je arrêté en route pour le récupérer.

— Combien de temps cela vous a-t-il pris ? »

Norton réfléchit. « Elle habite à Middletown. Il y avait de la circulation. Je dirais une vingtaine de minutes dans chaque sens.

— Vous êtes donc arrivé chez vous vers six heures trente.

— Peut-être un peu plus tard. Plutôt aux environs de sept heures. »

En réalité, il était rentré à sept heures un quart. Il se souvenait précisément de l'heure. Malcolm se maudit en son for intérieur. Il savait qu'il n'avait pas su dissimuler son émotion en entendant Irma Woods annoncer les modifications testamentaires de Nuala. « On lisait sur ton visage comme dans un livre ouvert, tu avais l'air de vouloir tuer quelqu'un, lui avait dit Janice avec son sourire narquois habituel. Tu serais bien incapable de tromper quelqu'un à son insu. »

Ce matin par conséquent, il était préparé à ce que Brower l'interroge sur sa réaction à l'annulation de la vente et bien décidé à ne pas laisser transparaître son émotion. Il se félicita de sa prévoyance en entendant le commissaire lui poser des questions sur un certain nombre de points, y compris sur des détails concernant la vente escomptée.

« Vous avez certainement été très déçu, fit Brower d'un air songeur, mais par ailleurs, toutes les agences immobilières du coin disposent de maisons semblables à celle de Nuala qui ne demandent qu'à être vendues. »

En clair : pourquoi celle-là plutôt qu'une autre ? comprit Norton.

Le commissaire continua : « On a quelquefois envie d'une maison uniquement sur un coup de foudre. Comme si elle vous disait : “Achetez-moi, je suis à vous.” »

Norton attendit la suite.

« Vous et votre femme vous êtes sans doute tombés amoureux de cette propriété. Le bruit court que vous avez hypothéqué votre propre maison pour l'acquérir. »

Brower s'était renversé en arrière dans son fauteuil, les yeux mi-clos, les doigts croisés.

« N'importe qui s'intéressant à ce point à une maison n'aimerait pas voir un vague parent débarquer et risquer de chambouler ses plans. Il n'y a qu'une manière de s'y opposer. Empêcher le parent en question de venir, sinon s'arranger pour qu'il n'influence pas le ou la propriétaire de la maison. » Un sourire apparut lentement sur son visage.

Il se leva. « J'ai été ravi de m'entretenir avec vous, monsieur Norton. Avant que je ne parte, j'espère que vous ne voyez pas d'inconvénient à ce que j'échange quelques mots avec votre secrétaire, Mme Hoffman ? »

Barbara Hoffman avait horreur de dissimuler. Elle était restée chez elle le vendredi, prétextant un gros rhume, mais la vérité était qu'elle voulait avoir une journée de réflexion. Pour se donner bonne conscience, elle avait emporté du bureau une pile de documents, avec l'intention d'y mettre de l'ordre ; elle voulait laisser tous les dossiers parfaitement classés si elle décidait de donner sa démission à Malcolm.

Curieusement, il l'avait involontairement aidée à prendre sa décision. Il ne venait presque jamais chez elle, mais il était passé à l'improviste dans la soirée du vendredi pour prendre de ses nouvelles. Lui, bien entendu, ne s'était pas rendu compte immédiatement de la présence de sa voisine, Dora Holt, qui était venue lui rendre visite. Quand Barbara lui avait ouvert, il s'était penché pour l'embrasser puis, voyant sa mimique de refus, il s'était reculé.

« Oh, monsieur Norton, avait-elle dit hâtivement, j'ai emporté le dossier Moore que vous vouliez étudier. »

Elle l'avait présenté à Dora Holt, puis avait fait mine de fouiller dans les dossiers et de lui en tendre un. Mais elle n'avait pas manqué de remarquer le sourire entendu et la curiosité qui s'allumait dans les yeux de sa voisine. À ce moment précis, elle avait compris que la situation était devenue intolérable.

À présent, assise en face du commissaire de police, mal à son aise, Barbara s'efforçait de prendre l'air naturel en racontant que son employeur était venu rechercher un dossier chez elle.

« Ainsi, M. Norton ne s'est pas attardé ? »

Elle se détendit ; sur ce point, au moins, elle pouvait dire la vérité. « Non, il a pris le dossier et est reparti immédiatement.

— De quel dossier s'agissait-il, madame Hoffman ? »

Il lui fallait mentir à nouveau. « Je... je... En fait, c'était le dossier Moore. » Elle eut envie de rentrer sous terre en entendant le ton hésitant de sa voix.

« Encore une chose. À quelle heure M. Norton est-il arrivé chez vous ?

— Un peu après six heures, me semble-t-il », répondit-elle honnêtement.

Browser se leva et fit un signe du menton en direction de l'interphone. « Pourriez-vous prévenir M. Norton que j'aimerais lui parler à nouveau un instant, s'il vous plaît ? »

En entrant pour la seconde fois dans le bureau de Norton, Chet Brower ne perdit pas de temps en circonlocutions : « Monsieur Norton, je crois savoir que le dossier que vous êtes allé chercher chez Mme Hoffman vendredi dernier concernait la vente des biens de Mme Moore. Quand la signature devait-elle avoir lieu ?

— Le lundi suivant à onze heures du matin, lui répondit Norton. Je voulais m'assurer que tout était en ordre.

— Vous étiez l'acheteur, mais Mme Moore n'avait-elle pas un homme de loi pour la représenter ? N'est-ce pas inhabituel ?

— Pas vraiment. D'ailleurs, c'était elle qui en avait décidé ainsi. Nuala estimait parfaitement inutile de faire intervenir un autre avocat. J'offrais un prix substantiel, et je lui remettais l'argent sous forme d'un chèque certifié. Elle pouvait également demeurer dans les lieux jusqu'à la fin de l'année si elle le désirait. »

Brower contempla Malcolm Norton sans dire un mot pendant quelques instants. Il se leva enfin, s'apprêtant à partir. « Une dernière question, monsieur Norton, dit-il avant de s'en aller. Le trajet entre la maison de Mme Hoffman et la vôtre a duré selon vous une vingtaine de minutes. En conséquence, vous auriez dû arriver quelques minutes après six heures trente. Et pourtant vous affirmez qu'il était presque sept heures. Vous êtes-vous rendu ailleurs entre-temps ?

— Non. Peut-être me suis-je trompé sur l'heure de mon retour à la maison. »

Pourquoi me pose-t-il toutes ces questions ? se demanda Norton. Que soupçonne-t-il ?

43

Dès qu'elle vit le visage de Neil à son retour à Portsmouth, sa mère comprit que ses recherches avaient été vaines.

« Tu n'as pris qu'un toast ce matin, lui dit-elle. Je vais te préparer un vrai petit déjeuner. Après tout, j'ai rarement l'occasion de m'occuper de toi. »

Neil se laissa tomber sur une chaise dans la cuisine. « J'imagine que s'occuper de papa est un boulot à temps plein.

— Tu as raison. Mais ça me plaît.

— Où est-il ?

— Dans son bureau. Cora Gebhart, cette personne que nous avons saluée à sa table hier soir, a téléphoné pour lui demander un entretien.

— Je vois. » Neil jouait d'un air distrait avec les couverts que sa mère avait disposés devant lui.

Dolores s'interrompit dans ses préparatifs et le regarda. « Quand tu commences à tripoter tout ce qui se trouve sous ta main, c'est signe que tu es inquiet.

— C'est vrai. Si j'avais appelé Maggie comme prévu vendredi dernier, elle m'aurait communiqué son numéro ici, je lui aurais téléphoné, et j'aurais su ce qui s'était passé. Et je me serais trouvé auprès d'elle pour l'aider. » Il resta un instant songeur. « Maman, tu ne peux pas savoir combien elle était heureuse de passer ces vacances avec sa belle-mère. Tu ne le devinerais jamais en la voyant, mais Maggie n'a pas eu la vie facile. »

En mangeant ses gaufres et son bacon, il lui raconta tout ce qu'il savait de Maggie. Ce qu'il lui tut, c'était qu'il s'en voulait à mort de ne pas en avoir appris davantage.

« C'est sûrement quelqu'un de charmant, à t'entendre, dit Dolores Stephens. J'ai hâte de la rencontrer. Mais écoute, arrête de tourner en rond comme dans une cage. Elle habite Newport, tu lui as laissé un message, et tu as son numéro de téléphone. Tu pourras sûrement la joindre dès aujourd'hui, ou obtenir de ses nouvelles. Essaie de te détendre.

— Je sais. J'ai seulement le sentiment désagréable de ne pas avoir été là au moment où elle avait besoin de moi. C'est tout.

— Peur de t'attacher, hein ? »

Neil reposa sa fourchette. « Tu es injuste de dire ça.

— Vraiment ? Tu sais, Neil, un grand nombre de brillants célibataires de ta génération pensent pouvoir jouer indéfiniment sur plusieurs tableaux. Certains le font — ils refusent absolument de se fixer. Mais d'autres semblent oublier qu'ils sont devenus adultes. Je me demande si cette inquiétude de ta part ne signifie pas que tu t'aperçois soudain de l'importance de Maggie Holloway pour toi, chose que tu refusais d'admettre il y a peu encore car tu ne voulais pas t'attacher. »

Neil regarda longuement sa mère. « Moi qui croyais que c'était papa qui avait son franc-parler. »

Dolores Stephens croisa les bras et sourit. « Ma grand-mère avait un dicton : "Le mari est la tête de la famille ; la femme en est le cou." » Elle s'interrompit. « Et c'est le cou qui fait tourner la tête. »

Voyant l'air déconfit de son fils, elle éclata de rire. « Crois-moi, je ne suis pas forcément d'accord avec cette expression de la sagesse populaire. Je pense que l'homme et la femme sont à égalité, et non qu'ils disputent un match. Mais parfois, dans notre cas par exemple, les apparences ne reflètent pas nécessairement la réalité. Les exigences et les récriminations de ton père sont sa façon personnelle de témoigner son intérêt. Je l'ai compris dès notre première rencontre.

— Quand on parle du loup », dit Neil, apercevant par la fenêtre son père qui arrivait de son bureau.

Sa mère jeta un coup d'œil dehors. « Oh, oh, il ramène Cora. Elle a l'air bouleversé. »

Cora Gebhart et son père les ayant rejoints à la table de la cuisine, Neil comprit pourquoi la pauvre femme paraissait ainsi affectée. Le mercredi précédent elle avait vendu ses obligations par l'intermédiaire de l'agent de change qui l'avait poussée avec insistance à réinvestir dans des valeurs spéculatives, et elle lui avait donné son accord pour finaliser l'opération.

« Je n'en ai pas dormi de la nuit, dit-elle. Après avoir entendu Robert, au club, déclarer qu'il ne voulait pas voir une autre de ses clientes perdre sa chemise... j'ai pensé qu'il parlait de moi, et je me suis dit que j'avais peut-être commis une épouvantable erreur.

— Avez-vous appelé cet homme pour annuler l'ordre d'achat ? demanda Neil.

— Oui. C'est sans doute la seule chose intelligente que j'aie faite. Ou tenté de faire — il m'a dit que c'était trop tard. » Les lèvres tremblantes, elle ajouta d'une voix brisée : « Et il n'est pas repassé à son bureau depuis.

— De quelles valeurs s'agit-il ? demanda Neil.

— J'ai tous les détails ici », dit son père.

Neil lut la brochure et l'analyse financière. C'était encore pire qu'il ne l'avait craint. Il téléphona à son bureau et demanda à Trish de lui passer un de leurs meilleurs opérateurs. « Hier, vous avez acheté cinquante mille actions à neuf dollars, dit-il à Cora Gebhart. Nous allons voir ce qui s'est passé aujourd'hui. »

Laconiquement, il mit son associé au courant de la situation. Puis il se tourna à nouveau vers Cora : « Elles sont à sept maintenant. Je donne l'ordre de vendre ! »

Elle fit un signe d'assentiment.

Neil resta en ligne. « Tenez-moi au courant », ordonna-t-il. Quand il eut raccroché, il expliqua : « Un bruit a couru il y a quelques jours que cette société dont vous avez acheté des actions allait être acquise par Johnson and Johnson. Mais malheureusement, ce n'était rien de plus qu'un bruit, une rumeur destinée à gonfler artificiellement le cours. Je suis sincèrement navré, madame Gebhart ; mais du moins serons-nous à même de sauver la majeure partie de votre capital. Mon associé va nous rappeler dès qu'il aura conclu l'opération.

— Ce qui me met en rage, gronda Robert Stephens, c'est que le même agent a persuadé Laura Arlington d'investir dans une affaire véreuse et lui a fait perdre toutes ses économies.

— Il était si aimable, dit Cora Gebhart. Et si bien informé sur mes obligations, expliquant que leur rendement, même non imposable, ne justifiait pas une telle immobilisation. »

Cette déclaration attira l'attention de Neil. « Vous lui aviez sûrement fourni des informations pour qu'il en sache autant, dit-il vivement.

— Pas du tout. Le jour où il m'a téléphoné pour m'inviter à déjeuner, je lui ai expliqué que je n'avais aucunement l'intention de discuter de placements, mais il s'est mis à me parler du genre de clients dont il s'occupait — Mme Downing par exemple. Il m'a dit qu'elle possédait des titres similaires à ceux que détiennent beaucoup de personnes âgées, et qu'il lui avait fait gagner une fortune. Les valeurs dont il parlait étaient exactement celles que j'avais.

— Qui est cette Mme Downing ? demanda Neil.

— Oh, tout le monde la connaît. C'est un pilier de la bonne société de Providence. Je lui ai téléphoné, elle s'est montrée dithyrambique au sujet de Douglas Hansen.

— Je vois. Néanmoins, j'aimerais mener une petite enquête sur lui, dit Neil. C'est le genre de personnage dont nous pourrions avantageusement nous passer dans notre profession. »

Le téléphone sonna.

Maggie, pensa Neil. Pourvu que ce soit Maggie.

Mais non, c'était son associé. Neil écouta, puis se tourna vers Cora Gebhart : « Il a pu vendre à sept. Vous avez de la chance. Une rumeur commence à circuler selon laquelle Johnson and Johnson s'apprête à publier un communiqué annonçant qu'ils n'ont absolument pas l'intention d'acquérir cette société. Vraie ou fausse, la rumeur suffira à provoquer l'effondrement du cours. »

Cora Gebhart partie, Robert Stephens regarda son fils avec affection. « Grâce à Dieu tu étais là,

Neil. Cora a la tête sur les épaules et elle est très généreuse, mais elle se montre trop confiante. J'aurais été navré de la voir perdre tout ce qu'elle a à cause d'une simple erreur. Dans la situation actuelle, elle devra peut-être renoncer à son projet de s'installer à Latham Manor. Elle y avait un appartement en vue, à moins qu'elle ne puisse en prendre un plus petit.

— Latham Manor, fit Neil. Je suis content que tu en parles. J'ai besoin de quelques renseignements sur cet établissement.

— Que diable veux-tu savoir à propos de Latham Manor ? » demanda sa mère.

Neil leur parla alors des Van Hilleary, ses clients qui cherchaient une résidence où prendre leur retraite. « Je leur ai promis de m'informer sur cette maison. J'ai failli oublier. J'aurais dû prendre rendez-vous pour aller la visiter.

— Notre départ au golf n'est pas prévu avant une heure, dit Robert Stephens. Et Latham n'est pas loin du club. Tu devrais les appeler et voir s'ils peuvent te recevoir maintenant, ou te communiquer de la documentation.

— Ne jamais remettre au lendemain ce que l'on peut faire le jour même, dit Neil avec un sourire entendu. À moins, bien sûr, que je n'arrive à joindre Maggie en premier. Elle est probablement rentrée à présent. »

Après six sonneries restées sans réponse, il raccrocha. « Elle passe son temps dehors, dit-il tristement. Bon, où se trouve l'annuaire ? Je vais appeler Latham Manor ; réglons le problème sans tarder. »

Le Dr Lane n'aurait pu se montrer plus aimable. « Vous m'appelez au bon moment, dit-il.

L'une de nos suites les plus agréables est disponible — un appartement de deux chambres avec terrasse. Nous n'en possédons que quatre de cette dimension, les trois autres sont occupées par des couples charmants. Voulez-vous venir tout de suite ? »

44

Lara Horgan, le nouveau médecin légiste de l'État de Rhode Island, ne parvenait pas à mettre le doigt sur ce qui la préoccupait. Il est vrai que la semaine avait été terriblement chargée dans son district : des morts inhabituelles, dont deux suicides, deux noyades, et un meurtre avec préméditation.

La mort de cette femme à la résidence de Latham Manor avait toutes les apparences d'une affaire banale. Pourtant, quelque chose dans ce décès la tracassait. Le passé médical de la défunte, Greta Shipley, n'indiquait rien d'anormal. Son médecin personnel avait pris sa retraite, mais son associé avait confirmé que Mme Shipley souffrait d'hypertension depuis une dizaine d'années et n'avait eu qu'une ou deux crises cardiaques bénignes.

Le Dr William Lane, le directeur et médecin-chef de Latham Manor, semblait compétent. Le personnel était expérimenté, et l'équipement de premier ordre.

Le fait que Mme Shipley ait eu une défaillance durant les funérailles de son amie Nuala Moore, victime d'un meurtre, et une seconde crise quelques jours seulement avant son propre décès, confirmait l'état de tension dans lequel elle avait dû se trouver.

Le Dr Horgan avait connu plusieurs cas de couples âgés où l'un des époux mourait quelques heures, voire quelques minutes après le décès de son conjoint. Choqué par la mort brutale d'une personne chère, quelqu'un pouvait ressentir le même stress fatal.

Par ses fonctions, le Dr Horgan était au courant des circonstances de l'assassinat de Nuala Moore, et elle imaginait qu'elles pouvaient bouleverser une amie aussi proche de la victime que l'avait été Mme Shipley. Plusieurs coups portés derrière la tête avec sauvagerie avaient causé sa mort. Des grains de sable mêlés de sang et de cheveux semblaient indiquer que l'auteur du crime avait ramassé son arme, probablement une pierre, quelque part sur la plage et qu'il l'avait sur lui en entrant dans la maison. Les indices montraient aussi que l'intrus savait que la propriétaire était petite et frêle, et il connaissait peut-être personnellement Mme Moore. Voilà ce qui la travaillait ! C'était le sentiment lancinant que la mort de Nuala Moore était liée d'une façon ou d'une autre au décès survenu à Latham Manor. Elle décida d'appeler la police de Newport pour leur demander s'ils avaient trouvé une piste.

Les journaux du début de la semaine étaient empilés sur son bureau. Elle trouva dans la rubrique nécrologique une brève notice sur Mme Shipley, rappelant ses activités de bienfaisance, son appartenance à l'Association des Filles de la Révolution, le poste de président du conseil d'administration de feu son mari dans une importante société. On y indiquait qu'elle avait trois parents éloignés, des cousins qui habitaient New York, Washington et Denver.

Aucun proche pour veiller sur elle. Le Dr Horgan reposa le journal et s'attaqua à la montagne de paperasse qui s'amassait sur son bureau.

Puis une dernière pensée vint la troubler : cette infirmière, Zelda Markey. C'était elle qui avait découvert le corps de Greta Shipley à Latham Manor. Il y avait quelque chose de déplaisant chez cette femme, une attitude sournoise, l'air de tout savoir. Le commissaire Brower devrait peut-être l'interroger une seconde fois.

45

Pour illustrer sa série de conférences, Earl Bateman avait pris des empreintes de pierres tombales anciennes. Il en avait fait le thème de l'un de ses exposés.

« Aujourd'hui, nos stèles comportent un minimum d'informations, expliquait-il. Les dates de naissance et de décès, sans plus. Mais il fut un temps où l'on pouvait lire sur les pierres des histoires merveilleuses. Certaines sont émouvantes, d'autres étonnantes, comme celle de ce capitaine au long cours enterré avec ses cinq épouses — dont aucune, je dois ajouter, n'a vécu plus de sept ans une fois mariée. »

Arrivé à ce point, il était généralement récompensé par un éclat de rire. Puis il continuait :

« D'autres inscriptions sont remarquables par la grandeur et la richesse de l'histoire qu'elles nous transmettent. »

Il citait alors la chapelle de l'abbaye de Westminster où se trouve le tombeau de la reine Élisabeth, à quelques pas de celui de sa cousine qu'elle avait fait décapiter, Marie, reine d'Écosse.

« Plus incongru encore, ajoutait-il. À Ketchikan, en Alaska, au XIXe siècle, dans la Cité des Tombes, ainsi qu'on appelait le cimetière local, une section était réservée aux "colombes souillées", nom que l'on attribuait aux jeunes pensionnaires du bordel. »

Ce vendredi matin, Earl était occupé à préparer un synopsis de ses futurs entretiens à la télévision. Lorsqu'il en arriva aux empreintes de pierres tombales, il se rappela qu'il avait prévu d'en relever d'autres ; il faisait un temps idéal pour ce genre d'opération et il décida de se rendre dans les parties les plus anciennes des cimetières de St. Mary et de Trinity.

Il longeait la route qui menait aux cimetières quand il vit un break Volvo noir franchir la grille ouverte, dans le sens de la sortie, et tourner dans la direction opposée à la sienne. Maggie Holloway possédait une voiture de la même marque et de la même couleur. Était-elle venue se recueillir sur la tombe de Nuala ?

Au lieu de se diriger vers la partie ancienne, il tourna à gauche et prit la route qui montait en tournant. Pete Brown, un des jardiniers du cimetière qu'il avait fini par connaître à force de rôder au milieu des vieilles pierres, désherbait une allée de gravier à proximité de la tombe de Nuala.

Earl arrêta sa voiture et ouvrit la fenêtre. « Plutôt calme par ici, hein, Pete ? » C'était une vieille plaisanterie entre eux.

« On peut le dire, professeur.

— Je crois avoir aperçu la voiture de la belle-fille de Mme Moore. Est-elle venue se recueillir sur sa tombe ? » Tout le monde était au courant des circonstances de la mort de Nuala. Les meurtres n'étaient pas si fréquents à Newport.

« Une jolie fille, mince, brune, jeune ?

— Ça pourrait être Maggie.

— Ouais. Et je suppose qu'elle connaît la moitié de nos pensionnaires, dit Pete en riant. Un des collègues a dit qu'il l'avait vue aller d'une tombe à une autre et y déposer des fleurs. Tous les types l'ont remarquée. C'est une sacrément belle nana. »

Intéressant, pensa Earl. « Au revoir Pete, bonne continuation », dit-il avec un signe de la main tout en redémarrant lentement. Conscient du regard inquisiteur que Pete fixait sur lui, il se dirigea vers la partie ancienne de Trinity et commença sa promenade parmi les tombes du XVIIe siècle.

46

Le studio de Letitia Bainbridge à Latham Manor était une grande pièce d'angle jouissant d'une vue magnifique sur la mer. Avec fierté, Letitia attira l'attention de Maggie sur les belles dimensions de la salle de bains et du dressing-room. « Faire partie des premiers membres a ses avantages, expliqua-t-elle d'un ton animé. Je me souviens que nous avons signé tout de suite, Greta et moi, le jour même du cocktail d'ouverture. Trudy Nichols n'arrivait pas à se décider, et elle ne m'a jamais pardonné de lui avoir soufflé cet appartement. Elle a fini par payer cent cinquante mille dollars de plus pour un autre appartement, et la pauvre chérie n'y a vécu que deux ans. Ce sont les Crenshaw qui l'habitent maintenant. Ils étaient à notre table l'autre soir.

— Je m'en souviens. Ils sont très gentils. »

Nichols, se souvint Maggie. *Gertrude Nichols.* Sa tombe était l'une de celles qu'ornait la fameuse clochette.

Mme Bainbridge soupira. « C'est toujours douloureux quand l'un d'entre nous s'en va, spécialement lorsque c'est quelqu'un de notre cercle. Et je peux vous parier qu'Eleanor Chandler va prendre l'appartement de Greta. Lorsque ma fille Sarah m'a emmenée chez notre médecin de famille, hier, elle m'a dit que c'était le bruit qui courait.

— Vous ne vous sentez pas bien ? demanda Maggie.

— Si, très bien. Mais à mon âge tout peut arriver. J'ai dit à Sarah que le Dr Lane était parfaitement capable de me prendre ma tension, mais elle a tenu à ce que le Dr Evans m'examine. »

Elles étaient assises face à face sur deux chauffeuses placées près des fenêtres. Mme Bainbridge choisit sur une table à proximité une photo parmi d'autres et la tendit à Maggie. « Ma tribu, se rengorgea-t-elle. Trois fils, trois filles, dix-sept petits-enfants, quatre arrière-petits-enfants, et trois en route. » Elle sourit avec satisfaction. « Et qui plus est, beaucoup d'entre eux habitent encore la Nouvelle-Angleterre. Il ne se passe pas une semaine sans qu'un membre de la famille ne vienne me rendre visite. »

Maggie enregistra soigneusement l'information ; quelque chose dont il lui faudrait tenir compte plus tard, pensa-t-elle. Puis elle remarqua une photo prise dans le grand salon de Latham Manor. Mme Bainbridge était au centre d'un groupe de huit personnes. Elle s'en empara. « Souvenir d'une fête ? demanda-t-elle.

— Mon quatre-vingt-dixième anniversaire, il y a quatre ans. » Letitia Bainbridge se pencha en avant et indiqua les deux femmes qui se tenaient chacune à une extrémité du groupe. « À gauche, c'est Constance Rhinelander. Elle est morte il y a seulement deux semaines, et naturellement vous connaissiez Greta. C'est elle à droite.

— Mme Shipley n'avait pas de parent proche, n'est-ce pas ? demanda Maggie.

— Non. Constance non plus, mais nous nous tenions lieu de famille. »

Le moment était venu de l'interroger à propos des clochettes. Maggie chercha comment aborder le sujet. La pièce avait visiblement été décorée avec le mobilier personnel de Mme Bainbridge. Le lit à baldaquin de style très orné, le guéridon anglais ancien, le coffre indien, les tapis persans aux couleurs délicates, tout évoquait une longue suite de générations.

Soudain, elle l'aperçut : une clochette d'argent sur la cheminée. Elle se leva, traversa la pièce pour s'en approcher. « Elle est ravissante ! », s'exclama-t-elle en la soulevant délicatement.

Letitia Bainbridge sourit. « Ma mère l'utilisait pour appeler sa femme de chambre. Elle avait l'habitude de dormir tard, et tous les matins Hattie restait assise patiemment à sa porte, attendant que sonne la clochette. Mes petites-filles trouvent ça “gondolant”, pour parler comme elles, mais cette clochette évoque pour moi quantité d'heureux souvenirs. Ici, beaucoup d'entre nous ont été élevés dans ce milieu. »

C'était l'occasion que Maggie attendait. Elle se rassit et chercha dans son sac. « Madame Bainbridge, j'ai trouvé cette clochette-ci sur la tombe de Nuala. Je me demandais qui pouvait l'y avoir déposée. Est-ce une coutume régionale de placer ce genre de petite cloche sur la tombe d'un proche ? »

Letitia Bainbridge parut stupéfaite. « Je n'ai jamais entendu parler d'une chose pareille. Vous dites que quelqu'un aurait délibérément laissé cet objet là-bas ?

— Apparemment, oui.

— Comme c'est bizarre. » Elle détourna son regard.

Avec un serrement de cœur, Maggie se rendit compte que, pour une raison inconnue, cette histoire avait perturbé la vieille dame. Elle préféra ne pas mentionner l'existence des autres clochettes. Visiblement, il ne s'agissait pas d'un hommage rendu par de vieux amis.

Elle rangea l'objet dans son sac. « Je crois comprendre, inventa-t-elle. Il y avait une fillette au cimetière l'autre jour. Elle est venue me parler pendant que je fleurissais la tombe de Nuala. C'est après son départ que j'ai découvert cette petite cloche. »

Par bonheur, Letitia Bainbridge accepta son explication. « C'est sans doute ça, dit-elle. Quel adulte pourrait s'amuser à déposer une clochette près d'une tombe ? » Puis elle fronça les sourcils. « J'ai oublié ce que je voulais vous dire. Une chose venait juste de me venir à l'esprit et, pfuit, c'est parti comme c'est venu. Les inconvénients de l'âge, je suppose. »

On frappa à la porte. « Le déjeuner, sans doute », fit-elle remarquer avant de hausser la voix : « Entrez. »

C'était Angela, la jeune femme de chambre que Maggie avait rencontrée à sa première visite. Maggie la salua et se leva. « Il faut que je me sauve. »

Mme Bainbridge se leva à son tour. « Votre visite m'a fait plaisir, Maggie. Vous verrai-je demain ? »

Maggie savait ce qu'elle voulait dire. « Bien sûr. Je me rendrai d'abord au funérarium et ensuite à la messe de requiem célébrée pour Mme Shipley. »

Elle fut heureuse de trouver le hall d'entrée désert. Ils sont sans doute tous à la salle à manger, pensa-t-elle. Elle chercha ses clés de voiture dans son sac et heurta involontairement la clochette. Un tintement se fit entendre, qu'elle étouffa en saisissant le battant entre ses doigts.

Ne demande pas pour qui sonne le glas, pensa Maggie en descendant le perron de Latham Manor.

47

Le Dr Lane, Neil Stephens et son père terminèrent la visite de Latham Manor devant l'entrée de la salle à manger. Neil perçut le bourdonnement des conversations, les visages animés des convives, l'ambiance qui régnait dans la pièce aux belles dimensions. Des serveurs en gants blancs faisaient le service, et l'odeur du pain sortant du four vous mettait l'eau à la bouche.

Lane prit un menu et le tendit à Neil. « Aujourd'hui vous avez au menu le choix entre une sole accompagnée d'asperges, ou une salade de poulet, expliqua-t-il. Les desserts comprennent une glace au yaourt ou un sorbet, avec des biscuits faits maison. » Il sourit. « J'ajouterai que c'est un menu typique. Notre chef n'est pas seulement un cordon-bleu, c'est aussi un véritable diététicien.

— Très impressionnant, apprécia Neil en hochant la tête.

— Neil, notre partie commence dans une demi-heure, lui rappela son père. Nous en avons vu suffisamment, tu ne crois pas ?

— Un point important, ajouta doucement le Dr Lane. Pensez-vous recommander à vos clients la suite qui est disponible actuellement ? Sans vouloir me montrer insistant, je dois vous dire qu'elle ne le restera pas longtemps. Les couples en particulier sont intéressés par les grands appartements.

— Je leur en parlerai lundi, dès mon retour à New York, dit Neil. Votre établissement fait grand effet. Je compte leur envoyer la brochure et leur recommander de venir sur place se faire une idée par eux-mêmes.

— Excellente idée », dit le Dr Lane d'un ton chaleureux. Robert Stephens pointa sa montre du doigt et se dirigea vers l'entrée. Neil et le docteur le suivirent. « L'installation de couples chez nous est toujours la bienvenue, poursuivit Lane. Nombre de nos résidentes sont veuves, mais elles n'en apprécient pas moins des présences masculines dans l'établissement. En fait, plusieurs idylles se sont nouées entre nos hôtes. »

Robert Stephens ralentit et se laissa rejoindre par son fils. « Si tu ne te ranges pas bientôt, Neil, peut-être devrais-tu t'inscrire. Cet endroit est sans doute ta dernière chance. »

Neil réprima un sourire. « Surtout, ne laissez pas mon père s'installer ici, dit-il au docteur.

— Aucune inquiétude à avoir. C'est beaucoup trop chic pour moi, déclara Robert Stephens. Mais à propos, docteur, vous rappelez-vous avoir reçu une demande de la part d'une certaine Cora Gebhart ? »

Lane fronça les sourcils. « Le nom me dit quelque chose. Bien sûr ; elle est inscrite sur la liste d'attente. Elle est venue nous voir il y a environ un an, a rempli une demande, mais n'a pas voulu se prononcer immédiatement. Nous avons pour habitude de rappeler les personnes dans son cas une ou deux fois par an pour savoir si elles sont prêtes à prendre leur décision. La dernière fois que je me suis entretenu avec Mme Gebhart, il m'a semblé qu'elle envisageait sérieusement de venir se joindre à nous.

— C'était en effet son intention, dit Robert Stephens sans s'étendre davantage. Bon, Neil, allons-y. »

Neil tenta de joindre Maggie depuis le téléphone de sa voiture, mais sans plus de résultat que les fois précédentes.

Malgré le temps radieux et la satisfaction de bien jouer, Neil crut que l'après-midi ne finirait jamais. Il ne parvenait pas à secouer une sensation pesante de menace, l'impression qu'il se passait quelque chose d'anormal.

48

Sur le trajet du retour, Maggie gara sa voiture devant un petit supermarché qu'elle avait remarqué près des quais. Elle y choisit de quoi préparer une salade verte et des pâtes à la sauce tomate. J'en ai assez des œufs brouillés, décida-t-elle. Puis elle vit un panneau qui proposait une soupe de clams frais.

L'employé était un homme d'une soixantaine d'années au visage buriné. « Vous êtes nouvelle dans le coin, n'est-ce pas ? » lui demanda-t-il aimablement quand elle lui passa sa commande.

Maggie sourit. « Comment le savez-vous ?

— Facile. Quand la patronne fait de la soupe de clams, tout le monde en prend au moins un litre.

— Va pour un autre demi-litre, dans ce cas.

— Il en faut peu pour vous décider. J'aime ça chez les jeunes », dit-il.

En repartant, Maggie sourit intérieurement. Au milieu de toutes ces personnes du troisième âge, elle ferait longtemps figure de jeunesse. Raison de plus pour garder la maison.

En outre, je ne peux pas simplement mettre de l'ordre dans les affaires de Nuala, accepter la meilleure offre pour la maison, et m'en aller sans autre forme de procès. Même si Nuala a été assassinée par un étranger, trop de questions restent encore sans réponse.

Les clochettes, par exemple. Qui peut les avoir placées sur ces tombes ? Peut-être une vieille connaissance, agissant de son propre chef sans imaginer que quelqu'un les remarquerait. Qui sait, il y a peut-être des clochettes sur la moitié des tombes de Newport. Mais d'autre part, pourquoi l'une d'elles manque-t-elle ? La personne qui l'a mise sur la tombe aurait-elle changé d'avis après coup ?

S'arrêtant dans l'allée devant la maison de Nuala, Maggie porta ses achats jusqu'à la porte de la cuisine et entra. Après avoir déposé ses paquets, elle alla rapidement refermer le verrou. Zut, pensa-t-elle. Je voulais faire venir un serrurier. Liam allait à coup sûr lui en parler ce soir. L'apparition inopinée d'Earl avait paru l'inquiéter.

Une des expressions favorites de Nuala : « Mieux vaut tard que jamais », lui traversa l'esprit pendant qu'elle cherchait un annuaire du téléphone. Maggie se rappela la lui avoir entendu dire un dimanche matin alors qu'elle courait vers la voiture où l'attendaient Maggie et son père.

La réponse de son père lui avait paru détestable, typique de son mauvais caractère : « Et mieux vaut n'être jamais en retard, surtout quand le reste de la troupe est à l'heure. »

Elle trouva l'annuaire au fond d'un tiroir de la cuisine, et sourit à la vue du fouillis qui régnait en dessous : des photocopies de recettes de cuisine, des bougies à demi consumées, une paire de ciseaux rouillés, des trombones, des pièces de monnaie.

Pas facile de retrouver quelque chose dans cette maison, pensa Maggie. Quelle pagaille ! Puis elle sentit sa gorge se serrer. *Celui qui a passé toutes les pièces au peigne fin était à la recherche de quelque chose de précis, et il est probable qu'il ne l'a pas trouvé*, lui murmura une voix intérieure.

Après avoir laissé un message sur le répondeur du premier serrurier auquel elle téléphona, elle finit de ranger ses emplettes et se prépara un bol de soupe de clams. Dès la première gorgée, elle se félicita d'en avoir acheté un demi-litre de plus. Puis elle monta à l'atelier. Impatiemment, ses doigts s'enfoncèrent dans le pot de glaise. Elle avait l'intention de reprendre le buste de Nuala qu'elle avait commencé, mais elle en fut incapable. C'était toujours le visage de Greta Shipley qui la hantait — moins son visage en réalité que ses yeux au regard compréhensif, candide, attentif. Dieu soit loué, elle avait emporté de quoi faire plusieurs sculptures.

Maggie resta à sa table de travail pendant une heure, pétrissant la terre jusqu'à ce que surgisse de ses doigts le portrait de la femme qu'elle avait si peu connue. L'inquiétude qui s'était emparée d'elle finit par se dissiper et elle put se laver les mains et s'attaquer au plus difficile : trier les toiles de Nuala et choisir celles qu'elle désirait conserver et celles qu'elle confierait à un marchand, sachant que la majorité seraient bazardées, une fois retirées de leurs cadres — ces derniers présentant pour certains plus d'intérêt que le tableau qu'ils avaient un temps mis en valeur.

À trois heures, elle se mit à examiner les œuvres de Nuala qui n'étaient pas encore encadrées. Dans le débarras près de l'atelier, elle découvrit des douzaines de dessins, des aquarelles et des huiles, une collection à vous donner le tournis et dont elle comprit vite qu'elle ne pourrait l'évaluer sans l'aide d'un expert.

Les dessins étaient pour la plupart d'une honnête facture, et seules quelques huiles présentaient de l'intérêt, mais certaines des aquarelles étaient extraordinaires. Comme leur auteur, elles étaient pleines de vie et de gaieté, et d'une profondeur insoupçonnée. Maggie s'attarda plus particulièrement sur une scène d'hiver où un arbre ployait ses branches couvertes de neige au-dessus d'un tapis fleuri, formant un cercle insolite où se mêlaient gueules-de-loup, roses, violettes et lis, orchidées et chrysanthèmes.

Maggie était tellement absorbée dans sa tâche qu'il était cinq heures et demie passées lorsqu'elle se précipita en bas, à temps pour répondre au téléphone.

C'était Liam. « C'est la troisième fois que j'appelle. J'ai cru que tu m'avais posé un lapin, dit-il d'un ton soulagé. Tu te rends compte que ma seule solution de remplacement pour ce soir était d'aller dîner avec mon cousin Earl ? »

Maggie éclata de rire. « Je suis désolée. J'étais dans l'atelier. Nuala n'a pas cru bon de faire installer plusieurs postes dans la maison.

— Je t'en offrirai un pour Noël. Je passe te chercher dans une heure, d'accord ?

— D'accord. »

Juste le temps de prendre un bain, pensa Maggie en raccrochant, sentant la température fraîchir. La maison était pleine de courants d'air et elle fut parcourue d'un frisson désagréable, croyant sentir sur elle le froid humide de la terre qu'elle avait touchée près des tombes.

Pendant que l'eau coulait bruyamment dans la baignoire, elle crut entendre le téléphone sonner à nouveau et ferma les robinets. Aucune sonnerie ne lui parvint depuis la chambre de Nuala. Soit j'entends des voix, soit j'ai raté un coup de fil, conclut-elle.

Le bain la détendit et elle s'habilla avec soin, choisissant le pull blanc et la jupe noire qu'elle avait achetés au début de la semaine, puis elle consacra un peu d'attention à son maquillage.

C'était un plaisir de s'habiller pour Liam. Il avait le don de lui donner confiance en elle-même.

À sept heures moins le quart, elle attendait dans le salon lorsque la sonnerie se fit entendre. Liam se tenait sur le pas de la porte, une douzaine de roses rouges aux longues tiges dans une main, une feuille de papier pliée en deux dans l'autre. La tendresse de son regard et le léger baiser qu'il posa imperceptiblement sur ses lèvres réchauffèrent soudainement le cœur de Maggie.

« Tu es superbe, lui dit-il. Je vais être obligé de changer mes plans. Il est clair que McDonald's ne fera pas l'affaire. »

Maggie rit. « Quel dommage ! Moi qui espérais manger un Big Mac. » Elle parcourut rapidement des yeux le billet qu'il lui tendait. « Où l'as-tu trouvé ? demanda-t-elle.

— Devant ta porte, ma chère.

— Oh, bien sûr. Je suis passée par la cuisine tout à l'heure. » Elle replia la feuille de papier. Ainsi, Neil était à Portsmouth et il voulait la revoir. C'était gentil de sa part, non ? Elle osait à peine s'avouer qu'elle avait été déçue de ne recevoir aucun signe de lui la semaine précédente, avant son départ de New York. Elle en avait conclu qu'il n'éprouvait qu'indifférence à son égard.

« Quelque chose d'important ? demanda Liam d'un ton détaché.

— Non. Un ami de passage pour le week-end et qui me demande de lui téléphoner. Je l'appellerai peut-être demain. » Ou peut-être pas, se dit-elle. Je me demande comment il m'a trouvée.

Elle alla chercher son sac dans sa chambre et, en le prenant, sentit le poids inhabituel de la clochette. Devait-elle la montrer à Liam ?

Non, pas ce soir. Je n'ai pas envie de parler de morts et de tombes, pas maintenant. Elle sortit la clochette du sac. Même après plusieurs heures, elle était toujours aussi froide et humide au toucher. Maggie frissonna.

Je préfère ne pas tomber dessus en rentrant ce soir, pensa-t-elle, et elle alla déposer la clochette sur l'étagère de sa penderie et la poussa tout au fond, jusqu'à ce qu'elle soit hors de vue.

Liam avait réservé une table au *Commodore's Room* du *Black Pearl*, un restaurant élégant avec une vue merveilleuse sur Narragansett Bay. « J'ai un appartement près d'ici, expliqua-t-il, mais je regrette souvent la grande maison dans laquelle j'ai grandi. Un de ces jours, je le sens, je vais acheter une de ces vieilles bâtisses et la rénover. » Il prit un ton sérieux. « Je me serai sans doute rangé alors, et avec un peu de chance j'aurai pour épouse une ravissante et célèbre photographe.

— Arrête, Liam, protesta Maggie. Pour parler comme Nuala, tu es complètement zinzin.

— Tu as tort, dit-il doucement. Maggie, essaie de me voir sous un jour différent, s'il te plaît. Depuis la semaine dernière, tu n'as pas quitté mes pensées. Je n'ai cessé de me faire un sang d'encre à l'idée que tu pourrais te trouver nez à nez avec l'espèce de camé qui a attaqué Nuala, et connaître le même sort. Je suis un grand type costaud, et je veux te protéger. Je sais bien que de pareils sentiments sont complètement dépassés, mais je n'y peux rien. Je suis ainsi fait. » Il s'arrêta. « Maintenant, changeons de sujet. Comment trouves-tu le vin ? »

Maggie le regarda en souriant, soulagée de ne pas avoir à répondre plus précisément. « Il est parfait, Liam, mais réponds-moi franchement : crois-tu vraiment que ce soit un drogué qui ait assassiné Nuala ? »

Liam parut étonné de sa question. « Sinon, qui ?

— Mais l'assassin ne pouvait pas ignorer qu'elle attendait des invités, et pourtant il a pris le temps de fouiller toute la maison.

— Maggie, quel que soit le coupable, il était probablement prêt à tout pour se procurer de la drogue et il a tout retourné de fond en comble dans l'espoir de trouver de l'argent ou des bijoux. Les journaux ont relaté que Nuala n'avait plus son alliance au doigt, ce qui prouve bien que le mobile n'a pu être que le vol.

— C'est vrai, son alliance lui a été enlevée, reconnut Maggie.

— Je sais pour ma part qu'elle possédait très peu de bijoux, poursuivit Liam. Elle avait refusé que l'oncle Tim lui offre une bague de fiançailles. Elle disait que deux bagues dans une seule existence suffisaient et, qui plus est, que toutes les deux lui avaient été volées lorsqu'elle vivait à New York. Je me souviens de l'avoir entendue dire à ma mère qu'elle ne voulait rien posséder en dehors de quelques bijoux fantaisie.

— Tu en sais plus que moi.

— Par conséquent, excepté l'argent qui traînait dans la maison, son assassin n'a pas dû trouver grand-chose. C'est la seule chose qui puisse me consoler », dit-il d'une voix amère. Il sourit, dissipant l'humeur sombre qui s'était emparée d'eux. « À présent, raconte-moi ce que tu as fait cette semaine. J'espère que tu es tombée sous le charme de Newport. Écoute, d'abord, je vais te dire ce que représente cet endroit pour moi, ce qu'y fut ma vie. »

Il lui raconta ses souvenirs de pension, les semaines où il comptait les jours qui le séparaient de son départ en vacances à Newport, sa décision de devenir agent de change comme son père, de quitter Randolph and Marshall pour fonder sa propre société de gestion de patrimoine. « J'ai été flatté en voyant des clients importants choisir de me suivre, dit-il. Se lancer seul est toujours inquiétant, mais leur confiance m'a rassuré. J'avais pris la bonne décision. »

Quand on leur servit la crème brûlée qu'ils avaient commandée, toute trace de tension avait disparu chez Maggie. « J'en ai appris plus sur toi ce soir qu'au cours de tous nos dîners précédents, lui déclara-t-elle.

— Peut-être suis-je différent lorsque je me retrouve sur mon territoire, dit-il. Et peut-être ai-je envie de te faire comprendre que je suis un type épatant. » Il haussa les sourcils. « Et de te montrer que je ne suis pas sans le sou, de surcroît. Tu sais, dans le pays, je suis considéré comme un beau parti.

— N'en jette plus ! s'exclama Maggie, incapable de réprimer un léger sourire.

— OK. À ton tour maintenant. Raconte-moi ta semaine. »

Maggie ne désirait pas entrer dans les détails. Elle ne voulait pas détruire l'atmosphère joyeuse de cette soirée. Certes, il lui était impossible de parler des événements récents sans mentionner Greta Shipley, mais elle mit l'accent sur le plaisir qu'elle avait eu à passer quelques heures avec elle, puis elle lui raconta son amitié naissante avec Letitia Bainbridge.

« Je connaissais Greta Shipley, c'était une femme exceptionnelle, dit Liam. Quant à Mme Bainbridge, eh bien, elle est tout simplement formidable. C'est une véritable légende dans la région. Est-ce qu'elle t'a décrit la vie à Newport du temps de sa splendeur ?

— Un peu.

— Demande-lui un jour de te raconter les histoires qui couraient dans sa famille sur Mamie Fish. C'était le genre de femme qui savait faire marcher une maison. Il existe une anecdote fameuse à propos d'un dîner qu'elle avait organisé et où l'un des invités lui avait demandé s'il pouvait amener avec lui le prince del Drago de Corse. Naturellement, Mamie lui avait donné son accord, et imagine son horreur en constatant que le "prince" en question était un singe, en habit de soirée. »

Ils rirent de bon cœur. « Mme Bainbridge est probablement une des rares personnes encore en vie dont les parents aient assisté aux fameuses soirées de la fin du siècle dernier, dit Liam.

— Elle a de la chance d'avoir des parents proches pour s'occuper d'elle, dit Maggie. Hier par exemple, après avoir appris la mort de Mme Shipley, sa fille a voulu l'emmener voir son médecin personnel, sachant qu'elle était bouleversée.

— Il s'agit sans doute de Sarah. » Liam sourit. « Mme Bainbridge t'a-t-elle raconté le tour que leur a joué Earl, mon illuminé de cousin, qui a rendu Sarah folle de fureur ?

— Non.

— C'est impayable. Earl donne des conférences sur les rites funéraires. Tu en as sans doute entendu parler. Je te jure que ce type est timbré. Quand tout le monde joue au golf ou fait de la voile, sa distraction à lui consiste à passer des heures dans les cimetières pour y prendre des empreintes de tombes.

— Dans les cimetières ! s'exclama Maggie.

— Oui, mais ce n'est pas tout. Tu ne vas pas en croire tes oreilles, mais un jour il a donné une conférence sur les pratiques funéraires à un petit groupe de pensionnaires de Latham Manor, une idée pour le moins curieuse. Mme Bainbridge ne se sentait pas bien ce jour-là, mais Sarah était venue lui rendre visite et elle a assisté à la conférence.

« Earl avait inclus dans son exposé l'histoire des clochettes de l'époque victorienne. Il semble qu'à cette époque les gens fortunés avaient une telle crainte d'être enterrés vivants qu'ils faisaient pratiquer une ouverture dans le couvercle de leur cercueil, avec un tube remontant jusqu'à la surface du sol. Puis on attachait au doigt du présumé défunt une cordelette qui passait par le tube et était accrochée à une clochette placée sur la tombe. Et pour finir, on payait quelqu'un pour monter la garde pendant une semaine, au cas où le malheureux reprendrait connaissance et actionnerait la clochette.

— Seigneur !

— Attends d'entendre la meilleure partie de l'histoire, maintenant, celle qui concerne Earl.

Crois-moi si tu veux, il a une sorte de musée près du funérarium, un endroit bourré de toutes sortes d'objets, et il a eu l'idée de génie de faire réaliser une douzaine de copies de ces clochettes victoriennes pour illustrer sa conférence. Sans expliquer ce qu'elles représentaient, cet idiot les a distribuées à ces chères vieilles dames, toutes âgées de soixante, soixante-dix ou quatre-vingts ans, et les a fixées par une cordelette à leur index. Puis il leur a demandé de tenir la clochette dans l'autre main et d'agiter le doigt, comme si elles se trouvaient dans un cercueil et s'efforçaient de communiquer avec le gardien des tombes.

— C'est épouvantable ! s'écria Maggie, horrifiée.

— L'une de ces malheureuses est tombée dans les pommes. La fille de Mme Bainbridge a ramassé toutes les clochettes d'Earl ; elle était dans un tel état de fureur qu'elle l'a pratiquement jeté dehors avec ses maudites sonnettes. »

Liam s'arrêta de parler, puis d'un air plus sombre ajouta : « Ce qui m'inquiète, c'est qu'Earl adore raconter cette histoire. »

49

À plusieurs reprises, Neil avait tenté d'appeler Maggie, d'abord depuis le vestiaire du club, puis de la maison de ses parents dès son retour. Soit elle était partie pour la journée, soit elle avait passé son temps en allées et venues ; soit encore elle ne voulait pas répondre au téléphone, se dit-il. Mais en admettant même qu'elle n'ait été chez elle que par intermittence, elle n'avait pu manquer de voir son billet.

En fin de journée, il accompagna ses parents chez des voisins qui les avaient invités pour l'apéritif, et à sept heures il tenta à nouveau de joindre Maggie. Il décida ensuite de prendre sa voiture pour aller dîner, afin de pouvoir s'arrêter chez elle au cas où il parviendrait à la joindre plus tard.

Il y avait six personnes à la table qu'ils avaient retenue à *Canfield House*. Mais bien que le homard Newburgh fût succulent et que sa voisine fût Vicky, la fille d'amis de ses parents, une charmante chargée de clientèle dans une banque de Boston, Neil ne tenait pas en place.

Sachant qu'il serait grossier de s'éclipser immédiatement après le repas, il rongea son frein pendant que s'échangeaient des banalités, et quand, à dix heures trente, tout le monde se leva, il refusa poliment la proposition de Vicky qui l'invitait à une partie de tennis le dimanche matin avec des amis. Ce fut avec un soupir de soulagement qu'il se retrouva enfin dans sa voiture.

Il regarda l'heure : onze heures moins le quart. Si Maggie était chez elle et déjà couchée, il ne voulait pas la déranger. Il justifia sa décision de passer devant sa maison en se persuadant qu'il voulait simplement vérifier si sa voiture se trouvait dans l'allée afin de s'assurer qu'elle était toujours à Newport.

Sa joie à la vue de sa voiture retomba immédiatement à la vue d'une seconde voiture garée devant chez elle, une Jaguar immatriculée dans le Massachusetts. Neil passa devant la maison en roulant lentement et vit la porte d'entrée ouverte. Il aperçut un homme de haute taille à côté de

Maggie. Se sentant horriblement indiscret, il accéléra et tourna sur Ocean Drive, en direction de Portsmouth, l'estomac serré, en proie au regret et à la jalousie.

Samedi 5 octobre

50

L'assistance fut nombreuse à la messe de requiem célébrée pour Greta Shipley. Tout en écoutant les prières de circonstance, Maggie constata que toutes les personnes qui avaient été invitées au dîner de Nuala étaient présentes.

Le Dr Lane et son épouse, Odile, étaient assis avec plusieurs pensionnaires de la résidence, y compris le groupe qui se trouvait le mercredi soir à la table de Greta, à l'exception de Mme Bainbridge.

Malcolm Norton et sa femme, Janice, étaient également présents. Il a l'air d'un chien battu, songea Maggie. En passant devant elle, il s'était arrêté pour lui dire qu'il avait en vain essayé de la joindre et qu'il aimerait s'entretenir avec elle après la cérémonie.

Earl Bateman s'était avancé vers elle avant le début de la messe. « Lorsque vous penserez à Newport après tous ces événements, j'ai peur que vos souvenirs ne soient remplis de funérailles et de cimetières », dit-il, fixant sur elle ses yeux de hibou derrière ses lunettes rondes aux verres légèrement teintés.

Sans attendre de réponse, il avait continué sa marche et pris une place libre au premier rang.

Liam arriva au milieu du service et s'assit à côté d'elle. « Désolé, lui murmura-t-il à l'oreille, le réveil n'a pas sonné. » Il prit sa main dans la sienne, mais elle la lui retira au bout d'un moment. Elle savait qu'elle était l'objet de nombreux regards en coulisse et ne voulait pas voir la rumeur s'enfler autour d'elle et de Liam, bien qu'elle s'avouât que son sentiment de solitude s'atténuait au contact de sa robuste épaule.

En défilant devant le cercueil au funérarium, Maggie avait longuement regardé le beau visage paisible de cette femme qui lui était devenue si sympathique en si peu de temps. Et une pensée l'avait traversée : Greta Shipley, Nuala et tous leurs bons amis disparus étaient probablement heureux de se retrouver aujourd'hui.

Les clochettes victoriennes lui étaient alors revenues à l'esprit.

Les trois personnes qui s'étaient présentées à elle comme les cousins de Mme Shipley montraient un visage empreint d'une gravité de circonstance, sans qu'elle y décelât l'affliction simple et sincère qu'elle voyait dans les yeux et l'attitude des gens qui l'entouraient à Latham Manor.

Il faut que j'apprenne quand et comment est morte chacune de ces femmes dont j'ai visité les tombes, et combien d'entre elles avaient des parents proches. L'importance de ces informations lui était apparue durant sa visite à Mme Bainbridge.

Pendant les deux heures qui suivirent, elle eut l'impression de se tenir en retrait — observant, enregistrant, sans rien éprouver. Je me comporte comme un appareil photo, conclut-elle en s'éloignant aux côtés de Liam à la fin de l'enterrement.

Elle sentit une main se poser sur son bras. Une femme d'une élégance particulière, la tête droite sous une masse de cheveux argentés, l'arrêta. « Madame Holloway, je suis Sarah Bainbridge Cushing. Je voudrais vous remercier d'avoir rendu visite à mère hier. Elle a été extrêmement touchée. »

Sarah. C'était elle qui s'en était prise à Earl au cours de sa conférence sur les clochettes victoriennes. Il fallait absolument que Maggie ait un entretien en privé avec cette femme.

Sarah Cushing lui en fournit très vite l'occasion : « J'ignore combien de temps vous comptez séjourner à Newport, mais demain matin j'emmène mère déjeuner en ville, et je serais enchantée si vous pouviez vous joindre à nous. »

Maggie accepta sans se faire prier.

« Vous habitez la maison de Nuala, n'est-ce pas ? Je vous prendrai à onze heures, si cela vous convient. » Avec un signe de tête, Sarah Cushing fit demi-tour et partit rejoindre le groupe qui l'accompagnait.

« Allons déjeuner dans un coin tranquille, proposa Liam. Je suis sûr que tu n'as pas envie d'assister aux retrouvailles qui suivent immanquablement un enterrement.

— Aucune envie. Mais je dois rentrer à la maison. J'ai toutes les affaires de Nuala à trier.

— Dînons ensemble, alors. »

Maggie secoua la tête. « Merci, mais j'ai l'intention de continuer à ranger et emballer jusqu'à ce que je tombe de sommeil.

— Écoute, je ne peux pas repartir demain à Boston sans t'avoir revue ! » protesta Liam.

Maggie savait qu'il ne la laisserait pas lui dire non. « Bon, téléphone-moi, dit-elle. Nous conviendrons de quelque chose. »

Liam l'accompagna jusqu'à sa voiture et partit de son côté. Elle tournait la clé de contact quand un coup frappé à la vitre la fit sursauter. C'était Malcolm Norton. « Je dois vous parler », dit-il d'un ton pressant.

Décidée à en finir une fois pour toutes, Maggie alla droit au but : « Monsieur Norton, s'il s'agit de l'achat de la maison de Nuala, je ne peux vous dire qu'une chose : je n'ai absolument pas l'intention de la vendre pour le moment, et de plus, sans l'avoir aucunement recherché, j'ai reçu une offre substantiellement plus élevée que la vôtre. »

Et sur un « je regrette », elle manœuvra le levier de vitesses. L'expression décomposée du pauvre homme lui fit presque de la peine.

51

Neil et son père prirent le départ de sept heures et furent de retour au club-house à midi. Cette fois, Neil n'eut pas à attendre plus de deux sonneries avant qu'on ne décroche le téléphone. Lorsqu'il reconnut la voix de Maggie, il laissa échapper un soupir de soulagement.

De manière plutôt incohérente, même à ses propres oreilles, il lui raconta qu'il lui avait téléphoné après avoir quitté New York, qu'il s'était rendu au *Neary's Pub* afin de retrouver le nom de Nuala, qu'il avait appris la mort de Nuala et était terriblement désolé... « Maggie, il faut que je vous voie aujourd'hui », termina-t-il.

Il perçut son hésitation, puis l'entendit répondre qu'elle avait décidé de ne pas bouger et de mettre de l'ordre dans les affaires de sa belle-mère.

« Même très occupée, il faut bien que vous dîniez, plaida-t-il. Maggie, si vous ne me laissez pas vous inviter, je vais me pointer à votre porte avec une pizza. » Il se rappela soudain l'homme à la Jaguar. « À moins que quelqu'un d'autre ne m'ait devancé », ajouta-t-il.

En entendant sa réponse, un sourire éclaira son visage. « Sept heures ? Formidable. J'ai déniché un endroit où ils servent un homard de premier ordre. »

« Il semble que tu aies enfin réussi à joindre ta Maggie, se moqua Robert Stephens lorsque Neil le rejoignit au club-house.

— Tu as deviné. Nous dînons ensemble ce soir.

— Alors, invite-la à se joindre à nous. Tu sais qu'il y a le dîner d'anniversaire de ta mère, ce soir, au club.

— Son anniversaire ne tombe que demain, protesta Neil.

— Merci de me le rappeler ! C'est toi qui as demandé à avancer la date de cette petite fête. Tu nous as dit que tu voulais reprendre la route dès demain après-midi. »

Neil se frotta le menton, comme plongé dans la perplexité. Il secoua la tête en silence. Robert Stephens sourit. « Beaucoup de gens nous considèrent comme d'agréables convives, ta mère et moi.

— Très agréables, marmonna Neil. C'est entendu, nous viendrons. Et je suis certain que Maggie sera très heureuse de vous connaître.

— Le contraire m'étonnerait. Rentrons, maintenant. J'attends une autre de mes clientes, Laura Arlington, à deux heures de l'après-midi. Je voudrais vérifier ce qu'il reste de son portefeuille d'actions et voir avec toi s'il est possible d'améliorer ses revenus. À cause de cet escroc d'agent de change, elle est vraiment dans le pétrin. »

Je ne veux pas risquer de prévenir Maggie que nos plans sont changés, pensa Neil. Elle se décommanderait aussitôt. J'irai la chercher et je plaiderai ma cause sur le pas de sa porte.

Deux heures plus tard, il était installé avec Mme Arlington dans le bureau de son père. Ce dernier avait raison. Elle était *vraiment* dans le pétrin. Elle venait de vendre d'excellentes valeurs, qui lui assuraient de confortables revenus, pour les investir dans un de ces maudits fonds à risques. Dix jours plus tôt, quelqu'un l'avait incitée à acheter cent mille actions de camelote à cinq dollars l'action. Le lendemain matin, elles étaient montées à cinq vingt-cinq, mais dans l'après-midi elles avaient commencé à plonger. Aujourd'hui, elles étaient cotées à moins d'un dollar.

Cinq cent mille dollars de capital s'étaient ainsi réduits à quatre-vingt mille dollars, à supposer qu'un acheteur se présente, calcula Neil, contemplant avec pitié le visage couleur de cendre de son interlocutrice, dont les doigts crispés et les épaules affaissées trahissaient l'accablement. Elle n'a guère que l'âge de ma mère, songea-t-il, soixante-six ans, mais en ce moment elle en paraît vingt de plus.

« La situation n'est pas brillante, n'est-ce pas ? demanda Mme Arlington.

— J'en ai peur, répondit Neil.

— Vous comprenez, c'était l'argent que je voulais utiliser pour m'installer à Latham Manor, dès qu'un appartement se libérerait. Pourtant, je m'étais toujours sentie coupable à l'idée d'employer égoïstement tous mes avoirs. J'ai trois enfants, et lorsque Douglas Hansen s'est montré si convaincant, et que Mme Downing m'a raconté qu'elle avait gagné beaucoup d'argent en moins d'une semaine grâce à lui, j'ai pensé... Eh bien, j'ai pensé qu'en doublant mon capital je pourrais en même temps vivre à Latham Manor et laisser un héritage à mes enfants. »

Elle s'efforça en vain de refouler ses larmes. « Et non seulement j'ai perdu tout cet argent la semaine dernière, mais le lendemain ils m'ont téléphoné de Latham Manor pour me prévenir que l'une de leurs suites était disponible, celle que Nuala Moore devait occuper.

— Nuala Moore ? dit vivement Neil.

— Oui, cette femme qui a été assassinée la semaine dernière. » Mme Arlington sortit son mouchoir et essuya les larmes qu'elle ne pouvait contenir davantage. « Maintenant, je n'ai plus l'appartement, les enfants n'auront pas d'héritage, et l'un d'eux sera peut-être forcé de m'accueillir. »

Elle secoua la tête. « Je sais tout ça depuis une semaine, mais en voir la confirmation par écrit ce matin m'a achevée. » Elle sécha ses yeux. « Oh, à quoi bon ! »

Laura Arlington se leva et esquissa un semblant de sourire. « Vous êtes aussi sympathique que votre père ne cesse de le clamer sur les toits. Vous me conseillez donc de ne pas toucher à ce qui reste de mon portefeuille ?

— Absolument, dit Neil. Je regrette sincèrement toute cette histoire, madame Arlington.

— Oh, pensons surtout à tous ces gens de par le monde qui ne possèdent pas un demi-million de dollars à “foutre à la poubelle”, comme dirait mon petit-fils. » Ses yeux s'élargirent. « Seigneur, comment ai-je pu parler ainsi ! » Puis un semblant de sourire éclaira son visage. « Toutefois puis-je vous confier quelque chose ? Je me sens beaucoup mieux de l'avoir dit. Votre mère et votre père m'ont demandé de passer un moment avec eux, mais je crois que je ferais mieux de me sauver. Remerciez-les pour moi, je vous prie. »

Lorsqu'elle fut partie, Neil retourna auprès de ses parents. Ils se tenaient dans le jardin d'hiver. « Où est Laura ? demanda sa mère avec inquiétude.

— Je savais qu'elle préférerait ne pas nous voir tout de suite, commenta pensivement Robert Stephens. Elle commence à entrevoir tout ce qui va changer dans sa vie.

— C'est une femme courageuse, dit Neil avec conviction. J'étranglerais volontiers ce salaud de Douglas Hansen. Lundi matin à la première heure, je vais chercher la plus petite trace de malversation à lui coller sur le dos, et s'il existe un moyen de déposer plainte auprès de la Commission des opérations de Bourse, fais-moi confiance, je l'utiliserai.

— Bien parlé !

— Tu ressembles chaque jour davantage à ton père », se moqua Dolores Stephens.

Plus tard, en regardant la fin du match des Yankees contre les Red Sox, Neil se sentit préoccupé. Il éprouvait la sensation désagréable d'être passé à côté d'un point important en analysant le portefeuille de Laura Arlington. Il y avait quelque chose de louche dans cette affaire, qui n'était pas seulement le fait d'une erreur d'investissement. Mais quoi ?

52

L'inspecteur Jim Haggerty avait toujours connu et aimé Greta Shipley. Depuis l'époque où il était un petit garçon qui livrait les journaux à sa porte, il ne se rappelait pas un seul jour où elle ne se fût montrée gentille avec lui. Elle payait rubis sur l'ongle et donnait de généreux pourboires quand il passait le dimanche toucher l'argent.

Elle n'était pas comme certaines de ces vieilles radines qui habitaient les autres maisons chics du quartier, et qui laissaient leurs notes s'accumuler, puis réglaient six semaines d'un coup en ajoutant un pourboire de dix cents. Il se souvenait en particulier d'un jour froid et neigeux où Mme Shipley lui avait dit d'entrer se réchauffer chez elle et avait fait sécher son bonnet tricoté et ses gants sur le radiateur pendant qu'il buvait le chocolat chaud qu'elle lui avait préparé.

Ce matin, pendant qu'il assistait à la messe de funérailles, il était sûr qu'une grande partie de l'assistance partageait la conviction qui l'habitait : le choc consécutif au meurtre de son amie Nuala Moore avait précipité la mort de Greta Shipley.

Si quelqu'un a une attaque cardiaque à la suite d'une agression, l'agresseur peut parfois être poursuivi pour meurtre, se dit Haggerty — mais qu'en est-il lorsqu'une amie meurt dans son sommeil quelques jours plus tard ?

À la messe, il fut surpris de voir la belle-fille de Nuala Moore, Maggie Holloway, assise à côté de Liam Payne. Liam avait toujours eu du goût pour les jolies femmes, songea Haggerty, et Dieu sait qu'elles avaient été nombreuses à répondre à ses avances. Il était un des plus beaux partis de Newport.

Il avait également aperçu Earl Bateman à l'église. En voilà un qui était peut-être assez instruit pour être professeur, mais qui n'avait certainement pas tous les rouages qui fonctionnaient dans sa tête. Son espèce de musée sortait tout droit de la famille Addams — il lui donnait la chair de poule. Earl aurait dû rester dans l'affaire familiale, pensa-t-il. Il n'avait jamais réussi à gagner décemment sa vie.

Haggerty s'était éclipsé avant l'enterrement, non sans avoir déduit que Maggie Holloway était probablement intimement liée à Mme Shipley puisqu'elle avait pris la peine d'assister à la cérémonie. En lui rendant visite à Latham Manor, elle avait peut-être recueilli auprès d'elle des informations permettant de comprendre pourquoi Nuala Moore avait annulé la vente de sa maison à Malcolm Norton.

Norton, d'après Jim Haggerty, savait quelque chose qu'il taisait. Ce fut cette conviction qui l'amena à se présenter sans être annoncé au 15, Garrison Avenue, sur le coup de trois heures de l'après-midi.

Quand la sonnette retentit, Maggie était dans la chambre de Nuala, en train de plier et de mettre en tas les vêtements : les affaires en bon état, pouvant encore faire de l'usage, iraient aux associations caritatives ; les tenues du soir à la boutique de vêtements d'occasion de l'hôpital ; les vêtements plus vieux seraient transformés en chiffons.

Elle avait gardé pour elle-même l'ensemble bleu que Nuala portait à la soirée du *Four Seasons*, ainsi qu'une de ses blouses de peintre. Souvenirs, souvenirs...

Dans les penderies bourrées, elle avait trouvé plusieurs cardigans et des vestes de tweed — sûrement les vêtements de Tim Moore, que Nuala conservait sentimentalement.

Nuala et moi avions des points communs, songea-t-elle, se rappelant le carton qu'elle gardait dans la penderie de son appartement. Il contenait la robe qu'elle avait portée le soir de sa rencontre avec Paul, ses blousons d'aviateur, ainsi que leurs tenues de jogging assorties.

Tout en triant, Maggie ne cessait de chercher une explication à la présence des clochettes sur les tombes. À son avis, seul Earl avait pu les y placer. Avait-il cru amusant de faire cette farce de mauvais goût aux dépens des vieilles dames de Latham Manor en réponse au tollé qui avait suivi sa distribution de clochettes pendant sa conférence ?

L'explication tenait debout. Earl connaissait toutes ces femmes. Après tout, la plupart des pensionnaires de la résidence étaient originaires de Newport, ou y séjournaient au printemps et en été.

Maggie examina une robe de chambre, décida qu'elle avait fait son temps, et l'ajouta à la pile de chiffons. Mais Nuala ne vivait pas à Latham, se rappela-t-elle. Avait-il placé une clochette sur sa tombe en signe d'amitié ? Il semblait l'avoir sincèrement aimée.

L'une des tombes en revanche n'avait pas de clochette. Pour quelle raison ? J'ai le nom de toutes ces femmes, se dit Maggie. Demain, je retournerai au cimetière et noterai la date de leur mort sur les stèles. Je trouverai certainement dans le journal une notice nécrologique concernant chacune d'elles. Il faut que je les lise.

Le tintement de la sonnette l'interrompit. Qui encore arrivait à l'improviste ? se demanda-t-elle en descendant l'escalier. Le ciel fasse que ce ne soit pas une autre visite d'Earl Bateman ; elle n'était pas sûre de pouvoir l'affronter en ce moment.

Il lui fallut un moment pour comprendre que l'homme qui se tenait à sa porte était l'un des policiers de Newport qui avaient reçu son appel le soir du meurtre de Nuala. Il se présenta : « Inspecteur Jim Haggerty. » Une fois dans le living-room, il s'installa dans le fauteuil club avec l'air de quelqu'un qui n'a rien d'autre à faire que de bavarder agréablement pendant le restant de la journée.

Maggie se tint en face de lui, assise au bord du sofa. S'il avait le moindre savoir-vivre, il comprendrait qu'elle souhaitait réduire cette entrevue à sa plus simple expression.

Il commença par répondre à une question qu'elle n'avait pas formulée : « Je crains que nous ne soyons toujours dans le flou total concernant notre recherche d'un suspect. Mais ce crime ne restera pas impuni. Je peux vous le promettre. »

Maggie attendit la suite.

Haggerty abaissa ses lunettes sur le bout de son nez. Il croisa les jambes et se massa la cheville. « Une vieille chute de ski, expliqua-t-il. Ça me permet de savoir si le vent va tourner. Je peux vous dire qu'il pleuvra demain soir. »

Il n'est quand même pas venu m'apporter les prévisions météo, pensa Maggie.

« Madame Holloway, vous êtes à Newport depuis un peu plus d'une semaine et il est heureux que le choc qui vous attendait ici soit épargné à nos visiteurs habituels. Aujourd'hui je vous ai vue à l'église, à l'enterrement de Mme Shipley. J'imagine que vous vous étiez liée d'amitié avec elle peu après votre arrivée.

— En effet. J'étais allée la voir à la suite d'une requête de Nuala dans son testament, mais j'ai eu beaucoup de plaisir à la rencontrer.

— Une femme merveilleuse. Je l'ai toujours connue. Dommage qu'elle n'ait pas eu de famille. Elle aimait les enfants. Croyez-vous qu'elle ait été heureuse à Latham Manor ?

— Oui, je le pense. J'avais dîné avec elle le soir même de sa mort ; visiblement, elle appréciait beaucoup la compagnie de ses amis.

— Vous a-t-elle dit pourquoi sa meilleure amie, votre belle-mère, avait changé d'avis à la dernière minute et décidé de ne pas s'installer à la résidence ?

— Je crois que personne n'en connaît la raison, dit Maggie. Le Dr Lane était persuadé que Nuala reviendrait sur sa décision et prendrait cet appartement. Personne n'a jamais vraiment su ce qu'elle avait en tête.

— J'avais espéré que Mme Moore aurait expliqué à Mme Shipley les motifs de cette annulation. D'après ce que je sais, Mme Shipley était ravie que sa vieille amie vienne vivre sous le même toit qu'elle. »

Maggie se souvint de la caricature dessinée par Nuala, montrant l'infirmière Zelda Markey en train d'écouter une conversation à la dérobée. Se trouvait-elle toujours dans l'appartement de Greta Shipley ?

« Il s'agit peut-être d'un détail sans importance, dit-elle prudemment, mais je crois que Nuala et Mme Shipley faisaient très attention à ce qu'elles disaient en présence de l'une des infirmières. Elle avait pour habitude d'entrer brusquement dans les chambres sans s'annoncer. »

Haggerty cessa de se masser la cheville. « Quelle infirmière ? demanda-t-il d'un ton plus vif.

— Zelda Markey. »

Haggerty se leva. « Avez-vous pris une décision à propos de la maison, madame Holloway ?

— En premier lieu, il faut naturellement que le testament soit authentifié, mais je ne la mettrai certainement pas en vente tout de suite. Peut-être jamais, à vrai dire. Newport est plein de charme, l'endroit idéal pour se reposer de New York.

— Avez-vous mis Malcolm Norton au courant ?

— Depuis ce matin. Je lui ai dit que non seulement je n'avais pas l'intention de vendre, mais qu'on m'avait fait une offre nettement supérieure à la sienne. »

Haggerty haussa un sourcil. « C'est en effet une vieille maison exquise, et il n'y a rien de critique de ma part lorsque je dis qu'elle renferme sûrement un trésor caché. J'espère que vous le découvrirez.

— S'il y a quelque chose à découvrir, j'ai l'intention de l'exhumer, dit Maggie. Je ne trouverai pas le repos tant que le coupable n'aura pas payé ce qu'il a fait à une femme que j'aimais plus que tout. »

Au moment où l'inspecteur Haggerty se levait, Maggie lui demanda impulsivement : « Savez-vous si je puis consulter les archives du journal local cet après-midi, ou sont-elles fermées le samedi ?

— Je crains qu'il ne vous faille attendre jusqu'à lundi. Je le sais parce que nous avons souvent des touristes qui demandent à compulser les anciennes parutions de la chronique mondaine. Ils adorent lire les récits des fêtes extravagantes qui avaient lieu ici. »

Maggie sourit sans faire de commentaire.

Avant de s'éloigner au volant de sa voiture, Haggerty nota mentalement de passer au journal lundi et de demander quelle information cherchait exactement Maggie Holloway dans les archives.

Maggie remonta dans la chambre de Nuala. Elle était déterminée à en finir avant la fin de la journée avec le contenu des placards et des commodes. Voilà la pièce que j'utiliserai pour faire le tri, pensa-t-elle en poussant des cartons bourrés d'effets divers dans une troisième petite chambre.

Nuala avait toujours aimé s'entourer d'objets lui rappelant des moments particuliers, et elle les disséminait un peu partout autour d'elle. Au fur et à mesure que Maggie débarrassait les coquillages qui s'amoncelaient sur les commodes, les animaux empaillés alignés sur les rebords de fenêtre, les menus de restaurant et souvenirs divers posés au hasard sur les tables de nuit et ailleurs, elle découvrait la beauté du mobilier d'érable. Je disposerai le lit contre ce mur, décida Maggie, et j'ôterai la vieille chaise longue… Je conserverai tous ses tableaux qu'elle a accrochés aux murs. Ils représentent une partie de Nuala que je ne veux pas perdre.

À six heures, elle ramassait le dernier vêtement de la grande penderie, un imperméable jaune paille qui était tombé sur le sol. Elle se souvint qu'en raccrochant l'ensemble bleu de Nuala l'autre jour elle avait entendu le bruit sourd d'un objet tombant sur le sol.

Consciencieusement, elle passa rapidement la main dans les poches pour s'assurer qu'elles ne contenaient rien.

La poche gauche de l'imperméable était vide. Mais lorsqu'elle explora la poche droite, elle sentit le contact d'une substance granuleuse.

Maggie la prit entre ses doigts et retira sa main. La pénombre régnant dans la chambre, elle se dirigea vers la commode et alluma la lumière. Une boulette de terre sèche s'effrita sous ses doigts. Nuala n'avait pas volontairement mis de la terre dans ses poches, réfléchit-elle. Et elle n'avait certainement pas fait de jardinage vêtue de cet imperméable. Il était pratiquement neuf.

D'ailleurs, je crois me souvenir qu'ils avaient le même dans la boutique où j'ai fait mes achats l'autre jour.

Ne sachant que penser, elle étala l'imperméable sur le lit. Instinctivement, elle préféra ne pas ôter tout de suite la terre qui demeurait au fond de la poche.

Il ne lui restait plus qu'une seule chose à faire avant que la pièce ne soit entièrement vide, trier les chaussures et les pantoufles qui jonchaient le sol de la grande penderie et les ranger par catégories. La plupart ne méritaient sans doute pas d'être conservées, mais certaines pourraient faire le bonheur de nécessiteux.

Cependant, elle décida qu'elle en avait fait suffisamment pour la journée. Elle reprendrait le travail demain.

C'était l'heure d'aller se plonger dans le bain chaud qu'elle appréciait tant en fin de journée. Ensuite, elle se préparerait pour aller dîner avec Neil, une soirée à laquelle elle n'avait guère eu le temps de penser pendant la journée, mais qu'elle attendait maintenant avec une impatience qui la surprit.

53

Janice et Malcolm Norton étaient rentrés ensemble de l'enterrement de Greta Shipley. Tous deux avaient toujours connu Greta, même si elle n'avait jamais fait partie de leur cercle d'intimes. En observant l'assistance durant l'éloge funèbre, Janice avait une fois encore pris conscience de l'écart qui la séparait financièrement des personnes assemblées là. Elle en ressentait chaque fois de l'amertume.

Elle vit la mère de Regina Carr un peu à l'écart. Regina s'appelait aujourd'hui Regina Wayne. Elle avait été sa camarade de chambre à Dana Hall, et elles s'étaient ensuite retrouvées toutes les deux pensionnaires à Vassar. Aujourd'hui, Wes Wayne était le principal actionnaire et le président de Cratus Pharmaceuticals, et vous pouviez être sûr que Regina n'était pas comptable dans une maison de vieux.

La mère d'Arlene Randel Greene pleurait doucement. Arlene était une autre de ces riches jeunes filles de Newport qui avaient fait leurs études à Dana Hall. Bob Greene, scénariste inconnu quand Arlene l'avait épousé, était maintenant un producteur influent d'Hollywood. Arlene était probablement en croisière quelque part en ce moment même.

Et il y en avait d'autres. Les mères de ses amies et de ses connaissances ; elles étaient toutes venues dire adieu à leur chère amie Greta Shipley. Une heure plus tard, Janice se mêla au flot qui s'éloignait de la tombe, écoutant avec aigreur les récits détaillés de la vie mondaine des « filles » et de leurs petits-enfants.

Une rancœur presque haineuse l'envahit en voyant Malcolm s'élancer vers Maggie Holloway. Mon séduisant mari, pensa-t-elle amèrement. Si seulement je n'avais pas gâché ma vie à vouloir en faire le personnage qu'il n'était pas destiné à être !

Pourtant il semblait avoir tout pour réussir : l'apparence physique, les origines, les meilleures écoles — Roxbury Latin, Williams, l'école de droit de Columbia —, il était même membre de Mensa, où n'étaient admis que les détenteurs d'un QI supérieur. Tout ça n'avait rien donné ; en dépit de ses multiples atouts, Malcolm Norton était et resterait un perdant.

Et pour couronner le tout, il projetait de la quitter pour une autre femme, et n'avait aucune intention de partager avec elle, Janice, les gains du gros coup qu'il comptait réaliser avec la vente de cette maison. Elle cessa de remâcher rageusement sa colère en entendant la mère de Regina commenter la mort de Nuala Moore.

« Newport n'est plus ce qu'il était, disait-elle. Quand on pense que cette maison a été mise à sac. Que pouvait-on y chercher ? »

La mère d'Arlene Greene déclara : « J'ai entendu dire que Nuala Moore avait modifié son testament la veille de sa mort. Peut-être quelqu'un cherchait-il à mettre la main sur le nouveau document. »

Janice Norton porta la main à sa bouche pour étouffer une exclamation. Quelqu'un aurait-il soupçonné que Nuala songeait à rédiger un nouveau testament, et l'aurait-il tuée pour l'en empêcher ? Si Nuala disparaissait avant d'avoir pu modifier ses dispositions, rien n'empêchait la vente de la maison. Il existait un accord signé, et Malcolm, exécuteur testamentaire, aurait conclu l'affaire. D'autre part, raisonna Janice, pour quelqu'un ignorant les changements prévus dans la législation des terrains marécageux, cette propriété n'offrait aucun intérêt.

Malcolm était-il aux abois au point d'avoir tué Nuala uniquement pour mettre la main sur sa maison ? Janice se demanda soudain si son mari n'avait pas d'autres secrets qu'il ne partageait pas avec elle.

À l'extrémité de l'allée, l'assistance se dispersait. Devant elle, Janice vit Malcolm se diriger lentement vers sa voiture. S'approchant de lui, elle remarqua l'angoisse peinte sur son visage et comprit que Maggie Holloway lui avait annoncé qu'elle ne vendrait pas la maison.

Ils montèrent en voiture sans prononcer un mot. Malcolm regarda fixement devant lui pendant quelques minutes, puis se tourna vers sa femme. « Je vais rembourser le prêt hypothécaire de notre maison, dit-il lentement, d'une voix sans timbre. Maggie Holloway ne veut pas vendre maintenant, et de toute façon elle prétend avoir une offre nettement supérieure à la mienne. Cela revient à dire que, même si elle changeait d'avis, je n'y gagnerais rien.

— Nous n'y gagnerions rien », corrigea involontairement Janice, avant de se mordre la lèvre. Elle ne voulait pas le prendre de front, pas maintenant.

Si jamais il découvrait qu'elle avait joué un rôle dans la contre-proposition faite pour l'achat de la maison de Nuala, il serait capable de la tuer. Certes, l'auteur de l'offre était son neveu Douglas, mais si Malcolm venait à l'apprendre, il comprendrait vite qu'elle en était l'instigatrice. Maggie Holloway lui avait-elle révélé quelque chose pouvant lui mettre la puce à l'oreille ?

Comme s'il lisait dans ses pensées, son mari se tourna vers elle. « Naturellement, tu n'en as jamais parlé à personne, n'est-ce pas, Janice ? » demanda-t-il doucement.

Une fois à la maison, il s'était plaint d'avoir mal à la tête, mais d'un ton détaché, sans animosité. Puis il était monté dans sa chambre. Il y avait des lustres qu'ils ne partageaient plus la même chambre.

Il ne redescendit pas avant sept heures. Janice regardait le journal du soir ; elle leva les yeux quand il s'arrêta dans l'embrasure de la porte. « Je sors, dit-il. Bonne nuit, Janice. »

Elle fixa sans le voir l'écran de télévision, écoutant attentivement le bruit de la porte d'entrée qui se refermait derrière lui. Il manigançait quelque chose, mais quoi ? Elle lui laissa le temps de s'éloigner, puis éteignit le poste et prit son sac et les clés de sa voiture. Elle avait prévenu Malcolm qu'elle dînait en ville. Ils s'étaient tellement éloignés l'un de l'autre qu'ils ne se posaient même plus de questions sur leurs projets respectifs.

Bien sûr, elle ne lui aurait certainement rien dit s'il l'avait interrogée, pensa-t-elle avec détermination tout en se dirigeant vers Providence. Là, dans un petit restaurant à l'écart, son neveu l'attendait. Après avoir avalé son steak et bu son scotch, il lui tendrait une enveloppe bourrée de billets, sa rétribution pour lui avoir fourni des renseignements détaillés sur les avoirs de Cora Gebhart. Comme le lui avait dit Douglas : « Une vraie mine d'or, ce coup-ci, tante Janice. Continue à m'en amener d'autres comme ça ! »

54

Maggie se prépara pour son rendez-vous avec Neil Stephens. La brise marine qui entrait par la fenêtre de la chambre apportait avec elle une humidité plus prononcée qu'à l'habitude et ses cheveux bouclés refusaient obstinément de lui obéir. Tant pis, elle se contenterait de les ébouriffer avec ses doigts après les avoir brossés. Par un temps pareil, il était inutile de vouloir les discipliner.

Elle songea à Neil. Durant ces derniers mois, elle avait attendu ses appels avec de plus en plus d'impatience, déçue quand il ne lui téléphonait pas.

Mais il était clair que pour Neil elle représentait une agréable compagnie, rien de plus. Il ne lui avait jamais témoigné d'autre sentiment. Malgré tout, elle avait espéré un signe de sa part avant de partir pour Newport, et ce soir elle était décidée à ne pas donner d'importance particulière à cette invitation. Elle n'ignorait pas que les hommes célibataires, quand ils rendaient visite à leurs parents, cherchaient souvent des excuses pour se libérer.

Et il y avait Liam, aussi. Comment interpréter sa soudaine démonstration d'intérêt ? « Oh, bah ! » fit-elle en haussant les épaules.

Me voilà repeinte de frais, pensa-t-elle ironiquement après avoir appliqué eye-liner, mascara et fond de teint, et soigneusement souligné ses lèvres de rouge corail.

Passant en revue ses quelques tenues habillées, elle opta pour l'ensemble de soie imprimée bleu vif qu'elle avait eu l'intention de porter au dîner de Nuala. Une mince chaîne d'or et des pendants d'oreilles étaient ses seuls bijoux, ainsi que le saphir ovale monté en bague qui avait appartenu à sa mère.

Avant de descendre au rez-de-chaussée, elle entra un moment dans la chambre de Nuala, alluma la lampe de chevet et parcourut la pièce du regard. Elle en ferait sa chambre à coucher. Elle y installerait ses affaires dès demain, après avoir déjeuné avec Mme Bainbridge et sa fille. Je suis capable de déplacer les meubles toute seule, décida-t-elle, et il ne reste dans la penderie que les chaussures et les quelques effets que je n'ai pas encore ramassés. Le tout ne me prendra pas longtemps.

Dans le salon, elle s'aperçut que les roses apportées par Liam manquaient d'eau. Elle alla remplir le vase dans la cuisine, fouilla dans les tiroirs à la recherche d'une paire de ciseaux, coupa les tiges, et disposa à nouveau les fleurs avant de les remettre à leur place. Puis elle s'affaira dans la pièce, redressant les coussins du divan, replaçant le repose-pied devant le fauteuil, rangeant la multitude de petits cadres répartis sur la cheminée et les tables pour n'y laisser que les meilleures photos de Nuala et de son mari.

Quelques minutes après, la pièce avait pris un aspect moins encombré, plus paisible. Maggie étudia les proportions et changea mentalement la disposition des meubles, sachant que disparaîtrait la causeuse derrière laquelle on avait retrouvé le corps recroquevillé de Nuala. L'image la hantait encore.

Me voilà en train de faire mon nid avec plus de soin que je n'en ai jamais montré depuis l'époque où Paul et moi nous habitions ce ridicule petit appartement au Texas. Elle en éprouva de la surprise mêlée de satisfaction.

La sonnette de l'entrée tinta à sept heures moins dix. Neil était en avance. En proie à des sentiments contradictoires, Maggie attendit une longue minute avant de répondre. En ouvrant la porte, elle prit soin de garder un ton et un sourire aimables mais impersonnels.

« Neil, je suis heureuse de vous revoir. »

Il ne répondit pas ; il resta immobile à la dévisager, sans sourire, le regard inquiet.

Maggie ouvrit plus largement le battant de la porte. « Comme disait autrefois mon père : le chat aurait-il avalé votre langue ? Entrez donc, je vous en prie. »

Neil fit un pas à l'intérieur, attendit qu'elle eût refermé derrière lui, puis la suivit dans la pièce de séjour.

« Vous êtes ravissante, Maggie », dit-il enfin, lorsqu'ils se retrouvèrent face à face.

Elle haussa les sourcils. « Vous avez l'air surpris.

— Non, bien sûr que non. Mais j'ai été effondré en apprenant ce qui était arrivé à votre belle-mère. Je savais combien vous vous réjouissiez à l'idée d'aller la retrouver.

— C'est vrai, admit Maggie. Et maintenant, où m'emmenez-vous dîner ? »

Bafouillant, cherchant ses mots, il lui demanda si elle accepterait de fêter l'anniversaire de sa mère.

« Ne pourrions-nous le remettre à un autre jour ? demanda Maggie un peu sèchement. Je suis certaine que vos parents n'ont pas besoin qu'une parfaite inconnue vienne s'immiscer dans une fête de famille.

— Ils s'attendent à vous voir, Maggie. Ne refusez pas, ils le prendraient comme une insulte personnelle. »

Maggie soupira. « De toute façon, il faut bien que je mange quelque chose. »

Maggie laissa Neil animer la conversation pendant le trajet jusqu'au restaurant, répondant à ses questions aussi laconiquement que possible. Elle nota avec amusement qu'il se montrait particulièrement attentionné et charmant, et il lui fallut toute sa détermination pour garder sa réserve.

Elle s'était promis de traiter Neil avec le même détachement durant toute la soirée, mais l'accueil chaleureux de ses parents et leur visible désarroi devant la disparition de Nuala mirent rapidement fin à sa résolution.

« Ma pauvre, vous ne connaissiez personne ici, lui dit Dolores Stephens. Traverser seule ces moments a dû être une épreuve cruelle pour vous.

— Il est vrai que je ne connaissais personne, à l'exception de l'ami qui m'avait emmenée au *Four Seasons*, le soir de mes retrouvailles avec Nuala. » Maggie se tourna vers Neil. « Vous l'avez peut-être rencontré, Neil. Il s'agit de Liam Payne. Comme vous, il est conseiller financier. Il possède sa propre société à Boston, mais se rend régulièrement à New York.

— Liam Payne, dit Neil pensivement. Oui, je le connais vaguement. C'est un bon spécialiste en matière d'investissements. Trop bon pour ses anciens patrons de Randolph and Marshall, si je me souviens bien. Il est parti avec quelques-uns de leurs meilleurs clients le jour où il s'est installé à son compte. »

Maggie ne put s'empêcher d'éprouver un sentiment de satisfaction en voyant le visage de Neil se rembrunir. Laissons-le se demander si Liam est important dans ma vie... Il m'a suffisamment laissé entendre que je comptais peu pour lui.

Mais très vite, au cours du dîner où leur fut servi un excellent homard accompagné de chardonnay, elle dut s'avouer que les parents de Neil lui étaient extrêmement sympathiques et qu'elle était flattée par l'intérêt sincère de Dolores Stephens pour ses photos de mode.

« Lorsque j'ai appris par le journal la mort de votre belle-mère, lui dit Mme Stephens, et qu'ensuite Neil nous a parlé de vous, je n'ai pas fait tout de suite le rapprochement avec votre travail. Puis, cet après-midi, alors que je lisais *Vogue*, j'ai vu votre nom sur une double page consacrée à Armani. Il y a une éternité — avant mon mariage —, je travaillais dans une petite agence de publicité, et nous avions Givenchy pour client. Avant que sa maison de couture ne devienne célèbre. J'assistais à toutes les prises de vue.

— Vous savez donc tout de... », commença Maggie, et elle se mit à raconter des souvenirs d'ancien combattant : des histoires de couturiers irascibles, de mannequins capricieux, pour finir par parler de son dernier reportage avant sa venue à Newport. Toutes deux convinrent qu'il n'existait rien de pire pour un photographe qu'un directeur artistique anxieux et indécis.

Plus détendue à mesure que la soirée s'avançait, Maggie leur confia qu'elle était tentée de conserver la maison. « C'est un peu prématuré pour en être certaine, le mieux est donc de ne rien faire pour l'instant. Je dois dire toutefois qu'après y avoir passé une semaine je comprends pourquoi Nuala hésitait tant à la quitter. »

À la demande de Neil, elle leur raconta comment Nuala avait annulé son inscription à Latham Manor. « Bien qu'elle eût obtenu de s'installer dans l'appartement qu'elle désirait, expliqua-t-elle. Et je crois savoir qu'ils ne restent pas longtemps libres.

— J'ai accompagné Neil à Latham Manor dans l'après-midi, dit Robert Stephens. Il devait visiter l'établissement pour un de ses clients.

— Il y a un appartement disponible, expliqua Neil. J'imagine qu'il s'agit de celui précédemment réservé par votre belle-mère.

— C'est également celui que désirait Laura Arlington, ajouta son père. Il semble qu'on se batte pour les obtenir.

— Il y avait quelqu'un d'autre sur les rangs ? demanda vivement Maggie. Aurait-elle changé d'avis ?

— Non. Elle s'est laissé convaincre d'investir l'essentiel de sa fortune dans des actions à risques et elle a tout perdu. »

La conversation dériva sur une multitude de sujets, et la mère de Neil amena progressivement Maggie à parler de son enfance. Tandis que Neil et son père s'entretenaient sur la meilleure façon de tirer Mme Arlington de ce mauvais pas, Maggie se retrouva malgré elle en train de raconter que sa mère était morte dans un accident alors qu'elle était toute petite et que les cinq années vécues auprès de Nuala avaient été parmi les plus heureuses de son existence.

Se sentant brusquement au bord des larmes, elle s'arrêta. « Assez de nostalgie. Le vin me rend sentimentale. »

En ramenant Maggie chez elle, Neil la reconduisit à sa porte et s'empara de sa clé. « Je ne resterai qu'une minute, dit-il en l'introduisant dans la serrure. Je veux uniquement m'assurer de quelque chose. Où se trouve la cuisine ?

— À l'arrière de la maison, après la salle à manger. » Interloquée, Maggie lui emboîta le pas.

Il alla directement à la porte et examina la fermeture. « D'après ce que j'ai lu, la police croit que le verrou n'était pas mis, ou que votre belle-mère a ouvert à une personne qu'elle connaissait.

— C'est exact.

— Je propose une troisième hypothèse : cette serrure est tellement branlante que le premier venu pourrait l'ouvrir avec une carte de crédit. » Il en fit immédiatement la démonstration.

« J'ai prévenu un serrurier, dit Maggie. J'aurai sans doute de ses nouvelles lundi.

— C'est trop tard. Mon père est un bricoleur de génie et il m'a longtemps obligé à lui servir de petite main. Je reviendrai demain, peut-être avec lui, pour installer un verrou de sûreté et vérifier la fermeture des fenêtres. »

Pas de « si vous voulez » ou de « si vous êtes d'accord », pensa Maggie, gagnée par l'irritation. Seulement « c'est comme ça et pas autrement ».

« Je serai sortie à l'heure du déjeuner, lui dit-elle.

— Vous serez sans doute rentrée vers deux heures, répliqua Neil. Disons donc que je viendrai à cette heure-là, à moins que vous ne préfériez cacher la clé à un endroit que vous m'indiquerez.

— Non, je serai là. »

Neil prit l'une des chaises de cuisine et coinça le dossier sous la poignée de la porte. « Ainsi, personne ne pourra entrer sans faire de bruit. » Il regarda autour de lui. « Maggie, je ne veux pas vous alarmer, mais d'après ce que j'ai entendu dire, tout le monde semble supposer que le meurtrier de votre belle-mère était à la recherche de quelque chose, et personne ne sait quoi, ni s'il l'a trouvé.

— À supposer qu'il s'agisse d'un "il", fit remarquer Maggie. Vous avez raison, toutefois. C'est également l'avis de la police.

— Je n'aime pas vous savoir seule ici, dit-il tandis qu'ils regagnaient la porte d'entrée.

— Je ne me sens pas inquiète, Neil. J'ai depuis longtemps l'habitude de me débrouiller seule.

— Et si vous aviez la moindre crainte, vous ne l'avoueriez pour rien au monde, n'est-ce pas ? »

Elle leva les yeux vers lui, observant son visage grave, interrogateur. « C'est vrai », admit-elle.

Avec un soupir, il se détourna et ouvrit la porte. « J'ai passé une soirée très agréable, Maggie. À demain. »

Plus tard, se retournant dans son lit, Maggie se reprocha d'avoir voulu blesser Neil. Elle eut beau se répéter que c'était un prêté pour un rendu, ce petit jeu ne la réconforta en aucune manière. Elle n'était pas de celles qui aiment ce type de relation.

Au moment où elle sombrait enfin dans le sommeil, des pensées lui traversèrent l'esprit, apparemment incohérentes, venues du plus profond de son subconscient.

Nuala s'apprêtait à s'installer à Latham Manor, et elle était morte peu de temps après avoir annulé sa réservation.

L'amie des Stephens, Laura Arlington, avait retenu le même appartement, puis avait perdu sa fortune.

Un mauvais sort avait-il été jeté sur cet appartement et, si oui, *pourquoi* ?

Dimanche 6 octobre

55

Cédant aux instances de sa femme, le Dr Lane avait pris l'habitude de se joindre aux pensionnaires et à leurs invités pour le déjeuner du dimanche.

Ainsi que l'avait souligné Odile, Latham Manor jouissait d'une atmosphère familiale, et les visiteurs conviés à partager le repas du dimanche étaient peut-être de futurs résidents qui auraient ainsi une vision favorable de la maison.

« Je ne veux pas t'obliger à y passer tout ton temps, chéri, lui avait-elle dit avec un sourire enjôleur, mais si tu affiches un tel intérêt envers tes patients, et que les gens savent que leur mère, leur tante ou les autres se trouvent entre de si bonnes mains, lorsque le temps viendra pour eux de changer d'existence, ils seront peut-être tentés de nous rejoindre. »

Si Odile n'avait pas eu une cervelle d'oiseau, le Dr Lane aurait été tenté de penser qu'elle ironisait. Toutefois, il était obligé de reconnaître que depuis l'inauguration des déjeuners du dimanche le nombre de personnes se déclarant « éventuellement intéressées » avait sensiblement augmenté.

Ce dimanche-là, pourtant, lorsqu'il pénétra dans le grand salon avec Odile à son bras, il eut une grimace de déplaisir en voyant Maggie Holloway en conversation avec la fille de Mme Bainbridge, Sarah Cushing.

Odile les avait également aperçues. « Maggie Holloway se fait rapidement des amis dans le coin », murmura-t-elle.

Ils traversèrent ensemble la salle, s'arrêtant pour bavarder avec leurs hôtes, saluer les visiteurs habituels, se présenter aux nouveaux venus.

Maggie ne les avait pas vus approcher. Quand ils s'adressèrent à elle, elle eut un sourire d'excuse. « Vous allez bientôt m'appeler "Devine-qui-vient-dîner". Mme Cushing m'avait invitée à déjeuner en ville avec sa mère, mais, Mme Bainbridge se sentant un peu fatiguée ce matin, elle a préféré que nous nous retrouvions ici.

— Vous êtes toujours la bienvenue », dit le docteur galamment. Il se tourna vers Sarah : « Désirez-vous que j'aille examiner votre mère ?

— Non, je vous remercie, dit Sarah d'un ton décidé. Elle va descendre d'un moment à l'autre. Docteur, est-il exact qu'Eleanor Chandler a décidé de venir s'installer ici ?

— Parfaitement exact. Le jour où elle a appris la disparition de Mme Shipley, elle a téléphoné pour retenir cet appartement. Elle désire le faire rénover par son décorateur, aussi n'emménagera-t-elle pas avant plusieurs mois.

— C'est préférable ainsi, l'interrompit vivement Odile Lane. Les amis de Mme Shipley auront de cette façon le temps de s'y habituer, ne croyez-vous pas ? »

Sarah Cushing ne répondit pas à sa remarque. « Si je vous ai posé cette question, c'est que je m'oppose à ce que Mme Chandler se retrouve à la même table que ma mère. Que ce soit bien clair entre nous. C'est une femme *impossible*. Je vous suggère de la placer auprès de personnes dures d'oreille qui n'auront pas le désagrément d'entendre à longueur de repas ses jugements péremptoires. »

Le Dr Lane eut un sourire contraint. « Je ferai une note concernant les plans de table, madame Cushing, dit-il. À ce propos, quelqu'un est venu nous demander des renseignements sur notre plus grand appartement pour deux personnes ; un jeune homme fort distingué dépêché par les Van Hilleary, du Connecticut. Il leur conseillera sans doute de venir le visiter. Si cet arrangement aboutit, votre mère aimerait peut-être avoir ces gens à sa table. »

Un jeune homme fort distingué... Il parle de Neil, pensa Maggie.

Sarah Cushing haussa un sourcil. « Bien entendu, j'aimerais les rencontrer auparavant, mais il est vrai que mère apprécie la compagnie des hommes.

— C'est exact, dit la voix narquoise de Mme Bainbridge derrière eux. » Ils se retournèrent tous d'un seul mouvement. « Désolée d'être en retard, Maggie. J'ai l'impression d'être de plus en plus longue pour en faire de moins en moins. Ai-je compris que l'appartement de Greta Shipley est déjà vendu ?

— En effet, répondit le Dr Lane sans sourciller. Les parents de Mme Shipley vont venir dans l'après-midi retirer ses effets personnels et prendre des dispositions concernant le déménagement de ses meubles. À présent, si vous voulez bien nous excuser, Odile et moi devons nous rendre auprès de nos autres hôtes. »

Letitia Bainbridge attendit pour parler qu'ils fussent hors de portée de voix. « Sarah, lorsque je m'endormirai de mon dernier sommeil, assure-toi que personne ne mettra les pieds chez moi jusqu'au premier du mois suivant. Les charges sont supposées couvrir le mois complet. À peine êtes-vous refroidi qu'ils vous ont déjà trouvé un remplaçant, semble-t-il. »

Un carillon mélodieux annonça que le déjeuner était servi. Dès qu'ils furent assis à leur table, Maggie remarqua que tout le monde avait changé de place. Était-ce la coutume après un décès ?

La présence de Sarah Cushing parmi eux était la bienvenue aujourd'hui. Comme sa mère, c'était une merveilleuse conteuse. Tout en dégustant ses œufs brouillés, Maggie put apprécier l'habileté avec laquelle elle dirigeait la conversation, l'aiguillant de façon que chacun y participe.

Après le café, la discussion s'orienta sur Greta Shipley. Rachel Crenshaw, assise avec son mari en face de Maggie, dit : « Je ne m'y habitue toujours pas. Nous savons bien que nous mourrons tous un jour, et dès que l'un de nous est transféré dans le service de soins intensifs, nous n'ignorons pas qu'il n'en a plus pour bien longtemps, mais pour Greta et Constance, ce fut si soudain !

— Et l'an dernier, Alice et Jeannette sont parties de la même façon », ajouta Mme Bainbridge avec un soupir.

Alice et Jeannette, réfléchit Maggie. C'étaient les noms inscrits sur deux des tombes devant lesquelles elle avait emmené Greta se recueillir. Maggie avait trouvé une clochette à la base de chacune des deux stèles. La tombe qui n'en avait pas portait le nom de Winifred Pierson. D'un ton détaché, elle demanda : « Mme Shipley avait une amie proche, Winifred Pierson. Résidait-elle également ici ?

— Non, Winifred vivait chez elle. Greta allait lui rendre visite régulièrement », dit Mme Crenshaw.

Maggie sentit sa bouche se dessécher. Elle n'avait qu'une chose à faire, et cette évidence la saisit avec une telle force qu'elle faillit se lever immédiatement de table. Elle devait se rendre sur la tombe de Greta Shipley, regarder si une clochette y avait été placée.

Lorsque tout le monde se sépara, à l'exception de Sarah Cushing qui demeura auprès de sa mère, Maggie se dirigea vers la porte d'entrée. Puis, prise d'une impulsion subite, elle fit rapidement demi-tour et monta jusqu'à l'appartement de Greta Shipley. Pourvu que les cousins soient là, pria-t-elle avec ferveur.

La porte de l'appartement était ouverte et elle reconnut le spectacle désormais familier d'une pièce que l'on était en train de vider de tout ce qui l'occupait. Les trois personnes à l'œuvre étaient celles qu'elle avait vues aux funérailles.

Consciente de l'étrangeté de sa demande, elle présenta de brèves condoléances et en vint directement au but : « Lorsque je suis venue rendre visite à Mme Shipley, mercredi dernier, elle m'a montré un dessin qu'elle avait exécuté avec ma belle-mère. Il se trouve dans ce tiroir. » Maggie indiqua la table près du divan. « C'est l'une des dernières œuvres de Nuala et, si vous n'avez pas l'intention de le garder, je serais heureuse de le récupérer.

— C'est sans problème, je vous en prie, prenez-le, dirent-ils en chœur.

— Nous n'avons encore rien trié, à l'exception du contenu de son bureau », ajouta l'un d'eux.

Pleine d'espoir, Maggie ouvrit le tiroir. Il était vide. Le dessin sur lequel Nuala avait fait figurer son propre visage, celui de Greta Shipley, et l'ombre menaçante de Zelda Markey avait disparu. « Il n'est pas là, dit-elle.

— Greta l'a peut-être rangé ailleurs, ou jeté, dit celui des cousins qui ressemblait le plus à Greta Shipley. D'après le Dr Lane, tous les appartements sont fermés à clé dès le décès du propriétaire, en attendant que la famille dispose des objets personnels du défunt. Mais dites-nous ce que représente ce dessin, au cas où nous le retrouverions. »

Maggie en fit la description, leur communiqua son numéro de téléphone et partit. Quelqu'un a pris ce dessin, pensa-t-elle en quittant la pièce. Mais dans quel but ?

En débouchant dans le couloir, elle faillit se heurter à Zelda Markey.

« Oh, excusez-moi, dit l'infirmière. Je voulais seulement voir si je pouvais être utile aux parents de Mme Shipley. Bon après-midi, madame Holloway. »

56

Il était midi quand Earl Bateman arriva à St. Mary. Il parcourut lentement les allées du cimetière, désireux comme toujours d'étudier le genre de gens qui passaient une partie de leur dimanche sur la tombe de leurs chers disparus.

Il n'y avait pas grand monde aujourd'hui. Quelques personnes âgées, un couple plus jeune, une famille au complet, probablement là pour l'anniversaire d'un décès, après quoi ils iraient tous déjeuner au restaurant, plus bas sur la route. Un dimanche classique.

Il se rendit ensuite dans la partie ancienne du cimetière de Trinity, gara sa voiture et en descendit. Après un rapide coup d'œil autour de lui, il commença à examiner les pierres tombales, à la recherche d'épitaphes intéressantes. Quelques années auparavant, il était déjà venu relever plusieurs empreintes dans ce coin, et il savait qu'il en avait inévitablement négligé quelques-unes.

Il se flattait d'avoir acquis depuis lors une perception aiguë des subtilités. Oui, les pierres tombales constitueraient un sujet excellent pour son émission télévisée. Il débuterait par une citation d'*Autant en emporte le vent*, racontant que trois enfants en bas âge, tous les trois portant le nom de Gerald O'Hara Junior, étaient enterrés dans la concession de la famille à Tara. « Oh, les espoirs et les rêves que nous voyons sculptés dans la pierre, estompés, ignorés, que personne ne lit plus, mais qui proclament encore leur message d'amour ! Ne les oubliez pas — c'étaient trois petits garçons ! » Ainsi commencerait-il sa conférence.

Certes, il passerait rapidement du tragique à une image plus optimiste en évoquant une inscription funéraire qu'il avait remarquée dans le cimetière de Cape Cod, annonçant que l'affaire autrefois dirigée par le défunt avait été reprise par son fils. La nouvelle adresse était même indiquée.

Earl se renfrogna. Il faisait doux et chaud en cette journée d'octobre, et il se réjouissait de s'adonner lucrativement à son passe-temps favori ; pourtant, il se sentait inquiet et irrité.

Comme prévu, Liam était venu la veille prendre un verre chez lui, et ils étaient ensuite sortis dîner en ville. Intentionnellement, Earl avait laissé son chèque de trois mille dollars en évidence sur le bar, près de la bouteille de vodka, mais Liam l'avait volontairement ignoré. Au contraire, il avait pour la énième fois conseillé à Earl d'aller jouer au golf plutôt que de hanter les cimetières.

« *Hanter*, marmonna Earl pour lui-même, le visage sombre. Je pourrais lui montrer ce que "hanter" signifie. »

Et que Liam ne s'avise plus de lui enjoindre de laisser Maggie Holloway tranquille. Ce n'étaient pas ses affaires. Liam lui avait demandé s'il l'avait revue. En entendant Earl lui répondre que depuis lundi soir il ne l'avait vue qu'au cimetière et, naturellement, aux funérailles de Mme Shipley, il s'était exclamé : « Earl, toi et tes cimetières ! Tu commences à m'inquiéter. Ça devient une véritable obsession ! »

« Et il ne m'a pas cru lorsque j'ai tenté d'expliquer mes prémonitions, dit Earl à voix haute. Il ne me prend jamais au sérieux. » Il se tut brusquement, jeta un regard inquiet autour de lui. Il n'y avait personne alentour. Il se calma. N'y pensons plus, du moins pour l'instant.

Il parcourut lentement les allées de l'ancienne partie du cimetière, où certaines des épitaphes à peine lisibles sur les petites stèles portaient des dates remontant au XVIIe siècle. Il s'accroupit près de l'une d'elles, une tombe en partie écroulée, plissa les yeux pour déchiffrer les lettres à demi effacées. Son regard brilla à mesure qu'il parvenait à lire les mots : « Promise à Roger Samuels, mais rappelée à Dieu... », suivis des dates.

Earl sortit son matériel de sa trousse et s'apprêta à relever l'inscription. C'était un autre angle sous lequel aborder son sujet : le jeune âge auquel tant d'êtres humains étaient emportés jadis. « La pénicilline n'existait pas pour empêcher un rhume de se transformer en pneumonie lors des hivers rigoureux... »

Il s'agenouilla, frissonnant de plaisir au contact de la terre meuble, d'où suintait une humidité froide qui traversait son pantalon usagé. S'appliquant méticuleusement à transférer sur un mince parchemin cette poignante déclaration gravée dans la pierre, Earl se prit à rêver à la jeune fille qui gisait sous terre en dessous de lui, à ce corps qu'abritait une tombe séculaire.

Elle venait à peine de fêter son seizième anniversaire, calcula-t-il.

Avait-elle été jolie ? Oui, très jolie, décida-t-il. Auréolée d'un nuage de boucles brunes, avec de grands yeux bleus. Et des traits délicats.

Le visage de Maggie Holloway flotta devant lui.

À une heure et demie, regagnant la sortie du cimetière, Earl croisa une voiture immatriculée à New York arrêtée le long du trottoir. Où l'ai-je donc déjà vue ? se demanda-t-il avant de réaliser qu'il s'agissait du break Volvo de Maggie Holloway. Que faisait-elle encore dans ces parages aujourd'hui ? La tombe de Greta Shipley était proche, mais Maggie n'était pas intime avec la vieille dame au point de se rendre à nouveau sur sa tombe, un jour seulement après l'enterrement.

Il ralentit, explora du regard les environs. Apercevant Maggie un peu plus loin, qui marchait dans sa direction, il appuya sur l'accélérateur. Il ne voulait pas qu'elle le voie. Il se passait quelque chose. Mais quoi ? Il devait y réfléchir.

Il prit une décision. Puisqu'il n'avait pas de cours le lendemain, il resterait un jour supplémentaire à Newport. Demain, que cela plaise à Liam ou non, il irait rendre visite à Maggie Holloway.

57

Maggie s'éloigna rapidement de la tombe de Greta Shipley, les mains enfoncées dans les poches de sa veste, sans prêter attention au chemin qu'elle suivait.

Elle se sentait bouleversée, glacée jusqu'au cœur. Elle l'avait découverte, mais si profondément enfouie qu'il lui avait fallu tâter du bout des doigts chaque centimètre à la base de la stèle pour la dénicher.

Une clochette ! En tout point semblable à celle qu'elle avait trouvée sur la tombe de Nuala. Semblable aux clochettes que les victoriens fortunés faisaient placer sur leurs tombes tant ils craignaient d'être enterrés vivants.

Qui était venu ici depuis l'enterrement, qui était venu déposer cette cloche de malheur sur la tombe de Mme Shipley ? Et *pourquoi* ?

Liam lui avait raconté que son cousin avait fait reproduire douze de ces clochettes dans le but d'illustrer le contenu d'une conférence. Il avait également dit qu'Earl s'était manifestement beaucoup amusé à effrayer ses auditrices de Latham Manor en leur fourrant ces instruments entre les mains durant sa conférence.

Était-ce là une forme d'humour noir de la part d'Earl ? se demanda Maggie. Trouvait-il drôle de placer ces clochettes sur les tombes des résidentes de Latham Manor ?

Qui sait ? C'était peut-être une façon, aussi morbide que loufoque, de prendre sa revanche sur la fille de Mme Bainbridge qui l'avait critiqué en public. À entendre Liam, Sarah Cushing avait repris toutes les clochettes et les lui avait jetées à la figure, lui intimant quasiment de quitter les lieux.

La vengeance était une explication logique, bien qu'inquiétante. Je suis heureuse d'avoir ôté celle de la tombe de Nuala, pensa Maggie. J'ai envie d'y retourner et de prendre aussi les autres — spécialement celle de Mme Shipley.

Elle préféra cependant n'en rien faire, du moins pour le moment. Elle voulait s'assurer que leur présence n'était qu'une manifestation de vengeance infantile et malsaine de la part d'Earl. Elle se promit de revenir plus tard. Elle devait rentrer. Neil avait dit qu'il passerait chez elle à deux heures.

Dans la rue, elle remarqua deux voitures en stationnement devant chez elle. S'engageant dans l'allée, elle aperçut Neil et son père assis sur les marches de la véranda, une boîte à outils posée entre eux deux.

Robert Stephens écarta ses excuses d'un geste. « Vous n'êtes pas en retard. Il est deux heures moins une minute. À moins que mon fils ne se soit trompé, ce qui est possible, nous n'avions pas rendez-vous ici avant deux heures.

— Apparemment, je me trompe souvent », dit Neil, regardant Maggie en face.

Elle ignora sa réflexion, refusant de mordre à l'hameçon. « C'est vraiment gentil à vous deux d'être venus », dit-elle avec sincérité en les faisant entrer dans la maison.

Robert Stephens examina la porte d'entrée tout en la refermant. « Elle a besoin de joints d'étanchéité, fit-il. L'air marin peut devenir bigrement froid en cette saison, avec un vent glacial de surcroît. Maintenant, j'aimerais jeter un coup d'œil à la porte de la cuisine dont Neil m'a parlé, puis je vérifierai la fermeture des fenêtres par la même occasion. J'ai apporté quelques pièces de rechange avec moi, je reviendrai s'il en faut davantage. »

Neil resta près de Maggie. Le sentant s'approcher, elle fit mine de vouloir suivre son père. « Laissez-le faire, Maggie. Mon grand-père avait construit un abri antiatomique après la guerre. Quand j'étais gosse, nous en avions fait une sorte de repaire. Tout le monde s'était rendu compte que ces abris seraient aussi utiles en cas d'attaque nucléaire qu'un parasol dans un ouragan. Mon père a hérité de cette manie de toujours prévoir le pire. Il va jusqu'à anticiper l'inconcevable.

— Absolument vrai, admit Robert Stephens. Et je dirais que l'inconcevable est arrivé dans cette maison même il y a dix jours. »

Maggie vit Neil pincer les lèvres et dit précipitamment : « Je suis heureuse que vous soyez là.

— Si vous avez à faire, nous ne vous dérangerons pas, dit Robert Stephens en ouvrant sa boîte à outils dont il étala le contenu sur la table de la cuisine.

— Restez plutôt avec nous, suggéra Neil. Nous aurons peut-être besoin d'un ou deux renseignements. Ne vous sauvez pas, Maggie. »

En le voyant ainsi vêtu, en pantalon de toile, chemise marron et tennis, Maggie regretta de ne pas avoir son appareil photo à portée de la main. C'était un Neil décontracté qu'elle n'avait encore jamais vu. Qui ne semblait pas vous prévenir : « N'empiétez pas sur mon territoire. » On le dirait capable de s'intéresser aux sentiments des autres. Même aux miens.

Il plissait le front d'un air grave, et ses yeux presque noirs avaient ce regard interrogatif que Maggie avait remarqué la veille au soir.

Laissant son père s'attaquer à la vieille serrure, Neil dit en aparté : « Maggie, je vois bien que quelque chose vous tracasse. J'aimerais être mis dans la confidence.

— Neil, passe-moi le grand tournevis », demanda son père.

Maggie s'installa dans un vieux fauteuil en bois. « Je vais vous regarder faire. Je pourrais peut-être apprendre quelque chose d'utile. »

Père et fils travaillèrent pendant près d'une heure, passant d'une pièce à l'autre, examinant les fenêtres, ajustant certaines serrures, notant celles qu'il fallait remplacer. Dans l'atelier, Robert Stephens voulut regarder les sculptures posées sur la grande table. Il s'arrêta devant le buste de Greta

Shipley. « On m'a dit qu'elle n'était plus en bonne santé, à la fin. À notre dernière rencontre, je l'avais trouvée pleine de vitalité, pétillante, même.

— C'est Nuala ? interrogea Neil, indiquant l'autre buste.

— Elle est loin d'être finie, mais oui, c'est Nuala. Je suppose que j'ai dû saisir quelque chose malgré moi. Elle avait un regard si enjoué, mais je ne parviens plus à le retrouver. »

À mi-chemin du couloir avant d'atteindre l'escalier, Robert Stephens désigna la chambre de Nuala. « J'espère que vous allez vous y installer, dit-il. Elle est deux fois plus vaste que les autres.

— C'est mon intention, en effet. »

Robert Stephens s'arrêta sur le seuil de la porte. « Le lit devrait être face aux fenêtres, non à l'endroit où il se trouve placé actuellement. »

Maggie se sentit prise de court. « J'ai l'intention de l'y mettre.

— Avec l'aide de qui ?

— Je pensais le tirer. Je suis plus forte que je n'en ai l'air.

— Vous plaisantez ! Vous ne prétendez tout de même pas bouger cette masse d'érable toute seule ? Aide-moi, Neil ; commençons par le lit. Où voulez-vous placer la commode, Maggie ? »

Neil eut à peine le temps de dire : « Ne le prenez pas personnellement, Maggie. Il est comme ça avec tout le monde.

— Avec les gens qui m'importent », corrigea son père.

En moins de dix minutes les meubles avaient trouvé leur nouvelle place et Maggie imagina la façon dont elle allait redécorer la pièce. Il lui faudrait changer le papier mural, refaire le sol ; elle ôterait la moquette verte usagée et la remplacerait par des tapis.

Se faire un nid.

« Terminé », annonça Robert Stephens.

Maggie et Neil le suivirent dans l'escalier. « Je pars, dit-il. Nous attendons des amis en fin d'après-midi. Neil, comptes-tu revenir le week-end prochain ?

— Certainement, répondit Neil. Je me libérerai le vendredi, comme cette fois-ci.

— Maggie, je reviendrai remplacer les autres serrures, mais je vous téléphonerai d'abord », dit Robert Stephens en franchissant la porte. Il était parvenu à sa voiture avant que Maggie ait eu le temps de le remercier. « Il est merveilleux, murmura-t-elle en regardant la voiture disparaître.

— Si curieux que cela puisse paraître, c'est également mon avis, dit Neil en souriant. Certains, il est vrai, le trouvent carrément envahissant. » Il resta un moment silencieux. « Vous êtes-vous rendue sur la tombe de votre belle-mère ce matin, Maggie ?

— Non. Pourquoi cette question ?

— Parce que les genoux de votre pantalon sont maculés de terre. Je ne pense pas que vous ayez jardiné dans cette tenue. »

La présence de Neil et de son père avait dissipé ou momentanément écarté le profond malaise qu'elle avait ressenti après la découverte de la clochette sur la tombe de Greta Shipley. La question de Neil raviva immédiatement son sentiment d'angoisse.

Mais elle ne pouvait pas en parler maintenant, ni à Neil ni à quiconque. Pas avant d'avoir déterminé si c'était bien Earl Bateman qui avait placé ces clochettes.

Voyant changer l'expression de son visage, Neil aborda de front la question. « Maggie, qu'avez-vous ? demanda-t-il d'une voix sourde. Vous êtes furieuse contre moi et j'en ignore la raison, sinon que je ne vous ai pas appelée à temps pour obtenir votre numéro de téléphone avant votre départ. Je m'en voudrai pour le restant de mes jours. Si j'avais su ce qui était arrivé, je serais immédiatement accouru.

— Vraiment ? » Maggie secoua la tête, le regard ailleurs. « Neil, je m'efforce d'y voir clair, de démêler certaines choses qui n'ont aucun sens et ne sont peut-être que le fruit de mon imagination. Mais je dois trouver seule la solution. Pouvons-nous en rester là pour le moment ?

— Je présume que je n'ai pas le choix. D'ailleurs, je devrais déjà être parti. J'ai un conseil d'administration à préparer pour demain. Mais je vous appellerai dans la journée et je serai de retour jeudi en fin de soirée. Vous restez jusqu'à dimanche ?

— Oui », répondit Maggie, ajoutant en elle-même : Peut-être aurai-je alors la réponse à mes questions au sujet d'Earl Bateman et de ces clochettes et…

L'image de Latham Manor lui traversa l'esprit, interrompant brusquement ses réflexions. « Neil, hier soir au cours du dîner, vous avez dit vous être rendu avec votre père à Latham Manor dans la journée. Vous avez visité un appartement de deux chambres pour vos clients, n'est-ce pas ?

— En effet, pourquoi ?

— Nuala était presque décidée à s'installer dans cet appartement. Et n'avez-vous pas mentionné qu'une autre personne l'aurait également retenu, avant d'être obligée d'y renoncer à cause d'un mauvais placement qui lui avait fait perdre de grosses sommes d'argent ?

— Exact. Et c'est entre autres de cette histoire que je compte m'occuper cette semaine. Je vais enquêter sur le salaud qui a poussé cette pauvre femme à faire cet investissement, et si je peux trouver la moindre escroquerie à mettre sur le compte de Douglas Hansen, j'en ferai part à la Commission des opérations de Bourse. Maggie, que cherchez-vous à savoir ?

— Douglas Hansen ! s'exclama-t-elle, sans répondre à sa question.

— Oui. Pourquoi ? Vous le connaissez ?

— Pas vraiment, mais informez-moi de ce que vous apprendrez à son sujet, dit-elle, se souvenant d'avoir répondu à Hansen que son offre ne l'intéressait pas. J'ai simplement entendu parler de lui.

— Eh bien, évitez de lui confier votre argent, dit Neil d'un ton sec. Bon, au revoir. » Il se pencha et l'embrassa sur la joue. « N'oubliez pas de refermer la porte derrière moi. »

Ses pas sur les marches de la véranda ne parvinrent à Maggie qu'une fois la porte claquée et verrouillée avec un bruit sec, indiquant qu'elle était en sûreté dans la maison.

Elle le regarda démarrer et s'éloigner. Les ombres du couchant s'étendaient déjà à travers les arbres.

La maison lui parut soudain silencieuse et déserte. Maggie contempla sur son pantalon beige les traces de boue qui avaient intrigué Neil.

Je vais me changer et monter travailler un moment à l'atelier, décida-t-elle. Demain matin, je finirai de débarrasser la penderie et je transporterai mes affaires dans la chambre de Nuala. Il y avait tant de questions qu'elle aurait voulu poser à sa belle-mère. Modeler ses traits dans la glaise l'aiderait à communiquer avec elle. À travers ses doigts, peut-être pourrait-elle transmettre ce qu'elle ne pouvait exprimer par la parole ?

Et poser la question qui la hantait : « Nuala, y avait-il une raison particulière qui te retenait d'aller vivre à Latham Manor ? »

Lundi 7 octobre

58

Malcolm Norton arriva à son bureau le lundi matin à l'heure habituelle, neuf heures trente. Il franchit la réception, jeta un coup d'œil vers la table généralement occupée par Barbara Hoffman face à la porte. Elle était débarrassée de toutes les affaires qui lui avaient appartenu. Les photos de ses trois enfants et de leurs familles, le soliflore où elle piquait une fleur de saison ou une branche de feuillage, la pile ordonnée des dossiers en cours — il ne restait rien.

Un frisson le parcourut. La réception lui parut soudain froide et impersonnelle à nouveau. Le style de Janice en matière de décoration. Sec. Stérile. Comme elle.

Et comme moi, ajouta-t-il amèrement en pénétrant dans son bureau. Aucun client. Aucun rendez-vous. La journée s'annonçait longue et morne. Il avait deux cent mille dollars en banque. Pourquoi ne pas les retirer et disparaître ?

Si Barbara avait accepté de le rejoindre, c'est exactement ce qu'il aurait été prêt à faire, à l'instant même. Que Janice se débrouille avec la maison hypothéquée. Dans un marché actif, elle vaudrait sans doute presque deux fois le montant de la garantie. Une répartition équitable, pensa-t-il, se souvenant du relevé bancaire qu'il avait trouvé dans la serviette de sa femme.

Mais Barbara était partie. Il commençait juste à se rendre à l'évidence. Il avait su qu'elle s'en irait dès l'instant où le commissaire Brower était sorti de son bureau, l'autre jour. Les questions qu'il leur avait posées à tous les deux l'avaient terrifiée. Elle avait senti son hostilité, et pris sa décision — il lui fallait partir.

Que savait Brower exactement ? se demanda Malcolm, assis à son bureau, les mains jointes. Tout avait été si bien calculé. Si l'accord de vente conclu avec Nuala était devenu effectif, il lui aurait donné les vingt mille dollars obtenus en réalisant son capital retraite. Ils n'auraient pas signé l'acte de vente avant quatre-vingt-dix jours, le temps pour lui de parvenir à une séparation à l'amiable avec Janice et de souscrire un emprunt pour l'achat de la maison.

Si seulement Maggie Holloway n'était pas entrée en scène, pensa-t-il avec amertume.

Si seulement Nuala n'avait pas rédigé un nouveau testament.

Si seulement il n'avait pas mis Janice au courant des changements dans la réglementation concernant la protection des zones marécageuses.

Si seulement…

Il était passé en voiture devant la maison de Barbara ce matin. Elle avait cette apparence désolée que prennent les résidences secondaires fermées pour l'hiver. Les stores étaient baissés à chaque fenêtre ; les feuilles mortes balayées par le vent s'étaient entassées sur le porche et dans l'allée. Barbara s'était envolée pour le Colorado le samedi précédent. Elle ne l'avait pas appelé. Elle était simplement partie.

Malcolm Norton resta assis dans son bureau sombre et silencieux, songeant à l'étape suivante. Il savait ce qu'il allait faire, le tout était de décider quand.

59

Lundi matin, Lara Horgan demanda à un officier de la police judiciaire de procéder à une enquête concernant Zelda Markey, l'infirmière de Latham Manor à Newport qui avait trouvé Mme Shipley décédée.

Le rapport initial était arrivé un peu plus tôt dans la matinée. Les références professionnelles de l'infirmière étaient bonnes. Aucune plainte n'avait jamais été déposée contre elle. Elle habitait depuis toujours l'État de Rhode Island. Durant ses vingt années d'activité, elle avait travaillé dans trois hôpitaux et quatre maisons de retraite, toutes situées dans la région. Elle était employée à Latham Manor depuis l'ouverture de la résidence.

Sauf depuis son arrivée à Latham, elle avait beaucoup bougé, réfléchit le Dr Horgan. « Renseignez-vous auprès du personnel des divers endroits où elle a travaillé, ordonna-t-elle. Quelque chose m'intrigue chez cette femme. »

Elle téléphona ensuite à la police de Newport et demanda à parler au commissaire Brower. Nommée depuis peu médecin légiste dans la région, elle avait été amenée à l'apprécier et à le respecter, et elle savait que c'était réciproque.

Elle demanda à Chet Brower où en était l'enquête sur l'assassinat de Nuala Moore. Ils n'avaient pas de piste précise, répondit-il, mais s'intéressaient à un ou deux points en particulier et s'efforçaient d'analyser le meurtre dans une perspective logique. Tandis qu'ils parlaient, l'inspecteur Haggerty passa la tête dans le bureau de son chef.

« Ne quittez pas, Lara, dit Brower. Haggerty a poussé son enquête du côté de la belle-fille de Nuala Moore. Son expression me dit qu'il a découvert quelque chose.

— Peut-être », rectifia Haggerty. Il sortit son calepin. « À dix heures quarante-cinq ce matin, la belle-fille de Nuala Moore, Maggie Holloway, s'est présentée aux archives du *Newport Sentinel* et a demandé à consulter les notices nécrologiques de cinq femmes. S'agissant de personnes ayant longtemps résidé à Newport, le journal leur avait consacré de longs articles. Mme Holloway a fait tirer des copies de chacun d'entre eux, et j'en ai moi-même demandé un jeu. »

Brower fit part à Lara Horgan des informations fournies par Jim Haggerty et ajouta : « Maggie Holloway est arrivée ici il y a dix jours. Elle n'était jamais venue auparavant. Il est pratiquement certain qu'elle ne connaissait aucune de ces femmes, à l'exception de Greta Shipley. Nous allons étudier ces notices et chercher ce qu'elle a pu y trouver de tellement intéressant. Je vous rappellerai.

— Commissaire, voulez-vous me faire plaisir ? demanda le Dr Horgan. Faxez-moi une copie de ces articles, je vous prie. »

60

Janice Norton constata cyniquement que la vie continuait, à Latham Manor, malgré les bouleversements provoqués par le récent décès. Encouragée par les compliments que lui avait prodigués son neveu pour son aide lorsqu'il avait entrepris de soulager Mme Gebhart de ses avoirs, Janice avait hâte de se plonger à nouveau dans la liste d'attente que le Dr Lane conservait dans son bureau.

Il ne fallait à aucun prix qu'on la surprît en train de fouiller dans ses tiroirs. En conséquence, elle planifiait ses petites intrusions en fonction des absences du docteur et de sa femme.

Ce lundi soir, par exemple. Les Lane se rendaient à Boston pour une réunion de médecins, un cocktail suivi d'un dîner. Janice savait que le reste du personnel profiterait de leur absence pour s'éclipser à cinq heures tapantes.

Elle aurait tout le temps d'emporter le dossier dans son propre bureau et de l'étudier avec soin.

Le Dr Lane est d'une humeur de rêve aujourd'hui, se dit-elle en le voyant passer la tête par la porte, à trois heures et demie, pour lui annoncer qu'il partait. Elle comprit vite la raison de cet enjouement : il avait reçu pendant le week-end la visite de quelqu'un qui était venu voir le grand appartement pour le compte de ses clients, et le leur avait recommandé. Les Van Hilleary avaient prévenu qu'ils viendraient en personne dimanche prochain.

« D'après ce que je sais, ce sont des gens extrêmement fortunés qui utiliseraient la résidence comme pied-à-terre sur la côte Est, dit Lane avec une satisfaction manifeste. Il nous faudrait davantage de clients de ce genre. »

C'est-à-dire exigeant moins de services pour autant d'argent, pensa Janice. Ce serait étonnant qu'ils nous rapportent grand-chose, à Douglas et à moi. Si l'endroit leur plaît, l'appartement est immédiatement disponible. De toute façon, à supposer qu'ils s'inscrivent sur la liste d'attente, il serait trop risqué de s'attaquer à des gens aussi riches. Ils étaient certainement entourés d'une multitude de conseillers financiers veillant attentivement sur leur fortune. Même son irrésistible neveu aurait du mal à les attirer dans ses rets.

« Bon, j'espère qu'Odile et vous passerez une bonne soirée, docteur », dit Janice en se penchant à nouveau sur son ordinateur. Elle aurait éveillé ses soupçons si, contrairement à son habitude, elle s'était lancée dans une conversation futile.

Le reste de l'après-midi lui parut interminable. Ce n'était pas seulement l'impatience de prendre connaissance des dossiers qui lui donnait cette impression. C'était aussi le sentiment diffus, lancinant, qu'on avait fouillé dans sa serviette.

Ridicule. Qui s'y serait risqué ? Malcolm ne met jamais les pieds dans ma chambre, et il n'est pas du genre à fourrer son nez partout. Puis une pensée amena un sourire sur son visage. Je deviens paranoïaque, tout simplement parce que c'est exactement ainsi que je me comporte avec le Dr Lane. De toute façon, Malcolm n'a pas assez de cervelle pour m'espionner.

Malgré tout, elle avait le vague sentiment qu'il manigançait quelque chose. À l'avenir, elle conserverait dans un endroit secret ses relevés de banque et les photocopies des documents subtilisés dans le bureau du Dr Lane.

61

Deux rendez-vous à l'extérieur obligèrent Neil à s'absenter de son bureau jusqu'à onze heures. Dès son retour, il composa le numéro de Maggie, sans obtenir de réponse.

Il appela ensuite les Van Hilleary et leur communiqua en quelques mots l'impression que lui avait faite Latham Manor, leur conseillant pour finir de se rendre sur place afin de juger l'établissement par eux-mêmes.

Son appel suivant fut pour le détective privé que Carson and Parker chargeait de missions confidentielles. Neil lui demanda de mener une enquête sur Douglas Hansen. « Passez tout au peigne fin. Je sais qu'il y a quelque chose de louche dans ses affaires. Ce type est un escroc de haute volée. »

Puis il rappela Maggie et poussa un soupir de soulagement en l'entendant répondre. Elle paraissait essoufflée. « Je rentre à l'instant », lui dit-elle.

Neil crut déceler un accent d'inquiétude dans sa voix. « Maggie, vous avez des ennuis ?

— Non, absolument pas. »

Son « non » ressemblait à un murmure, comme si elle craignait d'être entendue.

« Il y a quelqu'un avec vous ? demanda-t-il, soudain plus inquiet.

— Non, je suis seule, je viens à peine de rentrer. »

Se répéter n'était pas dans les habitudes de Maggie, mais Neil ne se fit aucune illusion : elle n'était pas prête à lui faire partager ses soucis. Il aurait voulu lui poser une foule de questions : « D'où venez-vous ? », « Avez-vous trouvé une réponse à ce qui vous préoccupait ? », « Puis-je vous aider ? » Mais il fit taire sa curiosité. Cela valait mieux.

Il lui dit simplement : « Maggie, je suis là. Ne l'oubliez pas si jamais vous avez envie de parler à quelqu'un.

— Je m'en souviendrai. »

Et vous n'en ferez rien, pensa-t-il. « Bon, je vous appellerai demain. »

Il raccrocha et resta de longues minutes immobile avant de composer le numéro de ses parents. Son père répondit. Neil alla droit au but : « Papa, as-tu trouvé ces verrous pour les fenêtres de Maggie ?

— Je viens d'aller les chercher.

— Parfait. Sois gentil, téléphone chez elle, dis-lui que tu aimerais les poser cet après-midi. Je crois qu'il s'est passé quelque chose qui la tracasse.

— Je m'en occupe. »

Que Maggie acceptât plus facilement de se confier à son père qu'à lui-même était à moitié consolant. Au moins son père serait-il prévenu et attentif au moindre indice.

Trish entra dans son bureau dès qu'il eut raccroché. Elle lui apportait une liasse de messages. En les déposant sur son bureau, elle lui désigna celui du dessus. « Votre nouvelle cliente vous a, semble-t-il, demandé de vendre des actions qu'elle ne possède pas, dit-elle d'un ton réprobateur.

— Qu'est-ce que vous racontez ?

— Rien d'important. Simplement, la Chambre de compensation nous a notifié qu'elle n'avait jamais eu trace des cinquante mille actions de Cora Gebhart que vous avez vendues pour son compte vendredi dernier. »

62

Maggie raccrocha après l'appel de Neil et se dirigea machinalement vers le comptoir pour brancher la bouilloire. Un thé la réchaufferait. Elle avait besoin de dissocier la réalité brutale des notices nécrologiques des idées troublantes, voire insensées, qui lui traversaient l'esprit.

Elle récapitula rapidement les derniers événements.

La semaine précédente, elle avait emmené Greta Shipley au cimetière, elles avaient déposé des fleurs sur la tombe de Nuala et sur celle de cinq autres femmes.

Quelqu'un avait placé une clochette sur trois de ces tombes et sur celle de Nuala. Elle les avait découvertes elle-même.

Une marque semblait indiquer qu'une clochette avait été enfoncée dans la terre, près de la tombe de Mme Rhinelander, mais, pour une raison inconnue, cette mystérieuse clochette avait disparu.

Greta Shipley était morte dans son sommeil deux jours plus tard et, moins de vingt-quatre heures après son enterrement, une clochette avait également été déposée sur sa tombe.

Maggie avait laissé les copies des notices nécrologiques sur la table et elle les parcourut à nouveau. Elles confirmaient ce qu'elle avait découvert la veille : Winifred Pierson, la seule femme du groupe dont la tombe ne portât pas la moindre trace de clochette, était entourée d'une nombreuse famille, qui prenait soin d'elle. Elle était morte en présence de son médecin personnel.

À l'exception de Nuala, assassinée dans sa propre maison, les autres étaient mortes durant leur sommeil.

Ce qui signifiait, réfléchit Maggie, que personne n'était auprès d'elles au moment de leur mort.

Elles avaient toutes été soignées par le Dr William Lane, le directeur de Latham Manor.

William Lane. Maggie se rappela que Sarah Cushing avait expressément tenu à faire examiner sa mère par un médecin de l'extérieur. Parce qu'elle savait ou soupçonnait inconsciemment que le Dr Lane n'était pas assez expérimenté ?

Ou *trop* expérimenté ? lui souffla une voix intérieure. Souviens-toi, Nuala a été assassinée.

Elle repoussa cette pensée. Mais quelle que soit la façon dont on considérât la question, Latham Manor s'était révélé néfaste pour beaucoup. Deux des clientes de Robert Stephens avaient perdu leur fortune en attendant qu'un appartement s'y libère, et cinq femmes — toutes pensionnaires de Latham —, qui n'étaient ni très vieilles ni malades, y étaient mortes durant leur sommeil.

Pourquoi Nuala avait-elle changé d'avis, pourquoi avait-elle renoncé à vendre sa maison et à s'installer à Latham Manor ?

Et pourquoi Douglas Hansen, dont la cliente avait perdu sa fortune en suivant ses conseils, voulait-il acheter cette propriété ? Maggie secoua la tête. Il existait sûrement un rapport entre ces deux questions, mais lequel ?

La bouilloire se mit à siffler et le téléphone sonna au moment où Maggie se levait pour préparer son thé. C'était le père de Neil. « Maggie, j'ai trouvé les verrous. Je suis en route pour me rendre chez vous. Si vous avez besoin de sortir, dites-moi où trouver la clé.

— Je serai là. »

Vingt minutes après, il sonnait à la porte. Après un bref « Content de vous voir, Maggie », il décréta : « Je commence par en haut. »

Pendant qu'il posait les verrous, elle s'affaira dans la cuisine, rangeant les tiroirs, jetant les bricoles inutiles qui les encombraient. Le bruit des pas au-dessus de sa tête était rassurant ; elle poursuivit ses rangements, s'efforçant à nouveau d'y voir clair dans tout ce qu'elle savait, de rassembler les éléments du puzzle. Au stade où elle en était, elle n'avait aucun droit de soupçonner le Dr Lane, mais rien ne l'empêchait de mentionner le nom de Douglas Hansen.

Robert Stephens réapparut dans la cuisine. « Bon, j'ai terminé. Mes services sont gratuits, mais j'aimerais une tasse de café, même instantané. Je ne suis pas difficile. »

Il prit place sur une chaise et Maggie sentit qu'il l'observait. C'est Neil qui l'a envoyé, pensa-t-elle. Il a deviné que j'étais inquiète.

« Monsieur Stephens, commença-t-elle, vous ne connaissez pas personnellement Douglas Hansen, je suppose ?

— Je le connais assez pour savoir qu'il a ruiné l'existence de plusieurs femmes sympathiques et généreuses, Maggie. Mais je ne l'ai jamais rencontré, non. Pourquoi cette question ?

— Parce que ces deux femmes qui se sont retrouvées presque ruinées à cause de lui avaient l'intention de se retirer à Latham Manor, ce qui signifie qu'elles disposaient d'un capital conséquent. Ma belle-mère avait elle aussi envisagé de s'installer à la résidence ; elle a changé d'avis à la dernière minute. La semaine dernière, Hansen s'est présenté ici et m'a offert cinquante mille dollars de plus pour cette maison que le prix accepté par Nuala, ce qui, d'après ce que je sais, est bien supérieur à sa valeur réelle.

« Ma question est la suivante : comment s'y est-il pris pour entrer en contact avec ces personnes et les persuader de suivre ses conseils, et pourquoi est-il venu ensuite sonner à ma porte ? Ce n'est certainement pas une pure coïncidence. »

63

Earl Bateman passa deux fois de suite devant la maison de Maggie. À la troisième tentative, il vit que la voiture immatriculée dans l'État de Rhode Island n'était plus là ; le break de Maggie, cependant, se trouvait toujours dans l'allée. Il ralentit, s'arrêta, et prit la photo qu'il avait emportée avec lui.

Il était pratiquement sûr que, s'il lui avait demandé de le recevoir, Maggie aurait refusé. À présent elle n'aurait pas le choix. Elle serait obligée de le faire entrer.

Il sonna à la porte à deux reprises avant qu'elle ne vienne ouvrir. Elle ne cacha pas sa surprise à sa vue. Elle est surprise et inquiète, jugea-t-il.

Il lui tendit vivement le paquet. « Un cadeau pour vous, dit-il gaiement. Une merveilleuse photo de Nuala prise au *Four Seasons*. Je l'ai encadrée à votre intention.

— C'est adorable de votre part », le remercia Maggie, s'efforçant de sourire, une expression incertaine sur le visage. Puis elle tendit la main.

Earl conserva le paquet. « Vous ne me priez pas d'entrer ? demanda-t-il d'un ton badin, comme s'il plaisantait.

— Bien sûr que si. »

Elle recula pour le laisser passer mais, contrairement à ce qu'il espérait, elle laissa la porte grande ouverte derrière lui.

« Je la refermerais, à votre place, dit-il. J'ignore si vous êtes sortie, aujourd'hui, mais le vent s'est levé. » Il nota à nouveau son hésitation et eut un petit sourire ironique. « Et malgré tout ce qu'a pu vous dire mon cher cousin, je ne mords pas », dit-il, lui tendant finalement le paquet.

Il la précéda dans le salon et s'assit dans le profond fauteuil. « J'imagine Tim confortablement installé à cet endroit, avec ses livres et ses journaux, Nuala s'affairant autour de lui. Deux vrais tourtereaux ! Ils m'invitaient parfois à dîner, et je venais toujours avec plaisir. Nuala n'était pas très douée pour tenir une maison, mais elle cuisinait à merveille. Et Tim me racontait que, souvent, lorsqu'ils étaient seuls et regardaient la télévision, le soir, elle se pelotonnait dans ce fauteuil avec lui. Elle était si menue. »

Il regarda autour de lui. « Je vois que vous avez déjà imprimé votre marque sur les lieux, dit-il. Bravo. L'atmosphère est plus reposante. Vous comptez garder cette causeuse ?

— Je vais meubler un peu différemment la pièce », répondit évasivement Maggie, encore sur ses gardes.

Earl Bateman la regarda défaire le paquet et se félicita de son idée. Le simple fait de voir son visage s'illuminer lui confirma qu'il avait tapé juste.

« Oh, c'est en effet une merveilleuse photo de Nuala ! s'exclama Maggie. Elle était si jolie ce soir-là. Merci. Cette photo me touche énormément. » Son sourire exprimait un plaisir sincère, à présent.

« Je regrette que Liam et moi soyons dans le champ, dit Earl. Peut-être pouvez-vous nous faire effacer.

— Il n'en est pas question ! Et merci encore de vous être donné la peine de l'apporter vous-même.

— C'est la moindre des choses. » Il s'enfonça plus profondément dans le fauteuil.

Il n'a pas l'intention de s'en aller, pensa-t-elle, consternée. Son regard scrutateur la mettait mal à l'aise. Elle avait l'impression d'être sous un projecteur. Les yeux d'Earl, trop grands derrière ses lunettes rondes, la fixaient avec insistance. Sous une apparente nonchalance, son corps semblait contracté, presque rigide. Je ne l'imagine pas se pelotonnant où que ce soit. Il est tendu comme une corde près de craquer, se dit-elle.

Elle était si menue…

Pas très douée pour tenir une maison… elle cuisinait à merveille.

Combien de fois Earl Bateman était-il venu ici ? Connaissait-il bien la maison ? Il savait peut-être pourquoi Nuala avait renoncé à s'installer à

Latham Manor. Maggie s'apprêtait à lui poser la question quand une autre pensée lui traversa brusquement l'esprit.

Ou bien il en soupçonnait la raison — et il l'avait tuée !

La sonnerie du téléphone la fit sursauter. Avec un sourire d'excuse, elle alla à la cuisine pour répondre. C'était le commissaire Brower. « Madame Holloway, je me demandais... Puis-je passer vous voir en fin d'après-midi ?

— Bien sûr. Avez-vous quelque chose de nouveau ? Je veux dire, à propos de Nuala ?

— Non, rien de spécial. J'aimerais seulement avoir un entretien avec vous. J'amènerai peut-être quelqu'un avec moi. Y voyez-vous un inconvénient ?

— Pas du tout. » Soupçonnant Earl Bateman de tendre l'oreille pour entendre ce qu'elle disait, elle éleva légèrement la voix. « Commissaire, j'ai en ce moment même la visite d'Earl Bateman. Il m'a apporté une photo de Nuala. À tout à l'heure. »

De retour dans le living-room, elle vit tout de suite que le repose-pied devant le fauteuil club avait été repoussé, indiquant qu'Earl s'était levé. Il a écouté, pensa-t-elle. Parfait. Elle lui sourit : « C'était le commissaire Brower. » Comme vous le savez déjà, ajouta-t-elle silencieusement. « Il va passer dans l'après-midi. Je lui ai dit que vous étiez là. »

Earl Bateman eut un hochement de tête empreint de gravité. « Un remarquable chef de la police. Respectueux. Rien de commun avec les services de sécurité publique de certaines civilisations. Savez-vous ce qui arrivait à la mort d'un roi ? Durant la période du deuil, la police s'emparait du pouvoir. Il lui arrivait même d'assassiner les membres de la famille. C'était relativement fréquent dans ces sociétés. Je pourrais vous en fournir de nombreux exemples. Vous savez sans doute que je donne des conférences sur les rites funéraires traditionnels. »

Maggie s'assit en face de lui, éprouvant une étrange fascination pour le personnage. Il avait une façon particulière de s'exprimer, pleine d'une conviction presque mystique. Il ne ressemblait plus à la typique caricature du professeur gauche et distrait, il était soudain un autre homme, une sorte d'illuminé à la voix mélodieuse. Même son attitude avait changé. Le maintien compassé du collégien avait fait place à l'aisance d'un homme sûr de lui. Il se tenait légèrement penché vers elle, le coude appuyé sur le bras du fauteuil, la tête inclinée. Ce n'était plus elle qu'il fixait, mais un point légèrement derrière elle.

Maggie sentit ses mains devenir moites. Inconsciemment, elle s'était assise sur la causeuse, et elle se rendit compte qu'il regardait l'endroit où l'on avait retrouvé le corps de Nuala.

« Vous savez que je donne des conférences sur les rites funéraires, n'est-ce pas ? » répéta-t-il. Et elle s'aperçut qu'elle n'avait pas répondu à sa question.

« Oh, bien sûr, dit-elle vivement. Vous me l'aviez dit la première fois que nous nous sommes rencontrés.

— J'aimerais beaucoup en discuter avec vous. » Il semblait sincère. « Voyez-vous, une chaîne de télévision m'a proposé de participer à une série d'émissions, à condition que je leur fournisse un éventail de sujets différents d'une trentaine de minutes chacun. Rien de difficile. J'ai plus de matériaux qu'il n'en faut pour ça, mais je souhaiterais y inclure quelques illustrations. »

Maggie attendit.

Les mains jointes, Earl prit un ton persuasif. « Ma réponse à une offre de ce genre ne peut attendre. Je dois prendre une décision rapidement. Vous êtes une excellente photographe. Le visuel est votre spécialité. J'aimerais beaucoup vous faire visiter mon musée aujourd'hui. Il est situé en ville, à côté du funérarium qui fut jadis la propriété de ma famille. Vous savez où il se trouve, naturellement. Accepteriez-vous d'y passer une petite heure avec moi ? Je vous donnerai des explications sur les pièces exposées et peut-être pourrez-vous m'aider à choisir celles que je dois proposer aux producteurs de l'émission. »

Il attendit à son tour. « Je vous en prie, Maggie. »

Il a entendu ma conversation téléphonique, pensa Maggie. Il sait que le commissaire Brower doit passer à la maison, et il sait que je l'ai prévenu de sa présence. Liam lui avait raconté la mésaventure d'Earl avec ses clochettes victoriennes. Il en avait fait reproduire une douzaine. Supposons qu'elles soient exposées... Et s'il n'en restait plus que six désormais ? Dans ce cas, j'aurais la certitude que c'est Earl en personne qui les a déposées sur les tombes.

« Je vous accompagnerais volontiers, dit-elle au bout d'un moment, mais le commissaire Brower doit passer me voir dans l'après-midi. Au cas où il viendrait plus tôt que prévu, je vais laisser un message sur la porte lui indiquant que je suis avec vous au musée et que je serai de retour à quatre heures. »

Earl sourit. « Excellente idée. Nous aurons ainsi tout le temps nécessaire. »

64

À deux heures le commissaire Brower fit demander Jim Haggerty et apprit qu'il venait de partir quelques minutes plus tôt en disant qu'il serait de retour sous peu. Lorsqu'il revint, Haggerty tenait à la main des documents similaires à ceux qu'était en train d'examiner Brower — des copies des notices nécrologiques que Maggie Holloway avait consultées au *Newport Sentinel*. Haggerty savait que sur sa demande un autre jeu avait été faxé à Lara Horgan.

« Qu'avez-vous trouvé, Jim ? demanda Brower.

— Probablement la même chose que vous, chef. Cinq des six femmes décédées vivaient dans cette maison de retraite pour richards.

— Exact.

— Aucune des cinq n'avait de famille proche. »

Brower lui lança un regard bienveillant. « Bravo.

— Elles sont toutes mortes durant leur sommeil.

— Euh-euh.

— Et le Dr William Lane, le directeur de Latham Manor, était sur place dans chaque cas. C'est donc lui qui a signé les certificats de décès. »

Brower eut un sourire approbateur. « Vous vous y mettez vite.

— De plus, continua Haggerty, il y a un petit détail que ces articles ne mentionnent pas, c'est qu'après chaque décès dans cette résidence de superluxe le studio ou l'appartement acheté par la personne défunte pour la durée de sa vie revient à la société, ce qui autorise cette dernière à le revendre, *illico presto*. »

Brower fronça les sourcils. « Je n'avais pas considéré la question sous cet angle, admit-il. Je viens de parler au médecin légiste. Lara est arrivée aux mêmes conclusions, elle aussi. Elle enquête sur le Dr Lane. Elle a déjà fait vérifier les antécédents d'une infirmière qui travaille là-bas, Zelda Markey. Elle veut rencontrer Maggie Holloway avec moi cet après-midi. »

Haggerty parut songeur. « Je connaissais bien cette Mme Shipley, qui est morte à Latham Manor la semaine dernière. Je l'aimais beaucoup. J'ai pensé que ses parents les plus proches étaient peut-être encore en ville. J'ai vérifié ; ils sont au Harbor Inn. Je m'y suis rendu. »

Brower attendit. Haggerty avait pris une expression détachée, signe chez lui qu'il avait fait une découverte importante.

« Je leur ai présenté mes condoléances et me suis entretenu avec eux pendant un moment. Et savez-vous qui se trouvait hier à Latham Manor ? Maggie Holloway.

— Pour quelle raison y était-elle ?

— Invitée à déjeuner par la vieille Mme Bainbridge et sa fille. Ensuite, elle est montée dans la chambre de Mme Shipley et elle a parlé aux cousins pendant qu'ils emballaient ses affaires. Elle leur a fait une curieuse demande. Elle a dit que sa belle-mère, Nuala Moore, donnait des cours de dessin à Latham et avait aidé Mme Shipley à terminer un croquis. Elle leur a demandé s'ils voyaient un inconvénient à le lui donner. Mais, curieusement, ils ne l'ont pas retrouvé.

— Mme Shipley l'avait peut-être déchiré.

— C'est peu probable. Un peu plus tard, deux pensionnaires de la résidence sont venues aussi bavarder avec les parents de Mme Shipley, qui les ont interrogées à propos de ce même dessin. L'une de ces vieilles dames a affirmé qu'elle l'avait vu. C'était un dessin caricatural inspiré par la Seconde Guerre mondiale montrant un personnage espionnant deux ouvrières dans une usine d'armement.

— En quoi ce dessin peut-il intéresser Maggie Holloway ?

— Nuala Moore y avait représenté les deux ouvrières sous ses propres traits et ceux de Greta Shipley ; et qui était l'espion, d'après vous ? »

Brower regarda Haggerty, les yeux plissés.

« L'infirmière, Zelda Markey, dit l'inspecteur avec un air satisfait. Et encore une chose, chef. La règle à Latham Manor est qu'en cas de décès, dès le corps enlevé, la chambre ou l'appartement reste fermé jusqu'à ce que la famille du défunt vienne prendre possession des objets de valeur. En d'autres termes, personne n'était censé entrer et s'emparer de ce dessin. » Il resta un instant silencieux. « Tout ça donne à réfléchir, non ? »

65

Neil annula son déjeuner et avala un sandwich et un café à son bureau. Il avait donné pour instructions à Trish de filtrer tous ses appels, sauf les plus urgents, pendant qu'il mettait à jour ses affaires en cours afin de se libérer les jours suivants.

À trois heures, au moment où Trish revenait avec une nouvelle pile de dossiers, il appela son père. « Papa, je compte arriver dans la soirée. J'ai tenté d'avoir ce dénommé Hansen au téléphone, mais on me répond constamment qu'il est sorti. Je vais aller sur place et tenter de lui mettre la main dessus. Ce type ne se contente pas de refiler des tuyaux pourris à des vieilles dames.

— C'est ce que disait Maggie, et je parierais qu'elle est sur une piste.

— Maggie !

— Elle semble penser qu'il y a un rapport entre Hansen et certaines personnes qui ont fait une demande pour obtenir un appartement à Latham Manor. J'ai parlé à Laura Arlington et à Cora Gebhart. Il se trouve que Hansen les a appelées sans raison apparente.

— Pourquoi ne lui ont-elles pas raccroché au nez ? En général, les gens ne s'entretiennent pas au téléphone avec de soi-disant conseillers financiers dont ils n'ont jamais entendu parler.

— Apparemment, le nom d'Alberta Downing lui donnait une certaine crédibilité. Il incitait ses correspondantes à se renseigner auprès d'elle à son sujet. Mais ensuite — et c'est là que ça se corse —, il expliquait que le rapport de certains placements diminuait à cause de l'inflation, et il citait comme par hasard les valeurs que possédaient justement Cora Gebhart et Laura Arlington.

— Il faut que je parle à cette Mme Downing, dit Neil. Il y a un truc qui cloche là-dessous. Et je croyais que tu devais me prévenir dès que tu aurais vu Maggie ? ajouta-t-il, sachant que son ton trahissait la contrariété. Je me suis inquiété à son sujet. Tout allait bien ?

— J'avais prévu de t'appeler après avoir vérifié ce qu'elle avait appris sur Hansen, répondit Robert Stephens. Il m'a semblé que c'était peut-être plus important que de te faire sur-le-champ un rapport circonstancié », ajouta-t-il d'un ton acerbe.

Neil leva les yeux au ciel. « Désolé, dit-il. Et merci d'avoir été prendre de ses nouvelles.

— Je l'ai fait immédiatement. Il se trouve que cette jeune personne me plaît beaucoup. Encore ceci : Hansen a rendu visite à Maggie la semaine dernière et lui a fait une offre pour sa maison. J'ai demandé à deux ou trois agents immobiliers leur opinion sur le prix offert. Maggie avait l'impression que la proposition de Hansen était trop élevée, à cause de l'état de la maison, et elle a raison. Tant que tu y es, tâche de découvrir à quelle sorte de jeu il joue avec elle. »

Neil se souvint de la réaction étonnée de Maggie en l'entendant mentionner le nom de Hansen, et de sa réponse évasive lorsqu'il lui avait demandé si elle le connaissait.

Mais j'avais raison sur un point : elle s'est confiée à mon père, pensa-t-il. Dès mon arrivée à Newport, j'irai directement chez elle, et je ne partirai pas avant qu'elle ne m'ait dit exactement ce que j'ai fait de répréhensible.

Son entretien téléphonique terminé, il leva les yeux vers Trish et les papiers qu'elle lui tendait. « Il faudra vous en occuper toute seule. Je file.

— Ça alors ! se moqua affectueusement Trish. Ainsi elle se nomme Maggie et vous vous faites un sang d'encre à son sujet. C'est une véritable nouveauté pour vous ! » Puis elle redevint sérieuse. « Attendez, Neil. Vous êtes véritablement inquiet, n'est-ce pas ?

— Je ne vous le fais pas dire.

— Alors, qu'est-ce que vous attendez ? Partez en vitesse. »

66

« Ce musée est ma fierté », déclara Earl en tenant la portière de Maggie pendant qu'elle descendait de sa voiture. Elle avait décliné son offre de la conduire, tout en s'apercevant que ce refus le contrariait.

En suivant l'Oldsmobile grise en ville et en passant devant le Bateman Funeral Home, elle avait compris pourquoi elle n'avait pas remarqué le musée jusqu'à ce jour. Accolé à la vaste propriété, il donnait sur une rue transversale et possédait son propre parking à l'arrière. Ce dernier était désert en ce moment, hormis un autre véhicule stationné à l'écart — un corbillard noir étincelant.

Earl attira l'attention de Maggie sur l'étrange voiture pendant qu'ils s'avançaient vers le musée. « C'est un modèle qui date d'une trentaine d'années, dit-il avec fierté. Mon père était sur le point de le vendre pour une voiture plus moderne lorsque je suis entré à l'université, mais je l'ai persuadé de me le donner. Je le garde enfermé dans le garage et ne le sors qu'en été. L'époque où j'ouvre le musée — seulement deux heures chaque week-end. Il donne un peu le ton de l'endroit, vous ne trouvez pas ?

— Sans doute », dit Maggie d'un air incertain. Au cours de ces dix derniers jours, j'ai vu suffisamment de corbillards pour le restant de ma vie, pensa-t-elle. Elle se retourna pour examiner le bâtiment victorien de deux étages avec sa grande véranda et son architecture tarabiscotée. Comme le funérarium, il était peint en blanc avec des volets noirs. Des bandes de crêpe noir drapées autour de la porte d'entrée ondulaient dans la brise.

« La maison a été construite en 1850 par mon arrière-arrière-grand-père, lui expliqua Earl. Elle a été le premier établissement funéraire de la famille, qui à cette époque vivait au dernier étage. Mon grand-père a construit le nouveau bâtiment, et mon père l'a agrandi. Un gardien a habité ici pendant un temps. Quand nous avons vendu l'affaire, il y a six ans, nous avons conservé cette maison et un acre de terrain, et je l'ai totalement prise en charge. J'ai ouvert le musée peu de temps après, mais j'avais commencé à en rassembler le contenu des années auparavant. »

Earl posa la main sur le bras de Maggie. « Vous n'allez pas en croire vos yeux. Mais n'oubliez pas : je voudrais que vous choisissiez dans cette exposition les éléments que je pourrais proposer comme support visuel pour illustrer mes conférences. Non pas chacune d'entre elles, mais peut-être les génériques de début et de fin de la série télévisée. »

Ils se trouvaient sur la véranda. Disposées sur la large balustrade, humanisant quelque peu l'atmosphère sépulcrale de l'endroit, des jardinières débordaient de violettes et d'œillets mignardises. Earl souleva la plus proche et prit une clé qui était dissimulée dessous. « Vous remarquerez que je vous fais confiance, Maggie. Je vous dévoile ma cachette. La serrure est ancienne, et la clé beaucoup trop lourde pour que je la transporte avec moi. »

S'arrêtant à la porte, il lui désigna le crêpe qui la drapait. « Dans nos sociétés, il était coutumier de marquer ainsi la porte d'une maison en deuil. »

Dieu du ciel, comme il se complaît dans toutes ces histoires ! pensa Maggie en frissonnant. Elle avait les mains moites, soudain, et les enfonça dans les poches de son jean, cherchant à repousser la pensée incongrue qui venait de lui traverser l'esprit, à savoir qu'elle n'était pas à sa place dans une maison en deuil vêtue d'une chemise à carreaux et d'un jean.

La clé tourna avec un grincement ; Earl Bateman ouvrit la porte et s'effaça pour la laisser entrer. « Alors, qu'en dites-vous ? » demanda-t-il avec fierté, laissant Maggie passer devant lui.

Un mannequin de cire grandeur nature, revêtu d'une livrée noire, se dressait dans le hall, prêt à accueillir les visiteurs.

« Dans le premier manuel de savoir-vivre d'Emily Post, publié en 1922, l'auteur précise que, lors d'un décès, le maître d'hôtel dans sa tenue de service doit se tenir à la porte, en attendant qu'un valet en livrée noire soit à même de le remplacer. »

D'une pichenette, Earl ôta de la manche du mannequin quelque chose d'invisible aux yeux de Maggie.

« Vous voyez, continua-t-il du même ton fervent, les salles du rez-de-chaussée sont consacrées aux rites funéraires de notre siècle ; j'ai pensé que ce mannequin en livrée noire s'offrant à la vue des visiteurs dès leur entrée pourrait les intéresser. Qui, aujourd'hui, même parmi les plus fortunés, placerait un valet à sa porte lorsqu'un membre de la famille vient de décéder ? »

Les pensées de Maggie la ramenèrent subitement à ce jour cruel où Nuala lui avait annoncé son départ. « Tu vois, Maggie, lui avait-elle expliqué, longtemps après la mort de mon premier mari, je ne suis jamais sortie de la maison sans emporter des lunettes noires avec moi. Je pleurais pour un rien et j'en étais gênée. Dès que je sentais les larmes me monter aux yeux, je plongeais la main dans ma poche et prenais mes lunettes en pensant : C'est le moment de mettre l'équipement de chagrin. J'avais espéré de tout mon cœur que ton père et moi pourrions nous aimer de la même façon. J'ai vraiment fait tout ce que je pouvais, mais c'est impossible. Et jusqu'à la fin de mes jours, chaque fois que je penserai à toutes ces années où je ne vivrai pas avec toi, j'aurai recours à mon équipement de chagrin. »

Le souvenir de ce jour précis lui serrait toujours la gorge. J'aimerais bien moi aussi avoir un équipement de chagrin en ce moment, se dit-elle en essuyant une larme sur sa joue.

« Oh, Maggie, vous êtes bouleversée, s'émut Earl. Je ne vous croyais pas si sensible. Les salles que nous allons visiter à présent sont, comme je vous l'ai précisé, consacrées aux coutumes funéraires du XXe siècle. »

Il écarta un lourd rideau. « Dans cette pièce, j'ai reconstitué la version que donne Emily Post de funérailles célébrées dans l'intimité. »

Maggie jeta un coup d'œil. Un mannequin de cire représentant une jeune femme en longue tunique de soie vert pâle était étendu sur un sofa recouvert de brocart. Ses longues anglaises auburn se répandaient sur un petit oreiller de satin. Ses mains étaient jointes sur un bouquet de muguet.

« Elle est charmante, n'est-ce pas ? On dirait qu'elle dort, chuchota Earl. Et regardez... » Il indiqua un petit lutrin d'argent près de l'entrée. « À l'époque actuelle, on y disposerait le livre d'or. J'ai préféré y reproduire le passage de l'ouvrage d'Emily Post consacré au réconfort des personnes en deuil. Laissez-moi vous le lire. C'est absolument fascinant. »

L'écho de sa voix résonna dans la pièce trop silencieuse :

« "Inciter ceux qui sont plongés dans l'affliction à se tenir dans une pièce ensoleillée, ou auprès d'une joyeuse flambée. S'ils se sentent incapables d'assister au repas familial, leur apporter un peu de nourriture sur un plateau. Une tasse de thé ou de bouillon, un toast, un œuf poché, du lait chaud s'ils l'aiment, ou un toast trempé dans du lait. Le lait froid est déconseillé aux personnes déjà frissonnantes de chagrin. Le cuisinier pourra préparer un de leurs plats de prédilection..." »

Il s'arrêta. « N'est-ce pas extraordinaire ? Qui, aujourd'hui, dans nos milieux privilégiés, a un cuisinier qui se soucie des plats préférés de ses patrons ? Ce serait un merveilleux sujet pour une illustration isolée, non ? Les génériques de début et de fin, cependant, doivent avoir une portée plus générale. »

Il lui prit le bras. « Je sais que votre temps est limité, mais suivez-moi à l'étage supérieur. Vous y verrez de remarquables copies d'objets utilisés dans les rites funéraires d'époques plus reculées. Des tables de banquet, par exemple. Il semble que la plupart des civilisations aient compris que la cérémonie mortuaire devait s'accompagner d'un banquet ou d'une fête, car le deuil prolongé est débilitant, pour l'individu comme pour la communauté. J'ai trouvé des exemples typiques de ces coutumes.

« Et j'ai aussi une section consacrée à l'inhumation, poursuivit-il avec enthousiasme tandis qu'ils gravissaient l'escalier. Vous ai-je parlé de ces peuplades du Soudan qui étouffaient leur chef lorsqu'il était devenu vieux ou impuissant ? Cette coutume était fondée sur le principe que, le chef incarnant la vitalité de la nation, il ne devait jamais mourir, sinon son peuple s'éteignait avec lui. En conséquence, dès les premiers signes d'impuissance, on le mettait à mort en secret avant de l'emmurer dans une hutte d'argile. La tradition voulait qu'il ne soit pas mort, mais qu'il ait disparu. » Il se mit à rire.

Ils avaient atteint le premier étage. « Dans la première pièce, j'ai reproduit une hutte d'argile. Mais, entre nous, j'ai déjà en tête la création d'un musée en plein air où la zone réservée aux inhumations aura une apparence encore plus réaliste. Il sera situé à une quinzaine de kilomètres d'ici. Les travaux ont à peine commencé, juste les premiers déblayages au bulldozer. J'ai pris en main la conception globale du projet. Une fois terminée, ce sera une réalisation unique. Dans une partie, nous aurons une représentation en réduction d'une pyramide égyptienne, avec une cloison transparente permettant aux visiteurs de voir comment on enterrait les pharaons de l'ancienne Égypte, avec leurs ors et leurs joyaux destinés à les accompagner dans l'au-delà... »

Il ne s'arrêtera jamais de parler, pensa Maggie, oppressée par un sentiment d'angoisse. Il est complètement cinglé ! Les pensées se bousculaient dans sa tête tandis qu'il l'entraînait au pas de course de salle en salle, chacune décorée comme un théâtre macabre. Earl la tenait par la main à présent, la tirant presque derrière lui dans son désir de tout lui montrer, de tout lui expliquer.

Ils étaient arrivés au bout du long couloir, et Maggie se rendit compte qu'elle n'avait encore rien vu qui ressemblât aux clochettes qu'elle avait découvertes sur les tombes.

« Qu'y a-t-il au deuxième étage ? demanda-t-elle.

— Des objets qui ne sont pas encore prêts à être exposés, répondit-il d'un air absent. Je l'utilise comme entrepôt. »

Il s'immobilisa et se tourna vers elle, une lueur intense dans le regard. Ils se trouvaient devant une lourde porte. « Maggie, je vais vous montrer l'une de mes reconstitutions les plus réussies ! »

Earl tourna la poignée et, avec un geste théâtral, ouvrit toute grande la porte. « J'ai réuni deux salles pour obtenir l'effet que je recherchais : la représentation des funérailles d'un membre de l'aristocratie de la Rome antique. » Il la fit entrer. « Laissez-moi vous expliquer. On procédait d'abord à la fabrication du cercueil, puis on plaçait une litière sur laquelle étaient disposés deux matelas. Cela pourrait constituer une bonne illustration pour le début de ma série de conférences. Bien sûr, les torches en ce moment sont munies d'ampoules rouges, mais nous pourrions les allumer réellement. L'artisan qui a fabriqué ce cercueil connaît bien son métier. C'est la copie exacte d'un modèle que je lui ai fourni. Regardez les fruits et les fleurs sculptés dans le bois. Touchez-les. »

Il lui saisit la main et la passa sur la surface du bois. « Et ce mannequin est une merveille. Vêtu exactement comme le serait un aristocrate romain. J'ai trouvé cette tenue dans un magasin de costumes de théâtre. Quel spectacle étonnant devaient être ces funérailles ! Avec leurs hérauts, leurs musiciens, les torches allumées… »

Il se tut et fronça les sourcils. « Je me laisse emporter par le sujet, Maggie ; je vous ennuie, pardonnez-moi.

— Pas du tout, je suis fascinée, dit-elle, s'efforçant de garder un ton naturel, espérant qu'il n'avait pas remarqué la moiteur de sa main qu'il avait enfin lâchée.

— Bon, soupira-t-il. Il ne reste plus qu'une salle. Mon exposition de cercueils. » Il ouvrit la dernière porte. « Une belle collection aussi, qu'en dites-vous ? »

Maggie eut un mouvement de recul. Elle ne voulait pas entrer dans cette pièce. À peine dix jours plus tôt, elle était allée choisir le cercueil de Nuala. « À vrai dire, Earl, il faut que je m'en aille. Je suis déjà en retard.

— Oh. J'aurais aimé vous les montrer en détail. Peut-être pourrez-vous revenir. À la fin de la semaine, j'aurai fait rentrer le plus récent. Il a la forme d'une miche de pain. Il a été fabriqué pour un boulanger. Certaines ethnies africaines ont pour tradition d'enterrer le défunt dans un cercueil qui symbolise sa vie. J'ai parlé de ces coutumes au cours de l'une de mes conférences à un club féminin de Newport. »

Il lui offrait l'occasion qu'elle attendait depuis le début. « Donnez-vous fréquemment des conférences à Newport ?

— Plus maintenant. » Earl referma lentement la porte de la salle des cercueils, comme s'il regrettait de la quitter. « Vous savez bien que nul n'est prophète en son pays. Pour commencer, ils veulent vous entendre sans débourser un sou, et ensuite ils vous insultent. »

Faisait-il allusion à l'incident qui avait eu lieu durant sa conférence à Latham Manor ? Le couloir était obscur et parcouru d'ombres, et les portes fermées des salles ne laissaient filtrer que de faibles rais de lumière, mais Maggie n'en vit pas moins le visage d'Earl s'empourprer. Elle donna à sa voix un accent compatissant. « Je ne peux croire que quelqu'un vous ait insulté.

— Cela m'est arrivé une fois, dit-il d'un air sombre. J'en ai gardé un souvenir extrêmement pénible. »

Elle n'osa pas lui avouer que c'était Liam qui l'avait mise au courant de l'histoire des clochettes. « Attendez, dit-elle lentement, faisant mine de réfléchir. Lors de ma visite à Mme Shipley, à Latham Manor, il me semble avoir entendu parler d'un incident survenu alors que vous aviez aimablement accepté de donner une conférence. Une altercation avec la fille de Mme Bainbridge, si je me souviens bien ?

— C'est bien ça, acquiesça Earl d'une voix sèche. Elle m'a tellement perturbé que j'ai définitivement arrêté de donner cette conférence qui était pourtant l'une des plus appréciées. »

Tandis qu'ils descendaient l'escalier menant au rez-de-chaussée, passaient devant le valet dans sa livrée de deuil et se retrouvaient enfin dehors sur la véranda, sous un soleil presque éblouissant après la pénombre crépusculaire du musée, Earl Bateman raconta à Maggie la fameuse soirée de Latham Manor, et lui décrivit la scène où il avait distribué les clochettes victoriennes à ses auditrices.

« Je les avais fait reproduire spécialement à cette occasion, dit-il, la voix chargée de colère contenue. Douze en tout. Peut-être n'était-ce pas malin de ma part de les mettre entre les mains de l'assistance, mais ce n'était pas une raison pour me traiter comme l'a fait cette femme. »

Maggie choisit ses mots avec précaution. « Je suis certaine que tout le monde ne réagit pas ainsi.

— Nous étions tous très gênés. Zelda était furieuse.

— Zelda ?

— L'infirmière, Zelda Markey. Elle était au courant de mes recherches et venait souvent m'écouter. En fait, j'étais là uniquement grâce à elle. Elle avait fait l'éloge de mes conférences au responsable des activités de Latham. »

L'infirmière Zelda Markey, pensa Maggie.

Elle se rendit compte qu'il l'observait. Il plissait les yeux, soudain méfiant. « Je n'aime pas évoquer cette histoire. Cela me bouleverse trop.

— Je suis pourtant certaine que c'est là un sujet passionnant, insista Maggie. Et ces clochettes pourraient merveilleusement illustrer le début ou la fin de l'émission.

— Non. N'y pensez plus. Elles sont toutes rangées dans une boîte, là-haut, dans la réserve, et elles y resteront. »

Il remit la clé sous la jardinière. « Ne dites à personne qu'elle est cachée ici, Maggie.

— Bien sûr que non.

— Mais si vous avez envie de revenir seule et de prendre quelques photos des objets exposés dans le musée qui pourraient à votre avis intéresser les responsables de l'émission, ne vous gênez pas. Vous savez comment ouvrir. »

Il la raccompagna à sa voiture. « Je dois rentrer à Providence, dit-il. Voulez-vous réfléchir à l'aspect visuel de mes conférences et me soumettre quelques idées ? Puis-je vous appeler d'ici un ou deux jours ?

— Naturellement. » Elle se glissa avec soulagement sur son siège. « Et merci, ajouta-t-elle, sachant qu'elle n'avait aucunement l'intention d'utiliser cette clé, ni de remettre les pieds dans cet endroit si elle pouvait l'éviter.

— À bientôt, j'espère. Saluez le commissaire Brower de ma part. »

Elle actionna le démarreur. « Au revoir, Earl. C'était passionnant.

— Mon cimetière en plein air offrira un grand intérêt lui aussi. Oh, j'y pense. Je ferais mieux de rentrer le corbillard au garage. Cimetière. Corbillard. Le cerveau fonctionne d'une curieuse façon, n'est-ce pas ? » dit-il en s'éloignant.

Comme elle s'engageait dans la rue, Maggie regarda dans son rétroviseur et vit Earl assis dans le corbillard, un téléphone à la main. Il tournait la tête dans sa direction.

Il lui sembla sentir peser sur elle son regard fixe et brillant, jusqu'à ce qu'elle fût enfin sortie de son champ de vision.

67

Peu avant cinq heures, le Dr Lane arriva au Ritz, à Boston, où un cocktail suivi d'un dîner était donné en l'honneur d'un chirurgien qui prenait sa retraite. Odile était venue plus tôt avec sa propre voiture, dans l'intention de faire quelques courses et de se rendre chez son coiffeur favori. Comme à l'accoutumée dans ce genre de situation, elle avait pris une chambre à l'hôtel pour l'après-midi.

En traversant Providence, William Lane sentit peu à peu sa bonne humeur se dissiper. La satisfaction qu'il avait ressentie après la visite des Van Hilleary faisait place à un sentiment d'anxiété, une impression désagréable semblable à un signal l'avertissant d'un danger. Quelque chose le poursuivait, mais il ne parvenait pas à déterminer quoi.

Cette prémonition s'était emparée de lui au moment où il avait quitté la résidence, en apprenant que Sarah Bainbridge Cushing s'apprêtait à rendre de nouveau visite à sa mère. Letitia Bainbridge avait téléphoné à sa fille peu de temps après le déjeuner et s'était plainte d'une fatigue générale, ajoutant qu'elle ne supportait plus de voir continuellement Zelda Markey entrer dans sa chambre sans jamais frapper.

Il avait déjà averti l'infirmière la semaine précédente, le jour où Greta Shipley avait formulé les mêmes reproches. Qu'avait-elle donc en tête ? Très bien, il ne lui donnerait plus d'avertissement supplémentaire ; il préviendrait Prestige Residence et leur demanderait de la mettre à la porte.

Lorsqu'il arriva enfin au Ritz, William Lane était à cran. En pénétrant dans la chambre de sa femme, la vue d'Odile en train de se maquiller, encore vêtue de sa robe de chambre à froufrous, l'irrita au plus haut point. Elle n'avait quand même pas passé tout ce temps dans les magasins, pensa-t-il avec une exaspération grandissante.

« Hello, mon chéri, dit-elle en souriant, levant vers lui un regard espiègle. Que penses-tu de ma coiffure ? J'ai laissé Magda essayer quelque chose de différent. Pas trop de boucles folles, j'espère ? » Elle secoua la tête malicieusement.

Odile avait un ravissant halo blond autour de la tête, mais Lane était las d'être tenu de l'admirer. « C'est très bien, dit-il sans prendre la peine de dissimuler son irritation.

— Pas plus ? demanda-t-elle, ouvrant de grands yeux, battant des cils.

— Odile, fit-il, j'ai mal à la tête. Je ne devrais pas avoir à te rappeler que ces dernières semaines à la résidence ont été épuisantes.

— Je sais, je sais, chéri. Tu devrais t'allonger un moment pendant que je finis de "réparer des ans l'irréparable outrage". »

C'était un des traits chez sa femme qui le mettait hors de lui. Son côté pseudo-intellectuel. Il regarda sa montre. « Écoute, Odile, la réception commence dans dix minutes. Ne crois-tu pas que tu devrais te presser ?

— Oh, William, personne n'arrive à un cocktail à l'heure indiquée, dit-elle, prenant à nouveau sa voix de petite fille. Pourquoi donc es-tu si fâché contre moi ? Je sais que tu as des soucis en ce moment, mais confie-toi à moi, je t'en prie. Je peux peut-être t'aider. Je l'ai fait dans le passé, n'est-ce pas ? »

Elle paraissait au bord des larmes.

« Bien sûr que tu m'as aidé », dit le Dr Lane plus gentiment, ajoutant le compliment qui l'apaiserait à coup sûr : « Tu es ravissante, Odile. » Il s'efforça de prendre un ton affectueux. « Tu n'as pas besoin de réparer quoi que ce soit, tu es très jolie comme ça. Tu pourrais faire ton entrée sans te pomponner davantage et éclipser toutes les femmes de l'assistance. »

La voyant sourire, il ajouta : « Mais tu as raison. Je suis soucieux. Mme Bainbridge ne se sentait pas bien cet après-midi, et je préférerais être sur place, au cas où il y aurait une urgence. Aussi...

— Oh. » Elle soupira, devinant la suite. « Quel dommage ! Je me faisais une telle joie de rencontrer tous ces gens ce soir, et de m'amuser un peu. J'adore nos pensionnaires, mais j'ai l'impression que nous leur consacrons toute notre existence. »

C'était la réaction qu'il avait escomptée. « Je ne veux pas te voir déçue, dit-il. Reste et profite de ta soirée. Tu devrais même garder la chambre pour la nuit et revenir seulement demain matin. Je préfère que tu ne roules pas seule la nuit sur les routes, sauf si je suis derrière toi.

— Si tu crois que c'est possible...

— J'en suis sûr. Je ferai une apparition et repartirai aussitôt. Tu pourras saluer pour moi tous ceux qui demanderont de mes nouvelles. »

Le signal avertisseur qui résonnait par intermittence dans sa tête avait pris l'ampleur d'une véritable sirène d'alarme. Il lui tardait de partir, mais il prit le temps de lui donner un baiser.

Elle prit son visage dans ses mains. « Oh, chéri, j'espère qu'il n'arrivera rien à Mme Bainbridge, pour l'instant du moins. Elle est très âgée, bien sûr, et ne vivra pas éternellement, mais elle est si gentille. Si tu juges son état vraiment inquiétant, s'il te plaît, fais venir immédiatement son médecin. Je ne voudrais pas que tu sois encore amené à signer un certificat de décès si peu de temps après le dernier. Rappelle-toi tous les problèmes que tu as eus dans la précédente résidence. »

Il écarta ses mains de son visage et les garda dans les siennes. Il aurait voulu l'étrangler.

68

De retour chez elle, Maggie s'attarda de longues minutes sur la véranda, respirant profondément, absorbant les effluves salés, purs et frais de l'océan. Après la visite du musée, elle avait l'impression que l'odeur de la mort flottait encore dans ses narines.

Earl Bateman aimait l'atmosphère de la mort, songea-t-elle avec un frisson de dégoût. Il aimait en parler, la recréer.

Liam lui avait dit qu'Earl se complaisait à décrire l'effroi des pensionnaires de Latham quand il leur avait mis ces damnées clochettes entre les mains. Elle comprenait parfaitement leur frayeur, bien qu'à écouter Earl, c'était *lui* qui avait été choqué, au point de ranger définitivement les instruments du délit dans sa réserve du deuxième étage.

Sans doute y avait-il un peu des deux. Peut-être avait-il éprouvé un certain plaisir à leur faire peur, mais assurément il avait mal supporté son renvoi.

Il avait paru si désireux de lui faire visiter en détail son incroyable musée. Pourquoi n'avait-il pas proposé de lui montrer également les clochettes ? Certainement pas uniquement à cause du souvenir déplaisant de l'incident de Latham Manor.

Les aurait-il cachées intentionnellement sur les tombes des défuntes qui avaient résidé à Latham Manor — des femmes qui avaient assisté à sa conférence ? Une autre idée lui vint à l'esprit. Nuala avait-elle fait partie de l'assistance ?

Maggie s'aperçut qu'elle serrait ses bras autour de son corps pour s'empêcher de trembler. Elle fit demi-tour et, avant de rentrer, détacha de la porte le billet qu'elle avait laissé à l'intention du commissaire Brower. Dès le seuil franchi, son regard tomba sur le portrait de sa belle-mère qu'Earl lui avait apporté.

Elle la prit entre ses mains.

« Oh, Nuala, dit-elle tout haut. Finnuala. » Elle contempla la photo pendant un instant. Elle pourrait la recadrer afin que Nuala y figure seule, et la faire agrandir.

Avant de s'attaquer au buste de Nuala, elle avait rassemblé les dernières photos qui la représentaient disséminées ici et là dans la maison. Pourtant aucune n'était aussi récente que celle-ci et elle décida de l'emporter à l'atelier, comptant s'en inspirer pour parachever son travail.

Le commissaire Brower avait dit qu'il passerait dans l'après-midi, et il était déjà cinq heures passées. Elle résolut de monter faire un peu de sculpture. Mais alors qu'elle se dirigeait vers l'atelier, Maggie se souvint que Brower avait promis de téléphoner avant de venir. Elle n'entendrait pas la sonnerie d'en haut.

Je sais, se dit-elle en passant devant la chambre principale, je ferais mieux de trier le reste des affaires de Nuala qui sont dans la penderie. Je vais monter la photo dans l'atelier puis je redescendrai.

Dans l'atelier, elle sortit le portrait de son cadre et l'épingla soigneusement sur le panneau au-dessus de la table de réfectoire. Elle alluma un spot et examina l'épreuve avec attention.

Le photographe leur avait sans doute demandé de sourire. C'était une expression naturelle chez Nuala. La seule chose que l'on puisse reprocher à cette photo, pensa-t-elle, c'est que le plan n'est pas assez serré pour dévoiler ce que j'ai vu dans ses yeux ce soir-là pendant le dîner.

Earl Bateman se tenait près de Nuala, l'air godiche, mal à son aise, le sourire contraint. Rien pourtant dans son attitude ne laissait deviner l'obsession inquiétante dont elle avait été témoin plus tôt.

Elle se souvint que Liam lui avait parlé d'une prédisposition à la folie dans la famille. Elle avait cru à une plaisanterie à l'époque, mais en était-elle aussi sûre aujourd'hui ?

Liam était du genre à toujours paraître à son avantage sur les photos, se dit-elle, continuant son examen. Les deux cousins se ressemblaient énormément, surtout dans la structure du visage. Mais ce qui semblait étrange chez Earl devenait plaisant chez Liam.

Je ne remercierai jamais assez Liam de m'avoir emmenée à cette réunion et permis d'y retrouver Nuala, songea-t-elle en se préparant à quitter la pièce. Et pourtant, cette rencontre aurait pu ne jamais se produire. Elle avait failli rentrer chez elle en voyant Liam papillonner à droite et à gauche, passant d'un groupe à l'autre. Elle s'était sentie délaissée ce soir-là.

En tout cas, il a changé d'attitude depuis que je suis ici.

Pourrait-elle se confier au commissaire Brower ? Même si Earl Bateman a placé ces clochettes sur les tombes, il n'y a rien d'illicite dans ce geste. Et pourquoi mentirait-il lorsqu'il dit les avoir rangées dans la réserve ?

Elle entra dans la chambre et ouvrit la porte de la penderie. Les deux seuls vêtements qui s'y trouvaient encore étaient l'ensemble de cocktail de Nuala, celui qu'elle portait au *Four Seasons*, et l'imperméable jaune paille que Maggie avait elle-même raccroché la veille du jour où Neil et son père avaient déplacé le lit.

Mais le plancher était jonché de chaussures diverses et variées, de pantoufles et de bottes, amoncelées dans le plus grand désordre.

Maggie s'assit par terre et entreprit d'en faire le tri. Certaines chaussures étaient très usagées, et elle les mit de côté dans l'intention de les jeter. D'autres, comme cette paire d'escarpins que Nuala portait à la soirée des Moore, étaient neuves et certainement coûteuses.

Certes, Nuala n'était pas une championne de l'ordre, mais elle n'aurait jamais laissé des chaussures neuves dans une telle pagaille. Une idée soudaine lui coupa la respiration. Elle savait que l'assassin de Nuala avait fouillé dans les tiroirs de la commode, mais avait-il pris le temps de chercher dans les chaussures ?

La sonnerie du téléphone la fit sursauter. Le commissaire Brower, se dit-elle. Finalement, elle n'était pas mécontente à l'idée de le voir.

Ce n'était pas Brower toutefois, mais l'inspecteur Haggerty, qui la prévenait que son chef préférait reporter sa visite au lendemain matin à la première heure. « Lara Horgan, le médecin légiste de l'État, souhaiterait l'accompagner, et ils ont tous les deux été appelés pour des affaires urgentes à l'heure qu'il est.

— Entendu, lui répondit Maggie. Je les attendrai. Je ne compte pas bouger de la matinée. » Puis, se rappelant qu'elle s'était sentie en confiance avec l'inspecteur Haggerty le jour où il lui avait rendu visite, elle décida de l'interroger discrètement à propos d'Earl Bateman.

« Inspecteur Haggerty, dit-elle, cet après-midi Earl Bateman m'a invitée à visiter son musée. » Elle choisit ses mots avec précaution. « C'est un passe-temps quelque peu *inhabituel*.

— Je m'y suis moi-même rendu, répondit Haggerty. Un endroit étonnant. Mais c'est un passe-temps qui ne me paraît pas tellement étrange de sa part, si vous considérez qu'il appartient à la cinquième génération d'une famille d'entrepreneurs de pompes funèbres. Son père s'est montré très déçu qu'il ne reprenne pas l'affaire. Mais d'une certaine manière, c'est bien ce qu'Earl a fait. » Il eut un petit rire.

« Sans doute. » À nouveau, Maggie pesa les mots qu'elle s'apprêtait à prononcer. « Je sais que ses conférences connaissent un réel succès, mais on m'a raconté qu'il s'est produit un incident malheureux à Latham Manor il y a quelque temps. Savez-vous ce qui s'est passé ?

— Pas exactement, mais si j'avais l'âge de ces pauvres gens, je n'aurais pas une envie folle d'entendre parler de cercueils et d'enterrements, vous ne croyez pas ?

— Probablement pas.

— Je n'ai jamais assisté à l'une de ses conférences », poursuivit Haggerty, qui ajouta en baissant la voix : « Je n'aime pas les potins, mais beaucoup de gens dans la région trouvent cette idée de musée complètement démente. Mais bon, les Bateman pourraient se permettre d'acheter tous les Moore de la planète s'ils le désiraient. Earl n'en a peut-être pas l'air, mais il est extrêmement riche. Il a hérité d'une fortune du côté de son père.

— Je comprends.

— Le clan Moore l'appelle le cousin Zinzin, en grande partie parce qu'ils sont jaloux, à mon avis. »

Maggie se remémora Earl tel qu'elle l'avait vu aujourd'hui : fixant bizarrement l'endroit où l'on avait retrouvé le corps de Nuala ; l'entraînant fiévreusement de salle en salle ; assis dans le corbillard, le regard rivé sur elle.

« Ou parce qu'ils le connaissent trop bien, dit-elle. Merci de votre appel, inspecteur. »

Elle raccrocha, se félicitant d'avoir tu l'histoire des clochettes. Haggerty aurait ri et attribué leur présence macabre sur les tombes à une nouvelle excentricité d'homme riche.

Maggie se remit à trier les chaussures de Nuala. Cette fois, elle décida que le plus simple était de mettre la plupart d'entre elles dans des sacs-poubelle. Des chaussures usagées, particulièrement étroites et de petite pointure, ne seraient pas de grande utilité à qui que ce fût.

La paire de bottes fourrées, en revanche, valait la peine d'être conservée. La gauche était couchée sur le côté, la droite debout. Elle ramassa la première, la posa à côté d'elle, puis s'empara de l'autre.

Comme elle la soulevait, elle entendit un *cling* étouffé qui provenait de l'intérieur.

« Oh, mon Dieu, non ! »

Avant même de plonger la main au fond de la botte garnie de fourrure, Maggie savait ce qu'elle allait y trouver. Ses doigts se refermèrent sur le métal froid, et elle sut immédiatement qu'elle venait de découvrir ce que l'assassin de Nuala était venu chercher — la clochette manquante.

Nuala l'avait prise sur la tombe de Mme Rhinelander, pensa-t-elle, son esprit fonctionnant avec une clarté et une sûreté qui contrastaient étrangement avec le tremblement de ses mains. Elle la contempla : c'était la sœur jumelle de celle qu'elle avait prise sur la tombe de Nuala.

Des traces de boue séchée en maculaient le rebord. D'autres particules de terre plus friable s'écrasèrent sous ses doigts.

Maggie se rappela qu'elle avait trouvé de la terre dans la poche de l'imperméable jaune, et elle se souvint qu'en raccrochant l'ensemble de cocktail de Nuala il lui avait semblé entendre tomber quelque chose.

Nuala portait son imperméable lorsqu'elle avait pris cette clochette sur la tombe de Mme Rhinelander, réfléchit-elle. Elle avait dû avoir peur. Elle l'avait laissée dans sa poche pour une raison ou pour une autre. L'avait-elle trouvée le jour où elle avait modifié son testament, la veille de sa mort ?

Cette découverte avait-elle confirmé chez Nuala des soupçons concernant la résidence ?

Earl prétendait que les douze clochettes qu'il avait fait reproduire se trouvaient dans la réserve du musée. Si elles y étaient toujours, quelqu'un d'autre avait pu en placer de nouvelles sur les tombes, raisonna-t-elle.

Maggie savait qu'Earl était rentré à Providence et que la clé du musée était cachée sous la jardinière de la véranda. Même si elle parlait des clochettes à la police, ils n'auraient aucun moyen légal de pénétrer dans le musée et de chercher les douze clochettes qu'Earl affirmait y garder.

Mais il m'a invitée à y retourner seule si je le désirais, afin de chercher des idées d'illustrations pour ses émissions télévisées. Elle décida d'emporter son appareil photo avec elle. J'aurai ainsi une excuse toute trouvée si quelqu'un m'aperçoit par hasard.

Mais je préfère qu'on ne me voie pas, se dit-elle. Je vais attendre la tombée de la nuit et je m'y rendrai en voiture. C'est mon seul moyen de découvrir la vérité. Je chercherai dans la réserve du haut la boîte censée contenir les clochettes. Je suis sûre que je n'en trouverai pas plus de six.

Et dans ce cas, je saurai qu'il a menti. Je prendrai des photos pour les comparer aux clochettes des tombes et aux deux que je détiens. Puis demain, lorsque le commissaire Brower viendra, je lui confierai le rouleau de pellicule et je lui dirai qu'Earl Bateman a trouvé un moyen de se venger des pensionnaires de Latham Manor. Et qu'il l'a fait avec l'aide de Zelda Markey.

Se venger ? L'idée qui lui traversa soudain l'esprit la glaça. Oui, placer ces clochettes sur les tombes des femmes qui avaient contribué à son humiliation était sans doute une forme de vengeance. Mais était-ce une vengeance suffisante pour Earl ? Se pouvait-il qu'il fût, d'une manière ou d'une autre, impliqué dans leur mort ? Et cette infirmière, Zelda Markey — manifestement, elle avait un rapport avec Earl. Pouvait-elle être sa complice ?

69

Bien que l'heure habituelle de son dîner fût largement dépassée, le commissaire Brower était encore à son bureau. La journée avait été mouvementée et s'était terminée tragiquement. Une voiture pleine d'adolescents partis en virée avait embouti celle d'un couple âgé, expédiant tout le monde à l'hôpital dans un état critique. Ensuite, un mari furieux avait refusé de se conformer à une décision judiciaire de divorce et avait tiré sur sa femme.

« Au moins la femme s'en sortira-t-elle, dit Brower à Haggerty. Heureusement, car elle a trois gosses. »

Haggerty hocha la tête.

« Qu'avez-vous fait de votre journée ? lui demanda Brower d'un ton sec. Lara Horgan veut savoir à quelle heure Maggie Holloway peut nous recevoir demain matin.

— Elle m'a dit qu'elle serait chez elle toute la matinée, répondit Haggerty. Mais attendez un peu avant d'appeler le Dr Horgan. Je voudrais d'abord vous raconter la petite visite que j'ai faite à Sarah Cushing. Sa mère, Mme Bainbridge, vit à Latham Manor. Quand j'étais gosse, j'étais dans une troupe de scouts avec le fils de Sarah Cushing. J'avais fini par la connaître. Une femme très aimable. Imposante. Extrêmement intelligente. »

Brower savait qu'il ne fallait pas presser Haggerty lorsqu'il se lançait dans un de ses rapports. En outre, il semblait aujourd'hui particulièrement content de lui. Pour accélérer les choses, il lui posa la question attendue : « Qu'est-ce qui vous a poussé à aller la voir ?

— Une réflexion de Maggie Holloway lorsque je lui ai téléphoné de votre part. Elle a parlé d'Earl Bateman. Croyez-moi, chef, cette jeune femme est particulièrement douée pour s'attirer des ennuis. Bref, nous avons un peu bavardé. »

Tout comme en ce moment, pensa Brower.

« Et j'ai eu l'impression très nette que Bateman la mettait mal à son aise, peut-être même qu'il lui faisait peur.

— Bateman ? Il est complètement inoffensif ! s'exclama Brower.

— C'est ce que j'aurais pensé moi aussi, mais peut-être Maggie Holloway a-t-elle un œil spécial pour détecter la vraie personnalité des gens. Elle est photographe, vous savez. Quoi qu'il en soit, elle a mentionné le petit problème que Bateman a rencontré à Latham Manor, un incident survenu il y a peu de temps. J'ai appelé un de mes amis, dont la cousine est femme de chambre là-bas, et de fil en aiguille celle-ci a fini par me parler d'une conférence de Bateman qui avait eu pour effet d'expédier dans les pommes une des vieilles dames ; et elle m'a raconté aussi que Sarah Cushing se trouvait là par hasard et qu'elle avait passé un sacré savon à Bateman. »

Haggerty vit la bouche du chef se crisper, signe qu'il était temps d'arriver à la conclusion. « Voilà pourquoi je suis allé rendre visite à Mme Cushing. Elle m'a dit qu'elle avait bousculé Bateman parce qu'il affolait ses auditrices en parlant de gens qui craignaient d'être enterrés vivants, et qu'il avait ensuite fait circuler des copies de ces clochettes qu'on plaçait sur les tombes à l'époque victorienne. Il paraît qu'on attachait un fil à la clochette, et que l'autre extrémité était fixée au doigt du défunt. Le fil passait par un conduit allant du cercueil à la surface. S'il vous arrivait de vous réveiller dans le cercueil, vous pouviez agiter le doigt ; la clochette se mettait à sonner au-dessus de la tombe, et le type qui était payé pour écouter se mettait à creuser.

« Bateman avait dit aux vieilles dames de passer leur annulaire dans la boucle à l'extrémité du fil, comme si elles étaient enterrées vivantes, et de se mettre à agiter les clochettes.

— Vous plaisantez ou quoi ?

— Pas du tout, chef. C'est alors que tout a tourné à la catastrophe, apparemment. Une pauvre octogénaire, claustrophobe de surcroît, s'est mise à hurler et s'est évanouie. Mme Cushing m'a raconté qu'elle s'était saisie de toutes les clochettes, avait interrompu la conférence, et pratiquement fichu Bateman à la porte. Puis elle s'est mis en tête de découvrir qui avait eu la brillante idée de donner cette conférence à la résidence. »

Haggerty s'arrêta, le temps de mesurer son effet. « Il s'agit de Zelda Markey, cette infirmière dont tout le monde se plaint, paraît-il, parce qu'elle entre dans les chambres sans jamais frapper. Sarah Cushing a appris par ailleurs que Zelda Markey s'était occupée de la tante de Bateman dans une maison de retraite, il y a plusieurs années, et qu'elle était devenue intime avec la famille. Elle a aussi entendu dire que les Bateman s'étaient montrés particulièrement généreux envers elle pour la remercier d'avoir pris un soin particulier de tantine. »

Il secoua la tête. « Les femmes ont une manière personnelle de découvrir les choses, n'est-ce pas, chef ? Vous savez qu'il est question à présent d'un lien concernant la mort de toutes ces dames pendant leur sommeil à la résidence ? Mme Cushing croit se souvenir que les femmes qui sont mortes récemment avaient assisté à la conférence de Bateman. »

Avant même qu'Haggerty ait terminé, Brower était au téléphone avec Lara Horgan. Sa conversation terminée, il se tourna vers l'inspecteur. « Lara va immédiatement demander l'exhumation du corps de Mme Shipley et de celui de Mme Rhinelander, les deux personnes qui sont décédées le plus récemment à Latham Manor. Et ce n'est qu'un début. »

70

Il était huit heures lorsque Neil consulta sa montre. Il passait devant la sortie de Mystic Seaport sur la route 95. Encore une heure et il serait à Newport. Il avait hésité à rappeler Maggie mais il n'en fit rien, préférant ne pas courir le risque de s'entendre répondre qu'elle n'avait pas envie de le voir ce soir. Si elle n'est pas chez elle, tant pis, je stationnerai devant sa maison jusqu'à son retour, se dit-il.

Il s'en voulait d'être parti si tard. Et comme s'il ne lui suffisait pas d'avoir eu droit à tous les encombrements habituels au départ de New York, il s'était trouvé coincé par ce damné semi-remorque qui s'était fichu en travers de la route, bloquant complètement la circulation pendant plus d'une heure.

Il n'avait pas totalement perdu son temps, cependant. Il avait longuement réfléchi à sa conversation avec Mme Arlington, la cliente de son père qui avait pratiquement perdu tout son capital à cause de Hansen. Quelque chose le tracassait dans cette affaire. La confirmation de l'achat : il y avait un truc qui ne lui paraissait pas clair là-dedans.

Et il avait compris quoi. Laura Arlington avait dit qu'elle venait *juste* de recevoir la confirmation de son achat de titres. Or, ces documents sont toujours postés immédiatement après la transaction, aussi aurait-elle dû les recevoir bien plus tôt.

Puis, ce matin, il avait appris qu'il n'existait aucune preuve que Mme Gebhart ait possédé les valeurs que Hansen prétendait avoir achetées pour son compte au cours de neuf dollars. Aujourd'hui elles étaient descendues à deux dollars. Le jeu de Hansen ne consistait-il pas à faire croire aux gens qu'il avait acheté des titres à un prix donné — des titres dont il savait qu'ils allaient baisser — et d'attendre pour effectuer la transaction que leur cours se soit effondré ? De cette façon, il ne lui restait plus qu'à empocher la différence.

Pour accomplir ce genre d'opération, il fallait établir un faux du document émis par la Chambre de compensation. Difficile, mais pas impossible.

En fin de compte, j'ai peut-être découvert les magouilles auxquelles se livre Hansen, conclut-il en passant devant le panneau BIENVENUE DANS L'ÉTAT DE RHODE ISLAND. Mais pourquoi ce diable d'escroc a-t-il fait une telle offre à Maggie pour sa maison ? Quel rapport avec le fait d'extorquer de l'argent à de vieilles dames crédules ? Il doit y avoir encore autre chose là-dessous.

Dieu fasse que vous soyez chez vous lorsque j'arriverai, Maggie, pria Neil silencieusement. Vous avez déclenché trop de choses, je ne peux plus vous laisser affronter cette situation toute seule.

71

À huit heures et demie, Maggie monta dans sa voiture pour se rendre au musée d'Earl Bateman. Avant de partir, elle avait comparé la clochette qu'elle venait de trouver dans la penderie à celle qu'elle avait ramassée au pied de la tombe de Nuala. Toutes deux étaient à présent disposées sur la table de l'atelier, brillamment éclairées par un spot.

Mue par une sorte d'arrière-pensée, elle avait sorti le Polaroid qu'elle utilisait pour ses repérages, et pris une photo des deux clochettes côte à côte. Sans se donner la peine de regarder le tirage, elle l'avait laissé sur la table, se réservant de l'examiner à son retour.

Puis, avec son fourre-tout à la main, lourd de ses deux appareils et de son assortiment d'objectifs et de films, elle s'était mise en route. La pensée de retourner dans cet endroit lui faisait horreur, mais il n'y avait pas d'autre moyen d'obtenir les réponses aux questions qui la tourmentaient.

Finissons-en une fois pour toutes, se dit-elle, fermant à double tour la porte d'entrée et s'installant au volant de son break.

Un quart d'heure après, elle passait devant le funérarium des Bateman. Visiblement, la fin de journée avait été animée. Une file de voitures sortait de l'allée.

Un autre enterrement demain... Bon, au moins ne s'agit-il pas d'un ou d'une pensionnaire de Latham, pensa Maggie. À la date d'hier, il ne manquait personne à l'appel là-bas.

Elle tourna sur sa droite, s'engagea dans la rue tranquille où était situé le musée. Elle pénétra dans le parking, constata avec soulagement que le corbillard avait disparu, et se souvint qu'Earl avait annoncé son intention de le rentrer au garage.

En approchant de la vieille maison, elle fut surprise d'apercevoir un faible rai de lumière derrière le rideau de l'une des fenêtres du rez-de-chaussée. C'est probablement une minuterie qui s'éteindra plus tard, réfléchit-elle. Elle m'aidera à me repérer. Elle avait emporté une lampe torche pour s'éclairer à l'intérieur ; bien qu'Earl lui ait proposé de revenir seule, elle ne voulait pas trahir sa présence en allumant l'électricité.

La clé se trouvait sous la jardinière, où Earl l'avait laissée. Comme précédemment, elle produisit un grincement sonore lorsque Maggie la fit tourner dans la vieille serrure. Et comme précédemment, la première chose qu'elle aperçut en entrant fut le mannequin en livrée noire, mais son regard aujourd'hui lui parut moins attentif qu'hostile.

Je n'ai vraiment aucune envie de me retrouver dans cet endroit, pensa Maggie en se hâtant vers l'escalier, évitant de regarder en direction de la pièce où gisait sur son lit d'apparat le mannequin de la jeune femme.

De même s'efforça-t-elle de ne pas penser aux objets exposés au premier étage, quand elle alluma sa lampe torche en atteignant le palier intermédiaire. Gardant son faisceau pointé vers le sol, elle continua de monter. Cependant, le souvenir de ce qu'elle avait vu plus tôt ne cessait de la hanter — les deux vastes pièces, l'une consacrée aux funérailles dans la Rome antique, l'autre à la collection de cercueils. Elles étaient aussi macabres l'une que l'autre, mais le plus troublant à ses yeux avait été le spectacle de tous ces cercueils rassemblés dans une seule salle.

Elle avait espéré que le deuxième étage de la maison ressemblerait à celui de Nuala — un atelier, entouré de vastes placards et de rayonnages. Malheureusement, elle n'y découvrit qu'une autre enfilade de pièces. Consternée, elle se souvint qu'à l'origine cette maison avait servi d'habitation aux arrière-grands-parents d'Earl.

Réprimant sa nervosité, Maggie ouvrit la première porte. À la lumière de sa torche, elle distingua vaguement l'ébauche d'une exposition ; une sorte de hutte en bois dressée sur deux perches était rangée à l'écart dans un angle. Dieu seul sait ce qu'elle représente, pensa-t-elle avec un frisson, ou à quoi elle peut servir. Du moins la pièce était-elle suffisamment vide pour que Maggie voie qu'elle ne contenait rien d'autre susceptible de l'intéresser.

Les deux pièces suivantes étaient identiques ; elles semblaient renfermer des modèles de scènes funéraires en cours de finition.

La dernière porte était la bonne. Elle ouvrait sur une vaste réserve aux murs couverts de rayonnages sur lesquels s'empilaient des boîtes en quantité. Deux présentoirs de vêtements, allant des tuniques les plus ornementées à de véritables chiffons, bouchaient entièrement les fenêtres. De lourdes caisses de bois, hermétiquement fermées, étaient entassées les unes sur les autres sans ordre apparent.

Par où commencer ? se demanda Maggie, envahie d'un sentiment d'impuissance. Il lui faudrait des heures pour tout explorer, et à peine arrivée elle avait déjà hâte de quitter les lieux.

Avec un soupir, refrénant son envie de prendre la fuite, elle fit glisser son fourre-tout de son épaule et le posa sur le sol. À regret, elle referma la porte de la réserve, voulant éviter que la lumière ne filtre dans le couloir et par la fenêtre dépourvue de rideaux à son extrémité.

Les vêtements entassés devant les fenêtres bloquaient sans doute la vue depuis l'extérieur. Ce fut néanmoins d'un pas hésitant que Maggie avança dans la vaste pièce. Elle avait la bouche sèche, le cœur battant, l'impression que chacun de ses nerfs vibrait, l'incitant à partir au plus vite.

Il y avait une échelle sur sa gauche. Sans doute pour atteindre les rayonnages supérieurs. Elle semblait vieille et lourde, et la déplacer au fur et à mesure risquait de lui faire perdre du temps. Maggie décida de commencer sa recherche par les étagères qui se trouvaient directement derrière l'échelle, et de faire le tour de la pièce à partir de là. Dès qu'elle eut grimpé les premiers échelons, elle s'aperçut que chaque carton portait une étiquette collée sur le couvercle. Earl avait soigneusement tout marqué. Pour la première fois une lueur d'espoir la traversa ; son entreprise serait peut-être moins difficile qu'elle ne l'avait craint.

Mais, même étiquetés, les cartons ne semblaient pas rangés selon un ordre particulier. Certains intitulés MASQUES MORTUAIRES remplissaient une rangée entière ; d'autres portaient l'indication VÊTEMENTS DE DEUIL, UNIFORMES DE DOMESTIQUE, COPIES DE TORCHÈRES, TAMBOURS, CYMBALES, PEINTURES RITUELLES, et ainsi de suite — mais pas de clochettes.

C'est sans espoir, pensa Maggie. Je ne les trouverai jamais. Elle vit à sa montre qu'une demiheure s'était déjà écoulée depuis son arrivée, et pendant tout ce temps elle n'avait déplacé l'échelle que deux fois.

Elle l'avança à nouveau, exaspérée par le raclement des pieds sur le plancher. Et une fois encore elle entreprit de la gravir, mais, au moment où elle posait le pied sur le troisième barreau, son regard tomba sur une profonde boîte en carton coincée entre deux autres, presque cachée derrière elles.

Elle était étiquetée CLOCHETTES/ENTERRÉS VIVANTS !

Maggie s'empara de la boîte, la tira, parvint finalement à la dégager et, perdant presque l'équilibre, elle descendit de l'échelle et posa le carton sur le sol. Avec une impatience fébrile, elle s'accroupit et faillit arracher le couvercle, dans sa hâte à l'ouvrir.

Écartant les boulettes de mousse de l'emballage, elle dégagea la première clochette, soigneusement enveloppée d'une pellicule de plastique qui lui donnait une apparence faussement brillante. Nerveusement, ses doigts fouillèrent dans la mousse, tâtonnant, jusqu'au moment où elle fut certaine d'avoir sorti tout ce qui se trouvait dans la boîte.

Tout ce qui s'y trouvait, c'est-à-dire six clochettes, absolument identiques à celles qu'elle avait précédemment découvertes.

Le bon de livraison était encore à l'intérieur : *12 clochettes victoriennes, fondues suivant les indications de M. Earl Bateman*, y lisait-on.

Douze — et il n'en restait que six.

Je vais les photographier ainsi que le bon, et ensuite je pourrai partir d'ici. Elle avait soudain une envie désespérée de se retrouver en sécurité, loin de cet endroit, loin de cette pièce, avec en main la preuve irréfutable qu'Earl Bateman était certainement un menteur, et peut-être un assassin.

Elle n'aurait su dire pourquoi elle eut brusquement l'impression de ne plus être seule dans la pièce.

Avait-elle réellement entendu le faible grincement de la porte qui s'ouvrait ? Le mince faisceau d'une autre torche l'avait-elle alertée ?

Elle pivota sur elle-même au moment où il levait sa torche et l'abattait sur elle en prononçant des paroles qu'elle ne comprit pas.

Puis elle ne perçut plus rien que des voix lointaines et des mouvements indistincts, sombra dans une torpeur sans rêves, avant de se réveiller dans l'obscurité terrible et silencieuse de la tombe.

72

Neil arriva devant chez Maggie à neuf heures passées, bien plus tard qu'il ne l'aurait voulu. Déçu de ne pas voir son break garé dans l'allée, il eut un moment d'espoir en apercevant une vive lumière dans l'atelier.

Elle l'avait peut-être laissé au garage pour une révision. Toutefois, ses coups de sonnette répétés à la porte d'entrée n'obtenant aucune réponse, il regagna sa voiture, décidé à attendre. À minuit, il renonça à faire le guet et prit la direction de la maison de ses parents à Portsmouth.

Neil trouva sa mère dans la cuisine en train de préparer un chocolat chaud. « Je ne parvenais pas à m'endormir », dit-elle.

Neil savait qu'elle avait espéré le voir arriver plus tôt, et il se sentit coupable de l'avoir inquiétée. « J'aurais dû te prévenir, dit-il. Mais pourquoi n'as-tu pas essayé de m'appeler dans ma voiture ? »

Dolores Stephens sourit. « Parce que, à trente-sept ans, aucun fils n'a envie de voir sa mère se tourmenter pour quelques heures de retard. D'ailleurs, je me suis dit que tu avais dû t'arrêter chez Maggie, et je n'étais pas réellement inquiète. »

Neil secoua tristement la tête. « Je me suis en effet arrêté chez elle, mais elle n'était pas là. J'ai attendu jusqu'à maintenant. »

Dolores Stephens observa son fils. « As-tu mangé quelque chose pour dîner ? demanda-t-elle doucement.

— Non, mais c'est sans importance. »

Ignorant sa réponse, elle se leva et ouvrit le réfrigérateur.

« Elle avait peut-être un rendez-vous, dit-elle d'un ton songeur.

— Elle est partie avec *sa* voiture. Et nous sommes *lundi* soir », dit Neil. Il s'arrêta. « Maman, je suis inquiet. Je vais téléphoner toutes les demi-heures jusqu'à ce que je sois certain qu'elle est rentrée chez elle. »

Il eut beau protester qu'il n'avait pas faim, il avala sans se faire prier le copieux club sandwich que sa mère lui avait préparé. À une heure du matin, il composa le numéro de Maggie.

Sa mère était toujours assise à côté de lui quand il essaya à nouveau à une heure et demie, puis à deux heures, et encore à trois heures.

À trois heures et demie, son père vint les rejoindre. « Que diable se passe-t-il ? » demanda-t-il, les yeux lourds de sommeil. Une fois au courant, il s'écria : « Pour l'amour du ciel, appelle immédiatement la police et demande-leur si on a signalé un accident. »

Le policier qui répondit à Neil lui assura que la soirée avait été calme. « Aucun accident, monsieur.

— Donne-lui la description de Maggie. Précise-lui la marque de sa voiture. Laisse ton nom et ton numéro de téléphone, dit Robert Stephens. Dolores, tu es restée debout depuis des heures. Va dormir à présent. Je reste avec Neil.

— Mais..., commença-t-elle.

— Ne t'inquiète pas. Il y a sans doute une explication très simple », lui dit son mari doucement. Lorsque sa femme fut hors de portée de voix, il continua : « Ta mère aime beaucoup Maggie. » Il regarda pensivement son fils. « Je sais que tu ne vois pas Maggie depuis très longtemps, mais pourquoi paraît-elle indifférente en ta présence, parfois même froide ? Y a-t-il une raison ?

— Je n'en sais rien, confessa Neil. Elle s'est toujours montrée très réservée, et moi aussi probablement, mais je suis certain qu'il y a quelque chose de spécial entre nous. » Il secoua la tête. « Je n'ai cessé de tourner tout ça dans ma tête, de chercher une raison à son attitude. Ce n'est pas parce que je ne lui ai pas téléphoné avant son départ de New York. Maggie n'est pas étroite d'esprit à ce point. Mais j'ai eu tout le temps d'y penser pendant mon trajet en voiture, et j'ai peut-être trouvé une explication. »

Il raconta à son père qu'il avait vu Maggie sangloter au cinéma pendant la projection d'un film. « J'ai jugé préférable de ne pas m'en mêler, dit-il. Il m'a semblé que je devais la laisser tranquille. Mais maintenant je me demande si elle n'a pas remarqué ma présence, si elle ne m'en a pas voulu d'être resté muet. Qu'aurais-tu fait à ma place ?

— Je vais te dire ce que j'aurais fait, lui répondit son père sans hésitation. Si j'avais trouvé ta mère dans cette situation, je me serais approché d'elle et j'aurais mis mon bras autour de ses épaules. Je n'aurais peut-être rien dit, mais elle aurait senti que j'étais là. »

Il regarda Neil avec sévérité. « Amoureux ou non d'elle, c'est ainsi que j'aurais agi. D'un autre côté, si j'avais voulu me cacher que je l'aimais, ou si j'avais eu peur de m'attacher, peut-être alors serais-je parti. Il existe une attitude très connue dans la Bible qui consiste à se laver les mains.

— Je t'en prie, papa.

— Et si j'étais à la place de Maggie, que je me sois aperçue de ta présence et que j'aie eu envie de m'appuyer sur toi, je t'aurais rayé de la liste de mes connaissances », conclut Robert Stephens.

Le téléphone sonna. Neil fut le plus prompt à s'en emparer.

C'était un agent de police. « Monsieur, nous avons découvert dans Marley Road un véhicule correspondant à la description que vous nous avez communiquée. C'est un quartier isolé, il n'y a pas une seule maison aux environs, et personne n'a pu nous dire depuis quand elle avait été abandonnée là, ni par qui. »

Mardi 8 octobre

73

À huit heures le mardi matin, Malcolm Norton descendit de sa chambre et jeta un coup d'œil dans la cuisine. Janice était déjà levée ; assise à la table, elle lisait le journal en buvant son café.

Pour la première fois depuis des siècles, elle proposa de lui servir une tasse de café. « Un toast ? » ajouta-t-elle.

Il hésita : « Pourquoi pas ? » et prit place en face d'elle.

« Tu pars plus tôt que d'habitude, il me semble », s'étonna-t-elle.

Sa nervosité ne lui échappa pas. Aucun doute, elle savait qu'il manigançait quelque chose.

Il répondit par un « hmmm » laconique, pas mécontent de la voir perplexe. Il s'était aperçu qu'elle était encore éveillée quand il était rentré à minuit.

Il but quelques gorgées de café, puis repoussa sa chaise. « Réflexion faite, je renonce au toast. Au revoir, Janice. »

Une fois arrivé à son bureau, Malcolm Norton s'assit quelques instants à la place qu'occupait

Barbara. Il aurait aimé lui écrire quelques lignes, un mot lui rappelant tout ce qu'elle avait représenté pour lui, mais il ne pouvait pas lui faire ça. Il ne voulait pas que son nom soit mêlé à cette affaire.

Il entra dans son propre bureau et examina à nouveau les documents qu'il avait trouvés dans la serviette de Janice, et la copie de son relevé bancaire.

Il se figurait à peu près ce qu'elle avait comploté. Il l'avait deviné l'autre soir en voyant son escroc de neveu lui tendre une enveloppe dans le restaurant où il l'avait suivie. La vue du solde de son compte n'avait fait que confirmer ses soupçons.

Elle fournissait à Douglas Hansen des informations confidentielles d'ordre financier sur les personnes inscrites sur la liste d'attente de Latham Manor, l'aidant ainsi à escroquer des vieilles dames fortunées. L'accusation de « complicité de fraude » ne serait peut-être pas retenue contre elle, mais il ne lui serait pas facile de continuer à vivre dans cette ville. Naturellement elle perdrait son emploi.

Très bien, pensa-t-il.

C'était Hansen qui avait fait une offre supérieure à la sienne à Maggie Holloway ; il en aurait mis sa main à couper. Et Janice l'avait averti du prochain amendement. Ils avaient sans doute l'intention de faire monter les enchères jusqu'à ce que Maggie se décide à vendre.

Si seulement cette damnée belle-fille n'était pas entrée en scène pour tout gâcher ! Avec le coup qu'il aurait fatalement réussi sur la maison, il aurait trouvé un moyen de garder Barbara.

Un coup fatal ! Il sourit amèrement. C'était le cas de le dire !

Bien entendu, plus rien ne lui importait maintenant. Il n'achèterait jamais cette maison. Il ne vivrait jamais avec Barbara. C'était fini, fini. Mais au moins allait-il régler ses comptes. Ils sauraient qu'il n'était pas la chiffe molle dont Janice s'était moquée pendant des années.

Il repoussa l'enveloppe brune adressée au commissaire Brower sur le coin de son bureau. Il ne voulait pas qu'elle soit tachée.

Il chercha le revolver qu'il conservait dans le grand tiroir du bas. Il le prit et le tint dans sa main un moment, le contemplant pensivement. Puis il composa le numéro du commissariat et demanda le commissaire Brower.

« Malcolm Norton à l'appareil, dit-il d'un ton aimable en prenant le revolver dans sa main droite pour le pointer vers sa tempe. Je crois que vous feriez mieux de venir par ici. Je suis sur le point de me tuer. »

Au moment où il pressait sur la gâchette, il entendit un seul mot, le mot de la fin : « Non ! »

74

Maggie sentit du sang lui coller les cheveux sur le côté de la tête. Elle avait le crâne sensible au toucher et encore douloureux. « Pas de panique, murmura-t-elle tout bas. Je dois rester calme. »

Où suis-je enterrée ? Probablement dans un endroit isolé au milieu des bois où personne ne peut raisonnablement me trouver… Elle tira sur le fil attaché à son doigt et sentit une forte résistance à l'autre extrémité.

Il a attaché à mon doigt l'une de ces maudites clochettes victoriennes, réfléchit-elle. Elle introduisit son index dans le tube par lequel passait le fil. Il semblait fait d'un métal rigide et avoir un diamètre d'environ trois centimètres. Espérons qu'il me fournira suffisamment d'air pour respirer, à moins qu'il ne se bouche.

Mais pourquoi s'être donné tout ce mal ? Elle était certaine que la clochette n'avait pas de battant, sinon elle percevrait au moins un écho lointain en tirant sur le fil. Ce qui signifiait que personne ne pouvait l'entendre.

Se trouvait-elle dans un cimetière ? Dans ce cas, y avait-il une chance que des gens viennent se recueillir sur une tombe ou assister à un enterrement ? Pourrait-elle entendre, même étouffé, le bruit des voitures ?

Réfléchis ! Il doit y avoir une solution. Elle allait continuer à tirer sur le fil jusqu'à ce que son doigt soit douloureux, jusqu'à ce que ses forces l'abandonnent. Si elle était enterrée dans un endroit où quelqu'un risquait de passer, il y avait un espoir que le mouvement de la clochette attire son attention.

Elle tenterait également de crier au secours à des intervalles réguliers qu'elle fixa à dix minutes. Naturellement, elle n'avait aucun moyen de savoir si le son de sa voix monterait par le tube, mais il fallait essayer. Elle ne devait pas s'épuiser trop tôt, toutefois, et se retrouver dans l'impossibilité d'attirer l'attention au cas où elle entendrait quelqu'un s'approcher.

Et s'il revenait ? Il était fou, elle en était certaine. S'il l'entendait crier, il était capable de boucher le tuyau et de la laisser suffoquer. Il lui fallait être prudente.

Bien sûr, tous ces efforts ne serviraient peut-être à rien. Il y avait de fortes chances pour qu'elle soit enterrée au bout du monde, et qu'il l'imagine en ce moment même en train de lacérer le couvercle du cercueil, de tirer désespérément sur le fil comme l'avaient fait des malheureux à l'époque victorienne, en se rendant compte qu'ils étaient enterrés vivants. À la différence qu'il y avait un gardien posté dans les parages pour entendre leur appel. Où qu'elle fût, Maggie était certaine d'être seule.

75

À dix heures, Neil et son père étaient assis en face du commissaire Brower et, l'air tendu, l'écoutaient rapporter sobrement le contenu de la note laissée par Malcolm Norton. « Norton était un homme amer et désabusé, dit Brower. D'après ce qu'il écrit, la modification des lois sur la protection de l'environnement va donner à la propriété de Mme Holloway une plus-value considérable. Lorsqu'il avait fait son offre à Nuala Moore, il était visiblement déterminé à la tromper en ne lui révélant pas sa valeur réelle. Ayant appris qu'elle était en train de changer d'avis à propos de cette vente, il est possible qu'il l'ait tuée. Il se peut aussi qu'il ait fouillé la maison pour essayer d'y trouver le testament révisé. »

Il reprit la lecture des explications laissées par Norton. « Il est clair qu'il accusait Maggie Holloway d'être la cause de tous ses déboires, et, bien qu'il n'en dise rien, il a peut-être voulu se venger sur elle. En tout cas, il s'est arrangé pour mettre sa femme dans un sacré pétrin. »

C'est impossible, pensa Neil. Il sentit la main de son père lui presser l'épaule, et voulut l'écarter. Il ne voulait pas que la compassion entame sa détermination. Il n'avait pas l'intention de baisser les bras. *Maggie n'était pas morte*, il en était certain. Elle ne *pouvait* pas être morte.

« Je me suis entretenu avec Mme Norton, continua Brower. Son mari est rentré hier à l'heure habituelle, puis il est ressorti et n'a pas réapparu avant minuit. Ce matin, lorsqu'elle a voulu savoir où il avait passé la soirée, il n'a pas voulu lui répondre.

— Maggie ne connaissait pas vraiment ce Norton, fit remarquer Robert Stephens. Pour quelle raison aurait-elle accepté de le rencontrer ? Pensez-vous qu'il aurait pu la forcer à monter dans sa propre voiture et à se rendre à l'endroit où vous l'avez trouvée garée ? Et dans ce cas, qu'aurait-il fait de Maggie, et, ayant abandonné la voiture à cet endroit, par quel moyen serait-il revenu chez lui ? »

Brower secouait la tête tout en écoutant Robert Stephens parler. « C'est un scénario peu vraisemblable, je suis obligé de l'admettre, mais c'est une possibilité à considérer. Nous allons faire venir des chiens qui suivront la piste de Mme Holloway, et si elle est dans les environs, nous la retrouverons. Mais l'endroit où l'on a découvert sa voiture est très éloigné de la maison de Norton. Il aura fallu qu'il bénéficie de l'aide de quelqu'un d'autre, ou qu'il se fasse reconduire chez lui par un automobiliste, et franchement je ne crois à aucune de ces deux hypothèses. Cette femme dont il était amoureux fou, Barbara Hoffman, est partie chez sa fille dans le Colorado. Nous avons déjà vérifié. Elle y est depuis le début du week-end. »

L'interphone sonna, et Brower décrocha. « Passez-le-moi », dit-il au bout d'un instant.

Neil enfouit son visage dans ses mains. Mon Dieu, faites qu'ils n'aient pas découvert le corps de Maggie, implora-t-il silencieusement.

La conversation de Brower ne dura qu'une minute. Lorsqu'il raccrocha, il dit : « D'une certaine manière, je crois que nous avons une bonne nouvelle. Malcolm Norton a dîné hier au *Log Cabin*, un petit restaurant non loin de l'appartement où vivait Barbara Hoffman. Apparemment, Norton et elle s'y rendaient fréquemment. Le propriétaire nous a dit que Norton s'y est attardé jusqu'à onze heures passées, ce qui signifie qu'il est sans doute rentré directement chez lui. »

Et qu'il n'a presque certainement rien à voir avec la disparition de Maggie, pensa Neil.

« À partir de là, que comptez-vous faire ? demanda Robert Stephens.

— Interroger les personnes dont a parlé Mme Holloway, répondit Brower : Earl Bateman et Zelda Markey, l'infirmière. »

L'interphone retentit à nouveau. Après avoir écouté sans faire de commentaire, Brower reposa le récepteur et se leva. « J'ignore à quel jeu joue Bateman, mais il vient de téléphoner pour déclarer qu'un cercueil a été volé la nuit dernière dans son musée funéraire. »

76

Le Dr William Lane savait qu'il ne pouvait pas fournir d'explication à sa femme. Le silence glacial d'Odile lui indiquait que, même avec elle, il y avait certaines limites à ne pas dépasser.

Si seulement elle n'était pas rentrée hier soir pour le trouver dans cet état, pensa-t-il. Il n'avait pas bu un seul verre d'alcool depuis une éternité, lui semblait-il, pas depuis le problème qu'il avait eu dans la résidence qu'il dirigeait précédemment. Lane savait que c'était à Odile qu'il devait son poste actuel. Elle avait fait la connaissance des propriétaires de Prestige Residence Corporation au cours d'un cocktail et l'avait fortement recommandé pour le poste de directeur de Latham Manor, alors en cours de rénovation.

Latham Manor était l'une des résidences franchisées de Prestige Residence, par opposition aux établissements dont ils assuraient eux-mêmes la gestion ; mais ils avaient accepté de le rencontrer, et plus tard il avait soumis son curriculum vitae au gérant de l'affaire. Fait surprenant, c'est lui qui avait été choisi.

Tout cela grâce à Odile, comme elle n'oubliait jamais de le lui rappeler, pensa-t-il amèrement.

Il savait que son écart de la veille au soir était signe que la pression devenait trop forte pour lui. Les ordres lui intimant de maintenir les appartements constamment occupés ; de ne jamais laisser un mois s'écouler entre l'ancien et le nouveau pensionnaire... Toujours cette menace sous-jacente d'être remercié si les objectifs n'étaient pas atteints. *Remercié*, pensa-t-il. Et pour aller où ?

Après le dernier incident, Odile l'avait menacé de le quitter si elle le trouvait ivre encore une fois, une seule fois.

Si attrayante que fût cette perspective, il ne pouvait l'envisager. En vérité, Odile lui était indispensable.

Pourquoi n'était-il pas resté à Boston hier soir ? se demanda-t-il.

Parce qu'elle le soupçonnait d'être sur le point de paniquer, se dit-il.

Et elle avait raison, comme d'habitude. La terreur l'avait saisi en apprenant que Maggie Holloway était à la recherche du dessin de Nuala Moore représentant Zelda Markey en espionne.

Il aurait dû trouver un moyen de se débarrasser de cette femme depuis longtemps, mais c'était Prestige Residence qui l'avait engagée, et par bien des côtés c'était une bonne infirmière. Beaucoup de pensionnaires l'appréciaient. En fait, il se demandait parfois si elle n'était pas *trop* bonne infirmière. Sur certains points, elle semblait en savoir plus que lui.

Bon... quelles que fussent ses relations avec Odile, le Dr Lane savait qu'il devait rejoindre la résidence et faire ses visites de la matinée.

Il trouva sa femme dans la cuisine en train de boire un café. Chose inhabituelle, elle n'avait pas même fait l'effort de se maquiller ce matin. Elle avait les traits tirés et l'air las.

« Zelda Markey vient de téléphoner, lui dit-elle, le regard noir. La police veut l'interroger. Elle ignore absolument à quel sujet.

— L'interroger ? » Lane sentit l'étau se resserrer davantage sur lui, tétanisant chacun de ses muscles. C'est la fin, pensa-t-il.

« Elle a ajouté que Sarah Cushing avait donné des ordres stricts pour que ni toi ni elle ne mettiez les pieds dans la chambre de sa mère. Il paraît que Mme Bainbridge ne va pas bien, et sa fille prend des dispositions pour la faire transporter immédiatement à l'hôpital. »

Odile le regarda d'un air accusateur. « Hier soir, tu étais censé rentrer pour examiner Mme Bainbridge. Il est vrai que tu n'aurais pas été autorisé à la voir, mais j'ai appris que tu n'étais pas apparu à la résidence avant onze heures. Qu'as-tu fabriqué jusqu'à cette heure-là ? »

77

Neil et Robert Stephens allèrent jusqu'à la petite route où était encore parqué le break de Maggie. L'endroit était à présent entouré de rubans de protection posés par la police, et en sortant de leur voiture ils entendirent les aboiements des chiens qui exploraient les bois alentour.

Ni l'un ni l'autre n'avait prononcé un seul mot depuis qu'ils avaient quitté le commissariat de police. Neil avait essayé de passer en revue tout ce qu'il savait sur cette affaire. Pas grand-chose en vérité, se dit-il, et plus il avait l'impression d'être dans le noir, plus il se sentait frustré.

La présence affectueuse de son père à ses côtés était réconfortante, essentielle, même. C'est ce que je n'ai pas su offrir à Maggie, pensa-t-il avec regret.

À travers les bois touffus et le feuillage dense il distinguait une douzaine de personnes. Des policiers ou des bénévoles ? Il savait qu'ils n'avaient rien trouvé jusqu'à présent, c'est pourquoi la battue s'était étendue à une zone plus large. Avec désespoir, il comprit qu'ils s'attendaient à découvrir le corps de Maggie.

Il enfonça les mains dans ses poches et inclina la tête. « C'est impossible qu'elle soit morte, dit-il enfin, rompant le silence. Je le saurais.

— Neil, partons, dit doucement son père. Je ne sais même pas pourquoi nous sommes venus ici. Rester à attendre n'est d'aucune aide pour Maggie.

— Que suggères-tu, alors ? demanda Neil, d'une voix où perçaient la colère et l'amertume.

— Si l'on en croit Brower, la police ne s'est pas encore entretenue avec cet individu, Hansen, mais ils savent qu'il a un rendez-vous à son bureau de Providence vers midi. À ce stade de l'enquête, ils ne le considèrent pas comme un élément important. Ils se contenteront de transmettre au procureur les informations laissées par Norton concernant le délit de fraude. Toutefois, il pourrait être intéressant pour nous de l'attendre à son bureau.

— Papa, tu n'espères quand même pas que je vais me préoccuper de transactions financières en ce moment ! fit Neil d'un ton exaspéré.

— Non, et ce n'est pas ça qui me préoccupe non plus. Mais tu as passé un ordre de vente pour cinquante mille actions que Cora Gebhart semblait détenir. Tu es en droit de te présenter chez Hansen et d'exiger des explications. »

Il regarda son fils en face. « Tu ne vois donc pas où je veux en venir ? Quelque chose dans le comportement de Hansen a profondément troublé Maggie. À mon avis, ce n'est pas une coïncidence si ce type lui a fait une offre pour sa maison. Tu pourras toujours le mettre sur la défensive à propos de ses placements bidon, mais je tiens surtout à le rencontrer sans tarder pour tenter de découvrir s'il est au courant de la disparition de Maggie. »

Comme Neil continuait à secouer la tête, Robert Stephens fit un geste en direction des bois : « Si tu penses que le corps de Maggie repose quelque part par là, va le chercher avec eux. Pour ma part, j'espère — je crois — qu'elle est toujours en vie, et si j'ai raison je peux te parier que son ravisseur ne l'a pas laissée à proximité de sa voiture. » Il fit demi-tour, prêt à partir. « Fais-toi reconduire par quelqu'un. Je pars à Providence voir Hansen. »

Il monta dans sa voiture et claqua la portière. Au moment où il tournait la clé de contact, Neil sauta sur le siège à côté de lui.

« Tu as raison, admit-il. Je ne sais pas où nous allons la trouver, mais sûrement pas ici. »

78

À onze heures trente, Earl Bateman attendait le commissaire Brower et l'inspecteur Haggerty sur la véranda de son musée.

« Le cercueil se trouvait là hier après-midi, expliqua-t-il d'un ton saccadé. Je le sais parce que j'ai fait visiter le musée, et je me rappelle l'avoir spécialement signalé aux personnes que je guidais. Je n'arrive pas à croire qu'on puisse s'amuser à dégrader une collection aussi importante. Chacune des acquisitions de ce musée a fait l'objet de recherches méticuleuses.

« On va bientôt fêter Halloween, continua-t-il, en frappant nerveusement son poing gauche dans sa paume droite. Je suis certain qu'une bande de jeunes est à l'origine de ce coup pendable. Et je peux vous certifier que, si c'est le cas, j'ai l'intention de porter plainte. Pas de "il faut que jeunesse se passe" en guise d'excuse, vous m'entendez ?

— Professeur Bateman, pourquoi ne pas entrer pour discuter tranquillement de cette affaire ? proposa Brower.

— Bien sûr. D'ailleurs, je dois avoir une photo du cercueil dans mon bureau. C'est une pièce d'un intérêt particulier, et je pensais en faire le sujet central d'une nouvelle salle lorsque j'agrandirais le musée. Venez avec moi. »

Les deux policiers lui emboîtèrent le pas dans le hall d'entrée, passèrent devant le valet de cire vêtu de noir, et pénétrèrent dans une pièce qui visiblement avait été la cuisine de la maison à l'origine. Un évier, un réfrigérateur et une cuisinière s'alignaient contre le mur du fond. Des dossiers s'empilaient sous les fenêtres. Un imposant bureau de style ancien trônait au milieu de la pièce, recouvert de plans et de croquis.

« Je suis en train de dessiner les plans de mon exposition en plein air, leur expliqua Bateman. Je possède un terrain aux environs qui sera un site idéal. Je vous en prie, asseyez-vous. Je vais essayer de retrouver cette photo. »

Il est incroyablement surexcité, pensa Jim Haggerty. Je me demande s'il était aussi agité quand ils l'ont mis à la porte de Latham Manor après l'incident des clochettes. Peut-être n'est-il pas vraiment le cinglé inoffensif qu'on imagine.

« Pouvons-nous vous poser quelques questions avant que vous ne vous mettiez à chercher cette photo ? demanda Brower.

— Si vous le désirez. » Bateman dégagea la chaise derrière le bureau et s'assit.

Haggerty sortit son calepin.

« Vous a-t-on pris autre chose, professeur Bateman ? questionna Brower.

— Non. Rien d'autre ne semble avoir été dérangé. Dieu merci, les lieux n'ont pas été vandalisés. On peut imaginer que ce vol a été commis par un individu agissant seul, car le char funèbre a aussi disparu, et il a été facile de le faire rouler jusqu'à l'extérieur.

— Où se trouvait le cercueil ?

— Au premier étage, mais il y a un monte-charge pour manipuler les objets lourds. » Le téléphone sonna. « Excusez-moi. C'est probablement mon cousin Liam. Il était en réunion quand je l'ai appelé pour le prévenir. J'ai pensé qu'il serait intéressé par cette histoire. »

Bateman prit le récepteur. « Allô », fit-il, puis il hocha la tête pour indiquer qu'il s'agissait bien de l'appel attendu.

Brower et Haggerty écoutèrent Bateman informer son cousin de ce qui était arrivé.

« Une pièce ancienne de grande valeur, disait-il avec fébrilité. Un cercueil victorien. Je l'ai payé dix mille dollars, et c'était une affaire. Il a son tube d'aération original et il était... »

Il se tut brusquement, comme s'il avait été interrompu. Puis il s'écria d'une voix stupéfaite :

« Qu'est-ce que tu racontes ? Maggie Holloway a disparu ? C'est impossible ! »

Quand il raccrocha, il avait l'air atterré. « C'est terrible ! Comment a-t-il pu arriver une chose pareille à Maggie ? Oh, je le savais, je savais qu'elle était en danger. J'ai eu un pressentiment. Liam est bouleversé. Ils sont très liés, vous savez. Il téléphonait depuis sa voiture. Il a dit qu'il venait d'apprendre la nouvelle aux informations, qu'il avait quitté Boston et était en route. » Puis Bateman fronça les sourcils. « Vous saviez que Maggie avait disparu ? demanda-t-il à Brower d'un ton accusateur.

— Oui, dit Brower d'un ton sec. Et nous savons aussi qu'elle était ici avec vous hier après-midi.

— Bien sûr. Je lui avais apporté une photo de Nuala Moore prise au cours d'une récente réunion de famille, et elle avait paru l'apprécier. Étant donné ses qualités de photographe, je lui avais demandé de m'aider à trouver des illustrations pour la série d'émissions télévisées que je dois réaliser sur les rites funéraires. C'est pour cette raison qu'elle est venue visiter le musée, expliqua-t-il d'un ton précipité.

« Elle a pratiquement tout regardé, continua-t-il. J'étais déçu qu'elle n'ait pas emporté son appareil photo, et je lui ai dit de revenir seule si elle le voulait. Je lui ai même montré où je cachais la clé.

— C'était hier après-midi, dit Brower. Est-elle revenue la nuit dernière ?

— Je ne crois pas. Pourquoi serait-elle revenue durant la nuit ? Ce serait étrange de la part d'une femme. » Il semblait bouleversé. « J'espère qu'il n'est rien arrivé à Maggie. C'est quelqu'un de charmant, et elle est très jolie. Je dois même avouer que je la trouve particulièrement séduisante. »

Il secoua la tête. « Non, ce n'est certainement pas elle qui a emporté le cercueil. Hier, lorsque je lui ai montré la salle des cercueils, elle n'a même pas voulu y mettre le pied. »

Est-ce qu'il plaisante ? se demanda Haggerty. Ce type avait son explication toute prête. Je parie à dix contre un qu'il était déjà au courant de la disparition de Maggie.

Bateman se leva. « Je vais aller chercher cette photo.

— Une minute encore, le retint Brower. J'aimerais d'abord vous interroger à propos d'un petit problème que vous auriez eu lors d'une de vos conférences à Latham Manor. On m'a parlé d'une histoire de clochettes victoriennes et il paraît que vous avez été prié de quitter les lieux. »

Bateman abattit furieusement son poing sur la table. « *Je ne veux pas en parler !* Qu'est-ce qui vous prend tous ? Déjà hier j'ai répondu la même chose à Maggie. Ces clochettes sont enfermées dans ma réserve, et elles n'en sortiront pas. *Je ne veux pas en parler.* Vous avez compris ? » Son visage était blême de fureur.

79

Le temps changeait, devenait nettement plus froid. Le soleil matinal avait fait place aux nuages, et à onze heures le ciel était devenu uniformément gris et triste.

Neil et son père étaient assis sur deux fauteuils droits qui, avec le bureau de la secrétaire et sa chaise, étaient seuls à meubler la réception du cabinet de Douglas Hansen.

L'unique employée était une jeune femme peu bavarde d'une vingtaine d'années qui les informa d'un ton évasif que M. Hansen n'était pas venu à son bureau depuis jeudi après-midi, et qu'il l'avait seulement avertie qu'il serait sans doute là vers dix heures ce matin.

La porte donnant sur le bureau du fond était ouverte, et la pièce paraissait meublée de manière aussi austère que la réception. Un bureau, un fauteuil, un classeur et un petit ordinateur. Ils n'en virent pas davantage.

« On ne se croirait pas chez un gestionnaire de portefeuilles en plein développement, fit remarquer Robert Stephens. Je dirais que ça ressemble plutôt à un décor de tripot clandestin — arrangé de façon à pouvoir mettre les voiles en vitesse si quelqu'un donne l'alarme. »

Neil avait du mal à rester planté là sans pouvoir agir. *Où est Maggie ?* se demandait-il pour la millième fois.

Elle est vivante, elle est vivante, répétait-il en lui-même avec détermination. Et je la retrouverai. Il s'efforça de se concentrer sur la remarque de son père et répondit : « Je doute qu'il emmène ses futures clientes ici.

— Sûrement pas, répondit Robert Stephens. Il les invite à déjeuner ou à dîner dans des restaurants de luxe. Au dire de Cora Gebhart et de Laura Arlington, il est très doué pour faire du charme, cependant, toutes deux ont ajouté qu'il semblait très compétent en matière de placements.

— Alors il a dû suivre des cours du soir en douce. Notre détective que j'ai chargé d'enquêter sur lui m'a rapporté qu'il avait été viré de deux sociétés de Bourse pour incapacité notoire. »

Les deux hommes tournèrent la tête en même temps en entendant la porte s'ouvrir. Ils surprirent l'expression de stupéfaction de Douglas Hansen à leur vue.

Il nous prend pour des flics, se dit Neil. On a dû l'informer du suicide de son oncle.

Ils se levèrent. Robert Stephens parla le premier. « Je représente Mme Cora Gebhart et Mme Laura Arlington, dit-il d'un ton officiel. En tant qu'expert-comptable, je suis ici pour discuter des investissements récents que vous avez faits en leur nom.

— Et pour ma part je représente Maggie Holloway, déclara Neil d'un air peu amène. Où vous trouviez-vous la nuit dernière, et que savez-vous de sa disparition ? »

80

Maggie se mit à trembler sans pouvoir se contrôler. Depuis quand était-elle là ? Avait-elle sombré dans le sommeil, ou perdu connaissance ? La soif lui desséchait la bouche.

Depuis combien de temps n'avait-elle pas appelé au secours ? Quelqu'un était-il à sa recherche ? Savait-on seulement qu'elle avait disparu ?

Neil. Il avait promis de lui téléphoner ce soir. Non, hier soir, rectifia-t-elle, tâchant de retrouver la notion du temps. J'étais au musée à neuf heures, se souvint-elle. Je sais que je suis ici depuis des heures. Est-ce le matin maintenant, plus tard ?

Neil allait téléphoner.

Téléphonerait-il vraiment ?

Elle avait repoussé ses témoignages de sollicitude. Peut-être ne téléphonerait-il pas. Elle s'était montrée tellement distante avec lui. Et s'il se désintéressait complètement d'elle désormais ?

Non, non, implora-t-elle. Neil n'agirait pas ainsi. Il allait se mettre à sa recherche. « Retrouve-moi, Neil, je t'en prie, retrouve-moi ! » murmura-t-elle, refoulant ses larmes.

Son visage lui apparaissait. Troublé. Anxieux. Inquiet à son sujet. Si seulement elle lui avait demandé de l'accompagner au musée.

Le musée, pensa-t-elle soudain. La voix derrière elle.

Mentalement, elle revit plan par plan la scène de l'agression. Elle s'était retournée et avait vu l'expression de son visage avant qu'il ne lui assène un coup sur la tête. Une expression sauvage. Meurtrière.

Sans doute la même que le soir où il avait assassiné Nuala.

Des roues. Elle n'était pas totalement inconsciente quand elle s'était sentie roulée sur un chariot.

La voix d'une femme. Elle avait entendu une voix de femme s'adresser à lui. Maggie poussa un gémissement au souvenir de cette voix. Elle savait à qui elle appartenait.

Il faut que je sorte d'ici, pensa-t-elle. Je ne veux pas mourir. Sachant cela, je ne *dois* pas mourir. Elle recommencera pour lui. Je sais qu'elle recommencera.

« Au secours ! hurla-t-elle. À l'aide ! »

Sans reprendre haleine, elle appela, appela frénétiquement, puis se força à s'arrêter. Ne panique pas ! Surtout ne panique pas !

Je vais compter jusqu'à cinq cents, lentement, et j'appellerai trois fois, décida-t-elle. Puis je continuerai sur ce rythme.

Elle entendit un bruit régulier, assourdi, au-dessus de sa tête, et sentit un filet froid sur sa main. Il pleuvait, comprit-elle, et la pluie gouttait par le conduit de ventilation.

81

À onze heures et demie, Brower et Haggerty firent leur entrée à Latham Manor. Tous les pensionnaires semblaient comprendre qu'il se passait quelque chose d'anormal dans la maison. Ils se tenaient rassemblés par petits groupes, dans la bibliothèque et le hall d'entrée.

Conscients d'être l'objet de la curiosité générale, les deux policiers suivirent la femme de chambre qui les menait dans la partie administrative du bâtiment.

Lane les accueillit aimablement. « Entrez. Je suis à votre disposition. » Il leur fit signe de s'asseoir.

Il a l'air hagard, pensa Haggerty, notant les yeux injectés de sang, les deux plis grisâtres qui encadraient la bouche du docteur, les gouttes de sueur sur son front.

« Docteur Lane, pour l'instant nous désirons simplement vous poser quelques questions, rien de plus, commença Brower.

— Rien de plus — quoi ? demanda Lane, s'efforçant de sourire.

— Docteur, avant d'occuper votre poste actuel, vous êtes resté au chômage pendant plusieurs années. Pour quelle raison ? »

Lane resta silencieux un moment, avant de répondre lentement : « Je présume que vous connaissez déjà la réponse à cette question.

— Nous préférerions entendre *votre* version, dit Haggerty.

— Ma version, comme vous le dites, est que nous avions eu une épidémie de grippe au Colony Nursing Home, la maison de retraite que je dirigeais auparavant. Quatre de nos pensionnaires avaient dû être transportés à l'hôpital. Par conséquent, lorsque d'autres personnes présentèrent des symptômes ressemblant à la grippe, j'en conclus naturellement qu'elles avaient contracté le même virus.

— Mais ce n'était pas le cas, continua Brower doucement. En vérité, dans la partie de la maison de retraite où étaient logées ces personnes se trouvait un appareil de chauffage défectueux. Elles ont été empoisonnées par de l'oxyde de carbone. Trois d'entre elles sont mortes, n'est-ce pas ? »

Lane resta sans le regarder, muet.

« Et est-il exact que le fils d'une de ces femmes vous ait fait remarquer que les étourdissements de sa mère ne correspondaient pas aux symptômes de la grippe, et vous ait même demandé de vérifier s'il n'y avait pas des émanations d'oxyde de carbone ? »

Une fois encore, Lane ne répondit pas.

« Vous avez été suspendu pour faute grave, et cependant on vous a choisi pour occuper ce poste. Comment l'expliquez-vous ? »

La bouche de Lane se serra en une ligne étroite. « Simplement parce que la direction de Prestige Residence Corporation a eu l'honnêteté de reconnaître que j'avais eu la charge d'un établissement surpeuplé, dépourvu de moyens, que je travaillais quinze heures par jour, que de nombreux pensionnaires étaient atteints par la grippe, que l'erreur de diagnostic était compréhensible, et que l'homme qui s'était plaint avait pour habitude de trouver à redire sur tout, qu'il s'agisse de la température de l'eau, du grincement des portes, des courants d'air sous les fenêtres. »

Il se leva. « Vos questions sont particulièrement humiliantes à mon égard. Je préférerais vous voir quitter la résidence. Vous avez déjà suffisamment bouleversé nos pensionnaires. Quelqu'un apparemment a jugé bon de les informer de votre prochaine arrivée.

— Sans doute Zelda Markey, ironisa Brower. Indiquez-moi où je peux la trouver. »

Zelda Markey ne chercha pas à cacher son hostilité en prenant place en face de Brower et de Haggerty dans la petite pièce du premier étage qui lui servait de bureau. Son visage anguleux était rouge de colère, ses yeux pleins d'une rage froide.

« Mes malades m'attendent, dit-elle d'un ton sec. Ils savent que le mari de Janice Norton s'est suicidé, et ils ont entendu dire qu'elle avait fait quelque chose d'illégal dans cette maison. Et la disparition de Mme Holloway les bouleverse encore davantage. Tous ceux qui l'ont rencontrée la trouvaient très sympathique.

— Et vous, la trouviez-vous sympathique, mademoiselle Markey ?

— Je ne la connaissais pas suffisamment pour la juger sympathique ou non. Les rares fois où j'ai parlé avec elle, je l'ai trouvée très agréable.

— Mademoiselle Markey, vous êtes une amie d'Earl Bateman, n'est-ce pas ? demanda Brower.

— Pour moi, l'amitié implique l'intimité. Je connais et j'admire le Pr Bateman. Il était, comme tout le reste de sa famille, très affectueux envers sa tante, Alicia Bateman, qui résidait au Seaside Nursing Home, où j'étais alors employée.

— Nous croyons savoir que les Bateman se sont montrés fort généreux avec vous, n'est-ce pas ?

— Ils ont considéré que j'avais bien soigné Alicia et ont été assez bons pour m'en récompenser.

— Je vois. J'aimerais que vous m'expliquiez comment vous avez pu croire que des conférences sur la mort intéresseraient les pensionnaires de Latham Manor. Ne pensez-vous pas qu'ils auront à l'affronter bien assez tôt ?

— Commissaire Brower, je suis consciente que notre société a horreur du mot “mort”. Mais les générations antérieures ont un grand sens des réalités. Nos pensionnaires ont pour la plupart laissé des instructions précises concernant leurs dernières volontés, et il leur arrive même de plaisanter à ce sujet. »

Elle eut un moment d'hésitation. « Cependant, j'avouerais que dans mon esprit le Pr Bateman devait parler des funérailles royales à travers les âges, un sujet très intéressant. S'il s'en était tenu là… » Elle resta un moment silencieuse, puis poursuivit : « Et je dois admettre que l'utilisation des clochettes a choqué certaines personnes, mais la manière dont Mme Cushing a traité le Pr Bateman était inacceptable. Il ne pensait pas à mal, et elle l'a traité comme un chien.

— Croyez-vous qu'il en ait éprouvé du ressentiment ? demanda Brower innocemment.

— Je crois qu'il s'est senti humilié, et peut-être furieux, oui. En réalité, en dehors de ses conférences, il est extrêmement timide. »

Haggerty leva les yeux de son calepin. Une douceur manifeste était perceptible dans le ton et l'expression de l'infirmière. Intéressant, pensa-t-il. Il était prêt à parier que Brower l'avait également remarqué. *L'amitié implique l'intimité*. Tu parles. À mon avis, la dame se défend un peu trop vivement.

« Mademoiselle Markey, que savez-vous d'un dessin que Mme Nuala Moore aurait exécuté avec Mme Shipley ?

— Absolument rien, répondit-elle sèchement.

— Il se trouvait dans l'appartement de Mme Shipley. Il semble avoir disparu après son décès.

— C'est impossible. La pièce ou l'appartement du défunt est immédiatement condamné. Tout le monde le sait.

— Ouais... » Brower prit un ton de confidence. « Mademoiselle Markey, juste entre nous, que pensez-vous du Dr Lane ? »

Elle le regarda avec intensité, attendit un instant avant de répondre. « J'en suis au point où, quitte à faire de la peine à quelqu'un, je suis prête à sacrifier mon job pour dire ce que j'ai sur le cœur. Je ne laisserais même pas soigner mon chat par le Dr Lane. C'est sans doute le médecin le plus stupide auquel j'aie jamais eu affaire, et croyez-moi, j'en ai vu de toutes sortes. »

Elle se leva. « J'ai eu aussi la chance de travailler avec des médecins extraordinaires. C'est pourquoi je ne comprends pas comment le groupe Prestige Residence a pu choisir le Dr Lane pour diriger cet établissement. Et avant que vous ne posiez la question, c'est la raison pour laquelle je vais aussi souvent vérifier l'état des patients qui me préoccupent. Je ne le crois pas capable de leur fournir les soins qui leur sont nécessaires. Je suis consciente que mon attitude peut déplaire à certains, mais j'agis ainsi seulement pour leur bien. »

82

Neil et Robert Stephens se rendirent directement au commissariat principal de Newport. « C'est une chance que tu aies obtenu hier cette ordonnance du tribunal, dit Robert à son fils. Ce type s'apprêtait à filer. De cette façon, avec son compte en banque bloqué, nous avons une possibilité de récupérer l'argent de Cora, du moins une partie.

— Mais il n'a aucune idée de ce qui est arrivé à Maggie, dit Neil avec amertume.

— En effet. Tu peux difficilement assister à un mariage à New York à cinq heures, citer les noms de douzaines de personnes susceptibles de témoigner que tu es resté jusqu'à la fin de la cérémonie, et te trouver ici en même temps.

— Il avait beaucoup plus à dire sur son alibi que sur ses opérations en Bourse, dit Neil. Papa, rien dans le bureau de ce type n'indique qu'il s'occupe d'investissements. As-tu vu chez lui le moindre rapport financier, la moindre brochure, ou je ne sais quoi qui ressemble à ce qu'il y a dans mon cabinet ?

— Non, rien de semblable.

— Crois-moi, il ne travaille pas vraiment dans cette cage à lapins. Ces transactions sont exécutées ailleurs. Par des gens qui pratiquent probablement les mêmes escroqueries. » Neil s'arrêta un instant, regardant d'un air maussade par la fenêtre de la voiture. « Quel temps de chien ! »

Il commence à faire froid et il pleut à verse. Où est Maggie ? Est-elle dehors quelque part ? A-t-elle peur ?

Est-elle morte ?

Une fois encore, Neil rejeta cette idée. Elle ne pouvait pas être morte. Il avait l'impression de l'entendre l'appeler à son secours.

Au poste de police, on leur annonça que le commissaire Brower s'était absenté, mais l'inspecteur Haggerty les reçut. « Rien à signaler qui puisse nous être utile, dit-il sans détour, en réponse à leurs questions pressantes concernant Maggie. Personne ne se souvient d'avoir vu le break Volvo en ville la nuit dernière. Nous nous sommes mis en rapport avec les voisins de Mme Holloway. À sept heures du soir, l'heure où ils sont passés devant sa maison en se rendant à un dîner, sa voiture était dans l'allée. Elle ne s'y trouvait plus lorsqu'ils sont rentrés chez eux à neuf heures et demie, nous en concluons donc qu'elle est sortie durant cet intervalle de deux heures et demie.

— C'est tout ce que vous pouvez nous dire ? s'exclama Neil, incrédule. Bon sang, il doit y avoir d'autres indices que ça !

— Je le voudrais bien. Nous savons qu'elle s'est rendue au musée funéraire dans l'après-midi de lundi. Nous lui avons parlé avant qu'elle ne parte et après son retour.

— Au musée funéraire ? s'étonna Neil. Ça ne ressemble pas à Maggie. Qu'est-ce qu'elle pouvait bien y faire ?

— Selon le Pr Bateman, elle devait l'aider à illustrer la série d'émissions télévisées qu'il prépare », expliqua Haggerty.

Ce fut au tour de Robert Stephens de paraître surpris. « Vous avez dit : selon le Pr Bateman ?

— Oui, c'est ce que j'ai dit. Nous n'avons aucune raison de mettre en doute les paroles du professeur. Il est peut-être un peu excentrique, mais il a grandi ici, tout le monde le connaît, et il n'a jamais causé aucun ennui à personne. » Il hésita. « Je vais être franc avec vous. Mme Holloway a laissé entendre qu'il y avait chez lui quelque chose qui la gênait. Et après vérification, nous avons appris, bien que cela ne concerne en rien la police, qu'il avait provoqué un petit scandale à Latham Manor. Il semblerait qu'on l'ait finalement mis à la porte. »

Encore Latham Manor ! pensa Neil.

« Bateman nous a aussi confié que Maggie savait où était cachée la clé du musée, et qu'il lui avait proposé d'y revenir à son gré avec son appareil.

— Croyez-vous qu'elle y soit revenue la nuit dernière ? *Seule* ? demanda Neil.

— Je ne le pense pas. Non, en fait, il semble qu'un cambriolage ait eu lieu au musée, hier soir — croyez-le si vous le voulez, un cercueil a disparu. Pour le moment nous interrogeons des gosses du voisinage qui ont déjà causé quelques problèmes. Ce sont probablement les coupables. Et ils peuvent peut-être nous fournir des informations concernant Mme Holloway. Si elle s'est rendue au musée, et qu'ils ont vu sa voiture garée dans le parking, je suis porté à croire qu'ils se sont assurés de son départ avant d'y entrer eux-mêmes. »

Neil se leva. Il *devait* s'en aller d'ici. Il *devait* faire quelque chose. Il se rendait bien compte qu'il n'apprendrait rien de plus en restant planté là. Il pouvait retourner à Latham Manor, y découvrir ce qu'il pourrait. Il donnerait pour excuse qu'il voulait parler au directeur de l'inscription des Van Hilleary.

« Je reprendrai contact avec vous plus tard, dit-il à Haggerty. J'ai l'intention d'aller à Latham Manor, voir si je peux m'entretenir avec certaines personnes. Qui sait, quelqu'un détient peut-être une information qui pourrait être utile. Et j'ai une bonne excuse pour justifier ma visite. Je suis passé vendredi à la résidence, afin de me renseigner pour le compte d'un couple de mes clients. Je dirai que j'ai besoin de quelques renseignements supplémentaires. »

Haggerty haussa les sourcils. « Vous allez apprendre que nous nous y sommes rendus nous-mêmes très récemment.

— Pourquoi ? demanda vivement Robert Stephens.

— Nous avons eu un entretien avec le directeur et une des infirmières, Zelda Markey, qui semble très liée avec le Pr Bateman. Je ne puis en dire plus.

— Papa, quel est le numéro du téléphone de ta voiture ? » demanda Neil.

Robert Stephens sortit une de ses cartes de visite et griffonna un numéro au dos.

Neil tendit la carte à Haggerty. « S'il y a du nouveau, essayez de nous joindre à ce numéro. De notre côté, nous vous appellerons toutes les heures.

— Entendu. Mme Holloway est une de vos proches amies, n'est-ce pas ?

— Plus que ça, fit Robert Stephens. Considérez qu'elle fait partie de la famille.

— Très bien, dit Haggerty simplement. Je comprends. » Il regarda Neil. « Si ma femme avait disparu, je serais dans le même état que vous. J'ai rencontré Mme Holloway. Elle est très intelligente et n'est visiblement pas le genre de femme à se laisser abattre. Si elle a un moyen de se sortir d'affaire, faites-lui confiance, elle le trouvera. »

Touché par la compassion sincère d'Haggerty, Neil prit soudain conscience qu'il risquait de perdre la personne sans laquelle il n'envisageait pas de vivre. Il avala péniblement la boule qui s'était formée dans sa gorge. Incapable de prononcer un mot, il fit un signe de tête et sortit.

Dans la voiture, il dit : « Papa, pourquoi ai-je l'impression que Latham Manor est au centre de toute cette affaire ? »

83

« Maggie, vous n'êtes pas en train d'appeler au secours, n'est-ce pas ? Ce serait stupide de votre part ! »

Oh, mon Dieu, non ! Il était revenu ! Sa voix, sourde et déformée par l'écho, était à peine audible dans le vacarme de la pluie au-dessus d'elle.

« Vous devez être toute mouillée là-dessous, lui cria-t-il. Parfait. Je veux que vous soyez gelée, trempée, terrorisée. Je parie que vous avez faim, aussi. Ou peut-être seulement soif ? »

Ne réponds pas, se raisonna-t-elle. Ne l'implore pas. C'est ce qu'il cherche.

« Vous avez gâché tous mes plans, Nuala et vous. Elle avait commencé à avoir des soupçons, il fallait donc qu'elle meure. Tout marchait si bien, pourtant. Latham Manor — j'en suis le propriétaire, vous savez. Cependant, la société qui le gère ignore qui je suis. Je possède une holding. Et vous aviez raison quant aux clochettes. Ces femmes n'ont pas été enterrées vivantes, peut-être juste un peu plus tôt que Dieu ne l'aurait voulu. Il leur restait peut-être encore un peu de temps à vivre sur terre. C'est pourquoi j'ai placé les clochettes sur leurs tombes. Une petite plaisanterie de ma part. *Vous* êtes la seule à être réellement enterrée vivante.

« Lorsqu'ils exhumeront ces pauvres femmes, ils accuseront le Dr Lane de leur mort. Ils mettront sur son dos les erreurs de médicaments. Il est complètement nul, avec un passé déplorable. Et il boit. C'est pour cette raison que je les ai laissés l'engager. Mais avec vous en travers de mon chemin, je ne pourrais plus faire appel à mon petit ange de la mort pour expédier ces chères vieilles dames vers une fin prématurée. Et il n'en est pas question : j'ai besoin de cet argent. Est-ce que vous imaginez ce que rapporte la revente de ces appartements ? Gros. Très, très gros. »

Maggie ferma les yeux, luttant pour effacer le souvenir de ce visage de son esprit. Elle avait l'impression de le voir réellement. Il était fou.

« Vous avez deviné que la clochette sur votre tombe n'a pas de battant, je suppose ? Maintenant, faites marcher votre imagination : combien de temps allez-vous tenir une fois que le tube sera bouché ? »

Elle sentit un peu de terre tomber dans sa main. Frénétiquement, elle tenta de déboucher le tuyau avec son doigt. Un peu plus de terre en dégringola.

« Oh, encore une chose, Maggie, dit-il d'une voix soudain plus étouffée. J'ai retiré les clochettes des autres tombes. Il m'a semblé que c'était plus sûr. Je les replacerai lorsqu'ils inhumeront les corps à nouveau. Faites de beaux rêves. »

Elle entendit le bruit sourd de quelque chose qui heurtait le tube, puis plus rien. Il était parti. Elle savait que le conduit d'aération était bouché. Elle fit la seule chose qui lui vînt à l'esprit pour tenter de se sortir de là. Elle plia et déplia sa main gauche afin que le fil attaché à son doigt empêche la terre de durcir autour de lui. Oh, mon Dieu, pria-t-elle, faites que quelqu'un voie la clochette remuer !

Combien de temps lui restait-il avant d'avoir brûlé tout son oxygène ? Quelques heures ? Un jour ?

« Neil, viens à mon secours, murmura-t-elle. J'ai besoin de toi. Je t'aime. *Je ne veux pas mourir.* »

84

Letitia Bainbridge avait catégoriquement refusé d'aller à l'hôpital. « Tu annules cette ambulance ou c'est toi qui montes dedans, avait-elle dit à sa fille d'un ton sans réplique. En tout cas, moi je n'y vais pas.

— Mais, mère, vous ne vous sentez pas bien », avait protesté Sarah Cushing, sachant fort bien qu'il était inutile de s'opposer à elle. Elle avait affaire à une tête de mule, il n'y avait pas de place pour la discussion.

« Tu en connais beaucoup qui se sentent bien à quatre-vingt-quatorze ans ? avait demandé Mme Bainbridge. Sarah, j'apprécie que tu te soucies de moi, mais il se passe un tas de choses ici, et je n'ai pas l'intention de manquer ça.

— Acceptez-vous au moins de prendre vos repas au lit ?

— Pas le dîner. Je te rappelle que le Dr Evans m'a examinée de la tête aux pieds il y a seulement quelques jours. Il n'a rien trouvé qui ne disparaîtrait immédiatement si j'avais cinquante ans. »

Sarah Cushing renonça à la discussion. « Très bien, mais promettez-moi au moins une chose. Si vous vous sentez fatiguée à nouveau, vous me laisserez vous ramener chez le Dr Evans. Je ne veux pas que le Dr Lane vous soigne.

— Moi non plus. Zelda Markey est peut-être une fouineuse, mais elle avait décelé un changement chez Greta Shipley la semaine dernière, et elle avait prévenu le Dr Lane. Lui, bien entendu, n'a rien diagnostiqué ; il avait tort et elle avait vu juste. Quelqu'un sait-il pourquoi la police a voulu lui parler ?

— Je n'en sais rien.

— Eh bien, tâche de te renseigner ! » ordonna-t-elle. Puis, d'un ton plus calme, elle ajouta : « Je suis inquiète pour cette adorable jeune femme,

Maggie Holloway. Tant de jeunes sont indifférents ou impatients avec de vieux fossiles tels que moi, de nos jours. Pas elle. Nous prions tous pour qu'on la retrouve.

— Moi aussi.

— Bon, descends et essaie d'apprendre quelles sont les dernières nouvelles. Commence par Angela. Rien ne lui échappe. »

Neil avait téléphoné au Dr Lane depuis sa voiture, pour lui demander de le recevoir afin de discuter du projet des Van Hilleary. La voix de Lane lui avait paru étrangement détachée à l'autre bout du fil.

Son père et lui furent accueillis par la même avenante femme de chambre qui les avait accompagnés la première fois. Neil se souvint qu'elle s'appelait Angela. Quand ils arrivèrent, elle était en train de parler à une femme d'un certain âge extrêmement élégante.

« Je vais prévenir le Dr Lane de votre arrivée », dit aimablement Angela. Tandis qu'elle se dirigeait vers l'interphone à l'autre bout du hall, son interlocutrice s'approcha d'eux.

« Je ne veux pas être indiscrète, mais êtes-vous de la police ? demanda-t-elle.

— Absolument pas, répondit vivement Robert Stephens. Pourquoi cette question ? Y a-t-il un problème ?

— Non. Ou du moins, j'espère que non. Laissez-moi vous expliquer. Mon nom est Sarah Cushing. Ma mère, Letitia Bainbridge, réside ici depuis longtemps. Elle s'est prise d'amitié pour cette jeune femme, Maggie Holloway, qui semble avoir disparu, et elle est terriblement impatiente d'avoir de ses nouvelles.

— Nous-mêmes sommes également très liés avec Maggie, dit Neil, s'efforçant en vain de dissimuler l'émotion qui menaçait de l'étouffer. Je me demandais s'il serait possible de nous entretenir avec votre mère après avoir vu le Dr Lane ? »

Remarquant une lueur d'hésitation dans le regard de Sarah Cushing, il comprit qu'il lui devait une explication. « Nous cherchons à recueillir tout ce Maggie a pu dire, même incidemment, qui pourrait nous aider à la retrouver. »

Il se mordit la lèvre, incapable de continuer.

Sarah Cushing l'observait et sentit sa détresse. Son regard bleu et froid s'adoucit. « Bien sûr. Vous pouvez voir mère, dit-elle sans hésitation. Je vous attendrai dans la bibliothèque et vous conduirai chez elle lorsque vous serez prêts. »

La femme de chambre revint vers eux. « Le Dr Lane vous attend. »

Pour la deuxième fois, Neil et Robert Stephens la suivirent jusqu'au bureau de Lane. Neil se rappela que, pour celui-ci, il était là pour discuter du projet des Van Hilleary. Il se remit en mémoire les questions qu'il avait l'intention de lui poser. La résidence était-elle la propriété du groupe Prestige Residence et en assurait-il la gestion ? Ou s'agissait-il d'une franchise ? Quel était le capital de la société ?

Une déduction était-elle prévue au cas où les Van Hilleary choisiraient de décorer et de remeubler l'appartement ?

Les deux hommes eurent un choc quand ils se trouvèrent en présence du docteur. L'homme assis derrière son bureau était si changé qu'on eût dit un zombie. Ce n'était plus le directeur suave, souriant, courtois qu'ils avaient rencontré la semaine précédente.

William Lane avait l'air malade et abattu. Il avait le teint gris, les yeux profondément enfoncés dans leurs orbites. D'un geste fébrile, il les invita à s'asseoir : « Je crois savoir que vous voulez me poser certaines questions. Je serais heureux d'y répondre. Néanmoins, c'est un nouveau directeur qui accueillera vos clients le week-end prochain. »

Ils l'ont viré, pensa Neil. Pourquoi ? Il préféra ne pas tergiverser : « Écoutez, j'ignore ce qui s'est passé ici, et je ne vous demande pas les raisons de votre départ. » Il attendit un moment avant de continuer : « Mais j'ai su que votre comptable avait indûment communiqué à des tiers des informations confidentielles d'ordre financier. C'est pour cette raison, entre autres, que j'ai tenu à vous rencontrer aujourd'hui.

— C'est exact. Nous venons en effet d'être mis au courant de cette infraction. Toutefois, je peux vous assurer qu'elle ne se reproduira plus dans notre établissement, dit Lane.

— Je comprends votre situation, continua Neil. En matière d'investissements, nous sommes malheureusement trop souvent confrontés à des problèmes de délits d'initié. » Il sentit peser sur lui le regard étonné de son père, mais il lui fallait savoir si le renvoi de Lane était lié à cette raison. Secrètement, il en doutait, présumant qu'il était plutôt la conséquence des décès subits de plusieurs pensionnaires.

« Je suis conscient du problème, dit Lane. Ma femme travaillait pour une société de courtage à

Boston — Randolph and Marshall — avant ma nomination à Latham Manor. Les malversations sont malheureusement monnaie courante. Mais laissez-moi tout de même vous rassurer. Latham Manor est une excellente maison de retraite, et nos hôtes y sont parfaitement heureux. »

Lorsqu'ils repartirent un quart d'heure plus tard, Robert Stephens dit à son fils : « Neil, ce type est mort de trouille.

— Je sais. Et pas seulement à cause de son job. » Je perds mon temps, pensa-t-il. Il avait cité le nom de Maggie, et Lane n'avait eu qu'une expression d'inquiétude polie en guise de réaction.

« Papa, nous devrions renoncer à l'idée de rencontrer d'autres personnes, dit-il au moment où ils pénétraient dans le hall d'entrée. Je vais forcer la porte de Maggie et fouiller la maison. Peut-être y trouverai-je un indice, un signe quelconque qui nous apprendra où elle s'est rendue la nuit dernière. »

Sarah Cushing les attendait, cependant. « J'ai prévenu ma mère. Elle est impatiente de vous recevoir. »

Neil était sur le point de refuser, mais son père l'arrêta du regard. « Neil, tu devrais monter voir Mme Bainbridge quelques minutes. Je vais passer quelques coups de téléphone en t'attendant dans la voiture. Je voulais te dire que j'ai gardé un double de la clé de la nouvelle serrure que j'ai posée sur la porte de Maggie, au cas où elle oublierait la sienne. Je l'ai fait en accord avec elle. Je vais appeler ta mère et lui demander de nous l'apporter sur place. Je préviendrai également l'inspecteur Haggerty. »

Il faudrait à sa mère une demi-heure pour arriver chez Maggie, calcula Neil. Il acquiesça d'un signe de tête. « Je serais très heureux de rencontrer votre mère, madame Cushing. »

En montant à l'appartement de Letitia Bainbridge, Neil décida de l'interroger sur la conférence qu'avait donnée Earl Bateman à Latham Manor et qui avait été à l'origine de son renvoi. Bateman est la dernière personne qui ait reconnu avoir rencontré Maggie hier, réfléchit-il. Elle a parlé à l'inspecteur Haggerty plus tard, mais personne n'a signalé l'avoir vue ensuite.

Quelqu'un s'en était-il préoccupé ? Quelqu'un avait-il vérifié si Earl, comme il l'avait dit, était parti directement pour Providence après avoir quitté le musée hier après-midi ?

« Voici l'appartement de mère », dit Sarah Cushing. Elle frappa, attendit d'être invitée à entrer et ouvrit la porte.

Habillée avec soin, Letitia Bainbridge était assise dans un fauteuil à oreillettes. Elle accueillit aimablement Neil et lui indiqua un fauteuil près d'elle. « D'après ce que Sarah m'a dit, vous tenez beaucoup à Maggie. Comme nous tous, vous devez vous sentir horriblement inquiet. En quoi pouvons-nous vous être utiles ? »

Sachant que Sarah Cushing avait près de soixante-dix ans, Neil en conclut que cette vieille dame aux yeux vifs et à la voix claire était âgée de quatre-vingt-dix ans au moins. Il semblait que rien ne lui échappait. Peut-être allait-elle lui révéler quelque chose d'intéressant.

« Madame Bainbridge, sans vouloir vous alarmer, je vais être tout à fait franc avec vous. Pour des raisons que je ne comprends pas encore,

Maggie commençait à avoir des soupçons sur les circonstances de certains décès survenus dans cette résidence. Pas plus tard qu'hier matin, elle est allée consulter les notices nécrologiques de six femmes, dont cinq avaient résidé ici, qui sont décédées récemment. Ces cinq personnes se sont éteintes pendant leur sommeil, seules, et aucune d'entre elles n'avait de famille proche.

— Mon Dieu ! » La voix de Sarah Cushing exprimait la stupéfaction.

Letitia Bainbridge ne broncha pas. « Faites-vous allusion à des actes de négligence, ou délibérément meurtriers ? demanda-t-elle.

— Je l'ignore. Je sais seulement que Maggie avait commencé une enquête à la suite de laquelle une demande d'exhumation de deux de ces défuntes vient d'être faite par le médecin légiste, et que maintenant elle a disparu. Et j'apprends à l'instant que le Dr Lane a été remercié.

— On vient également de me l'annoncer, mère, dit Sarah Cushing. Mais tout le monde croit que c'est à cause de la comptable.

— Et Zelda Markey ? demanda Mme Bainbridge à sa fille. Est-ce pour cette raison que la police l'a interrogée ? Je veux dire à cause de ces morts ?

— Personne ne peut l'affirmer, mais elle semble bouleversée. Tout comme Mme Lane, naturellement. J'ai entendu dire que toutes les deux s'étaient enfermées dans le bureau de Zelda Markey.

— Ces deux-là, toujours en train de dire des messes basses, fit Letitia Bainbridge avec une moue dédaigneuse. Je me demande ce qu'elles peuvent bien avoir à se raconter. Zelda Markey est parfois horripilante, mais au moins est-elle intelligente. L'autre a une véritable cervelle d'oiseau. »

Tout ce bla-bla ne me mène nulle part, songea Neil. « Madame Bainbridge, dit-il, je ne peux m'attarder plus longtemps. J'avais une autre question à vous poser. Avez-vous assisté à la fameuse conférence du Pr Bateman à Latham Manor ? Celle qui a provoqué un tel scandale ?

— Non. » La vieille dame jeta un regard réprobateur à sa fille. « Une fois de plus, Sarah avait insisté pour que je me repose, aussi ai-je manqué tout le spectacle. Mais Sarah y assistait.

— Je ne pense pas, mère, que vous auriez aimé tenir à la main une de ces clochettes et feindre d'être enterrée vivante », se défendit Sarah Cushing. Elle se tourna vers Neil : « Laissez-moi vous raconter exactement ce qui est arrivé, monsieur Stephens. »

Bateman doit être dérangé, se dit-il en entendant sa version des événements.

« J'étais tellement hors de moi que j'ai passé un véritable savon à cet homme et lui ai presque jeté à la figure sa boîte de clochettes, raconta Sarah Cushing. Sur le coup, il a paru embarrassé et contrit, mais ensuite est apparue sur son visage une expression qui m'a presque effrayée. Il a sûrement un affreux caractère. Et, bien entendu, cette infirmière a eu le toupet de le défendre ! Je suis allée lui parler par la suite, et elle s'est montrée d'une insolence rare. Elle m'a dit que le Pr Bateman avait été horriblement choqué, au point de ne plus supporter la vue de ces clochettes, qui lui avaient soi-disant coûté une fortune.

— Je regrette encore de ne pas avoir été présente, dit Mme Bainbridge. Quant à cette infirmière, Zelda Markey, continua-t-elle d'un ton réfléchi, pour être tout à fait honnête, beaucoup de pensionnaires la considèrent comme une excellente professionnelle. Je lui reproche seulement d'être autoritaire et de mettre son nez partout ; moins je la vois, mieux je me porte. » Elle s'interrompit un instant et ajouta : « Monsieur Stephens, cela peut paraître ridicule, mais je crois que, malgré ses défauts et ses insuffisances, le Dr Lane est un homme très bon, et je me trompe rarement sur le caractère des gens. »

Une demi-heure plus tard, Neil et son père prirent le chemin de la maison de Maggie. Dolores Stephens était déjà arrivée. Elle regarda son fils et lui prit le visage dans ses mains. « Nous allons la retrouver », dit-elle d'un ton rassurant.

Incapable de parler, Neil hocha la tête.

« Où est la clé, Dolores ? demanda Robert Stephens.

— La voilà. »

Elle l'introduisit dans la nouvelle serrure de la porte de la cuisine et, en entrant dans la pièce, Neil pensa : Tout a commencé ici, quand la belle-mère de Maggie a été assassinée.

La pièce était en ordre. Il n'y avait aucune assiette dans l'évier. Il ouvrit le lave-vaisselle ; quelques tasses et soucoupes y étaient rangées, avec trois ou quatre petites assiettes. « Peut-être a-t-elle dîné dehors hier soir, dit-il.

— Elle a pu aussi se préparer un sandwich », suggéra sa mère. Elle avait ouvert le réfrigérateur et aperçu des tranches de viande froide. Elle fit remarquer que plusieurs couteaux garnissaient le panier à couverts du lave-vaisselle.

« Il y a pas de bloc-notes près du téléphone, dit Robert Stephens. Bon Dieu, nous savions pourtant qu'elle était inquiète ! s'exclama-t-il. Je suis furieux contre moi. Lorsque je suis repassé ici hier, j'aurais dû la forcer à venir s'installer chez nous. »

La salle à manger et le salon étaient parfaitement rangés. Neil remarqua le vase de roses sur la table basse, se demandant qui les avait envoyées. Probablement Liam Payne. Elle avait mentionné son nom pendant le dîner. Neil n'avait rencontré Payne qu'à de rares occasions, mais c'était peut-être lui qu'il avait vu quitter Maggie vendredi soir.

À l'étage, la plus petite des chambres où Maggie avait à l'évidence rangé les effets personnels de sa belle-mère : des ballots de vêtements bien étiquetés, des sacs à main, de la lingerie, des chaussures y étaient empilés. Celle qu'elle avait utilisée au début de son séjour n'avait pas changé depuis qu'ils avaient remplacé la fermeture de la fenêtre.

Ils entrèrent dans la chambre principale. « On dirait que Maggie avait l'intention de dormir là hier soir », observa Robert Stephens, indiquant le lit préparé pour la nuit.

Sans répondre, Neil monta à l'atelier. La lampe qu'il avait remarquée la veille en faisant le guet devant la maison de Maggie était toujours allumée, braquée sur une photo punaisée au mur. Neil se souvint que la photo n'était pas là le dimanche précédent.

Il fit quelques pas dans la pièce, puis s'immobilisa, soudain parcouru par un frisson.

Sur la longue table de réfectoire, brillamment éclairées par le spot, étaient disposées deux petites cloches de métal.

Il comprit immédiatement, aussi sûrement que la nuit succède au jour, qu'il s'agissait de deux des clochettes qu'Earl Bateman avait utilisées pendant sa désastreuse conférence à Latham Manor — les clochettes qui avaient été dérobées et n'avaient plus jamais réapparu.

85

Elle avait mal à la main, ses doigts étaient couverts de terre. Elle avait continué à agiter le fil régulièrement, espérant garder le tube dégagé, mais il lui semblait que la terre avait cessé de tomber par le conduit. L'eau aussi s'était arrêtée de couler.

Elle n'entendait plus le bruit de la pluie. Faisait-il plus froid, ou était-ce seulement l'humidité à l'intérieur du cercueil qui était glaciale ?

En réalité, elle commençait à avoir chaud, trop chaud.

Elle se sentait engourdie. J'ai peut-être de la fièvre, pensa-t-elle.

Elle avait la tête si vide. Le tube était sans doute bouché, il ne restait plus beaucoup d'oxygène.

Un… deux… trois… quatre…

Elle articulait lentement les chiffres, se forçant à rester éveillée, pour recommencer à appeler au secours quand elle aurait compté jusqu'à cinq cents.

Quelle différence cela ferait-il s'il revenait et l'entendait ? Que ferait-il de plus ?

Sa main continuait à se plier et à se déplier.

« Ferme le poing, dit-elle à voix haute. Bien, détends-toi. » C'est ce que lui disaient les infirmières quand elle était petite et qu'on lui faisait une prise de sang. « Tu iras mieux ensuite », promettaient-elles en souriant.

Après l'arrivée de Nuala dans leur vie, Maggie n'avait plus eu peur des piqûres. Nuala en avait fait un jeu. « On va d'abord se débarrasser de cette corvée, et ensuite nous irons au cinéma. »

Maggie pensa à son matériel de photo. Qu'en avait-il fait ? Ses appareils. Ils étaient ses amis. Il y avait tant de photos qu'elle voulait encore faire avec eux. Elle avait tellement d'idées qu'elle voulait expérimenter, tant de sujets qu'elle voulait enregistrer.

Cent cinquante… cent cinquante et un…

Elle avait su que Neil était assis derrière elle au cinéma. Il avait toussé à deux reprises, une petite toux particulière qu'elle avait reconnue. Il l'avait vue ; sa tristesse n'avait pas pu lui échapper.

Je l'ai mis à l'épreuve à son insu, se rappela-t-elle. *Si vous m'aimez, vous comprendrez que j'ai besoin de vous* — j'aurais voulu qu'il entende mon appel, qu'il agisse.

Mais lorsque le film s'était terminé et que s'était rallumée la lumière dans la salle, il n'était plus là.

« Je vous donne une deuxième chance, Neil, dit-elle, à voix haute, cette fois-ci. Si vous m'aimez, vous savez que j'ai besoin de vous, et vous me retrouverez. »

Quatre cent quatre-vingt-dix-neuf, cinq cents !

Elle reprit ses appels au secours, criant à s'en écorcher la gorge. Inutile d'épargner sa voix désormais. Le temps lui était mesuré.

Cependant, résolument, elle se remit à compter : *Un... deux... trois...*

Sa main bougeait en cadence... *plier... déplier...*

De toutes les fibres de son corps, elle s'efforçait de lutter contre son envie de dormir. Elle savait que, si elle s'endormait, elle ne se réveillerait plus.

86

Laissant son père descendre au rez-de-chaussée pour téléphoner au poste de police, Neil s'attarda un moment dans l'atelier, désireux d'examiner la photo épinglée au mur.

Au dos était inscrite la mention suivante : *Anniversaire de Squire Moore, 20 septembre. Earl Moore Bateman — Nuala Moore — Liam Moore Payne.*

Neil étudia le visage d'Earl Bateman. Le visage d'un menteur, pensa-t-il amèrement. La dernière personne à avoir vu Maggie vivante.

Atterré par ce qu'il craignait de deviner, il posa la photo près des clochettes et se hâta de rejoindre son père.

« J'ai l'inspecteur Brower au téléphone, lui dit Robert Stephens. Il veut te dire un mot. Je lui ai parlé des clochettes. »

Brower alla droit au but : « S'il s'agit des clochettes que Bateman prétend avoir rangées dans sa réserve du musée, nous pouvons l'interpeller et l'interroger. Le problème est qu'il sera suffisamment informé pour refuser de répondre et appeler un avocat, et tout sera bloqué. La meilleure méthode est de le mettre en présence des clochettes en espérant qu'il se trahira. Quand nous lui avons parlé ce matin, il était complètement hors de lui.

— J'aimerais être présent lorsque vous l'interrogerez, demanda Neil.

— J'ai posté une voiture de police pour surveiller le musée depuis le parking. Si Bateman quitte les lieux, il sera immédiatement pris en filature.

— Nous partons », dit Neil, puis il ajouta : « Je voudrais vous demander quelque chose avant que vous ne raccrochiez. Je sais que vous avez interrogé ces gosses. En avez-vous tiré quelque chose ? »

Il perçut l'hésitation de Brower avant qu'il ne réponde : « Quelque chose que j'ai peine à croire. Nous en parlerons quand je vous verrai.

— Dites-le-moi tout de suite, dit Neil d'un ton cassant.

— D'accord, mais sachez que je n'ajoute pas nécessairement foi à cette histoire. Un des gosses a avoué qu'ils étaient à proximité du musée la nuit dernière, ou plus exactement de l'autre côté de la rue. À dix heures environ, ce gosse prétend avoir vu deux véhicules — un corbillard, suivi par un break — sortir du parking du musée.

— Quel type de break ?

— Le môme n'est pas certain de la marque, mais il jure qu'il était noir. »

87

« Calme-toi, Earl, dit Liam pour la dixième fois en une heure.

— Non, je ne me calmerai pas. Cette famille a tourné en ridicule les Bateman, et moi tout particulièrement. »

Liam chercha à l'apaiser. « Personne ne te tourne en ridicule, Earl. »

Ils étaient assis dans le bureau du musée. Il était presque cinq heures, et le globe du luminaire répandait une lumière glauque dans la pièce.

« Écoute, dit Liam, je crois qu'un verre te ferait du bien.

— Tu veux dire que ça *te* ferait du bien. »

Sans répondre, Liam se dirigea vers le buffet placé près de l'évier, sortit la bouteille de scotch et deux verres, puis prit dans le réfrigérateur le bac à glaçons et un citron.

« Un double scotch on the rocks avec un zeste de citron, ça te va ? »

Earl attendit que le verre soit posé devant lui pour répondre. « Oui. Je suis content que tu sois passé, Liam.

— Quand tu as téléphoné, j'ai senti que tu étais bouleversé. Et, naturellement, je suis accablé par la disparition de Maggie... Tu sais que je sors avec elle de temps à autre depuis deux ans. Je lui téléphone lorsque je suis de passage à New York et nous allons dîner dehors. Mais ce soir-là, au *Four Seasons*, en m'apercevant qu'elle était partie sans me dire un mot, il s'est passé quelque chose.

— Il s'est passé que tu l'as laissée tomber parce que tu étais trop occupé à faire des mondanités.

— Non, j'ai compris que je m'étais comporté comme un idiot, et j'aurais tout fait, tout donné, pour me réconcilier avec elle. Mais, outre que cette soirée m'a ouvert les yeux sur mes sentiments envers Maggie, son attitude d'alors me laisse espérer qu'elle est peut-être saine et sauve en ce moment.

— Sur quoi te bases-tu pour dire ça ?

— Sur le fait qu'elle soit partie sans dire un mot parce que sa sensibilité était heurtée. Dieu sait si elle a eu mille raisons de l'être depuis son arrivée à Newport. Peut-être a-t-elle eu simplement besoin de prendre un peu de distance.

— Tu sembles oublier qu'on a retrouvé sa voiture abandonnée.

— Elle peut être partie en avion ou en train et l'avoir laissée quelque part où elle a été volée. Ou des gosses ont pu l'emprunter pour faire une virée.

— Ne parle pas de gosses qui font des virées en voiture, dit Earl. D'après moi, ce sont ces mêmes petits délinquants qui ont commis ce vol ici la nuit dernière. »

Le son perçant de la sonnette fit sursauter les deux hommes. Earl Bateman répondit à la question non formulée de son cousin : « Je n'attends personne. » Puis il ajouta avec un grand sourire : « C'est peut-être la police qui vient m'annoncer qu'ils ont retrouvé le cercueil. »

Neil et son père rejoignirent le commissaire Brower dans le parking du musée funéraire, et l'inspecteur recommanda à Neil de tenir sa langue et de laisser à la police le soin de mener l'interrogatoire. Les clochettes trouvées chez Maggie avaient été placées dans une boîte à chaussures, que l'inspecteur Haggerty portait discrètement sous le bras.

Lorsque Earl les introduisit dans son bureau, Neil s'étonna d'y trouver Liam Payne. Soudain gêné en présence de son rival, il le salua avec un minimum de courtoisie, soulagé néanmoins que ni Liam ni son cousin ne fussent au courant de ses relations avec Maggie. Son père et lui furent présentés simplement comme deux amis de Maggie venus de New York.

La pièce manquant de chaises, Bateman et Payne allèrent en emprunter dans la salle de devant. À leur retour, l'irritation se lisait sur le visage de Bateman. Il lança vertement à son cousin : « Liam, tes chaussures sont pleines de boue, et ce tapis vaut une fortune. Je vais être obligé de passer l'aspirateur dans toute la salle d'exposition avant de partir. »

Puis, changeant soudain de sujet, il se tourna vers les policiers. « Avez-vous des nouvelles du cercueil ? demanda-t-il.

— Non, pas encore, professeur, dit Brower, mais nous avons trouvé certains objets qui semblent vous appartenir.

— C'est ridicule. Il ne manque rien d'autre, à l'exception du char funèbre. J'ai vérifié. Mais c'est surtout le cercueil qui m'intéresse. Il fait partie de mon grand projet. Le musée de plein air dont je vous ai parlé. Le cercueil en est l'un des éléments principaux. J'ai même commandé des chevaux naturalisés ornés de plumes noires, et je fais construire la réplique d'un corbillard utilisé à l'époque victorienne. Ce sera une exposition fabuleuse.

— Earl, calme-toi », dit Liam. Il se tourna vers Brower : « Commissaire, avez-vous de nouvelles informations concernant Maggie Holloway ?

— Malheureusement non.

— Et si elle avait voulu simplement s'en aller, fuir la terrible tension de ces derniers jours ? »

Neil lui jeta un regard plein de mépris. « Vous ne connaissez pas Maggie, dit-il. Ce n'est pas le genre de femme à se dérober devant les problèmes. Elle les affronte de face. »

Brower ne prêta pas attention aux deux hommes et s'adressa à Bateman : « Professeur, pour l'instant nous cherchons seulement à clarifier certains points. Vous n'êtes pas obligé de répondre à nos questions. Comprenez-le bien.

— Pourquoi refuserais-je ? Je n'ai rien à cacher.

— Bien. D'après ce que nous savons, les clochettes que vous aviez fait fabriquer pour votre conférence sur les rites funéraires victoriens sont toutes rangées dans la réserve. Est-ce exact ? »

La colère apparut sur le visage d'Earl Bateman. « Je ne remettrai plus les pieds à Latham Manor après cet incident, dit-il d'un ton cassant. Je vous l'ai déjà dit.

— Je comprends. Mais voulez-vous répondre à ma question, je vous prie ?

— Oui. Je les ai emballées et rangées. C'est exact. »

Brower fit un signe à Haggerty qui ouvrit la boîte. « Professeur, M. Stephens a trouvé ces clochettes chez Maggie Holloway. Sont-elles similaires aux vôtres ? »

Bateman pâlit. Il saisit l'une des clochettes et l'examina minutieusement. « Cette femme est une voleuse ! s'écria-t-il. Elle est revenue cette nuit les voler ! »

Il se leva d'un bond et se précipita dans le couloir vers l'escalier, immédiatement suivi par les autres. Au deuxième étage, il ouvrit brutalement la porte de la réserve et alla droit vers une étagère sur le mur de droite. Levant les bras, il atteignit une boîte coincée entre deux autres et la tira vers lui.

« Elle est trop légère. Je n'ai pas besoin de l'ouvrir pour savoir qu'il en manque », marmonna-t-il. Il farfouilla fébrilement parmi les billes de polyester, vérifia le contenu du carton. Puis, le visage cramoisi, les yeux étincelants, il se tourna vers les cinq hommes qui se tenaient derrière lui : « Il n'y en a que cinq. Il en manque sept ! Cette femme les a sûrement volées. D'ailleurs, elle n'a pas cessé de m'en parler hier ! »

Neil secoua la tête, consterné. Ce type est complètement cinglé, se dit-il. Il croit vraiment tout ce qu'il raconte.

« Professeur Bateman, je dois vous demander de me suivre au poste de police, dit calmement Brower, prenant un ton officiel. Je dois vous informer que vous êtes considéré comme suspect dans la disparition de Maggie Holloway. Vous avez le droit de garder le silence…

— Vous pouvez oublier vos foutues mises en garde, vociféra Earl. Maggie Holloway s'est introduite ici, elle a volé mes clochettes — et peut-être même mon cercueil — et c'est *moi* que vous accusez ? Grotesque ! Vous devriez plutôt chercher qui l'a aidée. Elle n'aurait jamais pu faire ça toute seule ! »

Neil saisit Earl par les revers de sa veste. « Fermez-la ! hurla-t-il. Vous savez parfaitement que Maggie n'a jamais volé cette quincaillerie. Quel que soit l'endroit où elle les a trouvées, ces clochettes lui ont sûrement révélé quelque chose d'important. Et dites-moi encore une chose. Des gosses dans le coin ont vu un corbillard et le break de Maggie sortir d'ici vers dix heures, hier soir. Lequel conduisiez-vous ?

— Taisez-vous, Neil », ordonna sèchement Brower.

Neil vit la colère rougir le visage du commissaire tandis que Robert Stephens le forçait à s'écarter de Bateman.

Je m'en contrefiche, pensa-t-il. Je ne vais pas prendre des gants avec ce salaud.

« Vous parlez de *mon* corbillard ? demanda Bateman. Impossible. Il est dans le garage. »

Plus vite encore qu'il ne l'avait gravi, il descendit quatre à quatre l'escalier, courut dehors vers le garage, ouvrit la porte en grand et se précipita à l'intérieur, les autres toujours sur ses talons.

« Quelqu'un s'en est servi ! s'exclama-t-il, horrifié, en regardant par la vitre du corbillard. Regardez. Il y a de la boue sur le tapis ! »

Neil aurait voulu étrangler ce type, lui arracher la vérité. Comment avait-il pu amener Maggie à le suivre dans ce corbillard ? Quelqu'un d'autre conduisait-il le break ?

Liam Payne prit son cousin par le bras. « Earl, tout ira bien. Je t'accompagne au commissariat. Je vais téléphoner à un avocat. »

Neil et son père refusèrent de rentrer chez eux. Ils s'assirent dans la salle d'attente du commissariat. De temps en temps, l'inspecteur Haggerty venait les rejoindre. « Ce type n'a pas voulu d'avocat. Il prétend qu'il se trouvait à Providence hier soir et qu'il peut le prouver ; il a passé plusieurs coups de téléphone depuis son appartement. Pour l'instant, nous n'avons aucune raison de le retenir ici.

— Mais nous savons qu'il a fait quelque chose à Maggie, protesta Neil. C'est lui qui peut nous aider à la retrouver ! »

Haggerty secoua la tête. « Il est plus préoccupé par son cercueil et la boue qui salit son vieux corbillard que par le sort de Mme Holloway. Son explication est qu'elle est venue avec quelqu'un pour voler le cercueil et les clochettes, et qu'ils ont emmené le cercueil dans le corbillard. La clé de contact était accrochée en évidence dans le bureau. Son cousin va le ramener au musée pour qu'il y reprenne sa voiture.

— Vous ne pouvez pas le laisser partir comme ça ! protesta Neil.

— Nous n'avons aucun moyen de le retenir », dit Haggerty.

L'inspecteur hésita, puis ajouta : « Autant que vous le sachiez tout de suite, je pense que ça peut vous intéresser. Vous savez que nous enquêtons également sur les malversations commises à Latham Manor, après avoir pris connaissance de la lettre laissée par cet avocat qui s'est suicidé. Le commissaire a reçu des informations pendant que nous étions sortis. Il voulait savoir qui était le véritable propriétaire de Latham Manor. Devinez qui ! Le cousin de Bateman, M. Liam Moore Payne ! »

Haggerty regarda furtivement autour de lui, comme s'il craignait de voir Payne surgir parderrière. « Il est dans le bureau. Il a tenu à rester avec son cousin durant l'interrogatoire. Nous l'avons questionné. Il a admis immédiatement qu'il était propriétaire de Latham Manor. Il prétend que c'est un excellent investissement. Mais il ne désire pas que les gens le sachent. Il dit que les pensionnaires passeraient leur temps à le déranger, pour se plaindre ou demander des faveurs. Ça paraît assez logique, non ? »

Il était presque huit heures du soir. Robert Stephens se tourna vers son fils et dit : « Viens, Neil, nous ferions mieux de rentrer à la maison. »

Leur voiture était garée en face du commissariat. Robert Stephens avait à peine actionné la clé de contact que le téléphone sonna. Il décrocha.

C'était Dolores. « Des nouvelles de Maggie ? demanda-t-elle anxieusement.

— Non, maman. Nous rentrons.

— Neil, Sarah Cushing vient de m'appeler. Elle m'a dit que sa mère, Mme Bainbridge, réside à Latham Manor et que vous lui avez parlé aujourd'hui.

— En effet. » Neil prêta une oreille plus attentive.

« La mère de Mme Cushing s'est brusquement souvenue d'une chose qui d'après elle pourrait être importante et elle a appelé sa fille, qui a trouvé notre numéro. Mme Bainbridge dit que Maggie lui a parlé d'une clochette qu'elle avait découverte sur la tombe de sa belle-mère. Elle a demandé s'il s'agissait d'une sorte de coutume. Mme Bainbridge a soudain pensé que cette clochette mentionnée par Maggie appartenait peut-être à la collection du Pr Bateman. Je n'ai pas très bien compris ce qu'elle disait, mais je voulais vous le répéter sans attendre, conclut-elle. À tout de suite. »

Neil rapporta à son père le message de Dolores. « Qu'en penses-tu ? demanda Robert Stephens en mettant la voiture en marche.

— Attends une seconde avant de démarrer, dit Neil précipitamment. Ce que j'en pense ? Quantité de choses. Les clochettes que nous avons vues dans l'atelier proviennent probablement de la tombe de sa belle-mère et de celle de quelqu'un d'autre, sans doute une pensionnaire de la résidence. Sinon, pourquoi aurait-elle posé cette question ? Si elle est vraiment retournée au musée hier soir, ce que j'ai encore du mal à croire, c'était pour vérifier si une partie des clochettes que Bateman prétendait avoir rangées dans cette boîte avaient disparu.

— Les voilà », murmura Robert Stephens en voyant Bateman et Payne sortir du commissariat. Ils regardèrent les deux hommes monter dans la Jaguar de Payne et parler avec animation pendant quelques minutes.

La pluie avait cessé et la pleine lune illuminait les alentours déjà bien éclairés du commissariat.

« Payne a roulé sur des routes de campagne en venant de Boston, aujourd'hui, fit remarquer Robert Stephens. Regarde les roues et les pneus de sa voiture. Et il y avait de la boue sur ses chaussures. Tu as entendu Bateman lui en faire le reproche. C'est surprenant, aussi, qu'il soit propriétaire de cette maison de retraite. Il y a quelque chose chez ce type qui ne me plaît pas. Crois-tu que Maggie sortait régulièrement avec lui ?

— Je ne pense pas, non, répondit Neil d'un air absent. Il ne me plaît pas non plus, mais il a visiblement très bien réussi. Cette résidence vaut une fortune. J'ai pris des renseignements sur son affaire d'investissements. Il possède sa propre société maintenant, il est parti avec quelques-uns des plus gros clients de Randolph and Marshall.

— Randolph and Marshall, répéta son père. N'est-ce pas chez eux que travaillait la femme du Dr Lane à une époque ?

— Qu'est-ce que tu dis ?

— Tu m'as entendu. Je dis que la femme de Lane a travaillé chez Randolph and Marshall.

— *Voilà ce qui me poursuivait !* s'exclama Neil. Tu ne comprends pas ? Liam Payne est au centre de toute l'histoire. Il est propriétaire de la résidence. C'est lui qui a décidé d'engager le Dr Lane. Douglas Hansen a aussi travaillé chez Randolph and Marshall ; peu de temps, il est vrai. Mais ses transactions sont effectuées par leur chambre de compensation. J'ai dit tout à l'heure que Hansen utilisait sûrement un autre organisme, et qu'il n'était manifestement pas assez intelligent pour avoir monté seul ce système lui permettant d'escroquer des vieilles dames. Il servait de façade. Quelqu'un d'autre tire les ficelles. Et il est possible que ce quelqu'un soit Liam Moore Payne.

— Mais il y a quelque chose qui ne tient pas debout dans ton scénario, dit son père. Si Payne est propriétaire de la résidence, il aurait pu obtenir les renseignements financiers dont il avait besoin sans utiliser ni Hansen ni sa tante, Janice Norton.

— C'était beaucoup plus sûr pour lui de demeurer à l'arrière-plan, expliqua Neil. Hansen devenait ainsi le bouc émissaire si les choses tournaient mal. Tu ne comprends pas, papa ? Laura Arlington et Cora Gebhart s'étaient simplement *inscrites*. Il ne se bornait pas à revendre les appartements des résidents, il escroquait les personnes inscrites sur la liste d'attente alors qu'aucun appartement n'était encore disponible.

« Il est clair que Bateman confie tous ses problèmes à Payne, continua Neil. Si Maggie lui a posé des questions sur l'incident de Latham Manor, il aura certainement mis son cousin au courant.

— Peut-être. Et qu'en déduis-tu ?

— J'en déduis que Payne est la clé de toute l'affaire. Il est propriétaire de Latham Manor. Des femmes y meurent dans des circonstances qui n'ont rien d'exceptionnel, et pourtant, si tu considères celles qui sont décédées récemment, et si tu tiens compte de quelques éléments similaires — toutes étaient plutôt seules, sans famille proche —, la situation prend un aspect différent. À qui profitent ces morts ? À Latham Manor, grâce à la revente des appartements devenus vides au premier inscrit de la liste d'attente.

— D'après toi, Liam Payne aurait tué toutes ces femmes ? » Robert Stephens regarda son fils d'un air stupéfait.

« Je n'en sais encore rien. La police soupçonne le Dr Lane et peut-être Zelda Markey d'avoir une responsabilité dans ces décès, mais lorsque j'ai rencontré Mme Bainbridge, elle m'a dit que Lane était un homme bon, et Zelda Markey une infirmière compétente. Et elle sait de quoi elle parle. Elle est très fine. Non, j'ignore qui a tué ces femmes, mais je pense que Maggie est arrivée à la même conclusion, à savoir qu'il y avait quelque chose de louche dans ces disparitions, et qu'elle a sans doute approché la vérité de trop près pour la tranquillité d'esprit du véritable meurtrier.

— Mais à quel moment les clochettes entrent-elles en jeu ? Et Bateman ? Je ne comprends pas, protesta Robert Stephens.

— Les clochettes ? Qui sait, peut-être est-ce une façon de compter les points pour l'assassin ? En tout cas, il est probable qu'après les avoir trouvées sur les tombes Maggie a consulté les notices nécrologiques de ces personnes et commencé à comprendre ce qui s'était réellement passé. Les clochettes signifient peut-être que ces femmes ont été assassinées. » Neil s'arrêta. « En ce qui concerne Bateman, il est trop illuminé pour avoir participé à un plan aussi élaboré. Non, c'est du côté du sieur Liam Moore Payne qu'il faut chercher. Tu l'as comme moi entendu émettre cette suggestion stupide concernant la disparition de Maggie ! » Neil eut un ricanement. « Je te parie qu'il sait parfaitement ce qui est arrivé à Maggie et cherche uniquement à ralentir l'enquête. »

Voyant Liam Payne démarrer au volant de sa Jaguar, Robert Stephens se tourna vers son fils : « Je suppose que nous les suivons, n'est-ce pas ?

— Tu parles ! Je veux savoir où va Payne à présent », dit Neil. *Mon Dieu, je vous en prie, faites qu'il me conduise à Maggie.*

88

Le Dr William Lane dîna à Latham Manor avec les membres les plus anciens de la résidence. Il expliqua l'absence d'Odile en disant qu'elle était bouleversée à l'idée de quitter ses chers amis. Quant à lui, s'il regrettait de renoncer à des responsabilités qui lui avaient apporté de grandes satisfactions, il croyait fermement qu'il faut une fin à tout, comme on dit.

« Je souhaite rassurer tous ceux qui sont présents, ce genre d'indiscrétion ne se reproduira jamais plus », promit-il, faisant allusion à la communication par Janice Norton d'informations confidentielles.

Letitia Bainbridge avait accepté de dîner à la table du docteur. « Est-il vrai que Zelda Markey veut vous déférer devant le conseil de l'ordre, sous le prétexte que vous n'avez pas su éviter la mort de vos patients ? demanda-t-elle.

— Il paraît. Mais c'est faux, naturellement.

— Qu'en pense votre femme ? insista Mme Bainbridge.

— Elle est horriblement triste. Elle considérait Zelda Markey comme une amie. » Ce qui n'était pas faire preuve de beaucoup de jugeote, ajouta-t-il en lui-même.

Ses paroles d'adieu furent dignes et sans faux-fuyant : « Il est parfois préférable de laisser les rênes à quelqu'un d'autre. J'ai toujours essayé d'agir pour le mieux. Si j'ai quelque chose à me reprocher, c'est d'avoir fait confiance à une personne indélicate, mais pas d'avoir fait preuve de négligence. »

Durant le court trajet qui le menait du bâtiment principal de la résidence à l'ancienne remise qu'il habitait, William Lane pensa : J'ignore ce qui m'attend, mais je sais une chose : quoi qu'il arrive je ne serai plus sous la coupe de personne.

Et quoi qu'il arrive, il ne passerait pas un jour de plus avec Odile.

En arrivant au premier étage, il vit la porte de la chambre ouverte. Odile était au téléphone ; elle hurlait, visiblement à l'adresse d'un répondeur :

« Tu ne peux pas me faire ça ! Tu ne peux pas me laisser tomber ! Rappelle-moi ! Tu dois t'occuper de moi. Tu me l'as promis ! » Elle raccrocha violemment l'appareil.

« Et à qui parlais-tu ainsi, ma chère ? demanda Lane depuis l'embrasure de la porte. Peut-être à ce mystérieux bienfaiteur qui, contre toute attente, m'a engagé à ce poste ? Ne l'importune plus à mon sujet. Je ne sais pas ce que sera mon avenir, mais je n'aurai pas besoin de ton aide. »

Odile leva vers lui des yeux gonflés de larmes. « William, tu ne peux pas dire ça !

— Oh, que si ! » Il étudia son visage. « Tu as peur, n'est-ce pas ? Je me demande pourquoi. J'ai toujours soupçonné que sous tes airs d'écervelée se cachait autre chose. Ça ne m'intéresse pas particulièrement, poursuivit-il en ouvrant son armoire à la recherche d'une valise, mais je suis un peu curieux. Après ma petite rechute d'hier soir, je n'avais pas les idées très claires. Mais lorsque j'ai repris mes esprits, j'ai réfléchi et passé quelques coups de fil. »

Il se tourna vers sa femme. « Hier soir, tu n'es pas restée à la réception du Ritz, à Boston. Et j'ignore où tu es allée, mais une chose est sûre, les chaussures que voilà ont traîné dans la boue. »

89

Elle n'arrivait plus à compter. C'était inutile. N'abandonne pas, s'exhorta-t-elle, s'évertuant à garder son esprit en éveil, à rester en contact avec ce qui l'entourait. Ce serait si facile de se laisser emporter, si facile de fermer les yeux et de ne plus penser à ce qui lui arrivait.

La photo qu'Earl lui avait donnée... Il y avait quelque chose dans l'expression de Liam... un sourire artificiel, de la fausse sincérité, une gentillesse affectée.

Elle aurait dû se douter que ses soudaines attentions cachaient quelque chose. L'indifférence qu'il avait montrée à son égard à la réunion des Moore lui ressemblait plus.

Elle se remémora la nuit dernière... cette voix. C'était celle d'Odile Lane. Elle se disputait avec Liam. Maggie les avait entendus.

Odile semblait apeurée. « Je ne peux plus continuer, disait-elle. Tu es fou ! Tu m'avais promis de vendre cet endroit et de m'emmener avec toi. Je t'ai averti que Maggie Holloway posait trop de questions. »

Tout était si clair. Si clair...

Elle n'arrivait plus à actionner sa main. Elle devait appeler au secours. C'était à nouveau le moment d'appeler au secours.

Mais sa voix n'était plus qu'un murmure. Personne ne l'entendrait.

Plie les doigts... déplie... respire à petits coups.

Dans sa tête revenaient sans cesse les mêmes mots, la première prière qu'elle avait apprise quand elle était enfant : « Faites que je m'endorme bien vite... »

90

« Tu aurais pu me dire que tu étais le propriétaire de Latham Manor, dit Earl d'un ton accusateur. Je te raconte tout. Pourquoi fais-tu tant de mystères ?

— Ce n'est qu'un investissement, Earl, dit Liam d'un ton apaisant. Rien de plus. Je me tiens complètement à l'écart de la gestion quotidienne de la résidence. »

Il pénétra dans le parking du musée funéraire et s'arrêta près de la voiture d'Earl. « Rentre chez toi à présent et passe une bonne nuit de repos. Tu en as besoin.

— Où vas-tu ?

— Je rentre à Boston. Pourquoi ?

— Tu es venu aujourd'hui uniquement pour me voir ? demanda Earl, toujours irrité.

— Je suis venu parce que tu étais dans tous tes états, et aussi parce que j'étais soucieux au sujet de Maggie Holloway. Maintenant, comme je te l'ai expliqué, je m'inquiète moins. J'ai l'intuition qu'elle va bientôt réapparaître. »

Earl s'apprêtait à descendre de voiture. « Liam, fit-il en s'immobilisant brusquement. Tu savais où je cachais la clé du musée, ainsi que la clé du corbillard, n'est-ce pas ? demanda-t-il.

— Qu'est-ce que tu insinues ?

— Rien. Je veux seulement savoir si tu as dit à quelqu'un où elles se trouvaient ?

— Non, sûrement pas. Rentre chez toi, Earl. Tu es crevé. Rentre, que je puisse en faire autant. »

Earl descendit et claqua la portière.

Liam Moore Payne sortit du parking sans attendre et se dirigea jusqu'au bout de la rue. Il ne remarqua pas la voiture qui déboîta du trottoir et commença à le suivre discrètement, tournant à droite à quelque distance derrière lui.

Les choses commençaient à mal tourner, pensa-t-il d'un air sombre. Ils savaient qu'il était propriétaire de la résidence. Earl le soupçonnait d'être l'un des visiteurs du musée la nuit dernière. Les corps allaient être exhumés, et on découvrirait que ces femmes avaient avalé des médicaments qui leur étaient contre-indiqués. Avec de la chance, le Dr Lane en serait tenu pour responsable, mais Odile était près de craquer. Elle passerait aux aveux en un rien de temps. Et Hansen ? Il était capable de tout pour sauver sa peau.

Et patatras, pensa Liam. Tous ces efforts pour rien ! Son rêve de devenir un deuxième Squire Moore, puissant et riche, s'envolait. Après tous les risques qu'il avait pris — emprunter sur les titres de ses clients ; acheter la résidence sans un sou vaillant et y investir une fortune ; chercher à imiter les méthodes de Squire pour soutirer de l'argent aux gens —, il n'était plus qu'un Moore raté de plus. Tout lui glissait entre les doigts.

Quant à Earl, cet illuminé, il était riche, riche comme Crésus.

Mais s'il était illuminé, Earl n'était pas stupide. Il n'allait pas mettre longtemps à comprendre ; il saurait où chercher son cercueil.

En tout cas, même s'il devinait tout, il ne trouverait pas Maggie vivante.

Son temps était compté, il n'y avait aucun doute là-dessus !

91

Le commissaire et Jim Haggerty s'apprêtaient à partir, leur journée terminée, lorsqu'ils reçurent un appel d'Earl Bateman.

« Ils me détestent tous, commença-t-il d'emblée. Ils ne cessent de tourner en ridicule les Bateman, de se moquer de mes conférences — mais le fond de l'histoire est qu'ils crèvent de jalousie parce que nous sommes riches. Nous sommes riches depuis des générations, bien avant que Squire Moore n'ait escroqué son premier dollar.

— Pouvez-vous en venir au fait, professeur ? demanda Brower. Qu'attendez-vous de nous ?

— Je veux que vous veniez me retrouver sur le terrain de mon futur musée en plein air. J'ai le sentiment que Liam et Maggie Holloway m'ont concocté une blague à leur manière. Je parierais n'importe quoi qu'ils ont emporté mon cercueil là-bas et qu'ils l'ont déposé dans une des tombes creusées pour l'exposition. Je voudrais que vous soyez sur les lieux au moment où je le découvrirai. J'y vais tout de suite. »

L'inspecteur s'empara d'un stylo. « Où se situe exactement votre terrain, professeur ? »

Quand il eut raccroché, Brower dit à Haggerty : « Je pense qu'il déménage sérieusement, mais je pense aussi que nous sommes sur le point de retrouver le corps de Maggie Holloway. »

92

« Neil, regarde ! »

Ils s'étaient engagés sur une étroite route de terre, derrière la Jaguar. Dès qu'ils avaient quitté la nationale, Neil avait éteint ses phares, espérant que Liam Payne ne se rendrait pas compte de leur présence. À présent, la Jaguar tournait à gauche, ses phares éclairant au passage un panneau indicateur que Robert Stephens s'efforça de déchiffrer.

« *Site du futur musée en plein air Bateman*, lut-il. Voilà sans doute l'endroit dont parlait Bateman lorsqu'il nous a expliqué que le cercueil devait faire partie d'une importante exposition. Crois-tu qu'il soit là ? »

Neil ne répondit pas. Il était saisi d'une angoisse atroce que son esprit ne parvenait pas à surmonter. *Cercueil. Corbillard. Cimetière.*

Si Liam Payne avait fait assassiner des pensionnaires de Latham Manor et placé les clochettes symboliques sur leurs tombes, qu'était-il capable de faire à quelqu'un qui l'avait mis en péril ?

Supposons qu'il se soit trouvé dans le musée la veille et y ait trouvé Maggie ?

Lui et quelqu'un d'autre, réfléchit Neil. Il fallait deux personnes pour pouvoir conduire le corbillard et la voiture de Maggie.

L'avaient-ils tuée et emmenée dans ce cercueil ?

Oh, mon Dieu, non, pitié !

« Neil, il nous a peut-être repérés. Il fait demi-tour. »

Neil prit instantanément sa décision : « Papa, continue à le suivre. Appelle la police. Je reste ici. »

Avant que son père ait pu protester, Neil avait sauté de la voiture.

La Jaguar passa à toute allure devant eux. « Vite ! hurla Neil. Suis-le. »

Robert Stephens exécuta un demi-tour hasardeux sur la route et appuya à fond sur l'accélérateur.

Neil se mit à courir. Un sentiment d'urgence électrisant chaque nerf de son corps, il se rua vers le site en cours de construction.

Le clair de lune éclairait le sol boueux déjà aplani au bulldozer. Il y avait des arbres abattus, des taillis débroussaillés, des sentiers tracés. Et des tombes fraîchement creusées. Disséminées, béant çà et là sur le terrain. À côté s'élevaient de hauts monticules de terre.

Le terrain déblayé paraissait immense, s'étendant presque aussi loin que portait sa vue. Maggie était-elle quelque part ici ? Payne était-il assez dément pour l'avoir mise dans le cercueil avant de le déposer au fond d'une de ces tombes ouvertes et de le recouvrir de terre ?

Oui, il était dément à ce point.

Neil se mit à parcourir le terrain en tous sens, criant le nom de Maggie. S'approchant d'une des fosses ouvertes, il glissa, tomba à l'intérieur et perdit de précieuses minutes en essayant de s'en extraire. Même ainsi, il ne cessait de crier : « Maggie… Maggie… Maggie… »

Rêvait-elle ? Maggie se força à ouvrir les yeux. Elle était si fatiguée. Cela lui demandait un tel effort. Elle voulait dormir, seulement dormir.

Elle ne parvenait plus à remuer la main. Ses doigts étaient raides et enflés. Elle ne pouvait plus crier non plus, mais c'était sans importance. Qui l'entendrait ?

Maggie… Maggie… Maggie…

Quelqu'un l'appelait-il ? On eût dit la voix de Neil. Mais il était trop tard.

Elle voulut crier. En vain, aucun son ne sortait de sa gorge. Il ne lui restait qu'une chose à faire. Au prix d'un effort douloureux, elle saisit sa main gauche entre les doigts de sa main droite et la força à s'agiter de haut en bas, de haut en bas…

Sentant la tension du fil, elle espéra que la clochette oscillait à l'extérieur.

Maggie… Maggie… Maggie…

À nouveau, elle crut entendre son nom, mais plus faiblement, et si loin…

Neil sanglotait à présent. *Elle était là*, Maggie était là. Il sentait sa présence. Mais *où ?* Où était-elle ? Était-il trop tard ? Il avait parcouru presque toute l'étendue du terrain. Elle pouvait être enterrée sous n'importe lequel de ces tas de terre. Il aurait fallu des machines pour les évacuer ; il y en avait tant.

Il ne lui restait plus guère de temps. À elle non plus. Il le sentait.

« Maggie… Maggie… »

Il s'immobilisa, jetant autour de lui un regard désespéré. Soudain, il aperçut quelque chose.

La nuit était calme, sans un souffle de vent. Pas une feuille ne bougeait. Pourtant, dans le coin le plus éloigné du terrain, presque caché par un amoncellement de terre, un objet brillait dans le clair de lune. Et il bougeait.

Une clochette. *Oscillant d'avant en arrière.* Quelqu'un tentait d'envoyer un signal depuis la tombe. *Maggie !*

Courant, trébuchant autour des fosses, Neil atteignit la clochette et vit qu'elle était fixée à un tube dont l'ouverture était presque entièrement bouchée.

À deux mains, il entreprit de dégager la terre qui l'obstruait, grattant avec ses ongles, creusant, sanglotant.

Mardi 8 octobre

Le commissaire Brower et Jim Haggerty se trouvaient dans la voiture de police quand l'appel de Robert Stephens leur fut transmis. « Deux de nos hommes ont pris la Jaguar en chasse, leur annonça-t-on. Mais Stephens pense que la femme disparue pourrait être enterrée sur le site du futur musée en plein air.

— Nous sommes à proximité, répondit Brower. Envoyez immédiatement une ambulance et du matériel de secours sur les lieux. Avec un peu de chance, nous aurons besoin des deux. » Il se pencha en avant. « Branchez la sirène », ordonna-t-il.

Arrivés sur place, ils trouvèrent Neil qui s'acharnait à creuser, prenant la terre à pleines mains. Un instant plus tard, Brower et Haggerty joignaient leurs efforts aux siens.

Sous la surface, le sol devint plus meuble et ils sentirent enfin sous leurs doigts le contact lisse du bois. Neil sauta au fond du trou, racla la couche de terre qui recouvrait le cercueil, la rejetant au loin. Il dégagea enfin le conduit de ventilation obstrué et en déboucha l'entrée.

Se glissant sur le côté de la fosse, il passa les doigts sous le couvercle et, dans un effort surhumain, parvint à l'entrouvrir. Maintenant le cercueil ouvert de l'épaule gauche, il saisit à deux bras le corps inanimé de Maggie et le tendit aux mains anxieuses qui s'abaissaient vers lui.

Au moment où son visage effleurait celui de Maggie, il vit que ses lèvres remuaient et entendit un faible murmure : « Neil… Neil…

— Je suis là, mon amour, dit-il, je suis là et je ne te laisserai plus jamais. »

Dimanche 13 octobre

93

Cinq jours plus tard, Maggie et Neil se rendirent à Latham Manor pour dire au revoir à Mme Bainbridge.

« Nous reviendrons passer le week-end de Thanksgiving chez les parents de Neil, dit Maggie, mais je ne pouvais pas partir sans venir vous voir. »

Les yeux de Letitia Bainbridge pétillaient. « Oh, Maggie, vous ne saurez jamais combien j'ai prié pour qu'on vous retrouve saine et sauve.

— Je sais, dit doucement Maggie. Et je sais aussi qu'en parlant à Neil de la clochette que j'avais trouvée sur la tombe de Nuala, vous m'avez sans doute sauvé la vie.

— Ce fut l'élément décisif, confirma Neil. Celui qui m'a convaincu que Liam Payne était mêlé à toute l'affaire. Si je n'avais pas suivi sa Jaguar, nous serions arrivés trop tard. »

Maggie et lui étaient assis côte à côte dans l'appartement de Mme Bainbridge. Il posa sa main sur la sienne, comme s'il avait peur qu'elle ne lui échappe, revivant encore le cauchemar de ses recherches désespérées.

« Tout le monde ici s'est-il bien remis des derniers événements ? demanda Maggie.

— Oh, je crois que oui. Nous sommes plus coriaces qu'on ne le pense. J'ai appris que les gens de Prestige Residence s'apprêtent à acheter la résidence.

— Liam Payne va avoir besoin de tout l'argent qu'il a acquis par ces meurtres pour payer ses avocats, et j'espère que ces derniers ne lui seront d'aucun secours, dit Neil avec conviction. Sa petite amie également, bien qu'elle soit obligée de faire appel à un avocat commis d'office. Objectivement, pas plus l'un que l'autre ne peut éviter d'être inculpé pour plusieurs assassinats. Il paraît qu'Odile a avoué avoir délibérément interverti les médicaments, sur l'ordre de Liam. »

Maggie pensa à Nuala et à Greta Shipley, et à ces femmes qu'elle n'avait pas connues, dont la vie avait été brutalement écourtée par Liam et Odile. J'ai au moins la consolation de les avoir empêchés d'en tuer davantage.

« Et ils ne devraient pas avoir une chance de s'en tirer, ajouta sévèrement Mme Bainbridge. Janice Norton et son neveu Douglas sont-ils également impliqués dans ces meurtres ?

— Non, répondit Neil. Pour le commissaire Brower, ils se contentaient d'escroquer des personnes inscrites sur la liste d'attente de la résidence. Même Odile ignorait ce qu'ils tramaient. Et Janice Norton ne savait pas que son neveu était en cheville avec Liam Payne. Ils sont accusés d'abus de confiance, pas de meurtre.

— D'après le commissaire, Odile est en train de tout déballer, espérant ainsi obtenir la clémence de la justice, dit Maggie. Liam et elle se sont connus alors qu'elle travaillait dans son ancienne société de courtage, à l'époque où il était en train d'acheter la résidence. Elle avait révélé à Liam les déboires de son mari dans la maison de retraite où il était employé précédemment, et lorsque Liam lui parla de son plan elle accepta d'emblée. Le Dr Lane n'est sûrement pas un médecin compétent, et on ne pouvait trouver mieux pour favoriser leurs desseins. Zelda Markey est une personne très solitaire. Odile s'en était fait une amie, et avait pu la tenir à l'écart de tout ce qui touchait de près ou de loin à ces décès.

— Odile passait son temps à bavarder avec l'infirmière, dit Letitia Bainbridge en hochant la tête.

— Et à lui soutirer des informations. Si Odile avait abandonné ses études d'infirmière, ce n'était pas par incapacité. Elle savait exactement quels médicaments mélanger pour provoquer une crise cardiaque. Apparemment, plusieurs éventuelles victimes de Liam s'en sont tirées grâce à l'attention de Zelda Markey. Odile prétend qu'elle avait supplié Liam de ne pas l'obliger à modifier le traitement de Mme Rhinelander, mais il était trop avide. C'est alors que Nuala avait décidé de s'installer à la résidence, si toutefois elle pouvait disposer d'un appartement de deux chambres.

— Est-ce la mort de Connie Rhinelander qui a éveillé les soupçons de Nuala ? demanda Mme Bainbridge tristement.

— Oui, et lorsqu'elle a trouvé la clochette sur la tombe de Mme Rhinelander, elle a commencé à soupçonner qu'il se passait quelque chose de terrible à la résidence. Elle a dû poser des questions très précises à Zelda Markey, qui innocemment en a fait part à Odile.

— Et Odile en a averti Liam », dit Maggie. *Oh, Finnuala*, pensa-t-elle.

Les lèvres de Mme Bainbridge se crispèrent. « Le dieu de Squire Moore était l'argent. Je me souviens de mon père racontant que Moore trouvait plus intéressant d'escroquer de l'argent que de le gagner honnêtement. Visiblement, Liam est fait du même bois.

— Certainement, dit Neil. Liam est un excellent gestionnaire de patrimoines pour les clients qu'il n'escroque pas. Heureusement pour elles, Mme Gebhart et Mme Arlington devraient récupérer sur sa fortune personnelle l'argent qu'elles lui ont confié.

— Un dernier point, dit Maggie. C'est Odile qui a subtilisé le dessin réalisé en commun par Nuala et Mme Shipley. L'une des femmes de chambre l'avait vu et s'en était amusée. Odile savait qu'il risquait de soulever des questions chez les gens.

— Je suis heureuse que le Dr Lane n'ait pas trempé dans tout ça, soupira Letitia Bainbridge. Oh, il faut que je vous dise. Notre nouveau directeur est arrivé hier. Il a l'air très aimable et jouit des meilleures recommandations. Il n'a pas le charme du Dr Lane, mais on ne peut pas tout avoir, n'est-ce pas ? Son épouse nous changera d'Odile, même si elle est dotée d'un rire tonitruant. »

Il était temps de prendre congé. Maggie et Neil devaient regagner New York dans leurs voitures respectives.

« Nous passerons vous rendre visite lorsque nous reviendrons en novembre, promit Maggie à Letitia Bainbridge en l'embrassant.

— J'ai hâte de vous revoir », répondit la vieille dame avec entrain, puis elle soupira. « Vous êtes si jolie, Maggie, si gentille et intelligente. Vous êtes tout ce qu'une grand-mère souhaiterait pour son petit-fils. » Elle regarda Neil. « Prenez bien soin d'elle.

— Il m'a déjà sauvé la vie, dit Maggie en souriant. Il faut au moins lui reconnaître ça. »

Un quart d'heure plus tard, ils étaient prêts à partir. Le break de Maggie était garé dans l'allée, déjà chargé. La maison était fermée. Pendant un instant, elle resta immobile à la contempler, se remémorant le soir de son arrivée, à peine deux semaines plus tôt.

« Ce sera agréable d'y venir en week-end et pour les vacances », dit-elle.

Neil l'entoura de son bras. « Tu es sûre qu'elle ne te rappellera pas de mauvais souvenirs ?

— Sûre et certaine. » Elle respira profondément. « Pas tant que tu seras à proximité pour creuser et me sortir de mon trou. »

Puis elle éclata de rire. « Ne fais pas cette tête ! Mon humour noir m'a aidée à me tirer de quelques situations désespérées.

— Je m'en chargerai à partir de maintenant, dit Neil en lui ouvrant la portière du break. Et pas d'excès de vitesse, s'il te plaît, je ne te quitte pas d'une roue.

— On dirait ton père », dit Maggie. Puis elle ajouta : « Ça ne me déplaît pas, à vrai dire. »

REMERCIEMENTS

Comment vous remercier tous…

Aucun mot ne suffit à exprimer ma gratitude envers mon éditeur, Michael Korda, et son associé, Chuck Adams. Une histoire, comme un enfant, grandit d'autant mieux qu'elle est encouragée, aidée et guidée au sein d'une atmosphère chaleureuse et compétente. Encore et toujours… merci, mes très chers.

Gypsy da Silva, correctrice de tant de mes manuscrits, mérite d'être béatifiée pour son œil d'aigle et sa patience enjouée. Dieu vous bénisse, Gypsy.

Je tresse des couronnes à mon amie Judith Kelman, qui s'est si souvent branchée sur Internet dont les mystères restent encore insondables pour moi, afin de me procurer les informations dont j'avais besoin.

Mille mercis à Catherine L. Forment, vice-présidente de Merrill Lynch, qui m'a répondu aimablement et efficacement renseignée sur les valeurs et les transactions boursières.

Et à R. Patrick Thompson, président du New York Mercantile Exchange, que j'ai interrompu en pleine réunion pour lui poser une question concernant les suspensions d'ordres.

Lorsque j'ai décidé d'inclure les rites funéraires dans mon livre, j'ai lu quantité d'ouvrages passionnants sur le sujet. En particulier *Consolatory Rhetoric*, de Donovan J. Octs, *Down to Earth*, de Marian Barnes, et *Celebration of Death*, de Metcalf Huntington.

Le Newport Police Department a répondu à toutes mes demandes avec la plus grande courtoisie. Soyez tous remerciés pour votre amabilité et j'espère que ce livre recevra votre feu vert.

Et enfin, un merci tout particulier à ma fille Carol Higgins Clark pour son habileté infaillible à repérer chacune de mes petites manies : « Sais-tu combien de fois tu as employé ce mot ?.... Jamais une personne de trente-deux ans n'utiliserait cette expression... Tu as employé le même nom pour un autre personnage dans un de tes premiers livres... »

Et maintenant je peux citer avec bonheur les mots inscrits sur les murs d'un monastère du Moyen Âge : « Le livre est terminé. Au lecteur de jouer. »

TABLE